O AMOR DE UMA BOA MULHER

ALICE MUNRO

O amor de uma boa mulher

Contos

Tradução
Jorio Dauster

4ª reimpressão

COMPANHIA DAS LETRAS

Copyright © 1998 by Alice Munro

*Grafia atualizada segundo o Acordo Ortográfico da Língua Portuguesa de 1990,
que entrou em vigor no Brasil em 2009.*

Título original
The Love of a Good Woman

Capa
Elisa von Randow

Foto de capa
The National Archives UK

Preparação
Ana Cecília Agua de Melo

Revisão
Jane Pessoa
Marise Leal

Dados Internacionais de Catalogação na Publicação (CIP)
(Câmara Brasileira do Livro, SP, Brasil)

Munro, Alice
    O amor de uma boa mulher: Contos / Alice Munro; Tradução
Jorio Dauster — 1ª ed. — São Paulo: Companhia das Letras, 2013.

    Título original: The Love of a Good Woman.
    ISBN 978-85-359-2275-2

    1. Canadá - Vida social e costumes - Ficção 2. Contos cana-
denses 3. Mulheres - Canadá - Ficção I. Título.

13 - 04304   CDD - 813

Índice para catálogo sistemático:
1. Contos: Literatura canadense em inglês   813

Todos os direitos desta edição reservados à
EDITORA SCHWARCZ S.A.
Rua Bandeira Paulista, 702, cj. 32
04532-002 — São Paulo — SP
Telefone: (11) 3707-3500
www.companhiadasletras.com.br
www.blogdacompanhia.com.br
facebook.com/companhiadasletras
instagram.com/companhiadasletras
twitter.com/cialetras

Para Ann Close
Minha estimada editora e amiga de sempre

Nota da autora

Sobre certas informações técnicas essenciais para estes contos, meus agradecimentos a Ruth Roy, Mary Carr e D.C. Coleman. E por sua pesquisa inspirada e engenhosa em muitas ocasiões, agradeço a Reg Thompson.

Alguns contos incluídos nesta coletânea foram previamente publicados na revista *The New Yorker* de forma bastante diferente.

Sumário

O amor de uma boa mulher 11

Jacarta 92

A ilha de Cortes 133

Salve o ceifador 164

As crianças ficam 203

Podre de rica 238

Antes da mudança 280

O sonho de mamãe 323

O amor de uma boa mulher

Nas últimas duas décadas, um museu em Walley tem se dedicado a preservar fotografias, batedeiras de manteiga, arreios de cavalo, uma velha cadeira de dentista, um descascador de maçãs pouco prático e outras curiosidades, como aqueles pequenos e bonitos isoladores de porcelana que costumavam ser usados nos postes telegráficos.

Há também uma caixa vermelha onde estão impressas as letras D. M. WILLENS, OPTOMETRISTA, com uma nota ao lado que diz: "Esta caixa de instrumentos de optometria, embora não muito antiga, tem considerável importância local por haver pertencido ao sr. D. M. Willens, que se afogou no rio Peregrine em 1951. A caixa escapou do desastre e foi presumivelmente descoberta pelo doador anônimo que a ofereceu para fazer parte de nossa coleção".

O oftalmoscópio faz lembrar um boneco de neve. Isto é, a parte de cima — a que se prende ao cabo oco. Um grande disco, com outro menor no topo. No disco grande, um buraco pelo qual se olha enquanto as lentes são mudadas. O cabo é pesado porque ainda contém as baterias. Caso elas fossem retiradas e se encaixasse a vareta também disponível, com um disco em cada extremidade, seria possível ligar o aparelho a uma tomada elétrica. Mas talvez tenha sido necessário usá-lo em lugares onde não havia eletricidade.

O retinoscópio dá a impressão de ser mais complicado. Abaixo da banda curva de metal que o mantém fixo na testa do optometrista, existe algo semelhante à cabeça de um duende, com um rosto em forma de bolacha e um gorro pontudo de metal. Essa peça faz um ângulo de quarenta e cinco graus com uma haste fina no alto da qual se situa um pequeno foco de luz. A face achatada é feita de vidro, servindo como um espelho de fundo escuro.

O aparelho é todo pintado de preto, mas, nos lugares em que foi maior o contato com a mão do optometrista, a tinta desapareceu e se podem ver partes do metal prateado.

I. JUTLAND

O local se chamava Jutland. No passado, lá existira um moinho e um pequeno povoado, porém as modestas construções já haviam desaparecido no final do século anterior e o lugar não chegara a ser grande coisa em tempo algum. Muita gente imaginava que o nome tinha sido dado em homenagem à famosa batalha naval da Primeira Guerra Mundial, mas na verdade só restavam ruínas antes mesmo de ser travado o combate.

Os três garotos que para lá foram numa manhã de sábado no começo da primavera de 1951 acreditavam, como a maior parte das crianças, que o nome vinha do tecido usado para fazer sacos, e que isso tinha algo a ver com as velhas e grossas estacas de madeira cravadas na terra junto à margem do rio e na parte mais próxima do leito, formando uma paliçada irregular. (Tratava-se, na realidade, dos restos de uma represa construída antes que se usasse cimento.) Os únicos sinais de que ali existira alguma coisa eram as estacas, uma pilha de pedras das antigas fundações, um arbusto de lilás, algumas grandes macieiras deformadas por um fungo e a vala rasa por onde antes corria a água do moinho e que agora se enchia de urtigas no verão.

O lugar era ligado à estrada que levava à cidadezinha por um caminho de terra que constava nos mapas apenas como uma linha pontilhada, mero auxílio para seus frequentadores. A trilha era bastante usada no verão por quem vinha nadar no rio ou, à noite, por casais que buscavam um local para estacionar. Havia um espaço para fazer manobra antes de se chegar à vala, mas nas estações chuvosas a área ficava tão coberta de urtiga, canabrás e cicuta selvagem que os carros às vezes precisavam voltar de marcha a ré à estrada principal.

As marcas de pneu que chegavam até a água eram facilmente visíveis naquela manhã primaveril, mas os meninos não prestaram atenção nelas porque só pensavam em nadar. Pelo menos chamariam aquilo de nadar. Voltariam para a cidade dizendo que tinham nadado em Jutland antes que toda a neve do solo houvesse derretido.

A água era mais fria naquele trecho do rio do que nos remansos perto da cidadezinha. Não havia ainda uma só folha nas árvores ribeirinhas — os únicos pontos verdes eram manchas de alhos-porros e cravos-de-defunto dos pântanos, brilhantes como espinafres, ao longo do córrego que descia criando uma valeta natural. E, na margem oposta, eles viram sob alguns cedros o que mais lhes interessava — uma faixa longa e baixa de neve, teimosa e tão cinzenta quanto uma pedra.

Ainda não derretida.

Por isso eles cairiam na água e sentiriam o frio feri-los como punhais de gelo. Punhais de gelo atrás dos olhos, perfurando por dentro o topo de seus crânios. Depois de mover braços e pernas algumas vezes, pulariam para fora, tremendo dos pés à cabeça e deixando seus dentes bater; enfiariam os membros entorpecidos nas roupas e experimentariam a dolorosa recaptura de seus corpos pelo sangue ainda assustado, juntamente com o alívio de terem realizado a proeza de que tanto se gabariam.

As marcas que eles não notaram atravessavam a vala — na qual nada crescia agora e onde só se via o capim cor de palha do ano anterior, morto e rente ao chão. Cruzavam a vala e penetravam no rio, sem tentar se desviar. Os meninos pisaram nelas. Mas a essa altura estavam perto da água o bastante para reparar em alguma coisa mais extraordinária do que simples marcas de pneu.

Havia um brilho azul-claro na água que não era um reflexo do céu. Um carro inteiro estava dentro do rio, as rodas dianteiras e o capô enfiados na lama do fundo enquanto a curva do porta-malas quase despontava acima da superfície. Naquele tempo, azul-claro era uma cor pouco comum nos carros, e seu formato bojudo também era raro. Souberam imediatamente: o carrinho inglês, o Austin, sem dúvida o único daquela marca em todo o condado. Pertencia ao sr. Willens, o optometrista. Ele parecia uma caricatura quando o dirigia porque era baixo e gorducho, com ombros maciços e cabeça grande. Dava sempre a impressão de estar prensado dentro do pequeno carro, como se vestisse roupas prestes a estourar de tão apertadas.

O carro tinha um painel no teto que o sr. Willens abria em dias mais quentes. Estava aberto agora. Não podiam ver muito bem o que havia dentro. A cor do carro tornava nítida sua forma, mas a água não era realmente muito clara e obscurecia o que não fosse mais brilhante. Os garotos se acocoraram na margem e depois se deitaram de barriga para baixo, esticando as cabeças como tartarugas para enxergar melhor. Algo escuro e peludo, parecido com uma grande cauda de um animal, se projetava para fora do buraco no teto e oscilava preguiçosamente na água. Viram logo que se tratava de um braço, coberto pela manga do paletó feito com um tecido pesado e lanoso. Aparentemente, um corpo dentro do carro — tinha de ser o sr. Willens — havia ficado numa posição estranha. A força da água — pois até mesmo no açude do moinho havia uma correnteza naquela época do ano — devia tê-lo erguido do assento e jogado de um lado para o outro, de modo que um ombro apontava para o teto do carro e um braço estava livre. A cabeça devia ter sido empurrada contra a porta e a janela do motorista. Uma das rodas dianteiras penetrara mais profundamente que a outra no leito do rio, dando ao carro uma inclinação lateral além daquela ao longo do eixo. Na verdade, o vidro devia estar abaixado e a cabeça arremessada para fora de modo a que o corpo se encontrasse naquela posição. Mas isso eles não podiam ver. Eram capazes de visualizar o rosto do sr. Willens tal como o conheciam — um rosto grande e quadrado, que frequentemente exibia uma espécie teatral de carranca mas nunca chegava a ser seriamente intimidador. O cabelo ralo e ondulado era avermelhado ou cor de cobre no topo, e penteado de modo a cobrir parte da testa. As sobrancelhas eram mais escuras que o cabelo, grossas e felpudas como lagartas grudadas acima de seus olhos. Já antes se tratava de um rosto grotesco para eles, como eram os de muitos adultos, e não tinham medo de vê-lo afogado. Mas tudo que puderam ver foi aquele braço e sua mão pálida. Dava para ver a mão perfeitamente depois que se acostumaram a olhar através da água. Ela se movia trêmula e irresoluta, como uma pena, embora parecesse sólida como massa de pão. E algo bastante banal, uma vez aceita sua presença ali. As unhas eram carinhas bem-feitas, com seu ar corriqueiro e inteligente de saudação, apesar de se recusarem sensatamente a aceitar a situação em que se encontravam.

"Filho da mãe", os meninos disseram. Com crescente energia e respeito, num tom que beirava a gratidão. *"Filho da mãe."*

* * *

Era a primeira vez que saíam naquele ano. Tinham atravessado a ponte sobre o rio Peregrine, com uma só pista e dois vãos, conhecida localmente como Portão do Inferno ou Armadilha Mortal — embora o perigo tivesse mais a ver com a curva apertada que o caminho fazia na sua extremidade sul do que com a ponte propriamente dita.

Havia uma passarela para pedestres, mas eles não a usaram. Nunca se lembravam de usá-la. Talvez anos antes, quando eram tão pequenos que alguém lhes dava a mão. Mas aquele tempo tinha ficado para trás, e eles se recusariam a reconhecê-lo mesmo que lhes fossem mostradas evidências em alguma fotografia ou tivessem de ouvir falar dele numa conversa de família.

Agora caminhavam pela platibanda de ferro que percorria toda a ponte no lado oposto ao da passarela. Tinha uns vinte centímetros de largura e ficava uns trinta centímetros acima do nível da ponte. O rio Peregrine estava descarregando no lago Huron todo o gelo e toda a neve acumulados no inverno e agora derretidos. Mal cabia entre as margens após a inundação anual que transformava os remansos num lago, arrancava as árvores novas pela raiz e destruía qualquer bote ou cabana a seu alcance. Com a lama que vinha dos campos e a luz pálida do sol refletida em sua superfície, a água tinha a aparência de um pudim de caramelo fervendo. Mas, se algum dos meninos caísse no rio, seu sangue se congelaria e ele seria atirado no lago, caso não tivesse antes arrebentado a cabeça num pilar da ponte.

Carros buzinaram — em alerta ou admoestação — mas eles não deram a menor bola. Continuaram a avançar em fila indiana, tão seguros de si quanto sonâmbulos. Chegando à extremidade norte da ponte, cortaram caminho rumo aos remansos, localizando as trilhas de que se recordavam do ano anterior. A inundação tinha ocorrido tão recentemente que não era fácil segui-las. Precisavam afastar com os pés o mato derrubado pelas águas e pular de um montinho de capim endurecido pela lama para outro. Às vezes, não prestando atenção ao pular, aterrissavam na lama ou em poças deixadas para trás; porém, depois que seus pés ficaram úmidos, já não se importavam mais com o lugar onde pisavam. Chapinhavam na lama e patinhavam nas poças, deixando que a água invadisse suas botas de borracha. O vento quente transformava as grandes nuvens em filamentos de lã velha, enquanto as gaivotas e os corvos brigavam e mergulhavam no rio. Abutres circulavam acima das outras aves em seus elevados postos de observação; os tordos tinham voltado havia pouco e os melros de asas vermelhas voavam velozes aos pares, com cores tão brilhantes como se houvessem sido mergulhados numa lata de tinta.

"Devia ter trazido uma vinte e dois."

"Devia ter trazido uma calibre doze."

Já tinham idade bastante para não pegar pedaços de pau, apontar para o alto e imitar o som de disparos. Lamentaram-se em tom casual, como se tivessem acesso fácil a alguma espingarda.

Subiram pela margem norte até um local em que a areia não era coberta de vegetação e onde as tartarugas supostamente desovavam. Era muito cedo para que isso acontecesse, e na verdade a história da desova das tartarugas era coisa do passado — nenhum dos meninos jamais havia visto um único ovo. Mas eles chutaram e pisaram a areia só para ter certeza de que nenhum ficaria inteiro. Procuraram depois o lugar em que, no ano anterior, um deles, na companhia de outro menino, tinha achado o osso ilíaco de uma vaca trazido pela inundação de algum matadouro. Uma coisa era certa: todos os anos o rio arrastava e depositava por toda a parte um bom número de objetos surpreendentes, grandalhões, estranhos ou caseiros. Rolos de arame, um conjunto intacto de degraus, uma pá torta, um tacho para fazer pipoca. O osso ilíaco estava preso a um ramo de sumagre — o que parecia bem apropriado, já que todos aqueles galhos lisos se assemelhavam a chifres de vacas ou veados com as pontas enferrujadas.

Zanzaram por lá algum tempo — Cece Ferns lhes mostrou o galho exato — sem encontrar nada.

O osso tinha sido achado por Cece Ferns e Ralph Diller. Perguntado sobre onde ele estava agora, Cece Ferns disse: "Ralph ficou com ele". Os dois meninos que o acompanhavam — Jimmy Box e Bud Salter — sabiam o porquê: Cece nunca levaria coisa alguma para casa cujo tamanho não lhe permitisse escondê-la facilmente de seu pai.

Conversaram sobre achados mais úteis que poderiam ser feitos ou haviam sido feitos no passado. Postes de cercas serviam para construir uma jangada, pedaços de madeira podiam ser coletados para a cabana ou para o barco que planejavam construir. Sorte mesmo seria encontrar algumas armadilhas de ratos-almiscarados. Aí daria para abrirem um negócio. Seria possível juntar madeira suficiente para fazer as pranchas onde as peles seriam esticadas e roubar as facas que usariam na esfola. Falaram em ocupar o galpão vazio que ficava num beco sem saída, atrás do antigo estábulo dos cavalos que puxavam as carruagens de aluguel. A porta era trancada com um cadeado, mas talvez desse para entrar pela janela, retirando à noite as tábuas que a cobriam e as repondo ao raiar do dia. Teriam de trabalhar à luz de uma lanterna. Não, de um lampião. Era só tirar as peles dos ratos-almiscarados, esticá-las e vendê-las por um dinheirão.

O projeto se tornou tão real que começaram a se preocupar com o fato de deixar as valiosas peles no galpão o dia inteiro. Um deles teria de ficar de guarda enquanto os outros cuidavam das armadilhas. (Ninguém mencionou a escola.)

Era assim que eles falavam enquanto se afastavam da cidadezinha. Como se fossem livres — ou quase livres —, como se não frequentassem a escola, não vivessem cercados pela família ou não sofressem todas as torpezas que lhes eram impostas por conta de sua idade. E também como se aquelas terras e os estabelecimentos de outras pessoas lhes fossem proporcionar tudo de que necessitavam para suas empreitadas e aventuras com o mínimo de risco e esforço da parte deles.

Outra mudança nas conversas que tinham por lá era o fato de praticamente pararem de usar nomes. Já não costumavam empregar muito seus nomes verdadeiros e nem mesmo os apelidos dados pelas famílias, tal como Bud. Mas, na escola, quase todo mundo ganhava outro nome, alguns dos quais relacionados à aparência ou à maneira de falar da pessoa, como Quatro Olhos ou Pato Rouco. Outros, como Cu Ralado e Fode Galinha, derivavam de acontecimentos reais ou imaginários na vida de quem recebia o apelido ou na de seus irmãos, pais e tios, pois tais nomes eram transmitidos de geração em geração. Mas tudo isso era deixado de lado quando se encontravam no mato ou nos remansos do rio. Se precisavam chamar a atenção de um companheiro, tudo que diziam era "Ei!". Até mesmo o uso de nomes que os adultos não deviam ouvir, por serem ofensivos e obscenos, prejudicaria a sensação que tinham naquelas ocasiões de absoluta familiaridade com a aparência, os hábitos, a família e a história pessoal de cada um.

E nem por isso se imaginavam como amigos. Nunca teriam designado alguém como seu melhor amigo ou segundo melhor amigo, nem alterado as hierarquias de tempos em tempos, como as meninas faziam. Pelo menos uma dúzia de outros garotos poderia substituir qualquer um daqueles três, sendo aceitos da mesma forma. A maioria dos membros do grupo tinha entre nove e doze anos, velhos demais para ficarem confinados nos quintais e nas ruas da vizinhança, embora novos demais para terem empregos — até mesmo varrer a calçada em frente das lojas ou entregar mercadorias de bicicleta. Quase todos viviam na parte norte da cidadezinha, o que significava que deveriam arranjar um emprego desse tipo tão logo tivessem idade suficiente, e que não seriam mandados para as universidades de Appleby ou Upper Canada. Nenhum deles vivia num casebre ou tinha parentes na prisão. Ainda assim, havia notáveis diferenças nas condições em que viviam e no que se esperava deles ao crescerem. Mas essas diferenças desapareciam tão logo se afastavam da cadeia municipal, do silo de grãos e das torres das igrejas, deixando também de ouvir o carrilhão do tribunal de justiça.

Andaram depressa ao voltar. Em certos trechos trotaram, mas não correram. Cessaram os saltos, as brincadeiras e o patinhar na água, assim como os urros e gritos que haviam soltado na ida. Os objetos trazidos pela inundação estavam à vista, mas permaneciam intocados. Na verdade, se comportaram como adultos, caminhando com passadas rápidas e tomando o caminho mais razoável, sobre eles o peso de onde precisavam ir e do que precisavam fazer. Havia algo bem à frente deles, uma cena diante de seus olhos que os separava do mundo, algo que a maioria dos adultos parecia possuir. O açude, o carro, o braço, a mão. Sabiam que, ao chegarem a determinado lugar, começariam a gritar. Entrariam na cidade sacudindo os braços e contando aos berros a novidade — e todo mundo ficaria imóvel, absorvendo a notícia.

Atravessaram a ponte como sempre, pela platibanda. Mas sem a menor noção de risco ou coragem ou sangue-frio. Era como se seguissem pela passarela.

Em vez de tomar a estrada que ali fazia uma curva apertada e por ela chegar ao porto e à praça, subiram o barranco da margem numa trilha que levava até perto dos armazéns da ferrovia. O relógio soou um quarto de hora. Meio-dia e quinze.

Naquela hora as pessoas estavam indo almoçar em casa. Os que trabalhavam nos escritórios teriam a tarde livre. Mas os que trabalhavam nas lojas estavam apenas aproveitando o intervalo normal de almoço, porque os estabelecimentos comerciais ficavam abertos até dez ou onze nas noites de sábado.

A maioria das pessoas ia para casa a fim de fazer uma refeição quente e substanciosa. Costeletas de porco, linguiças, carne ensopada, presunto. Batatas, sem dúvida, em purê ou fritas; raízes comestíveis guardadas durante o inverno, repolho ou cebolas com molho cremoso. (Algumas donas de casa, mais ricas ou mais preguiçosas, poderiam abrir uma lata de ervilhas ou de feijão-manteiga.) Pão, bolinhos, conservas, tortas. Até mesmo quem não tinha para onde ir, ou por alguma razão não queria voltar para casa, comeria o mesmo tipo de refeição no Duke of Cumberland, no Merchants' Hotel ou, gastando menos, por trás das janelas embaçadas do Shervill's Dairy Bar.

Os que iam para casa eram quase todos homens. As mulheres já estavam lá — lá estavam o tempo todo. Mas algumas mulheres de meia-idade que trabalhavam em lojas ou escritórios por razões alheias a sua escolha — maridos mortos, maridos doentes ou nenhum marido — eram amigas das mães dos meninos e mesmo estando do outro lado da rua, os cumprimentavam de um jeito divertido ou brincalhão que trazia à lembrança tudo que sabiam sobre as questões de família ou sobre a infância já distante de cada um deles. Era pior para Bud Salter, que chamavam de Buddy.

Os homens não se davam ao trabalho de chamar os meninos por seus nomes, mesmo que os conhecessem perfeitamente. Preferiam chamá-los de "garotos", "jovens" e às vezes de "senhores".

"Bom dia, senhores."

"E aí, garotos, estão indo agora direto para casa?"

"Que travessura estes jovens andaram fazendo hoje de manhã?"

Todas essas saudações tinham algo de jocoso, mas havia diferenças. Os homens que diziam "jovens" eram mais simpáticos — ou queriam parecer mais simpáticos — do que os que diziam "garotos". "Garotos" podia sinalizar que se seguiria uma repreensão por ofensas vagas ou específicas. "Jovens" indicava que o interlocutor um dia também fora jovem. "Senhores" era uma óbvia gozação e sinal de menosprezo, porém não abria caminho para nenhum pito porque a pessoa que dizia isso não estava ali para se chatear.

Ao responder, o olhar dos garotos não subia acima da bolsa das mulheres ou do pomo de adão dos homens. Diziam "Olá" claramente porque poderia haver algum problema se não o fizessem, e em resposta às perguntas saíam-se com um "Sim, senhor", um "Não, senhor" ou um "Nada demais". Até mesmo naquele dia as vozes que se dirigiam a eles causavam certo alarme e confusão, fazendo com que respondessem com a reticência costumeira.

Em certa esquina tinham de se separar. Cece Ferns, sempre o mais ansioso para voltar para casa, partiu na frente, dizendo: "Vejo vocês depois do almoço".

Bud Salter disse: "Tá bom. Aí vamos ao centro".

Isso queria dizer, como todos entenderam, "à delegacia de polícia no centro". Aparentemente, sem necessidade de se consultarem, eles haviam adotado um novo plano de ação, uma forma mais sóbria de anunciar a novidade. Mas não ficou claro que nada diriam em casa. Não havia nenhuma boa razão para que Bud Salter ou Jimmy Box não o fizessem.

Cece Ferns nunca dizia nada em casa.

* * *

Cece Ferns era filho único. Seus pais eram mais velhos que os da maioria dos meninos, ou talvez apenas parecessem mais velhos por causa da vida pavorosa que levavam. Quando se afastou dos outros, Cece começou a trotar, como em geral fazia no quarteirão onde ficava sua casa. Não por estar impaciente para chegar lá ou por pensar que poderia fazer as coisas melhorarem quando entrasse. Talvez fosse apenas para o tempo passar mais depressa, pois no último quarteirão era assaltado por todo tipo de receio.

Sua mãe estava na cozinha. Bom. Estava de pé mas ainda vestia a camisola. O pai não estava lá, e isso também era bom. Seu pai trabalhava no silo de grãos e tinha a tarde de sábado livre; se não estava em casa é porque provavelmente havia ido direto para o Cumberland. Isso significava que só teriam de lidar com ele mais tarde.

O pai de Cece também se chamava Cece Ferns. Era um nome bem conhecido em Walley, e geralmente mencionado de forma afetuosa. Alguém que contasse alguma história, até mesmo trinta ou quarenta anos depois, presumiria que todos sabiam se tratar do pai, e não do filho. Se uma pessoa relativamente nova na cidade dissesse: "Isso não soa como coisa do Cece", lhe explicariam que ninguém havia se referido *àquele* Cece.

"Não é dele que estamos falando, é do pai."

Falavam da vez em que Cece Ferns fora para o hospital — ou tinha sido levado para lá — com pneumonia ou outra doença grave, e as enfermeiras o enrolaram em toalhas úmidas ou lençóis para baixar a febre. A febre foi embora junto com o suor, mas todas as toalhas e os lençóis ficaram marrons. Era a nicotina que havia dentro dele. As enfermeiras nunca tinham visto nada igual. Cece ficou exultante. Segundo dizia, ele fumava e bebia desde os dez anos de idade.

E a vez em que foi à igreja. Difícil imaginar por quê, mas se tratava de uma igreja Batista, e como sua mulher também era batista talvez tivesse ido para agradá-la, embora isso fosse ainda mais difícil de imaginar. Estavam celebrando a comunhão naquele domingo, e na igreja Batista o pão é pão mas o vinho é suco de uva. "O que é isso?", exclamou Cece em voz alta. "Se isto é o sangue do Cordeiro, então ele devia ser muito anêmico."

A preparação para o almoço estava em curso na cozinha da família Ferns. Via-se sobre a mesa um pão de forma em fatias. Uma lata de beterrabas cortadas em pedaços tinha sido aberta. Algumas fatias de mortadela haviam sido fritas — antes dos ovos, embora isso devesse ser feito depois — e eram mantidas relativamente aquecidas em cima do fogão. E agora a mãe de Cece tinha começado a preparar os ovos. Curvada sobre o fogão, segurava numa das mãos a espátula para virar os ovos e, com a outra, apertava o estômago, massageando algum ponto dolorido.

Cece tomou a espátula das mãos dela e baixou a temperatura do fogão elétrico, que estava alta demais. Teve de manter a frigideira um pouco suspensa acima da boca para evitar que a clara dos ovos ficasse dura demais ou queimasse nas bordas. Não chegara a tempo de retirar a gordura antiga e pôr um pouco de banha nova na frigideira. Sua mãe nunca jogava a gordura usada, conservava-a de uma refeição a outra, só acrescentando alguma banha quando precisava.

Achando que o fogo já estava mais do seu gosto, baixou a frigideira e transformou cuidadosamente as bordas rendadas dos ovos em círculos regulares. Encontrou uma colher limpa e derramou um pouco de gordura quente sobre as gemas para endurecê-las. Ele e sua mãe gostavam dos ovos assim, mas ela frequentemente não conseguia fazer direito. Seu pai gostava dos ovos virados para baixo e lisos como panquecas, fritos até parecer couro de sapato e cobertos com pimenta-do-reino. Cece também sabia prepará-los da forma que o pai preferia.

Nenhum dos outros meninos conhecia suas habilidades na cozinha — assim como não conhecia o esconderijo que ele fizera no lado de fora da casa, na parede que não era vista da janela da sala de jantar e atrás da bérberis japonesa.

Sua mãe se sentou na cadeira próxima à janela enquanto ele terminava os ovos. Ela observava a rua. Ainda havia uma chance de o pai chegar em casa para comer alguma coisa. Talvez ainda não estivesse bêbado. Mas a maneira como se comportava não dependia sempre do seu grau de embriaguez. Se entrasse agora na cozinha, poderia dizer a Cece que também lhe preparasse alguns ovos. Poderia então perguntar onde estava seu avental e dizer que ele daria uma boa mulherzinha para alguém. Esse seria seu comportamento caso estivesse de bom humor. Fosse outro seu estado de espírito, começaria olhando para Cece de certo modo — isto é, com uma expressão exagerada, absurdamente ameaçadora — e diria que era melhor ele tomar cuidado.

"Espertinho, não é? Mas fique sabendo, é melhor você tomar cuidado."

E então, se Cece o encarasse ou talvez não o encarasse, se deixasse cair a espátula ou a baixasse com força — ou até mesmo se estivesse se movendo com toda a cautela para não deixar cair nada nem fazer o menor barulho —, seu pai era capaz de arreganhar os dentes e rosnar como um cão. Seria ridículo — era ridículo — se não fosse para valer. No minuto seguinte, a comida e os pratos poderiam estar espatifados no chão, as cadeiras derrubadas, e ele caçando Cece pela sala, gritando que dessa vez o pegaria e encostaria sua cara na boca quente do fogão, ele ia ver o que era bom. Qualquer um imaginaria que ele havia enlouquecido. Entretanto, se naquele justo momento alguém batesse à porta — se, por exemplo, um amigo viesse buscá-lo —, seu rosto se recomporia num piscar de olhos, ele abriria a porta e diria o nome do amigo em voz alta e jovial.

"Estou aí em dois segundos. Ia convidar você para entrar, mas minha mulher andou jogando os pratos no chão outra vez."

Não esperava que acreditassem nisso. Dizia essas coisas a fim de transformar numa piada tudo que acontecia na sua casa.

A mãe de Cece lhe perguntou se fazia mais calor e onde ele andara de manhã.

"Sim, está mais quente", ele disse. "Nos remansos."

Ela disse que podia sentir nele o cheiro do vento.

"Sabe o que eu vou fazer quando acabarmos de comer?", ela perguntou. "Vou pegar uma bolsa de água quente e volto direto para a cama. Aí, quem sabe, recupero minhas forças e sou capaz de fazer alguma coisa."

Era isso que ela quase sempre dizia que ia fazer, mas anunciava aquilo como se fosse uma ideia que acabara de lhe ocorrer, uma decisão cheia de esperança.

Bud Salter tinha duas irmãs mais velhas que nunca faziam nada de útil a menos que a mãe as obrigasse. E nunca restringiam as várias atividades — pentear os cabelos, fazer as unhas, engraxar os sapatos, maquiar-se e mesmo se vestir — aos seus quartos ou ao banheiro. Espalhavam por toda a casa pentes, rolos de cabelo, caixas de pó de arroz, vidros de esmalte de unha e latinhas de graxa de sapato. Além disso, ocupavam todos os espaldares das cadeiras com vestidos e blusas recém-passados, estendendo os suéteres para secar em cima de toalhas que cobriam todas as áreas livres do chão. (Gritavam com quem quer que passasse perto das toalhas.) Postavam-se diante de vários espelhos — o espelho no cabide de casacos, o espelho no guarda-louça da sala de jantar e o espelho junto à porta da cozinha, cuja prateleira estava sempre cheia de alfinetes, bobes, moedas de um centavo, botões e tocos de lápis. Às vezes uma delas se punha diante de um espelho por uns vinte minutos, observando-se de vários ângulos, examinando os dentes, puxando os cabelos para trás e os sacudindo para a frente. Afastava-se depois, aparentemente satisfeita ou pelo menos como quem tinha dado por terminada a inspeção — mas só até chegar ao aposento seguinte, ao espelho seguinte, onde começaria tudo de novo como se houvesse acabado de receber uma nova cabeça.

Naquele momento a irmã mais velha, a que supostamente era bonita, tirava grampos dos cabelos em frente ao espelho da cozinha. Sua cabeça estava coberta de rolos brilhantes que lembravam caracóis. A outra irmã, obedecendo às instruções maternas, estava amassando batatas. Seu irmão de cinco anos, sentado à mesa, batia no tampo com a faca e o garfo enquanto repetia em tom monótono: "Quero ser servido. Quero ser servido".

Aprendera com o pai, que fazia isso de brincadeira.

Bud passou por trás da cadeira do irmão e disse baixinho: "Olha, ela está botando caroços no purê outra vez".

Ele convencera o irmão de que os caroços eram guardados no armário da cozinha e acrescentados ao purê como passas no pudim de arroz.

Seu irmão parou a cantoria e começou a reclamar.

"Não vou comer purê nenhum se ela botar caroço. Mamãe, não vou comer purê nenhum se ela botar caroço."

"Ah, não seja bobo", disse a mãe de Bud. Ela estava fritando fatias de maçã e rodelas de cebola junto com as costeletas de porco. "Para de ficar choramingando como um bebê."

"Foi o Bud que começou", disse a irmã mais velha. "Bud foi dizer que ela estava pondo caroços no purê. Bud sempre diz isso e ele acredita."

"Bud merecia que alguém amassasse a cara dele", disse Doris, a irmã que estava amassando as batatas. Nem sempre ela dizia essas coisas à toa — certa vez deixou a marca de um profundo arranhão no rosto de Bud.

Bud foi até o aparador, onde uma torta de ruibarbo estava esfriando. Pegou um garfo e começou cuidadosa e secretamente a cutucá-la, deixando escapar um delicioso e delicado aroma de canela. Queria levantar uma das beiradas para provar o recheio. Seu irmão viu o que ele estava fazendo mas ficou amedrontado demais para falar qualquer coisa. Ele era mimado e protegido o tempo todo pelas irmãs: Bud era a única pessoa na casa a quem respeitava.

"Quero ser servido", ele repetiu, agora num tom mais comedido.

Doris se aproximou do aparador para pegar a tigela do purê. Bud fez um movimento descuidado e parte da cobertura da torta desabou.

"E agora ele está destruindo a torta", disse Doris. "Mamãe, ele está destruindo sua torta."

"Fecha essa porra dessa boca", disse Bud.

"Larga essa torta", disse a mãe de Bud com uma severidade nascida de longa prática, quase serena. "Para de dizer palavrões. Parem de ficar se acusando. Tratem de crescer."

Jimmy Box sentou para almoçar numa mesa cheia de gente. Ele, o pai, a mãe e as irmãs de seis e quatro anos viviam na casa da avó, juntamente com a tia-avó Mary e o tio solteiro. Seu pai tinha uma oficina de conserto de bicicletas num pequeno galpão atrás da casa; a mãe trabalhava na loja de departamentos Honeker.

O pai de Jimmy era aleijado — resultado de um ataque de poliomielite quando tinha vinte e dois anos. Caminhava curvado sobre os quadris, com o auxílio de uma bengala. Isso não era muito evidente enquanto trabalhava na oficina, porque naquele ofício a pessoa costuma ficar mesmo curvada. Ao andar pela rua é que parecia muito estranho, mas ninguém o chamava por algum apelido ou o imitava. Como ele havia sido um notável jogador de hóquei e de beisebol defendendo os times da cidadezinha, algo do mérito e do valor adquiridos no passado ainda o acompanhava, colocando em perspectiva sua condição atual como se fosse apenas uma fase (embora a derradeira). Ele contribuía para essa percepção fazendo piadas sem graça e assumindo um tom otimista, negando a dor que transparecia em seus olhos fundos e que o mantinha acordado durante muitas noites. E, ao contrário do pai de Cece, não se transformava ao entrar em sua própria casa.

Só que, naturalmente, a casa não lhe pertencia. O pai e a mãe de Jimmy haviam se casado depois que ele ficou aleijado, embora já fossem noivos antes. Pareceu natural que se instalassem na casa da avó de Jimmy, que poderia cuidar dos filhos que o casal viesse a ter sem que sua mãe abandonasse o emprego. Também pareceu natural para a avó abrigar uma nova família — assim como lhe pareceu natural que sua irmã Mary se juntasse a eles quando teve problemas de visão, e que o filho dela, Fred, um homem extraordinariamente tímido, por lá ficasse até encontrar algum lugar que lhe agradasse mais. Tratava-se de uma família que aceitava encargos de um tipo ou de outro com menos rebuliço do que aceitava as mudanças do tempo. Na verdade, ninguém ali iria falar da doença do pai de Jimmy ou da visão de tia Mary como um fardo ou um problema, o mesmo se aplicando à timidez de Fred. Não se devia prestar atenção a defeitos e adversidades, nem distingui-los de seus opostos.

Havia uma crença generalizada na família de que a avó de Jimmy era uma excelente cozinheira, e isso podia ter sido verdade no passado, porém nos anos recentes tinha havido uma queda de padrão. Faziam-se economias que já não eram necessárias. A mãe de Jimmy e seu tio ganhavam bem, tia Mary recebia uma pensão e a oficina de bicicletas era bastante ativa, mas se usava um ovo em vez de três, e o bolo de carne recebia uma xícara adicional de farinha de aveia. Notava-se uma tentativa de compensação no excesso de molho de Worcestershire ou de noz--moscada no manjar. Mas ninguém reclamava. Todos elogiavam. As reclamações eram tão raras naquela casa quanto dente em galinha. E todos diziam "Me desculpe", até mesmo as menininhas diziam "Me desculpe" quando se esbarravam. A comida era passada de uns para os outros com pedidos educados e agradecimentos posteriores como se recebessem visitas todos os dias. Era assim que se arranjavam para viver tão apertados na casa, com roupas penduradas em cada gancho, casacos dobrados sobre o corrimão, camas permanentemente armadas na sala de jantar para Jimmy e seu tio Fred, o aparador soterrado sob uma pilha de roupas esperando para serem passadas ou consertadas. Ninguém pisava com força nos degraus da escada, fechava portas com estrondo, ouvia o rádio em alto volume ou dizia qualquer coisa desagradável.

Será que isso explica por que Jimmy se manteve calado naquele sábado durante o almoço? Todos se mantiveram calados, todos os três meninos. No caso de Cece, isso era fácil de compreender. Seu pai nunca aceitaria o fato de Cece reivindicar para si uma descoberta tão importante. Naturalmente o teria chamado de mentiroso. E sua mãe, avaliando tudo em função do efeito que exerceria sobre o pai, teria compreendido — corretamente — que até mesmo a ida de Cece à delegacia com sua história iria causar problemas em casa, motivo pelo qual lhe pediria para não dizer nada. Mas os outros dois meninos gozavam de um ambiente doméstico bem razoável e podiam ter falado. Na casa de Jimmy haveria consternação e alguma reprimenda, mas logo todos admitiriam que não era culpa dele.

As irmãs de Bud perguntariam se ele não estava maluco. Talvez até distorcessem as coisas para insinuar ser mesmo típico dele, com seus maus hábitos, encontrar um cadáver. O pai, contudo, era um homem paciente e sensato, acostumado a ouvir muitas invencionices em seu emprego como agente de frete na estação ferroviária. Ele teria mandado as irmãs de Bud se calarem e, após uma troca séria de palavras para se certificar de que o filho falava a verdade e não estava exagerando nada, teria telefonado para a delegacia.

O problema era que suas casas pareciam cheias demais. Coisas demais já estavam acontecendo. Isso era verdade tanto na casa dos outros quanto na de Cece, porque, mesmo na ausência do pai, havia a ameaça e a memória de sua presença alucinada.

"Você contou?"

"Por quê, você contou?"

"Nem eu."

Caminharam para o centro sem pensar no caminho que haviam tomado. Dobraram na rua Shipka e se viram passando pela casinha com fachada de estuque onde moravam o sr. e a sra. Willens. Já estavam na frente dela quando se deram conta disso. Duas pequenas janelas se projetavam para fora, ladeando a porta principal e um estreito patamar onde mal cabiam duas cadeiras, que não estavam lá no momento, mas que o casal usava nas noites de verão. Num dos lados da casa havia um anexo de teto baixo, com entrada independente. Numa tabuleta ao lado da porta se lia D. M. WILLEMS, OPTOMETRISTA. Nenhum dos meninos havia estado no consultório, mas a tia Mary ia lá com frequência por causa dos remédios que precisava pingar nos olhos. A avó de Jimmy e a mãe de Bud Salter também compravam seus óculos lá.

O estuque era de um rosa lamacento, as portas e janelas pintadas de marrom. As janelas externas de proteção contra o mau tempo não haviam sido retiradas ainda, como em quase todas as outras casas. A casinha não tinha nada de especial, mas o jardim da frente era famoso por suas flores. A sra. Willens era uma jardineira de renome, que não plantava suas flores em longas fileiras nas margens da horta, como faziam a avó de Jimmy e a mãe de Bud. Ela as plantava em canteiros redondos ou em forma de crescente, bem como em círculos ao redor das árvores. Dentro de poucas semanas os narcisos invadiriam o gramado, mas agora só estava em flor um arbusto de forsítias no canto da casa. Quase atingia os beirais e espalhava amarelo no ar como um chafariz asperge água.

O arbusto de forsítias tremeu, mas não por causa do vento, pois de lá saiu uma figura marrom e encurvada. Era a sra. Willens em suas velhas roupas de jardinagem, uma mulherzinha baixa e gorducha vestindo calças folgadas, um blusão rasgado e um boné de pala que poderia ter pertencido ao marido e lhe caía sobre a testa quase cobrindo os olhos. Ela carregava uma tesoura grande usada para podar.

Eles diminuíram o passo — era isso ou correr. Talvez tenham imaginado que ela não repararia neles, que podiam se transformar em postes. Mas ela já os vira, e por isso saíra às pressas de trás do arbusto.

"Vocês estão olhando abobalhados para as minhas forsítias, não é?", disse a sra. Willens. "Querem levar algumas para casa?"

Eles estavam olhando abobalhados não para as forsítias, e sim para a cena toda — a casa com o aspecto de sempre, a tabuleta na porta do consultório, as cortinas deixando a luz entrar. Nada inconsistente ou sinistro, nada que dissesse que o sr. Willens não estava lá dentro e seu carro não estava na garagem nos fundos do consultório, e sim no açude de Jutland. E a sra. Willens trabalhando no jardim, onde qualquer um esperava que ela estivesse — todos na cidadezinha diziam isso — tão logo a neve derretesse. E falando naquela bem conhecida voz enrouquecida pelo fumo, abrupta e desafiadora mas não antipática, uma voz identificável a meio quarteirão de distância ou vinda dos fundos de qualquer loja.

"Esperem", ela disse. "Esperem um instante, vou pegar algumas para vocês."

Ela começou a selecionar os ramos de um amarelo vivo e cortá-los com habilidade; quando achou que tinha o suficiente, aproximou-se deles por trás de um biombo de flores.

"Aqui está", ela disse. "Levem para suas mães. É sempre bom ver as forsítias, as primeiras flores da primavera." Dividiu os ramos entre eles. "Como toda a Gália", ela continuou. "A Gália era dividida em três partes. Vocês devem saber disso se estudam latim."

"Ainda não estamos no colégio", disse Jimmy, cuja vida em família o preparara, mais do que aos outros, para falar com uma senhora.

"Ainda não? Bem, vocês têm muita coisa pela frente. Digam a suas mães para pôr os ramos num vaso com água morna. Ah, tenho certeza de que elas já sabem disso. Dei a vocês uns ramos que ainda não desabrocharam de todo, por isso devem durar um bocado."

Eles agradeceram — Jimmy em primeiro lugar, os outros aprendendo com ele. Caminharam rumo ao centro com os braços carregados. Não tinham a menor intenção de dar meia-volta e levar as flores para casa, e torciam para que ela não soubesse bem onde moravam. Meio quarteirão depois, olharam furtivamente para trás a fim de ver se ela os observava.

Não. De toda forma, uma grande casa próxima à calçada encobria sua visão.

As forsítias serviram para ocupar a mente deles. O estorvo de levá-las, a dificuldade para se livrarem delas. Não fosse por isso teriam de pensar no sr. e na sra. Willens. Como ela podia estar trabalhando no jardim e ele afogado dentro do seu carro?

Será que ela sabia onde ele estava, ou não? Aparentemente, não teria como saber. Será que ao menos sabia que ele havia saído? Ela agira como se tudo estivesse bem, nada de errado, e isso parecia ser verdade enquanto ficaram parados na frente dela. O que eles sabiam, o que tinham visto, dava a impressão de ter sido posto de lado, apagado, pelo fato de que ela o desconhecia.

Duas garotas de bicicleta dobraram a esquina. Uma delas era Doris, a irmã de Bud. Imediatamente começaram a vaiar e a berrar.

"Ah, olha lá as flores", gritaram. "Onde é o casamento? Olha só como as damas de honra são bonitas!"

Bud gritou de volta a pior coisa que lhe ocorreu.

"Tem sangue escorrendo da tua bunda!"

Naturalmente não era verdade, mas certo dia ela voltara para casa vinda da escola com sangue na saia. Todo mundo tinha visto e aquilo nunca seria esquecido.

Bud estava seguro de que ela iria se queixar em casa, mas nada aconteceu. A vergonha de Doris era tão grande que não podia se referir àquele episódio nem para criar um problema para Bud.

Percebendo que deviam se livrar imediatamente das flores, jogaram os ramos debaixo de um carro estacionado. Ao entrarem na praça, varreram com a mão algumas pétalas que haviam se prendido a suas roupas.

Naquela época os sábados ainda eram importantes porque os habitantes das áreas rurais convergiam para a cidade. Havia muitos carros estacionados em torno da praça e nas ruas vizinhas. Garotões e moças do campo, assim como crianças, se dirigiam à matinê do cinema.

Era necessário passar pela loja Honeker no primeiro quarteirão. E lá, perfeitamente visível numa vitrine, Jimmy enxergou sua mãe. Já de volta ao trabalho, ela endireitava o chapéu na cabeça de um manequim feminino e ajustava o véu, mexendo depois nos ombros do vestido. Como era baixa, precisava ficar nas pontas dos pés para fazer aquilo direito. Ela havia tirado os sapatos para pisar no carpete da vitrine. Dava para ver as solas carnudas e rosadas de seus calcanhares através da meia de seda e, quando ela se esticava, aparecia também a parte detrás do joelho através da abertura da saia. Acima disso ficava um traseiro largo mas bem formado e a linha da calcinha ou da cinta. Jimmy podia ouvir em sua mente os pequenos grunhidos que ela estaria soltando; podia também sentir o cheiro das meias que ela às vezes tirava tão logo entrava em casa para evitar que corresse algum fio. As meias e roupas de baixo das mulheres, mesmo quando limpas, exalavam um cheiro suave e característico que era ao mesmo tempo atraente e repulsivo.

Ele tinha esperança de que acontecessem duas coisas. Que os outros não a tivessem notado (eles tinham, mas a ideia de uma mãe vestida com roupas de rua diariamente e visível a todo o público da cidadezinha lhes era tão estranha que não sabiam como comentá-la, sendo melhor ignorar a situação) e que, por favor, ela não se voltasse para trás e desse com ele. Se o fizesse, ela era capaz de dar umas batidinhas no vidro e desenhar com os lábios um alô. No trabalho ela abandonava a discrição silenciosa, a gentileza estudada que exibia em casa. Sua cortesia passava de submissa à impetuosa. Ele costumava adorar aquela sua outra faceta, aquela vivacidade, assim como adorava a Honeker, com os longos balcões de vidro e madeira envernizada e os enormes espelhos no topo da escadaria em que podia se ver ao subir para a seção de roupas de mulher no segundo andar.

"Aí está o meu menininho travesso", sua mãe dizia, às vezes lhe passando uma moeda de dez centavos. Ele não podia ficar mais que um minuto; o sr. ou a sra. Honeker talvez estivessem olhando.

Menininho travesso.

Palavras que no passado eram tão gostosas de ouvir quanto o tilintar de moedas de dez e cinco centavos agora haviam se tornado secretamente vexaminosas.

Passaram pela loja em segurança.

No quarteirão seguinte teriam de passar pelo Duke of Cumberland, mas Cece não se preocupava nem um pouco. Como seu pai não havia voltado para casa na hora do almoço, isso queria dizer que ainda ficaria ali um tempão. No entanto, a palavra "Cumberland" sempre causava um choque em sua mente. Desde quando nem sabia o que significava, vinha-lhe a sensação de uma grande e triste queda. Um peso atingindo águas escuras lá no fundo.

Entre o Cumberland e a Prefeitura havia uma travessa não pavimentada; a delegacia ficava atrás da Prefeitura. Dobraram na travessa e logo se deram conta de um novo ruído que competia com o barulho da rua. Não vinha do Cumberland — lá todos os sons eram abafados pois o salão onde as pessoas bebiam cerveja só tinha janelas altas e pequenas, como um banheiro público. Vinha da delegacia. A porta estava aberta por causa da temperatura agradável, e mesmo na travessa dava para sentir o cheiro do fumo de cachimbo e dos charutos. Não só os policiais ficavam sentados lá, sobretudo nas tardes de sábado quando se podia aproveitar a calefação no inverno, o ventilador no verão e a aragem que entrava pela porta aberta quando a temperatura era amena, como naquele dia. O coronel Box estaria lá — de fato, já podiam ouvir o chiado que ele fazia, o prolongado efeito colateral de sua risada de asmático. Era parente de Jimmy, mas havia certa frieza na família porque ele não aprovava o casamento do pai do menino. Quando reconhecia Jimmy, costumava lhe falar num tom de voz irônico, demonstrando surpresa. "Se ele alguma vez te oferecer uma moeda de vinte e cinco centavos ou seja lá o que for, diga que não está precisando", sua mãe havia instruído. O coronel Box, porém, nunca lhe tinha oferecido nada.

O sr. Pollock, que se aposentara do emprego na farmácia, também estaria lá, assim como Fergus Solley, que não era débil mental mas parecia ser porque fora vítima de um ataque de gás na Primeira Guerra Mundial. Durante todo o dia esses e outros homens jogavam cartas, fumavam, contavam histórias e bebiam café às custas da cidadezinha (nas palavras do pai de Bud). Quem quer que desejasse fazer uma queixa ou uma denúncia precisava fazê-lo na frente deles, possivelmente sendo ouvido por todos.

Cumpria passar pelo corredor polonês.

Quase pararam diante da porta aberta. Ninguém notara a presença deles. O coronel Box disse: "Ainda não morri", repetindo o final de alguma história. Começaram a seguir em frente vagarosamente. Cabeças baixas, chutando o cascalho. Ao dobrar a esquina do prédio aumentaram a velocidade. Na entrada do banheiro público via-se na parede uma golfada recente de vômito com resquícios sólidos e algumas garrafas vazias no chão. Eles tiveram de passar entre as latas de lixo e as janelas altas e vigilantes do subprefeito até sair da travessa e voltar à praça.

"Eu tenho dinheiro", disse Cece. Essa simples informação deixou todos aliviados. Cece fez tilintar as moedas no bolso. Era o dinheiro que sua mãe tinha lhe dado depois que ele lavou os pratos e foi até o quarto da frente lhe dizer que estava saindo. "Pegue cinquenta centavos na cômoda", ela havia dito. Às vezes ela tinha dinheiro, embora ele nunca houvesse visto seu pai lhe dar nenhum. E sempre que ela dizia "Pegue o que quiser" ou lhe dava algumas moedas, Cece compreendia que sua mãe tinha vergonha da vida que levavam, vergonha por ele e na frente dele, e nessas horas o menino tinha raiva até de vê-la (embora ficasse contente com o dinheiro). Pior ainda quando dizia que Cece era um bom menino e que não devia pensar que sua mãe não se sentia grata por tudo que ele fazia.

Tomaram a rua que levava ao porto. Ao lado do posto de gasolina Paquette havia uma barraquinha onde a sra. Paquette vendia cachorros-quentes, sorvetes, balas e cigarros. No passado, ela se recusara a lhes vender cigarros, mesmo quando Jimmy disse que eram para seu tio Fred. Mas não se aborrecera com eles por haverem tentado. Era uma franco-canadense gorda e bonita.

Compraram balas de alcaçuz, pretas e vermelhas. Tencionavam comprar sorvete mais tarde, quando houvessem acabado de digerir o pesado almoço. Foram até onde dois assentos velhos de carro tinham sido encostados numa cerca sob uma árvore que proporcionava sombra no verão. Dividiram as balas entre eles.

O capitão Tervitt estava no outro assento.

Durante muitos anos ele servira realmente como capitão nos barcos do lago. Agora tinha um emprego como auxiliar de polícia. Parava os carros para deixar os alunos atravessarem em frente à escola e impedia que as crianças descessem de tobogã as ruas transversais no inverno. Soprava o apito e levantava a manzorra, que, com a luva branca, lembrava a de um palhaço. Alto e espadaúdo, ainda se mantinha empertigado apesar dos cabelos brancos. Os carros obedeciam a suas ordens, assim como as crianças.

À noite fazia rondas se certificando de que as portas de todas as lojas estavam fechadas e de que ninguém se encontrava lá dentro cometendo um roubo. Durante o dia frequentemente dormia em público. Quando fazia mau tempo, dormia na biblioteca; com tempo bom, escolhia algum assento ao ar livre. Não se demorava na delegacia, provavelmente porque era surdo demais para seguir a conversa sem o aparelho — e, como muita gente surda, odiava seu aparelho. Além disso, certamente se acostumara à solidão olhando por cima da proa dos barcos que cortavam o lago.

Tinha os olhos cerrados e a cabeça inclinada para trás a fim de que o sol pudesse lhe banhar a face. Para falar com ele (e a decisão de fazê-lo foi tomada sem consulta, exceto pela troca de olhares resignados e algo irresolutos), tiveram de acordá-lo da soneca. Seu rosto levou alguns segundos até registrar onde, quando e quem. Tirou então do bolso um relógio velho e fora de moda, tomando como certo que as crianças sempre queriam saber que horas eram. Mas eles continuaram a lhe falar, demonstrando agitação e certa vergonha. Estavam dizendo: "O senhor Willens está lá dentro do açude de Jutland" e "Nós vimos o carro" e "Afogado". Ele teve de erguer uma das mãos indicando que deviam se calar, enquanto, com a outra, pescava no bolso da calça o aparelho de surdez. Sacudiu a cabeça com ar sério e encorajador, como que dizendo "Paciência, paciência", enquanto colocava o aparelho no ouvido. E então, com as duas mãos erguidas, "Fiquem quietos, fiquem quietos", enquanto o testava. Por fim, após um balançar de cabeça mais incisivo, ele disse em tom severo (mas de certa forma caçoando de sua própria severidade): "Continuem".

Cece, que era o mais tranquilo dos três — assim como Jimmy era o mais cortês e Bud o mais falante —, foi quem bagunçou tudo.

"Sua braguilha está aberta", ele disse.

Ao que os três soltaram um grito ao mesmo tempo e saíram em disparada.

A alegria deles não se dissipou de imediato. Mas não era algo que pudesse ser compartilhado ou discutido: tinham de se separar.

Cece voltou para casa a fim de trabalhar em seu esconderijo. O chão de papelão, que congelara durante o inverno, estava agora encharcado e precisava ser substituído. Jimmy subiu no sótão da garagem onde recentemente descobrira uma caixa de revistas do Doc Savage que haviam pertencido ao tio Fred. Bud não encontrou ninguém em casa a não ser sua mãe, que encerava o assoalho da sala de jantar. Ele leu histórias em quadrinhos durante uma hora e então lhe contou. Bud achava que, como ela não tinha nenhuma experiência ou autoridade fora de casa, não saberia o que fazer até telefonar para seu pai. Surpreendeu-se ao vê-la chamar imediatamente a polícia. Só depois ela telefonou para o pai. E alguém foi buscar Cece e Jimmy.

Um carro da polícia foi até Jutland e confirmou tudo. Um policial e o pastor anglicano foram conversar com a sra. Willens.

"Não queria incomodar vocês", a sra. Willens teria dito. "Ia esperar até de noite."

Explicou que o sr. Willens tinha ido a uma fazenda na tarde do dia anterior para levar um colírio para um velho cego. Às vezes ele ficava retido, ela disse. Visitava outros clientes ou o carro enguiçava.

O policial perguntou se ele andava triste ou algo assim.

"Ah, certamente não", respondeu o pastor. "Ele era o baluarte do coro."

"Essa palavra não existia no dicionário dele", disse a sra. Willens.

Comentou-se o fato de os meninos sentarem para o almoço e não dizerem uma palavra. E depois ainda compraram balas de alcaçuz. Um novo apelido — Defunto — foi dado aos três. Jimmy e Bud o carregaram até irem embora da cidadezinha, enquanto Cece, que casou cedo e foi trabalhar no silo, o viu ser passado para os dois filhos. A essa altura ninguém mais lembrava a origem do apelido.

A insolência para com o capitão Tervitt permaneceu um segredo.

Os meninos esperavam algum sinal de que ele se recordava do episódio, um olhar altivo de ofensa ou censura na próxima vez que passassem por baixo de seu braço erguido ao atravessar a rua diante da escola. Mas ele levantava a mão enluvada, sua nobre mão branca de palhaço, com a expressão habitual de serenidade e benevolência.

Continuem.

II. PROBLEMAS DO CORAÇÃO

"GLOMERULONEFRITE", Enid escreveu em seu caderno de notas. Era o primeiro caso que ela via. O fato é que os rins da sra. Quinn estavam se deteriorando e nada podia ser feito para impedir isso. Os órgãos se ressecavam e se transformavam em caroços granulosos duros e inúteis. A pouca urina que ela produzia era escura, seu hálito e o cheiro de sua pele eram acres e funestos. Havia um outro cheiro mais tênue, como o de fruta podre, que para Enid parecia relacionar-se com as manchas de um marrom-azulado que surgiam por todo o corpo. As pernas se contraíam em espasmos de dor repentina, e a pele coçava tanto que Enid precisava esfregá-la com gelo. Ela enrolava o gelo em toalhas e fazia compressas nos locais onde o tormento era maior.

"Como é que se pega uma doença dessas?", perguntou a cunhada da sra. Quinn. Ela se chamava sra. Green, Olive Green. (Segundo dizia, nunca lhe havia ocorrido como isso soava até que se casou e, de repente, todos passaram a rir daquela combinação de cores.) Vivia numa fazenda a alguns quilômetros da cidadezinha pela estrada principal e, de tantos em tantos dias, vinha pegar os lençóis, as toalhas e as camisolas para lavar. Lavava também as roupas das crianças, trazendo de volta tudo bem passado e dobrado. Passava a ferro até mesmo as fitas das camisolas. Enid lhe era grata — em outros empregos tivera de cuidar também das roupas ou, o que era pior, transferir o problema para sua mãe, que as entregava a uma tinturaria. Não querendo ofender a sra. Green mas vendo para onde as perguntas apontavam, Enid respondeu: "É difícil dizer".

"Porque a gente ouve muita coisa", disse a sra. Green. "Ouvi falar que às vezes uma mulher pode tomar certas pílulas. Tomam essas pílulas quando o período se atrasa e, se obedecem às instruções do doutor e é por um bom motivo, aí corre tudo bem. Mas, se tomam uma dose maior e por uma má razão, aí arrebentam com os rins. Não é verdade?"

"Nunca vi um caso igual a este", disse Enid.

A sra. Green era uma mulher alta e corpulenta. Assim como seu irmão Rupert, o marido da sra. Quinn, tinha um rosto arredondado, nariz pequeno e arrebitado e a pele com rugas que lhe davam um aspecto agradável — do tipo que a mãe de Enid costumava chamar de "batata irlandesa". No entanto, por trás da expressão bem-humorada de Rupert, havia um quê de cautela e reserva. E, por trás do bom humor da sra. Green, um desejo melancólico. Enid não sabia qual o objeto daquele desejo. Mesmo na mais simples conversa a sra. Green introduzia grandes demandas. Talvez fosse só o anseio por notícias. A notícia de algo momentoso. Um evento.

Obviamente, estava para ocorrer um evento, algo momentoso ao menos para a família. A sra. Quinn iria morrer aos vinte e sete anos. (Essa era a idade que ela declarava — Enid acrescentaria alguns anos, mas, naquele estágio avançado da doença, era difícil calcular os anos.) Quando os rins parassem definitivamente de funcionar, o coração não resistiria e ela morreria. O doutor havia dito a Enid: "Isso vai durar até o verão, mas é possível que você tenha umas férias antes que terminem os dias de calor".

"Eles se conheceram quando Rupert foi para o norte", disse a sra. Green. "Ele foi sozinho, trabalhou no interior. Ela tinha um emprego qualquer num hotel. Sei lá o quê. Camareira. Mas não era de lá — diz que foi criada num orfanato em Montreal. Não é culpa dela. Era de esperar que falasse francês, mas, se fala, ninguém nunca ouviu."

"Uma vida interessante", disse Enid.

"Ah, pode dizer isso outra vez."

"Uma vida interessante", repetiu Enid. Às vezes ela não conseguia resistir — tentava uma piada quando não havia a menor chance de dar certo. Levantou as sobrancelhas de uma forma sugestiva e a sra. Green acabou rindo.

Mas será que ela havia ficado chateada? Era assim que Rupert costumava rir no ginásio para escapar de alguma gozação.

"Ele nunca teve nenhuma namorada antes dela", disse a sra. Green

Enid tinha sido da turma de Rupert, embora não mencionasse isso à sra. Green. Sentia certo embaraço agora porque ele era um dos garotos — na verdade, o principal deles — que ela e suas amigas atazanavam de todos os modos imagináveis. "Caíam na pele dele", como se costumava dizer. Atormentavam Rupert seguindo-o na rua e dizendo: "Ei, Rupert. Tudo bem, Ruuuuupert?", deixando-o em agonia e vendo seu pescoço ficar vermelho. "Rupert pegou escarlatina", elas diziam. "Rupert, você precisa ficar de quarentena." E fingiam que uma delas — Enid, Joan McAuliffe, Marian Denny — estava caída por ele. "Ela quer falar com você, Rupert. Por que não convida ela para sair? Podia pelo menos telefonar para ela. Ela está morrendo de vontade de conversar com você."

Não esperavam de fato que ele atendesse a esses apelos. Mas que alegria se tivesse atendido! Ele teria sido imediatamente enxotado e a história seria contada para toda a escola. Por quê? Por que o tratavam assim, por que desejavam tanto humilhá-lo? Simplesmente porque podiam.

Era impossível que ele houvesse esquecido. Mas tratava Enid como se só agora a tivesse conhecido, a enfermeira de sua mulher, vinda para sua casa sabe-se lá de onde. E Enid seguiu o exemplo dele.

As coisas haviam sido extraordinariamente bem arranjadas para evitar que ela tivesse tarefas adicionais. Rupert costumava dormir e fazer as refeições na casa da sra. Green. As duas meninas também poderiam ter se mudado para lá, porém isso implicaria pô-las em outra escola — e em menos de um mês as aulas seriam interrompidas para as férias de verão.

Rupert vinha a casa à noite e falava com as filhas.

"Vocês estão se comportando direitinho?"

"Mostrem ao papai o que vocês fizeram com os blocos de montar", dizia Enid. "Mostrem ao papai os desenhos no livro de colorir."

Os blocos, os creions, os livros de colorir, tudo tinha sido fornecido por Enid. Ela telefonara para sua mãe e lhe pedira para ver o que era possível encontrar nos velhos baús. Sua mãe havia feito isso, trazendo também um velho livro de bonecas para recortar que conseguira com alguém — as princesas Elizabeth e Margaret Rose com suas diversas roupas. Enid não conseguira fazer as meninas agradecerem até que pôs todas aquelas coisas numa estante alta e anunciou que lá ficariam se elas não dissessem muito obrigada. Lois e Sylvie tinham sete e seis anos de idade, e eram mais indomáveis que gatinhos nascidos num celeiro.

Rupert não perguntou de onde tinham vindo os brinquedos. Dizia às filhas para serem boas meninas e perguntava a

Enid se ela precisava de alguma coisa do centro. Certa vez ela lhe disse que tinha substituído a lâmpada da escada para o porão e que era melhor ele trazer outras de reserva.

"Eu podia ter feito isso", ele disse.

"Não tenho o menor problema com lâmpadas", disse Enid. "Ou fusíveis ou pregos. Mamãe e eu há muito tempo nos acostumamos a não ter um homem em casa." A ideia era se mostrar brincalhona, cordial, mas não funcionou.

Por fim Rupert perguntava pela esposa, e Enid dizia que sua pressão havia caído um pouco, ou que ela havia comido parte de um omelete na ceia e a mantido no estômago, ou que as aplicações de gelo pareciam aliviar a coceira na pele e que ela estava dormindo melhor. E Rupert dizia que, se ela estava dormindo, preferia não entrar.

"Nada disso", dizia Enid. Ver o marido faria mais bem a uma mulher do que tirar uma soneca. Ela então punha as crianças para dormir, dando ao casal um pouco de privacidade. Porém Rupert nunca se demorava mais que alguns minutos. E quando Enid descia do segundo andar e entrava na sala da frente — que agora abrigava a paciente —, a fim de prepará-la para a noite, a sra. Quinn estaria recostada nos travesseiros, parecendo agitada mas não descontente.

"Ele não fica muito tempo por aqui, não é mesmo?", a sra. Quinn dizia. "Acho muita graça. Ra-ra-ra, como-vai-você? Ra-ra-ra, já-vou-indo. Por que não pegamos ela e jogamos no monte de esterco? Por que não nos livramos dela como de um gato morto? É isso que ele está pensando, não é?"

"Duvido", disse Enid, trazendo a bacia, as toalhas, o álcool para esfregar e o talco de bebê.

"Duvido", repetiu a sra. Quinn em tom raivoso, embora permitindo docilmente que sua camisola fosse retirada, os cabelos puxados para trás descobrindo o rosto e uma toalha enfiada sob os quadris. Enid estava acostumada à resistência das pessoas à necessidade de ficarem nuas, mesmo quando muito velhas ou muito doentes. Às vezes ela precisava fazer gracinhas ou assumir uma atitude mais severa para que os pacientes deixassem de bobagem. "Acha que até hoje eu nunca vi as partes de baixo de ninguém?", ela perguntava. "Partes de baixo, partes de cima, depois de algum tempo fica bem chatinho. Você sabe, somos feitos somente de duas maneiras." Mas a sra. Quinn não tinha nenhuma vergonha, abrindo as pernas e se erguendo um pouco para facilitar o trabalho. Era uma mulher com ossos de passarinho, agora deformada devido ao inchaço da barriga e dos membros, enquanto os seios haviam se reduzido a meros saquinhos com mamilos em forma de groselha seca.

"Inchada como um porco", disse a sra. Quinn. "Menos os meus seios, que sempre foram meio inúteis. Nunca tive uns peitões, como os seus. Você não fica enojada de me ver? Não vai ficar feliz quando eu morrer?"

"Se eu achasse isso não estaria aqui", respondeu Enid.

"Este lixo já vai tarde. É o que vocês todos vão dizer. Este lixo já vai tarde. Não tenho mais a menor utilidade para ele, não é mesmo? Não tenho utilidade para homem nenhum. Ele sai daqui todas as noites e vai pegar outra mulher, não vai?"

"Até onde sei, vai para a casa da irmã dele."

"Até onde você sabe. Mas você não sabe muito."

Enid achava que sabia o que isso significava, o rancor e a malevolência, a energia guardada para se queixar violentamente. A sra. Quinn se debatia à procura de um inimigo. As pessoas enfermas acabavam por ter raiva das pessoas sadias, e às vezes isso acontecia entre marido e mulher ou até mesmo entre mãe e filhos. No caso da sra. Quinn, envolvia o marido e as filhas. Numa manhã de sábado, Enid chamou Lois e Sylvie, que brincavam na varanda dos fundos, para virem ver como a mãe estava bonita. A sra. Quinn acabara de fazer a limpeza matinal e vestia uma camisola limpa; os cabelos louros e finos, embora um pouco ralos, haviam sido penteados para trás e presos com uma fita azul. (Enid sempre levava um suprimento de fitas quando ia tratar de alguma paciente, além de um vidro de água-de-colônia e um sabonete perfumado.) Ela de fato estava bonita — ou pelo menos dava para ver que algum dia fora bonita, com a testa larga, as maçãs do rosto proeminentes (agora quase perfurando sua pele, como maçanetas de porcelana), os olhos grandes e esverdeados, os dentes translúcidos de criança e o queixo pequeno e obstinado.

As meninas entraram no quarto obedientemente, ainda que sem grande entusiasmo.

A sra. Quinn disse: "Não deixe elas chegarem perto da minha cama, estão sujas".

"Só querem ver você", disse Enid.

"Bom, então agora já me viram e podem ir embora."

Esse comportamento não pareceu surpreender ou desapontar as crianças. Olharam para Enid, que disse: "Muito bem, agora é melhor a mamãe descansar um pouco", ao que elas saíram correndo e bateram a porta da cozinha.

"Você não consegue fazê-las parar de bater as portas?", perguntou a sra. Quinn. "Cada vez que fazem isso é como se um tijolo tivesse sido jogado no meu peito."

Dava para pensar que as duas filhas eram um par de órfãs desordeiras que lhe faziam uma visita sem prazo para irem embora. Mas esse era o comportamento de muitas pessoas antes de se conformarem com a ideia da morte, e às vezes até a hora da própria morte. Pessoas com um temperamento aparentemente mais brando que o da sra. Quinn diziam saber o quanto seus irmãos, irmãs, maridos, esposas e filhos sempre as haviam odiado, o quanto tinham desapontado os outros e o quanto tinham sido desapontadas, e como todos se sentiriam felizes ao vê-las partir.

Eram capazes de dizer isso no final de uma vida útil e pacífica no seio de famílias amorosas, onde não haveria explicação para tais acessos. E em geral os acessos passavam. Porém, também frequentemente, nas últimas semanas ou mesmo dias de vida se ouviam reflexões sobre velhas rixas ou menosprezos, bem como queixas sobre alguma punição injusta sofrida setenta anos antes. Certa vez, quando uma mulher pediu a Enid que lhe trouxesse do guarda-louça uma travessa de porcelana inglesa, ela pensou que a paciente desejava ter o prazer de admirar seu belo objeto pela última vez. Mas verificou que ela só queria usar suas surpreendentes forças derradeiras para estraçalhar a travessa contra o pé da cama.

"Agora sei que minha irmã nunca vai se apoderar disso!", ela disse.

E com frequência os doentes comentavam que as visitas só vinham para se regozijar de sua desgraça e que o médico era o culpado por seus sofrimentos. Detestavam a própria Enid, por sua dedicação dia e noite, pelas mãos pacientes e pela forma como seus fluidos vitais estavam tão bem balanceados. Enid estava acostumada a isso, era capaz de compreender a aflição em que se encontravam, a aflição de morrer e também a aflição de suas vidas que vez por outra suplantava a iminência da morte.

Mas a sra. Quinn a deixava perplexa.

Não se tratava apenas de sua incapacidade de lhe trazer alívio. O fato é que ela não conseguia desejar lhe trazer alívio. Não era capaz de vencer sua antipatia por aquela pobre e condenada mulher ainda tão jovem. Não gostava daquele corpo que devia lavar, cobrir de talco e aplacar com aplicações de gelo e álcool. Compreendia agora o que as pessoas queriam dizer quando declaravam odiar as enfermidades e os corpos enfermos; entendeu as mulheres que lhe haviam dito "não sei como você faz isso, nunca poderia ser uma enfermeira, essa é a única coisa que eu não poderia ser". Desgostava daquele corpo em especial, de todos os indícios particulares de sua doença. O cheiro, a descoloração, os pequenos mamilos de aparência maligna, os patéticos dentes de furão. Tomava tudo isso como sinal de uma corrupção deliberada. Ela se sentia tão má quanto a sra. Green, farejando uma impureza irrefreável. E isso apesar de que, como enfermeira, deveria ver as coisas de outro ângulo, e também apesar de que, por obrigação profissional — e certamente por sua própria natureza —, ela era uma pessoa piedosa. Não sabia por que isso estava acontecendo. A sra. Quinn a fazia lembrar de certas garotas que conhecera no ginásio — vestidas com roupas baratas, moças de aparência doentia e futuros sombrios, que mesmo assim teimavam em manifestar uma grande autossatisfação. Duravam apenas um ou dois anos — engravidavam, a maioria se casava. Enid cuidara de algumas delas anos depois, ao terem partos em casa, e descobriu que a confiança delas se exaurira, que a audácia havia dado lugar à humildade, quando não à devoção religiosa. Sentia pena delas, mesmo quando recordava com que determinação haviam se disposto a conquistar o que tinham agora.

A sra. Quinn era um caso mais difícil. Se ela se partisse em pedacinhos, lá dentro só se encontraria uma forma lúgubre de malícia, só podridão.

Pior ainda que sentir tal repugnância era o fato de que a sra. Quinn sabia disso. Por mais que Enid tentasse demonstrar paciência, gentileza ou alegria, nada podia impedir que a sra. Quinn soubesse. E ela fazia desse conhecimento o seu triunfo.

Este lixo já vai tarde.

Quando Enid tinha vinte anos e logo se formaria como enfermeira, seu pai estava morrendo num hospital em Walley. Certo dia ele lhe disse: "Não gosto dessa sua carreira. Não quero saber de você trabalhando num lugar como este".

Enid se curvou sobre ele e perguntou onde pensava que estava. "É só o hospital de Walley", ela disse.

"Sei disso", disse seu pai, no tom calmo e razoável de sempre (ele era corretor de seguros e de imóveis). "Eu sei do que estou falando. Me prometa que não vai."

"Prometer o quê?"

"Que não vai fazer esse tipo de trabalho", disse o pai. Ela não conseguiu extrair nenhuma explicação dele, que se calou como se as perguntas de Enid o desgostassem. Só dizia "Prometa".

"Qual é o problema?", Enid perguntou à mãe, que respondeu: "Ah, vá em frente. Vá em frente e lhe prometa. Que diferença isso pode fazer?".

Enid achou a resposta chocante, porém não fez nenhum comentário. Afinal, a atitude era coerente com o modo como sua mãe via muitas coisas.

"Não vou prometer nada que eu não compreenda", ela disse. "Provavelmente não vou mesmo prometer coisa nenhuma. Mas se você sabe do que ele está falando, então devia me dizer."

"É só essa ideia que ele agora encasquetou, que a enfermagem torna uma mulher vulgar."

Enid repetiu: "Vulgar".

Sua mãe explicou que a parte da enfermagem a que ele objetava tinha a ver com a familiaridade que as enfermeiras passam a ter com o corpo dos homens. Achava — havia decidido — que essa familiaridade modificaria uma moça, alterando também o que os homens pensariam dela. Prejudicaria suas boas oportunidades e lhe abriria outras não tão boas. Alguns homens perderiam interesse e outros se interessariam do modo errado.

"Acho que está tudo misturado com o desejo de que você se case", disse a mãe.

50

"Pior ainda se estiver", disse Enid.

Mas ela acabou prometendo. E sua mãe disse: "Bem, espero que isso faça você feliz". Não "faça *ele* feliz". "Faça *você* feliz." Parecia que sua mãe sabia antes de Enid como tal promessa seria tentadora. A promessa feita no leito de morte, a autonegação, o sacrifício absoluto. E quanto mais absurda, melhor. Era a isso que ela se submetera. E nem tinha sido por amor ao pai (sua mãe deu a entender), mas pela excitação daquilo. A mais pura e nobre perversidade.

"Se ele tivesse pedido que você abandonasse alguma coisa a que não desse a menor importância, você provavelmente teria se negado", disse sua mãe. "Por exemplo, se tivesse pedido que você parasse de usar batom. Ainda estaria usando."

Enid ouviu isso com uma expressão paciente.

"Você rezou para tomar essa decisão?", sua mãe perguntou bruscamente.

Enid disse que sim.

Abandonou a escola de enfermagem e se ocupou com tarefas domésticas. Como havia dinheiro suficiente, não precisava trabalhar. Na verdade, desde o início sua mãe não queria que Enid fosse enfermeira, alegando que se tratava de uma profissão de moças pobres, uma saída para aquelas cujos pais não podiam sustentá-las ou mandá-las para uma universidade. Enid não chamou a atenção da mãe para essa inconsistência. Pintou uma cerca, amarrou as roseiras antes da chegada do inverno. Aprendeu a fazer bolos e a jogar bridge, tomando o lugar de seu pai nas partidas semanais que a mãe jogava com o sr. e a sra. Willens, que moravam na casa ao lado. Em pouco tempo ela se tornou — nas palavras do sr. Willens — uma jogadora escandalosamente boa. Ele começou a lhe oferecer chocolates ou uma rosa para compensá-la pelo fato de ser um parceiro incompetente.

Ela patinava nas noites de inverno. Jogava badminton.

Nunca lhe haviam faltado amigos, não lhe faltaram então. A maioria de seus colegas no último ano do colégio estava terminando a universidade ou já trabalhava em outras localidades, como professores, enfermeiros ou contadores. Mas ela fez amizade com outros que haviam largado a escola antes do último ano para se empregarem em bancos, lojas ou escritórios, para serem bombeiros hidráulicos ou chapeleiras. Como elas próprias diziam, as moças nesse grupo caíam como moscas — caíam no casamento. Enid organizava chás de panela e ajudava nos preparativos. Dentro de alguns anos viriam os batizados, quando então ela seria uma das madrinhas prediletas. Crianças que não tinham nenhum parentesco com ela cresceriam chamando-a de tia. E ela já era uma espécie de filha honorária de senhoras com a idade de sua mãe ou mais velhas, a única mulher jovem que tinha tempo para o Clube do Livro e a Sociedade de Horticultura. Por isso, ainda jovem, ela estava aos poucos assumindo aquele papel essencial e central, embora solitário.

Mas, na verdade, esse havia sido sempre seu papel. No colégio, servia todos os anos como representante da turma ou organizadora dos eventos sociais. Era querida por todos, animada, bem vestida e bonita, mas ligeiramente segregada. Tinha amigos entre os rapazes, mas nunca um namorado. Não parecia ter escolhido ser daquele jeito, e nem se aborrecia com isso. Preocupava-se com sua ambição — ser missionária (em certa fase embaraçosa) e depois enfermeira. Nunca tinha pensado na enfermagem como alguma coisa a ser feita apenas até se casar. Tinha a esperança de ser boa e de fazer o bem, mas não necessariamente seguindo o padrão costumeiro e certinho, próprio de uma esposa.

Na véspera do Ano-Novo ela foi a um baile na Prefeitura. O homem com quem mais dançou e a levou para casa, apertando sua mão ao lhe desejar boa-noite, era o gerente da fábrica de laticínios — um sujeito de uns quarenta anos, solteirão, excelente dançarino, um verdadeiro tio para as moças que talvez ficassem sem par. Nenhuma mulher o levava a sério.

"Talvez você devesse fazer um curso comercial", disse sua mãe. "Ou por que não vai para uma universidade?"

Onde os homens poderiam reconhecer melhor seus dotes, é o que ela certamente estaria pensando.

"Estou velha demais."

Sua mãe riu. "Isso só mostra como você ainda é jovem", ela disse. Parecia aliviada ao ver que a filha tinha um quê da loucura natural da idade ao achar vinte e um anos muitíssimo distante de dezoito.

"Não vou me enturmar com uma garotada saída do colégio", disse Enid. "Não vou mesmo. Aliás, por que você quer se ver livre de mim? Estou bem aqui." Aquela manifestação de amuo e aspereza também pareceu agradar à mãe e reconfortá-la. No entanto, após um momento, ela suspirou e disse: "Você vai ficar surpresa ao perceber como os anos passam depressa".

Naquele mês de agosto ocorreram muitos casos de sarampo e alguns de poliomielite. O médico que havia cuidado do pai de Enid e observara sua competência no hospital perguntou se ela gostaria de ajudá-lo por algum tempo, tratando de pessoas em casa. Ela disse que pensaria naquilo.

"Quer dizer, vai rezar?", perguntou sua mãe, e o rosto de Enid assumiu uma expressão reticente e teimosa que, no caso de outra moça, se aplicaria a um encontro com o namorado.

"Aquela promessa", ela disse para a mãe no dia seguinte. "Era sobre trabalhar num hospital, não é mesmo?"

A mãe disse que assim havia entendido, que era isso mesmo.

"E com o fato de eu me diplomar como enfermeira, não é?"

Sim, sim.

Então, havendo gente que precisa ser cuidada e não quer ir para o hospital ou não pode pagar por ele, se Enid cuidasse delas em suas casas sem ser como enfermeira profissional não estaria quebrando a promessa, certo? E como a maioria das pessoas que precisariam de sua ajuda seriam crianças ou mulheres em trabalho de parto, ou velhos moribundos, não haveria muito risco de se tornar vulgar, não é verdade?

"Se os únicos homens que você vai ver nunca voltarão a sair da cama, então está certa", disse sua mãe.

Mas ela não pôde deixar de acrescentar que tudo isso significava apenas que Enid decidira abandonar a possibilidade de obter um emprego decente num hospital a fim de fazer um trabalho duro e miserável em casas primitivas e miseráveis para ganhar praticamente nada. Enid ia se ver bombeando água de poços contaminados, quebrando gelo de bacias no inverno, lutando com moscas no verão e usando uma latrina no lado de fora em vez de um banheiro. Tanques e lamparinas em vez de máquinas de lavar roupa e eletricidade. Tentando cuidar de gente doente naquelas condições enquanto também teria de enfrentar as tarefas domésticas e tomar conta de pobres crianças mal-educadas.

"Mas se esse é o seu objetivo na vida", ela disse, "quanto mais eu mostrar o que há de ruim nisso mais decidida você vai ficar. A única coisa é que também vou te pedir algumas promessas. Me prometa que vai ferver a água que beber. E que não vai se casar com um fazendeiro."

"Só faltava essa", respondeu Enid.

Dezesseis anos tinham se passado. Durante os primeiros anos as pessoas ficaram mais e mais pobres. Um número crescente delas não tinha condições de serem hospitalizadas, e as casas onde Enid trabalhou frequentemente haviam se deteriorado quase até chegar ao ponto descrito por sua mãe. Lençóis e fraldas precisavam ser lavados à mão nas casas em que as máquinas de lavar roupa haviam quebrado e não podiam ser consertadas, em que a eletricidade fora cortada ou que nunca haviam tido acesso à eletricidade. Enid não podia trabalhar de graça, pois isso não seria justo com as outras mulheres que faziam o mesmo tipo de enfermagem e não dispunham de iguais opções. Mas ela devolvia a maior parte do dinheiro que ganhava sob a forma de sapatos e casacos de inverno para as crianças, consultas dentárias e brinquedos de Natal.

Sua mãe coletava entre os amigos velhos berços, cadeiras altas para bebês, cobertores e lençóis usados, que retalhava e recozia para fazer fraldas. Todo mundo lhe dizia como devia sentir-se orgulhosa de Enid, e ela respondia que sim, que sem dúvida tinha muito orgulho da filha.

"Mas às vezes é um trabalho dos diabos", ela dizia, "esse negócio de ser mãe de uma santa."

Vieram então a guerra e a grande carência de médicos e enfermeiros, e Enid tornou-se mais bem-vinda do que nunca. Como também foi necessária por algum tempo após a guerra, quando nasceram muitas crianças. Só agora, com os hospitais sendo ampliados e muitas fazendas se tornando prósperas, parecia que suas responsabilidades poderiam se reduzir ao cuidado de pessoas com enfermidades estranhas ou terminais, ou que eram tão malcomportadas que os hospitais as haviam posto para fora.

Naquele verão, choveu pesado com muita frequência até que o sol, brilhando nas folhas e capins encharcados, trouxe um calorão. O nevoeiro era cerrado nas primeiras horas da manhã — sobretudo ali, nas margens do rio —, mas mesmo depois que se dissipava não era possível ver muito longe em nenhuma direção por causa da superabundância e da densidade do verão. Árvores frondosas, arbustos sobrecarregados de trepadeiras, plantações de milho, cevada, trigo e feno. Como dizia a gente do lugar, tudo estava chegando antes do tempo. O feno ficou pronto para o corte em junho, e Rupert precisou correr para pô-lo no celeiro antes que a chuva o arruinasse.

Ele passou a vir para casa mais e mais tarde porque trabalhava enquanto havia luz. Certa noite, ao chegar, tudo se encontrava às escuras, exceto por uma vela acesa sobre a mesa da cozinha.

Enid se apressou em abrir a porta de tela.

"Sem eletricidade?", perguntou Rupert.

"Psiu", disse Enid. Sussurrou que havia deixado as crianças dormirem no andar de baixo porque os quartos de cima estavam quentes demais. Juntando as cadeiras, preparou camas para as meninas com colchas e travesseiros. E, naturalmente, teve de apagar as luzes a fim de que pudessem dormir. Ela encontrara uma vela numa das gavetas e isso era tudo de que necessitava para escrever no caderno de notas.

"Elas vão se lembrar para sempre de dormir aqui", Enid disse. "A gente sempre se lembra das vezes em que dormiu num lugar diferente quando era criança."

Ele pôs no chão uma caixa que continha um ventilador de teto para o quarto da doente. Tinha ido a Walley para comprá-lo. Comprara também um jornal, que entregou a Enid.

"Achei que você gostaria de saber o que está acontecendo no mundo."

Ela abriu o jornal sobre a mesa ao lado do caderno de notas. Havia uma foto de dois cachorros brincando num chafariz.

"Diz aqui que estamos vivendo uma onda de calor", ela disse. "Não é bom ficar sabendo disso?"

Rupert estava retirando cuidadosamente o ventilador de dentro da caixa.

"Isso vai ser maravilhoso", ela disse. "A temperatura no quarto agora já baixou, mas vai ser um grande conforto para ela amanhã."

"Venho amanhã bem cedo para instalar", ele disse. Perguntou então como sua mulher havia passado o dia.

Enid contou que as dores nas pernas tinham diminuído e que as novas pílulas receitadas pelo doutor aparentemente permitiam que ela descansasse mais.

"O único problema é que ela dorme muito cedo. Fica difícil para você fazer uma visita."

"É melhor que ela repouse", disse Rupert.

Essa conversa sussurrada lembrou a Enid as que eles costumavam ter no colégio ao cursarem o último ano, quando havia muito tinham sido abandonadas aquelas caçoadas ou aqueles flertes cruéis (ou o que quer que tivessem sido de fato). Durante todo o ano Rupert se sentara atrás dela, e frequentemente trocavam breves palavras, sempre com algum propósito imediato. Você tem um apagador de tinta? Como se escreve "exceção"? Onde fica o mar Tirreno? Em geral, era Enid quem iniciava tais conversas, voltando-se parcialmente para trás na cadeira de tal modo que era capaz apenas de sentir, e não de ver, quão próximo Rupert se encontrava. Ela de fato queria pedir o apagador emprestado, de fato necessitava da informação, mas também queria se mostrar simpática. E desejava oferecer uma compensação — sentia-se envergonhada pela forma como ela e suas amigas o haviam tratado. De nada adiantaria se desculpar — isso só lhe causaria mais embaraço. Ele só se sentia à vontade quando sentado atrás de Enid, sabendo que ela não podia encará-lo. Caso se encontrassem na rua, ele só a olhava de frente no último instante, murmurando um débil cumprimento enquanto ela entoava um sonoro "Alô, Rupert" e ouvia um eco dos antigos tons atormentadores que desejava banir.

Mas quando ele efetivamente encostava o dedo em seu ombro para lhe chamar a atenção, quando se inclinava na direção dela, quase tocando ou de fato tocando (ela não podia ter certeza) seus abundantes cabelos que não eram disciplinados nem pelo uso de bobes, então ela se sentia perdoada. De certo modo, se sentia honrada. Havia recuperado sua seriedade e seu respeito.

Onde fica exatamente o mar Tirreno?

Ela se perguntava se Rupert tinha alguma recordação daquela época.

Enid separou o primeiro e o último caderno do jornal. Margaret Truman estava visitando a Inglaterra e havia feito uma reverência diante da família real. Os médicos do rei estavam tentando curar sua doença de Buerger com vitamina E.

Ela ofereceu o primeiro caderno para Rupert. "Vou procurar as palavras cruzadas", ela disse. "Gosto de fazer as palavras cruzadas — me relaxa no final do dia."

Rupert sentou-se e começou a ler o jornal; Enid perguntou se ele queria uma xícara de chá. Como era natural, ele lhe disse para não se preocupar, mas ela foi em frente e preparou o chá de qualquer maneira, entendendo que a resposta de Rupert podia igualmente significar "sim" no linguajar do campo.

"O tema de hoje é a América do Sul", ela disse olhando as palavras cruzadas. "Um tema latino-americano. A primeira horizontal é uma patente militar pouco acolhedora. Patente militar? Pouco acolhedora? Uma porção de letras. Ah, ah! Hoje estou com sorte. Cabo Frio. Para ver como essas coisas são bobas", ela disse, levantando-se e servindo o chá.

Se ele se lembrasse, teria ainda mágoa dela? Será que a simpatia jovial com que o tratara no último ano havia sido tão indesejável, tão arrogante quanto o escárnio anterior?

Quando o viu pela primeira vez naquela casa, achou que ele não mudara muito. Rupert havia sido um rapaz alto, sólido e de rosto redondo, e era agora um homem alto, massudo e de rosto redondo. Como sempre usara os cabelos cortados à escovinha, não fazia grande diferença o fato de serem agora em menor número e de haver fios brancos em meio aos castanho-claros. Um bronzeado permanente substituíra os rubores do passado. E a preocupação que estampava no rosto talvez fosse a mesma de antes — o problema de ocupar espaço no mundo e de ter um nome pelo qual as pessoas podiam chamá-lo, de ser alguém que elas imaginavam poder conhecer.

Enid os visualizou assistindo à aula no último ano. Àquela altura era uma turma pequena: em cinco anos, os que não estudavam a sério, os preguiçosos e os indiferentes haviam sido erradicados, restando apenas algumas crianças compenetradas e dóceis que estudavam trigonometria e aprendiam latim. Para que tipo de vida eles pensavam estar se preparando? Que tipo de pessoa pensavam que seriam?

Ela podia ver a capa verde-escura e já amolecida de um livro chamado *História da Renascença e da Reforma*. Era de segunda mão, ou décima mão — ninguém jamais comprava um livro escolar. Na parte de dentro estavam escritos os nomes de quem os tivera antes, sendo alguns deles de donas de casa ou comerciantes de meia-idade que moravam ainda na cidadezinha. Não se podia imaginá-los aprendendo aquelas coisas ou sublinhando "Édito de Nantes" com tinta vermelha e anotando na margem "Atenção".

Édito de Nantes. A absoluta inutilidade e a natureza exótica das coisas que estavam naqueles livros e nas cabeças dos estudantes, na sua própria cabeça e na de Rupert, faziam Enid sentir um misto de ternura e pasmo. Não é que tencionassem ser algo que não tinham conseguido ser. Nada disso. Rupert não poderia imaginar algo que não fosse cuidar de sua fazenda. Era uma boa fazenda, e ele, filho único. Ela própria terminara fazendo exatamente o que deveria ter querido fazer. Não se podia dizer que houvessem escolhido as vidas erradas ou que tivessem feito algo a contragosto, e nem mesmo que não compreendessem as escolhas feitas. Talvez apenas não tivessem compreendido como o tempo passaria e os deixaria um pouco menores, e não maiores, do que costumavam ser.

"'Pão da Amazônia'", ela disse. "'Pão da Amazônia'?".

"Mandioca?", Rupert disse.

Enid contou. "Sete letras", ela disse. "Sete."

Ele disse: "Cassava?".

"Cassava? Com dois *s*? Cassava."

A sra. Quinn se tornava a cada dia mais exigente em matéria de comida. Às vezes dizia que queria torradas ou bananas com leite. Certo dia pediu biscoitos de manteiga de amendoim. Enid preparava todas essas coisas — de qualquer modo, as crianças podiam comê-las —, mas, quando estavam prontas, a sra. Quinn não suportava vê-las ou sentir seu cheiro. Não suportava nem o cheiro da gelatina.

Certos dias odiava qualquer barulho, até o ventilador precisava ser desligado. Outros dias queria o rádio ligado na estação que atendia pedidos para cumprimentar aniversariantes ou telefonava para a casa das pessoas a fim de lhes fazer perguntas. Quem respondesse corretamente ganhava uma viagem às Cataratas do Niágara, um tanque cheio de gasolina ou entradas para o cinema.

"É tudo combinado", a sra Quinn dizia. "Só fingem que estão chamando — as pessoas estão na sala ao lado e já tomaram conhecimento da resposta. Eu conhecia alguém que trabalhava numa rádio, essa é que é a verdade."

Nesses dias seu pulso andava acelerado. Ela falava muito depressa, numa voz tênue e ofegante. "Que tipo de carro a sua mãe tem?"

"É marrom", respondeu Enid.

"De que *marca*?"

Enid disse que não sabia, o que era verdade. Sabia, mas esquecera.

"Era novo quando ela comprou?"

"Era", disse Enid. "Era sim, mas isso foi há três ou quatro anos."

"Ela mora naquele casarão de pedra ao lado da casa dos Willens?"

Enid confirmou.

"Quantos quartos tem? Dezesseis?"

"Quartos demais."

"Você foi ao enterro do sr. Willens quando ele se afogou?"

Enid disse que não. "Não sou muito chegada a enterros."

"Era para eu ir. Não estava com essa doença horrível na época, eu ia com os Hervey que moram mais adiante na estrada; disseram que me davam carona, mas aí a mãe e a irmã dela quiseram ir e não havia espaço suficiente no banco detrás. Clive e Olive foram no caminhão, e eu podia me espremer no banco da frente, mas eles nem pensaram em me chamar. Você acha que ele se afogou de propósito?"

Enid lembrou do sr. Willens lhe entregando uma rosa. O gesto jocosamente galante havia feito com que os nervos de seus dentes doessem como se ela tivesse comido algo demasiado doce.

"Não sei. Acho que não."

"Ele e a mulher se davam bem?"

"Até onde sei, se davam maravilhosamente."

"Ah, é mesmo?", disse a sra. Quinn tentando imitar o tom discreto de Enid. "Ma-ra-vi-lhoooo-sa-men-te."

*   *   *

Enid dormia num sofá no quarto da sra. Quinn. A coceira devastadora da enferma desaparecera quase por completo, assim como a necessidade de urinar. Ela dormia durante a maior parte da noite, embora em alguns períodos respirasse de forma áspera e raivosa. O que despertava Enid e a mantinha acordada era um problema que só tinha a ver com ela própria. Começara a ter sonhos ruins. Eram diferentes de qualquer sonho que havia tido no passado. Ela costumava pensar que um mau sonho era se ver numa casa estranha onde os quartos mudassem todo o tempo e o trabalho a fazer estivesse acima de sua capacidade, tarefas a cumprir que imaginara já cumpridas, distrações inumeráveis. E, naturalmente, também tinha tido sonhos que caracterizava como românticos, nos quais algum homem passava o braço em volta de seu ombro ou mesmo a abraçava. Podia ser alguém conhecido ou não — às vezes um homem que só como piada poderia estar numa situação daquelas. Esses sonhos a deixavam pensativa ou um pouco triste, porém de certa forma aliviada por saber que tais sentimentos eram possíveis para ela. Podiam ser embaraçosos, mas não eram nada, absolutamente nada, quando comparados com os sonhos que tinha agora. Nestes, ela copulava ou tentava copular (às vezes impedida por intrusos ou mudanças das circunstâncias) com parceiros totalmente proibidos ou impensáveis. Com bebês gordos e hiperativos, ou pacientes envoltos em bandagens, ou com sua própria mãe. A lascívia a deixava molhada, oca, gemendo de desejo, e ela buscava se aliviar com rispidez e com uma atitude de pragmatismo malévolo. "É, vai ter que ser assim", ela dizia a si mesma. "Vai ter que ser assim se não aparecer nada melhor." E essa frieza do coração, essa depravação prosaica, simplesmente estimulava sua libido. Acordava sem sentir nenhum arrependimento, mas, suada e exausta, lá ficava como uma carcaça até que seu próprio eu, sua vergonha e sua descrença refluíssem para dentro dela. O suor esfriava sobre a pele. Permanecia deitada, tremendo na noite quente, sentindo repugnância e humilhação. Não ousava voltar a dormir. Acostumou-se ao escuro e aos compridos retângulos das janelas com cortinas de voal através das quais penetrava uma luz tênue. Enquanto a enervante respiração da enferma soava como uma reprimenda, e depois quase desaparecia.

Se fosse católica, ela pensou, era esse o tipo de coisa que deveria ser revelada na confissão? Não achava razoável suscitá-la nem numa prece individual. Ela quase não rezava mais, exceto formalmente, e levar as experiências que acabara de viver à atenção de Deus parecia de todo inútil, além de desrespeitoso. Ele ficaria insultado. Ela se sentia insultada por sua própria mente. Sua religião era sensata e feita de esperança, não havendo lugar para nenhuma espécie de drama de segunda categoria, tal como a visita do demônio durante o sono. A sujeira em sua mente pertencia mesmo a ela, não fazendo sentido dramatizá-la e torná-la importante. Certamente não. Não era nada, apenas o lixo da mente.

No pequeno prado entre a casa e a margem do rio criavam-se vacas. Ela podia ouvi-las mastigando ruidosamente e esbarrando umas nas outras enquanto pastavam durante a noite. Pensava naqueles vultos enormes e gentis em meio às ervas olorosas, chicórias e capins floridos, e pensava: "Que boa vida levam as vacas!".

Terminam, é verdade, no matadouro. O desfecho é um desastre.

Mas o mesmo acontecia com todo mundo. O infortúnio nos pega enquanto dormimos, a dor e a desintegração estão à espera. Os horrores do corpo, todos piores do que se pode prever. Os confortos da cama e a respiração das vacas, a configuração das estrelas à noite — tudo pode virar de cabeça para baixo num instante. E lá estava ela, lá estava Enid, dedicando sua vida ao trabalho e fingindo que as coisas não eram assim. Tentando levar consolo às pessoas. Tentando ser boa. Um anjo misericordioso, afirmava sua mãe com ironia cada vez menor à medida que os anos passavam. Pacientes e médicos também diziam isso.

E, ao mesmo tempo, quantos a achavam uma boba? As pessoas por quem labutava podiam secretamente desprezá-la. Pensando que nunca fariam o mesmo em seu lugar. Nunca se é boba o bastante. Não.

Pobres pecadores, veio à sua mente. *Pobres pecadores.*

Devolvei a saúde aos penitentes.

Com isso, ela se levantou e foi trabalhar, pois no seu juízo essa era a melhor maneira de se mostrar arrependida. Trabalhou sem fazer nenhum ruído mas diligentemente durante toda a noite, lavando os copos turvos e os pratos pegajosos guardados nos armários, organizando o que antes estava em desordem. Total desordem. Xícaras de chá ladeadas por vidros de ketchup e mostarda, rolos de papel higiênico empilhados em cima de um balde de mel. As estantes não eram forradas com papel encerado e nem mesmo com jornais. O açúcar mascavo num saco tinha ficado duro como pedra. Era compreensível que as coisas houvessem se deteriorado nos últimos meses, porém tudo indicava que ali nunca tinha havido nenhum cuidado, nenhuma organização. Todas as cortinas de voal estavam cinzentas devido à fumaça, os vidros das janelas gordurentos. Um resto de geleia mofara dentro do vidro, no vaso que sustentara um antigo buquê de flores restava uma água fétida que nunca fora despejada. Mas era ainda uma boa casa, capaz de ser recuperada com uma faxina em regra e uma nova pintura.

O que fazer, porém, com a horrível tinta marrom que havia sido recentemente aplicada sem o menor cuidado no assoalho do aposento da frente?

Quando mais tarde teve um momento de folga, ela arrancou as ervas daninhas dos canteiros da mãe de Rupert, assim como as bardanas e as gramas-de-ponta que sufocavam as valentes plantas perenes.

Ensinou as meninas a segurar a colher da forma correta e a agradecerem.

Obrigada pelo mundo tão doce,
Obrigada pelo alimento que comemos...

Ensinou-as a escovarem os dentes e depois fazerem suas orações.

"Deus abençoe Mamãe e Papai e Enid e tia Olive e tio Clive e a princesa Elizabeth e Margaret Rose." Após isso cada uma acrescentava o nome da outra. Já o faziam havia algum tempo quando Sylvie perguntou: "O que quer dizer isso?".

"O que quer dizer o quê?", disse Enid.

"O que quer dizer 'Deus abençoe'?"

Enid costumava bater um ovo no leite com açúcar, sem acrescentar o sabor de baunilha, e dava na boca da sra. Quinn com uma colher. Servia um pouquinho da rica mistura de cada vez porque a sra. Quinn só era capaz de manter no estômago pequenas quantidades de alimento. Se isso não funcionasse, Enid lhe dava na colher *ginger ale* tépida e não efervescente.

A luz do sol, ou qualquer outra luz, era agora tão irritante para a sra. Quinn quanto o barulho. Enid precisava pendurar colchas nas janelas até quando as persianas tinham sido baixadas. Com o ventilador desligado, como exigia a sra. Quinn, o quarto ficava muito quente, e o suor pingava da testa de Enid quando ela se inclinava sobre a cama para cuidar da paciente. A sra. Quinn tinha acessos de calafrio, nunca se sentia suficientemente aquecida.

"Isso está se arrastando", disse o médico. "Devem ser esses milk-shakes que você dá para ela, é o que a sustenta."

"Leite batido com ovo", disse Enid, como se isso importasse.

A sra. Quinn se sentia agora cansada ou fraca demais para falar. Às vezes ficava em estupor, com a respiração tão rasa e o pulso tão débil e irregular que alguém menos experiente do que Enid poderia dá-la por morta. Em outros momentos recobrava as forças, queria o rádio ligado e depois desligado. Sabia muito bem quem ela ainda era e quem era Enid, parecendo ocasionalmente observá-la com um olhar inquisitivo ou especulativo. Há tempos se fora toda a cor de seu rosto e até dos lábios, porém os olhos davam a impressão de estar mais verdes que antes — um verde leitoso, enevoado. Enid tentou responder ao olhar cravado nela.

"Quer que eu chame um padre para conversar com você?"

A sra. Quinn fez cara de nojo.

"Eu lá tenho cara de irlandesa?", perguntou.

"Um pastor?", disse Enid. Ela sabia que essa era a coisa certa a ser perguntada, mas o espírito com que fizera a pergunta não estava correto — tinha sido frio e ligeiramente malicioso.

Não. Não era isso que a sra. Quinn desejava. Ela grunhiu em sinal de desagrado. Ainda havia alguma energia nela, e Enid tinha a sensação de que suas forças estavam sendo poupadas com algum propósito específico. "Quer falar com suas filhas?", ela disse, se obrigando a usar um tom compassivo e encorajador. "É isso que você quer?"

Não.

"Seu marido? Ele vai chegar daqui a pouquinho."

Enid não tinha certeza disso. Certas noites Rupert chegava muito tarde, depois que a sra. Quinn havia tomado as últimas pílulas e fora dormir. Sentava-se então com Enid. Sempre lhe trazia o jornal. Perguntava o que escrevia em seus cadernos de notas — notou que havia dois —, e ela respondia. Um para o médico, com o registro da pressão, pulso e temperatura, do que havia sido comido, vomitado e excretado, remédios tomados, um resumo geral do estado da paciente. No outro, para uso próprio, escrevia muitas daquelas coisas, embora talvez com menor exatidão, mas acrescentando detalhes acerca do tempo e do que estava acontecendo a seu redor. E coisas a lembrar.

"Por exemplo, anotei uma coisa outro dia. Uma coisa que a Lois disse. Lois e Sylvie entraram quando a sra. Green estava aqui e mencionou como os arbustos de bagas estavam crescendo ao longo do caminho e atravessando a estradinha. Lois aí disse: 'É como na *Bela Adormecida*'. Porque eu havia lido a história para elas. Tomei nota disso."

"Vou ter que aparar esses arbustos", disse Rupert.

Enid ficou com a impressão de que ele havia gostado do que Lois dissera e de que ela tivesse anotado suas palavras, conquanto fosse incapaz de admiti-lo.

Certa noite disse a ela que se ausentaria por uns dois dias por conta de um leilão de gado. Havia perguntado ao médico se podia e recebera uma resposta afirmativa.

Naquela noite, como ele havia chegado antes de serem administradas as últimas pílulas, Enid supôs que ele fazia questão de ver a esposa acordada antes de passar alguns dias fora. Ela lhe disse para entrar imediatamente no quarto da sra. Quinn, o que ele fez fechando a porta às suas costas. Enid pegou o jornal e pensou em levá-lo para ler no segundo andar, mas as crianças provavelmente ainda não estariam dormindo e encontrariam desculpas para chamá-la. Podia ir para a varanda detrás, porém havia mosquitos naquela hora, especialmente após a chuva caída à tarde.

Receava entreouvir alguma intimidade ou talvez a sugestão de uma briga, tendo de encará-lo ao sair do quarto. A sra. Quinn estava preparando alguma cena — disso Enid tinha certeza. Mas, antes de decidir para onde iria, de fato entreouviu algo. Não as recriminações ou (se isso fosse possível) as expressões de afeto, talvez mesmo os prantos, que de certa forma esperava, e sim risadas. Ouviu a sra. Quinn rindo debilmente, e o riso continha aquele misto de zombaria e satisfação que ela já ouvira no passado, mas também alguma coisa que jamais ouvira em toda sua vida — algo deliberadamente perverso. Não se moveu embora devesse fazê-lo, e estava ainda sentada à mesa, olhando fixamente para a porta do quarto, quando Rupert saiu um momento depois. Ele não evitou seus olhos — ou ela os dele. Enid não podia desviar a vista. No entanto, não tinha certeza de que ele a vira. Simplesmente olhou na direção dela e saiu. Parecia que tinha agarrado um fio elétrico desencapado e pedia perdão — a quem? — por seu corpo haver se permitido sofrer uma catástrofe tão estúpida.

No dia seguinte, a energia da sra. Quinn retornou à mesma forma estranha e enganadora que Enid observara uma ou duas vezes em outros pacientes. A sra. Quinn queria ficar recostada nos travesseiros. Queria o ventilador ligado.

Enid disse: "Que boa ideia!".

"Eu podia te contar uma coisa que você não vai acreditar", a sra. Quinn disparou.

"As pessoas me contam uma porção de coisas", disse Enid.

"Sem dúvida. Mentiras. Aposto que é tudo mentira. Você sabe que o sr. Willens esteve aqui mesmo, neste quarto?"

III. ERRO

A sra. Quinn se encontrava sentada na cadeira de balanço enquanto o sr. Willens examinava os olhos dela com o aparelho, e nenhum dos dois ouviu Rupert chegar porque imaginavam que ele estaria cortando lenha nas margens do rio. Mas voltara na surdina. Entrara furtivamente pela cozinha sem fazer o menor ruído, pois devia ter visto o carro do sr. Willens na frente da casa. Abriu de mansinho a porta do aposento e deparou com o sr. Willens de joelhos sustentando com uma das mãos o aparelho na altura do olho da sra. Quinn, enquanto, com a outra, segurava a perna dela para manter o equilíbrio. Ele agarrara a perna para se equilibrar, empurrando a saia para cima e descobrindo toda a coxa, mas isso era tudo e não havia como ela se opor já que precisava se concentrar em ficar imóvel.

Assim, Rupert entrou na sala sem que nenhum dos dois o ouvisse e, num salto, aterrissou em cima do sr. Willens com a velocidade de um raio, derrubando-o antes que ele compreendesse o que estava acontecendo e pudesse se levantar ou se virar. Rupert bateu com a cabeça dele seguidas vezes no chão, deixando-o sem vida, enquanto ela se levantava tão depressa que a cadeira tombou e derrubou a caixa onde o sr. Willens guardava os aparelhos, espalhando-os por toda a parte. Rupert simplesmente o surrou ou talvez a cabeça dele tenha batido na base do aquecedor de ambiente, ela não sabia ao certo. Pensou que seria a próxima a apanhar, mas não podia contorná-los para escapar do aposento. E então viu que Rupert não a atacaria: sem fôlego, limitou-se a endireitar a cadeira e sentar-se. Ela se aproximou do sr. Willens e, apesar de seu peso, o virou de barriga para cima. Os olhos não estavam totalmente abertos nem fechados, uma baba escorria de sua boca. Mas não se via nenhum ferimento ou contusão no rosto — ou não aparecera ainda. Aquilo que saía da boca nem tinha a aparência de sangue. Era cor-de-rosa e, para dizer a verdade, igualzinho à espuma que sobe quando se fervem morangos para fazer geleia. Rosa brilhante. Estava espalhado por seu rosto porque Rupert o mantivera com a cabeça para baixo. Ele emitiu um ruído quando ela o virou. *Glu-glu*. Só isso. *Glu-glu*, e lá ficou imóvel como uma pedra.

Rupert pulou da cadeira, que continuou a balançar, e começou a recolher todas as coisas para pôr de volta na caixa do sr. Willens. Engastou os aparelhos um a um. Levou tempo fazendo isso. Era uma caixa especial, forrada de feltro vermelho e com lugares onde se inseria cada um dos aparelhos, sendo necessário arrumar tudo corretamente para a tampa baixar. Rupert conseguiu fechar a caixa e se sentou de novo na cadeira, dando tapas nos joelhos.

Sobre a mesa havia uma dessas toalhas que não servem para nada, suvenir de uma viagem feita ao norte pelos pais de Rupert para ver as Quíntuplas Dionne. A sra. Quinn a tirou da mesa e enrolou nela a cabeça do sr. Willens, de modo que a baba cor-de-rosa seria absorvida e eles também não iriam continuar a vê-lo.

Rupert continuou dando palmadas nos joelhos com as mãos enormes. Ela lhe disse que precisavam enterrá-lo em algum lugar.

Rupert simplesmente a olhou como quem pergunta por quê.

Ela disse que poderiam enterrá-lo no porão, que tinha chão de terra.

"Muito bem", disse Rupert. "E onde é que vamos enterrar o carro dele?"

Ela respondeu que poderiam levá-lo para o celeiro e cobrir com feno.

Ele disse que muita gente tinha acesso ao celeiro.

Então ela pensou: vamos pô-lo no rio. Imaginou-o sentado no carro debaixo d'água. A imagem lhe veio à mente como num quadro. Rupert a princípio não reagiu, e ela foi à cozinha pegar um pouco de água para limpar o sr. Willens a fim de que nada escorresse de sua boca. A baba tinha cessado. Ela pegou as chaves que estavam no bolso dele. Dava para sentir, através do tecido das calças, a carne abundante de sua coxa ainda quente.

Ela disse para Rupert: "Se mexa".

Ele pegou as chaves.

Ergueram o sr. Willens, ela segurando pelos pés, ele, pela cabeça. Pesava uma tonelada, como se fosse de chumbo. Ao carregá-lo, um dos sapatos dele a tocou entre as pernas, e ela pensou "Lá vem você, ainda continua o mesmo, só pensa em sujeira". Até aquele pé morto tentava boliná-la. Não que ela jamais o deixasse fazer alguma coisa, mas ele estava sempre pronto para tirar uma casquinha se pudesse. Tal como pegar na perna dela enquanto examinava seu olho e ela não podia impedir — e isso bem na hora em que Rupert chegou de mansinho e ficou com uma impressão errada do que estava acontecendo.

Passaram pela porta, atravessaram a cozinha e a varanda dos fundos, desceram os degraus da varanda. Tudo tranquilo. Mas ventava bastante e voou para longe a toalha com que ela cobrira o rosto do sr. Willens.

Por sorte o quintal não podia ser visto da rua, de onde só era possível enxergar o topo do telhado e a janela do segundo andar. O carro do sr. Willens também não podia ser visto.

Rupert havia refletido sobre o que precisava ser feito a seguir. Levá-lo para Jutland, onde a trilha conduzia diretamente ao lugar em que a água era funda, podendo parecer que ele havia saído da estrada e tomado o rumo errado. Como se tivesse entrado na estrada de Jutland, quem sabe no escuro, e ido parar dentro d'água antes de perceber onde se encontrava. Como se apenas tivesse cometido um erro.

E tinha. O sr. Willens certamente tinha cometido um erro.

O problema é que isso implicava dirigir ao longo da estrada até a entrada para Jutland. Mas, como ninguém vivia lá e era um caminho sem saída, bastava rezar para não encontrar gente conhecida nos oitocentos metros a serem percorridos. Feito isto, Rupert poria o sr. Willens no assento do motorista e empurraria o carro em direção à água. Ia acabar tudo dentro do açude. Não seria um serviço fácil, mas Rupert era pelo menos um sujeito fortão. Se não fosse tão forte nem estariam metidos naquela encrenca.

Rupert teve alguma dificuldade para fazer o motor pegar porque nunca havia dirigido aquele tipo de carro, mas acabou conseguindo e, após manobrar para virar de frente, seguiu pelo caminho que levava à estrada com o sr. Willens se chocando contra ele. Havia posto na cabeça do sr. Willens o chapéu que encontrara no assento do carro.

Por que o sr. Willens havia tirado o chapéu antes de entrar na casa? Não apenas para ser cortês, mas porque seria mais fácil agarrá-la e beijá-la. Se é que se podia chamar aquilo de beijar, ele se atirando para cima dela com a caixa ainda numa das mãos e a outra a imobilizando, chupando-a com aquela boca cheia de baba. Chupando e mordendo seus lábios e sua língua, se apertando contra ela, uma quina da caixa espetando seu traseiro. A surpresa havia sido tão grande e tamanha a força com que a agarrou que ela não teve como escapar. Empurrando, chupando, babando, cutucando e machucando, tudo ao mesmo tempo. Era um velho safado e violento.

Ela apanhou a toalha das Quíntuplas na cerca onde o vento a jogara. Procurou com cuidado vestígios de sangue nos degraus, na varanda e na cozinha, mas só descobriu alguma coisa no aposento da frente e nos seus sapatos. Limpou o que havia no chão e nos sapatos, que havia descalçado, e só então viu uma nódoa bem na frente de sua blusa. Como isso tinha acontecido? Ao mesmo tempo ouviu um barulho que a congelou. Ouviu um carro, um carro que ela não conhecia chegava pelo caminho que levava à porta da casa.

Olhou através da cortina de voal e lá estava. Um carro parecendo novo, verde-escuro. A blusa manchada, ela descalça, o chão molhado. Mudou de lugar de modo a não poder ser vista, porém não conseguia imaginar onde se esconderia. O carro parou e uma porta se abriu, embora o motor não tivesse sido desligado. Ouviu a porta ser fechada e o carro se afastar depois de fazer a manobra. Ouviu também Lois e Sylvie na varanda.

Era o carro do namorado da professora das meninas. Ele a apanhava todas as sextas-feiras, e era uma sexta-feira. Ela tinha lhe dito: "Por que não levamos as duas em casa? São as menorzinhas, as que moram mais longe, e parece que vai chover".

E choveu mesmo. Começou enquanto Rupert voltava a pé margeando o rio. Ela disse que isso era bom porque as pegadas no lugar onde o carro tinha sido empurrado ficariam cobertas de lama. Ele contou que havia tirado os sapatos e trabalhado só de meias. Então seu cérebro tinha voltado a funcionar, ela comentou.

Em vez de limpar a sujeira da toalha ou da blusa que estava vestindo, ela decidiu queimar as duas peças na fornalha. Elas soltaram um cheiro horrível, que lhe causou enjoo. Assim começou sua doença. Isso e a tinta. Depois de limpar o chão, ela ainda podia enxergar o que achava ser uma mancha, por isso pegou a tinta marrom que tinha sobrado de quando Rupert pintou os degraus e cobriu com ela todo o assoalho. Foi o que desencadeou os vômitos, ela ficar curvada respirando os vapores daquela tinta. E as dores nas costas também começaram naquele dia.

Depois de pintar o assoalho, ela praticamente deixou de usar o aposento da frente. Mas certo dia achou que seria bom pôr outra toalha naquela mesa. As coisas assim pareceriam mais normais. Se não fizesse isso, sua cunhada certamente viria xeretar e perguntaria onde estava a toalha que mamãe e papai trouxeram quando foram ver as Quíntuplas. Se lá estivesse outra toalha, ela poderia simplesmente dizer que havia tido vontade de mudar. Mas o fato de não haver nenhuma toalha ia parecer estranho.

Por isso, ela pegou uma toalha em que a mãe de Rupert havia bordado cestas de flores e a pôs sobre a mesa, sentindo ainda o cheiro da tinta. E lá na mesa estava a caixa vermelho-escura do sr. Willens com os aparelhos e o nome dele do lado de fora. Havia estado ali o tempo todo. Ela não se lembrava de tê-la posto lá ou de ver Rupert fazendo isso. Esquecera inteiramente.

Pegou a caixa e a escondeu num lugar, depois noutro. Nunca disse onde a escondera, e não ia dizer. Ela a teria quebrado em pedacinhos, mas como seria possível destruir todo o seu conteúdo? Aparelhos para exame. Ah, minha senhora, gostaria que eu examinasse seus olhos? Sente-se ali e relaxe. Feche um dos olhos e mantenha o outro bem aberto. Abra mais agora. Era o mesmo jogo todas as vezes, e ela tinha de fazer de conta que não suspeitava do que estava acontecendo. E, quando o aparelho era posto diante de seu olho, o velho safado fazia questão de que ela não tirasse a calcinha enquanto bufava e molhava os dedos e bufava ainda mais. Ela não devia dizer nada até que ele parasse e guardasse o aparelho na caixa, para só então perguntar: "Ah, sr. Willens, quanto é que eu lhe devo pela consulta de hoje?".

E esse era o sinal para ela se deitar no chão e ele montar nela como se fosse um bode velho. Ali mesmo no chão nu, entrando e saindo como se quisesse quebrá-la em mil pedaços. O pau como um maçarico.

Você não ia gostar disso?

Então saiu nos jornais. O sr. Willens encontrado morto por afogamento.

Disseram que a cabeça dele tinha se ferido ao bater contra o volante. Disseram que estava vivo ao mergulhar na água. Só rindo.

IV. MENTIRAS

Enid ficou acordada a noite inteira — nem tentou dormir. Não era capaz de se deitar no quarto da sra. Quinn. Ficou sentada na cozinha horas a fio. Precisava fazer um esforço para se mexer, até mesmo para preparar uma xícara de chá ou ir ao banheiro. Mover o corpo deslocava a informação que tentava arrumar na cabeça a fim de se acostumar com ela. Não se despira ou soltara os cabelos e, ao escovar os dentes, teve a impressão de que fazia algo trabalhoso e incomum. O luar penetrava pela janela da cozinha — estava sentada no escuro —, e ela observou uma nesga de luz atravessar a noite, refletida no linóleo, e desaparecer. Surpreendeu-se com seu desaparecimento e com o despertar dos passarinhos, um novo dia que começava. A noite havia parecido muito longa e agora parecia muito curta, pois nada ficara decidido.

Levantou-se com as juntas endurecidas, destrancou a porta e se sentou na varanda dos fundos na luz do alvorecer. Aquela simples mudança de lugar foi suficiente para embaralhar seus pensamentos. Teve de separá-los outra vez em duas partes. De um lado, o que tinha acontecido — ou o que lhe fora dito que tinha acontecido. Do outro, o que fazer. O que devia fazer — era isso que ainda não ficara claro para ela.

As vacas haviam sido removidas do pequeno prado situado entre a casa e a margem do rio. Podia abrir a porteira se quisesse e andar naquela direção. Sabia que, em vez disso, iria voltar e verificar como estava a sra. Quinn. Porém se viu abrindo o ferrolho da porteira.

As vacas não haviam comido todas as ervas daninhas. Encharcadas, elas roçavam em suas meias. Mas a trilha estava limpa debaixo das árvores que margeavam o rio, aqueles grandes salgueiros com as videiras silvestres penduradas nos galhos como macacos de braços peludos. A névoa apenas começava a se levantar, mal se via o rio. Era necessário fixar a vista, se concentrar, e então era possível divisar um pedaço de água, tão tranquila como se estivesse numa panela. Devia haver uma corrente, mas ela não conseguia enxergá-la.

Viu então alguma coisa se mover, e não era dentro da água. Um bote balançando. Preso a um galho, um velho e singelo bote a remo subia e descia muito de leve. Depois que o descobriu, ficou observando-o como se ele pudesse lhe dizer alguma coisa. E disse sim, disse uma coisa suave e definitiva.

Você sabe. Você sabe.

Quando as crianças acordaram, encontraram-na num excelente estado de espírito, tendo lavado o rosto, se vestido e soltado os cabelos. Já havia preparado a gelatina com pedaços de frutas que estaria pronta para elas comerem ao meio-dia. E misturava a massa para fazer os biscoitos que desejava pôr no forno antes que o dia ficasse quente demais.

"Aquele é o bote do papai?", ela perguntou. "Lá no rio?"

Lois disse que sim. "Mas a gente não pode brincar nele." Continuou: "Se você fosse também, aí a gente podia". Elas tinham percebido de imediato um quê de feriado no ar, a mescla, incomum em Enid, de languidez e excitação.

"Vamos ver", disse Enid. Ela queria que fosse um dia especial para as meninas, especial além do fato — que tinha quase como certo — de que seria o dia da morte da mãe delas. Queria que guardassem em suas mentes algo passível de lançar uma luz redentora sobre o que viria depois. Sobre ela própria, vale dizer, e sobre fosse qual fosse o modo como ela poderia vir a afetar a vida daquelas crianças.

Pela manhã foi difícil achar o pulso da sra. Quinn, que aparentemente se mostrava incapaz de erguer a cabeça ou abrir os olhos. Uma grande mudança em comparação com o dia anterior, mas Enid não se surpreendeu. Ela imaginara que aquele grande surto de energia, aquele desabafo malévolo, seria o derradeiro. Levou uma colher com água aos lábios da sra. Quinn, que sorveu um pouco e emitiu um som similar a um miado — sem dúvida, a última de suas queixas. Enid não telefonou para o médico porque ele já era esperado algumas horas depois, provavelmente no começo da tarde.

Agitou água com sabão num jarro, dobrou dois pedaços de arame e ensinou as meninas a fazerem bolhas, soprando constante e cuidadosamente até que uma bola brilhante e tão grande quanto possível tremelicasse na ponta do arame e fosse libertada com toda a delicadeza. Elas corriam atrás das bolhas por todo o quintal e as sustentavam no ar até que um sopro de vento as pendurasse nas árvores ou no beiral da varanda. O que então parecia mantê-las vivas eram os gritos de admiração e alegria vindos de baixo. Enid não restringiu em nada o barulho que podiam fazer e, quando acabou a mistura de água e sabão, preparou mais um jarro.

O médico telefonou quando ela estava dando o almoço para as crianças — gelatina, um prato de biscoitos polvilhados com açúcar colorido e copos de leite com xarope de chocolate. Disse que tinha ficado retido porque uma criança caíra de uma árvore e provavelmente não chegaria antes da hora do jantar. Enid disse baixinho: "Acho que ela está indo".

"Bom, então a mantenha confortável se puder", disse o médico. "Você sabe fazer isso tão bem quanto eu."

Enid não telefonou para a sra. Green. Sabia que Rupert ainda não tinha voltado do leilão e não achava que a sra. Quinn, caso ainda tivesse algum lampejo de consciência, fosse gostar de ver ou ouvir a cunhada no quarto. Nem parecia provável que fosse gostar de ver as filhas. E vê-la não deixaria nenhuma boa lembrança nas meninas.

Enid não se deu ao trabalho de tentar tirar mais uma vez a pressão ou a temperatura da sra. Quinn — apenas passava um pano úmido no seu rosto e nos braços, oferecendo a água em que ela nem reparava mais. Ligou o ventilador, de cujo ruído a sra. Quinn reclamava com tanta frequência. O cheiro que emanava do seu corpo parecia estar mudando, perdendo o odor penetrante de amônia. Mudando para o cheiro comum da morte.

Ela saiu e se sentou nos degraus da varanda. Tirou os sapatos e as meias, esticando as pernas ao sol. As crianças começaram cautelosamente a importuná-la, perguntando se as levaria para o rio, se podiam se sentar no bote e se fariam um passeio caso encontrassem os remos. Enid bem sabia que não podia ir tão longe em matéria de deserção, mas perguntou se elas queriam brincar numa piscina. Na verdade, duas piscinas. Pegou duas tinas da lavanderia, colocou-as no gramado e encheu com a água apanhada na bomba da cisterna. Elas ficaram só de calcinha e se refestelaram na água, dizendo que eram a princesa Elizabeth e a princesa Margaret Rose.

"O que vocês acham", disse Enid sentada na grama com a cabeça jogada para trás e os olhos cerrados, "o que vocês acham, se alguém fizer uma coisa bem ruim, essa pessoa deve ser punida?"

"Deve", disse Lois imediatamente. "Tem que levar uma surra."

"Quem é que fez?", perguntou Sylvie.

"Estou falando de qualquer um", disse Enid. "Mas, e se fosse uma coisa muito ruim mas ninguém soubesse quem é que fez? A pessoa que fez tinha de dizer que fez e ser punida?"

"Eu ia saber o que ela fez", disse Sylvie.

"Não ia", disse Lois. "Como é que ia saber?"

"Eu ia ver."

"Não ia."

"Sabem por que eu acho que a pessoa deve ser punida?", Enid perguntou. "É porque vai se sentir muito mal com ela mesma. Mesmo que ninguém tenha visto e ninguém nunca souber. Se você faz alguma coisa muito ruim e não é punido, se sente pior, muito pior, do que se for punido."

"Lois roubou um pente verde", disse Sylvie.

"Não roubei", disse Lois.

"Quero que vocês se lembrem disso", disse Enid.

"Estava jogado lá na beira da estrada", disse Lois.

Enid ia ao quarto da enferma a cada meia hora para passar um pano úmido no rosto e nas mãos da sra. Quinn. Não lhe falava e só tocava sua mão com o pano. Nunca ficara tão distante de alguém que estivesse morrendo. Ao abrir a porta por volta das cinco e meia, teve a certeza de que não havia ninguém vivo no quarto. O lençol havia sido puxado e a cabeça da sra. Quinn pendia para fora da cama, coisa que Enid não registrou nem mencionou a ninguém. Endireitou e limpou o corpo, rearrumando a cama antes da chegada do médico. As crianças ainda brincavam no quintal.

"5 de julho. Chuva cedo pela manhã. L. e S. brincando debaixo da varanda. Ventilador ligado e desligado, reclama do barulho. Meia xícara de leite batido com ovo dada aos poucos na colher. Pressão alta, pulso rápido, nenhuma queixa de dor. Chuva não refrescou muito. R. Q. veio à noite. Feno todo colhido.

6 de julho. Dia quente, muito abafado. Tentei ventilador mas ela não quis. R. Q. à noite. Começa a colher trigo amanhã. Tudo adiantado uma ou duas semanas por causa de calor e chuva.

7 de julho. Calor continua. Não quer leite batido. *Ginger ale* na colher. Muito fraca. Chuva pesada na noite passada, ven-

to. R. Q. incapaz de iniciar colheita, pés de trigo derrubados em vários lugares.

8 de julho. Leite batido não. *Ginger ale*. Vômito pela manhã. Mais alerta. R. Q. vai ao leilão de novilhos por dois dias. Dr. diz que pode ir.

9 de julho. Muito agitada. Conversa terrível.

10 de julho. Paciente sra. Rupert (Jeanette) Quinn morreu hoje aproximadamente às cinco horas da tarde. Insuficiência cardíaca devido à uremia (glomerulonefrite)."

Enid não tinha o hábito de esperar pelo enterro das pessoas de quem havia cuidado. Parecia-lhe uma boa ideia sair da casa tão logo era possível, de forma decente. Sua presença inevitavelmente trazia lembranças do tempo que antecedeu a morte, em geral triste e marcado pelo sofrimento físico, e que seria agora varrido para debaixo do tapete por força das cerimônias, da hospitalidade, das flores e das comidinhas.

Também costumava haver uma parente capaz de tomar conta da casa inteiramente, deixando Enid de repente na posição de hóspede indesejada.

Na verdade, a sra. Green chegou à casa dos Quinn antes do agente funerário. Rupert não havia voltado ainda. O médico estava na cozinha tomando chá e conversando com Enid sobre outro caso que ela podia pegar agora que havia terminado ali. Enid resistia, dizendo que pensava em descansar algum tempo. As crianças se encontravam no andar de cima. Tinha sido dito a elas que a mãe fora para o céu, o que havia coroado um dia especial e repleto de novidades.

A sra. Green manteve a cabeça baixa até que o médico saiu. Postou-se junto à janela observando o carro dele fazer a manobra e se afastar. Então disse: "Talvez eu não devesse falar isso neste momento, mas vou. Estou feliz que isso tenha acontecido agora e não mais tarde no verão, quando as crianças já estariam de volta à escola. Agora vou ter tempo de fazer com que elas se acostumem a viver na nossa casa e com a ideia de mudar de escola. Rupert também vai ter que se acostumar com isso".

Pela primeira vez Enid entendeu que a sra. Green queria levar as meninas para viver com ela, e não apenas para ficar lá durante algum tempo. A sra. Green estava ansiosa para realizar a mudança, talvez desejasse fazê-lo havia algum tempo. Muito provavelmente já preparara o quarto das crianças e comprara o tecido para lhes fazer roupas novas. Sua casa era grande e ela não tinha nenhum filho.

"Você também deve estar querendo ir para casa", ela disse a Enid. Enquanto houvesse outra mulher ali, a casa poderia parecer um lar rival, tornando mais difícil que seu irmão aceitasse a necessidade de as crianças mudarem de vez. "Rupert pode te levar quando chegar."

Enid disse que não havia problema, sua mãe viria buscá-la.

"Ah, esqueci de sua mãe. Com seu carrinho elegante."

Ela se animou e começou a abrir os armários de louça, verificando os copos e as xícaras — será que estariam limpos para o velório?

"Alguém andou trabalhando duro por aqui", ela disse, agora muito aliviada com Enid e pronta para se mostrar elogiosa.

O sr. Green aguardava do lado de fora, no caminhão, com o cachorro da família, chamado General. A sra. Green chamou por Lois e Sylvie no andar de cima, e elas desceram correndo com algumas roupas dentro de sacos de papel pardo. Atravessaram a cozinha às carreiras e bateram a porta sem dar a mínima para Enid.

"Isso é uma das coisas que vai ter que mudar", disse a sra. Green se referindo ao bater das portas. Enid podia ouvir as meninas saudando General aos gritos e General respondendo com latidos excitados.

Dois dias depois Enid estava de volta, dirigindo o carro da mãe. Chegou no fim da tarde, quando o velório já teria terminado havia bastante tempo. Não se via nenhum carro estacionado do lado de fora da casa, indicando que as mulheres que haviam ajudado na cozinha já tinham ido embora, levando com elas as cadeiras, as xícaras e a grande cafeteira que pertenciam à igreja. O gramado exibia as marcas dos pneus e algumas flores amassadas.

Enid agora precisava bater na porta. Tinha de esperar para ser atendida.

Ela ouviu os passos firmes e pesados de Rupert. Pronunciou algumas palavras de saudação quando o viu do outro lado da porta de tela, mas não o olhou de frente. Ele estava em mangas de camisa, embora vestindo ainda a calça do terno. Levantou o gancho da porta.

"Não tinha certeza de que ia encontrar alguém em casa", disse Enid. "Achei que você ainda podia estar no celeiro."

"Todo mundo ajudou na arrumação", disse Rupert.

Dava para sentir o cheiro de uísque quando ele falou, mas ele não parecia bêbado.

"Pensei que era uma das mulheres voltando para pegar alguma coisa esquecida."

"Não esqueci nada. Só estava querendo saber como vão as crianças."

"Estão bem. Na casa da Olive."

Não parecia certo que ele a convidaria para entrar. Era o espanto que o detinha, e não a hostilidade. Ela não se preparara para essa primeira e embaraçosa fase da conversa. Evitando ainda encará-lo, olhou para o céu.

"Vê-se que as tardes estão ficando mais curtas", ela disse. "Mesmo tendo passado menos de um mês desde o dia mais longo do ano."

"É verdade", disse Rupert. Abriu então a porta e se afastou para ela entrar. Sobre a mesa havia uma xícara sem pires. Enid se sentou no lado oposto àquele em que ele estava anteriormente. Ela usava um vestido de crepe de seda verde-escuro e sapatos de camurça da mesma cor. Ao se preparar para sair, pensou que poderia ser a última vez que se vestia, e aquelas as últimas roupas que usava. Arrumara o cabelo numa trança de raiz e passara pó no rosto. Esses cuidados, sua vaidade, pareciam sem sentido, porém eram necessários para ela. Ficara três noites sem pregar olho um minuto, incapaz de comer nem ao menos de enganar a mãe.

"Foi mais difícil dessa vez?", sua mãe tinha perguntado. Ela odiava falar sobre doenças e leitos de morte e o fato de ter feito essa pergunta significava que a perturbação de Enid era evidente.

"Você se afeiçoou às crianças?", ela perguntou. "Aquelas pobres macaquinhas."

Enid respondeu que era só uma questão de se adaptar depois de um caso demorado, além de que um paciente desenganado sempre causava mais tensão. Passava o dia todo dentro da casa da mãe, mas não deixava de sair para passear à noite, quando tinha certeza de que não encontraria ninguém e não seria obrigada a conversar. Certo dia se viu caminhando ao longo do muro da prisão do condado. Sabia que, do outro lado, havia um pátio onde, no passado, tinham sido realizados enforcamentos. Mas isso acontecera anos e anos atrás. Talvez agora, quando necessário, o façam em alguma grande penitenciária central. E havia tempo que ninguém naquela comunidade cometera um crime suficientemente grave.

*   *   *

Sentada de frente para Rupert e para a porta do quarto da sra. Quinn, ela quase esquecera sua desculpa, perdendo o rumo que desejava dar às coisas. Sentiu a bolsa no colo, com o peso da máquina fotográfica dentro dela — e isso a fez se lembrar.

"Queria te pedir uma coisa", ela disse. "Achei que era melhor agora porque talvez não tenha outra oportunidade."

"O que é?", perguntou Rupert.

"Sei que você tem um bote. Por isso queria te pedir para me levar até o meio do rio. Para eu tirar uma foto. Queria tirar uma foto da margem do rio. Lá é bonito, com os salgueiros ao longo da margem."

"Muito bem", respondeu Rupert com a falta de surpresa cautelosa com que as pessoas do campo reagem diante da frivolidade — até mesmo da grosseria — de alguma visita.

Isso é o que ela era agora — uma visita.

Seu plano consistia em esperar que chegassem ao meio do rio para então lhe contar que não sabia nadar. Antes lhe perguntaria qual era a profundidade da água ali — e ele sem dúvida diria que, depois de toda a chuva que vinha caindo, de uns dois e meio a três metros. Então ela contaria a ele que não sabia nadar. E não seria mentira. Ela fora criada em Walley, na beira do lago, havia brincado na praia durante todos os verões de sua infância, era uma moça forte e esportiva, mas tinha medo de água e nunca aprendera a nadar apesar das tentativas de persuasão, das repreensões e zombarias.

Bastaria que ele a empurrasse com um dos remos e a jogasse na água, deixando-a afundar. Depois, abandonaria o bote no meio do rio, nadaria até a margem, mudaria de roupa e diria que voltara do celeiro ou de uma caminhada e encontrara o carro dela lá, mas sem vê-la em lugar algum. Até a câmera fotográfica, se achada, tornaria tudo mais plausível. Ela saíra com o bote para tirar uma foto e, sabe-se lá como, caíra no rio.

Uma vez que ele tivesse compreendido que tinha essa vantagem, ela lhe contaria tudo. E perguntaria: "É verdade?".

Se não fosse verdade, ele a odiaria por perguntar. Se fosse — e Enid não tinha realmente acreditado o tempo todo que era verdade? —, ele a odiaria de uma forma diferente, mais perigosa. Mesmo que ela dissesse imediatamente — e para valer, pois não ia mentir sobre isso — que nunca contaria nada a ninguém.

Ela iria falar baixinho o tempo todo, sabendo como as vozes se propagam sobre a água numa tarde de verão.

Eu não vou contar, mas você vai. Você não pode viver com esse tipo de segredo.

Você não pode viver neste mundo com um fardo desses. Você não vai ser capaz de tolerar sua vida.

Se chegasse a esse ponto sem que ele negasse tudo ou a empurrasse para dentro do rio, Enid saberia que havia ganhado a parada. Então bastaria mais alguma conversa, um esforço de convencimento sereno porém absolutamente firme até o momento em que ele começaria a remar de volta à margem.

Ou, desorientado, ele perguntaria: "O que é que eu devo fazer?", e ela o conduziria passo a passo, dizendo de início para que remasse de volta.

O primeiro passo numa jornada longa e terrível. Ela lhe explicaria cada passo e o acompanharia ao longo de tantos deles quanto pudesse. Amarre agora o bote. Suba pela ribanceira. Atravesse o prado. Abra a porteira. Caminharia atrás dele ou na frente, o que parecesse melhor para Rupert. Cruzando o quintal, subindo os degraus da varanda, entrando na cozinha.

Eles se dirão adeus e entrarão cada um no seu carro, pois então caberá a ele decidir para onde ir. E ela não telefonará para a polícia no dia seguinte. Esperará que a chamem e irá vê-lo na cadeia. Todos os dias, ou tão frequentemente quanto lhe permitam, se sentará e conversará com ele na prisão, como também lhe escreverá cartas. Se o levarem para outro presídio, lá irá, mesmo que for autorizada a vê-lo apenas uma vez por mês ela estará por perto. E no tribunal — sim, todos os dias durante o julgamento, estará sentada onde ele possa vê-la.

Ela não crê que alguém possa ser condenado à morte por esse tipo de assassinato, que de certo modo foi acidental e sem dúvida passional, porém a sombra está lá a fim de obrigá-la a pôr os pés no chão ao sentir que essas imagens de devoção, de um vínculo que se parece com amor mas vai além do amor, estão se tornando indecentes.

Agora começou. Com seu pedido para ser levada ao rio, com a desculpa da fotografia. Ela e Rupert estão de pé, ela de frente para a porta fechada do quarto da enferma — agora de novo o cômodo da frente.

Ela diz algo tolo.

"Você tirou as colchas das janelas?"

Por alguns instantes ele parece não saber do que ela está falando. Então diz: "Ah, as colchas. Sim, acho que a Olive tirou. Foi lá que recebemos as pessoas para o velório".

"Só estava pensando. O sol ia desbotar tudo."

Ele abre a porta e ela contorna a mesa. Ambos olham para dentro do aposento. "Pode entrar se quiser", ele diz. "Não tem problema, entre."

Naturalmente, a cama foi removida. Os móveis encostados na parede. O centro da sala, onde teriam sido postas as cadeiras para o velório, está vazio. Assim como o espaço entre as janelas voltadas para o norte, onde deve ter ficado o caixão. A mesa em que Enid costumava pôr a bacia, os panos, o algodão, as colheres e os remédios foi empurrada para um canto, sobre ela um vaso com esporas de jardim. As altas janelas ainda deixam entrar muita luz do dia.

"Mentiras" é a palavra que Enid escuta agora entre todas que a sra. Quinn pronunciou naquele cômodo. *Mentiras. Aposto que é tudo mentira.*

Seria possível alguém inventar alguma coisa tão pormenorizada e diabólica? A resposta é sim. A mente de um enfermo, de um moribundo, podia ficar repleta de coisas sujas e organizá-las de forma muito convincente. A mente da própria Enid, quando ela dormia naquele aposento, se enchera das invenções mais nojentas, de sujeira pura. Mentiras dessa natureza podiam estar à espreita nos cantos da mente de qualquer um, penduradas como morcegos, prontas para se aproveitarem de um momento de escuridão. É impossível afirmar: "Ninguém seria capaz de inventar isso". Basta ver como os sonhos são complexos, contendo camadas e mais camadas, de tal modo que aquilo que a gente se recorda e pode exprimir em palavras constitui apenas o pouquinho que se consegue raspar do topo.

Quando tinha quatro ou cinco anos, Enid disse à sua mãe que havia ido ao escritório do pai e o vira sentado atrás da escrivaninha com uma mulher no colo. Tudo de que se lembrava daquela mulher, tanto na época quanto agora, se resumia ao fato de que ela usava um chapéu com muitas flores e um véu (algo bem fora de moda mesmo então), além de que a parte de cima do vestido ou da blusa estava desabotoada e um seio nu se projetava para fora, com o bico desaparecendo na boca do seu pai. Contara isso à mãe com a absoluta certeza de que havia visto a cena, dizendo a ela: "Uma frente dela estava enfiada na boca do papai". Não conhecia a palavra que designava os seios, embora soubesse que vinham em pares.

Sua mãe disse: "Vamos, Enid. Do que você está falando? O que é essa tal de frente?".

"Igual a uma casquinha de sorvete", respondeu Enid.

Foi desse jeito que ela viu, exatamente. Ainda podia ver desse jeito. O cone cor de biscoito com sua porção de sorvete de baunilha apertada contra o tórax da mulher, a outra ponta espetada na boca do pai.

Sua mãe então fez algo muito inesperado. Abriu o vestido e pôs para fora um objeto esmaecido, que sacudiu com a mão. "Como isso aqui?"

Enid disse que não. "Uma casquinha de sorvete."

"Então foi um sonho", disse sua mãe. "Os sonhos às vezes são muito bobos. Não conte nada para seu pai. É tolo demais."

Enid não acreditou logo na mãe, mas passado mais ou menos um ano entendeu que tal explicação deveria ser correta porque as casquinhas de sorvete nunca assumiram aquela posição no tórax das mulheres e nunca se mostraram tão compridas. Mais tarde ainda se deu conta de que devia ter visto o chapéu em algum quadro.

Mentiras.

Ela não havia lhe perguntado ainda, não havia falado. Nada a obrigava a perguntar. Ainda era *antes*. O sr. Willens havia mergulhado com o carro no açude Jutland, de propósito ou por acidente. Todo mundo continuava acreditando nessa história e, no que dizia respeito a Rupert, Enid também acreditava. Enquanto fosse assim, aquele cômodo, aquela casa e sua vida guardavam outra possibilidade, uma possibilidade inteiramente diferente daquela com que nos últimos dias Enid vinha convivendo (ou com que vinha alimentando sua vaidade, se quiser). A possibilidade diferente estava se aproximando, e tudo que Enid precisava fazer era ficar calada e permitir sua chegada. De seu silêncio, de sua colaboração num silêncio, quantos benefícios poderiam advir! Para outros e para si própria.

Era isso que a maioria das pessoas sabia. Uma coisa simples que ela levara tanto tempo para compreender. Era assim que se mantinha o mundo habitável.

Enid começou a chorar. Não de tristeza, mas num assomo de alívio que ela não tinha percebido que estava procurando com tanto afinco. Então encarou Rupert e viu que seus olhos estavam injetados de sangue e a pele em torno deles enrugada e seca, como se ele também tivesse chorado.

"Ela não deu sorte na vida", ele disse.

Enid se desculpou e foi buscar o lenço na bolsa que deixara sobre a mesa. Agora se sentia envergonhada por ter se arrumado tanto para um destino tão melodramático.

"Não sei onde estava minha cabeça", ela disse. "Não posso ir até o rio calçando estes sapatos."

Rupert fechou a porta do aposento da frente.

"Se você quiser, ainda podemos ir", ele disse. "Deve haver por aí um par de botas de borracha que sirva em você."

Que não sejam dela, Enid suplicou mentalmente. Não. As botas dela seriam pequenas demais.

Rupert abriu um compartimento no depósito de lenha que ficava ao lado da porta da cozinha. Enid nunca tinha visto o que havia naquele compartimento. Achou que lá só se guardava lenha, da qual certamente não tinha precisado naquele verão. Rupert pegou várias botas de borracha desemparelhadas e até botas de esqui, tentando achar um par.

"Essas aqui parecem do tamanho certo. Devem ter sido da mamãe. Ou até minhas, antes que meus pés crescessem."

Apanhou algo que lembrava um pedaço de tenda e depois, puxando pela alça partida, uma velha mochila escolar.

"Esqueci que tinha isso tudo aqui", ele disse, deixando as coisas caírem de volta dentro do compartimento e jogando as botas inúteis por cima delas. Pôs a tampa de volta e soltou um suspiro triste, para si mesmo, e que soou meio formal aos ouvidos de Enid.

Uma casa como aquela, ocupada por uma única família durante tanto tempo e negligenciada nos últimos anos, teria diversos compartimentos, gavetas, estantes, malas, baús e depósitos cheios de coisas que caberia a Enid selecionar, guardando e rotulando algumas delas, repondo outras em uso e mandando o resto, em caixas e mais caixas, direto para o lixo. Quando tivesse tal oportunidade, não iria hesitar. Faria daquela casa um lugar sem segredos para ela e em que tudo estivesse organizado segundo seus ditames.

Rupert pôs as botas diante dela enquanto Enid, curvada, desafivelava os sapatos. Por trás do cheiro do uísque, sentiu o hálito amargo que resultava de uma noite insone ao fim de um dia longo e duro. Sentiu também o cheiro da pele suarenta de um homem que pegava no pesado, um cheiro que nenhum banho — ou pelo menos o banho que ele tomava — seria capaz de apagar por completo. Nenhum odor corporal — nem o de esperma — era estranho a Enid, porém havia algo de novo e invasivo no cheiro de um corpo tão claramente fora de seu controle ou de seus cuidados.

Isso era bem-vindo.

"Vê se dá para andar", ele disse.

Dava para andar. Seguiu adiante dele até a porteira, que Rupert abriu inclinando-se sobre seu ombro. Enid esperou que ele a fechasse e passasse à sua frente para abrir caminho usando o machado que trouxera do depósito de lenha.

"As vacas deviam ter impedido as plantas de crescerem", ele disse, "mas há coisas que elas não comem."

"Só estive aqui uma vez", ela contou, "de manhã cedinho."

O contorno desesperado de seus pensamentos naquele dia agora lhe parecia simplesmente infantil.

Rupert foi na dianteira, cortando os cardos grandes e carnudos. Os raios quase horizontais do sol banhavam a massa de árvores com uma luz empoeirada. O ar estava limpo em alguns lugares, mas de repente surgiam miríades de pequenos insetos. Menores do que grãos de pó, eles se moviam constantemente mas permaneciam unidos, formando uma coluna ou uma nuvem. Como conseguiam fazer isso? E como escolhiam um lugar entre tantos outros para fazê-lo? Devia ter algo a ver com a alimentação. Mas eles nunca davam a impressão de ficarem parados pelo tempo necessário para se alimentarem.

Já era quase noite quando ela e Rupert chegaram debaixo do manto das folhas de verão. Era preciso tomar cuidado para não tropeçar nas raízes que se projetavam no chão da trilha ou para não bater com a cabeça nas trepadeiras de caules surpreendentemente duros. De repente, um lampejo em meio aos galhos negros: a água brilhando perto da margem oposta, onde a luz do sol ainda enfeitava as árvores. Nesse lado — agora desciam a ribanceira atravessando o renque de salgueiros —, a água era cor de chá, mas clara.

E o bote à espera, subindo e descendo na sombra, era o mesmo.

"Os remos estão escondidos", disse Rupert, caminhando na direção dos salgueiros para localizá-los. Um momento depois ela o perdeu de vista. Aproximou-se da beira do rio, onde as botas penetraram na lama e a fizeram parar. Caso tentasse, ainda poderia ouvir Rupert se movendo em meio aos arbustos. No entanto, concentrando-se no movimento do bote, um movimento leve e furtivo, teria a sensação de que por toda a vastidão em volta tudo ficara em silêncio.

Jacarta

I.

Kath e Sonje ocupam um lugar na praia encoberto por grandes toras. Escolheram aquele ponto não apenas para se proteger das fortes rajadas ocasionais de vento — com elas está a filhinha de Kath —, mas porque querem ficar longe das vistas do grupo de mulheres que frequenta a praia todos os dias. Chamam essas mulheres de Monicas.

Cada uma das Monicas tem três ou quatro filhos. São lideradas pela verdadeira Monica, que caminhou pela praia e veio se apresentar ao ver pela primeira vez Kath, Sonje e o bebê. Convidou-as para se unirem à turma.

Elas a seguiram, cada qual segurando uma ponta do moisés. O que mais podiam fazer? Mas desde então se ocultam por trás das toras.

O acampamento das Monicas é composto de barracas, toalhas, sacos de fraldas, cestas de piquenique, botes e baleias infláveis, brinquedos, vidros de loção, roupas extras, chapéus para o sol, garrafas térmicas com café, copos e pratos de papelão, além de caixas de isopor onde trazem picolés de frutas feitos em casa.

Todas ou estão visivelmente grávidas ou dão a impressão de que podem estar porque suas cinturas desapareceram. Arrastam-se até a beira da água berrando os nomes dos filhos, que trepam nas toras e baleias infláveis e caem sem parar.

"Cadê o seu chapéu? Onde está sua bola? Você já ficou um tempão naquilo, agora deixa a Sandy brincar um pouco."

Mesmo quando conversam entre si precisam falar alto para vencer a gritaria das crianças.

"Na Woodward's você encontra carne de coxão moída tão barata quanto carne de hambúrguer."

"Tentei unguento de zinco mas não funcionou."

"Agora ele está com um abscesso na virilha."

"Você não pode usar fermento em pó, tem que usar bicarbonato de sódio."

Aquelas mulheres não são muito mais velhas do que Kath e Sonje. Mas chegaram a um estágio na vida do qual Kath e Sonje têm pavor. Transformam a praia inteira num quintal. Suas responsabilidades, a vasta prole e as prerrogativas maternais, a autoridade que exercem, tudo isso é suficiente para aniquilar a água reluzente, a angra pequena e perfeita com seus arbustos de galhos vermelhos, os cedros que emergem tortos das altas rochas. Kath, em especial, sente a ameaça que elas representam porque agora também é mãe. Enquanto dá de mamar ao bebê, frequentemente lê algum livro e às vezes fuma um cigarro para não cair num pântano de funções animais. E amamenta a fim de encolher o útero e perder a barriguinha, não apenas para prover o bebê — Noelle — de preciosos anticorpos maternais.

Kath e Sonje têm suas próprias garrafas térmicas de café e suas toalhas extras, com as quais armaram um abrigo para Noelle. Têm os maços de cigarro e os livros. Sonje trouxe um livro

93

de Howard Fast. Seu marido lhe disse que, se fosse para ela ler ficção, que lesse esse autor. Kath está lendo os contos de Katherine Mansfield e de D. H. Lawrence. Sonje adquiriu o hábito de deixar de lado o seu livro e pegar o que Kath não está lendo no momento. Limita-se a um conto, voltando depois a Howard Fast.

Quando sentem fome, uma delas empreende a longa subida pelos degraus de madeira. Em volta da angra há várias casas plantadas sobre as rochas e cercadas de pinheiros e cedros. Costumavam ser chalés de veraneio antes da construção da ponte Lions Gate, no tempo em que os habitantes de Vancouver precisavam atravessar de barco para chegar lá na época das férias. Alguns chalés — como o de Kath e o de Sonje — ainda são bastante primitivos, e o aluguel é barato. Outros, como o da genuína Monica, foram remodelados de cima a baixo. Mas ninguém tenciona ficar ali para sempre, todos planejam mudar-se para uma casa de verdade. Exceto no caso de Sonje e seu marido, cujos planos parecem mais misteriosos que os de qualquer outra pessoa.

Uma estrada de terra em forma de meia-lua serve as casas, ligando-se nas duas pontas ao Marine Drive. O semicírculo assim criado contém muitas árvores e uma vegetação rasteira composta de samambaias e arbustos de framboesas, sendo cortado por diversas trilhas interconectadas pelas quais se pode tomar um atalho para chegar à loja no Marine Drive. Nessa loja, Kath e Sonje compram batatas fritas para o almoço. É mais comum que Kath faça a excursão porque gosta de caminhar sob as árvores, coisa que não pode mais fazer empurrando o carrinho de bebê.

Quando foi morar lá, antes do nascimento de Noelle, ela cortava caminho em meio às árvores quase todos os dias sem pensar na liberdade que desfrutava. Certo dia encontrou-se com Sonje. As duas haviam trabalhado na Biblioteca Pública de Vancouver até pouco antes desse encontro, embora não pertencessem ao mesmo departamento e nunca houvessem se falado. Kath tinha deixado o emprego no sexto mês da gravidez, como era exigido, a fim de não perturbar os clientes com sua condição de gestante, enquanto Sonje saíra devido a um escândalo.

Ou, pelo menos, por causa de uma história que havia chegado aos jornais. O marido dela, Cottar, que trabalhava como jornalista para uma revista de que Kath nunca ouvira falar, tinha viajado à China Vermelha. O jornal o caracterizava como um escritor de esquerda. O retrato de Sonje foi publicado ao lado do dele, juntamente com a informação de que ela era funcionária da biblioteca. Preocupava o fato de que, em sua função, pudesse estar promovendo a leitura de livros marxistas e influenciando as crianças que frequentavam a biblioteca a fim de transformá-las em comunistas. Ninguém dizia que ela tinha feito isso — simplesmente que havia esse risco. Nem era ilegal um canadense visitar a China. Mas verificou-se que tanto Cottar quanto Sonje eram americanos, o que fazia o comportamento deles mais alarmante, talvez mais significativo.

"Conheço essa moça", Kath tinha dito a seu marido, Kent, ao ver a foto de Sonje. "Ao menos a conheço de vista. Sempre me pareceu tímida. Ela vai ficar muito envergonhada com isso."

"Não vai, não", disse Kent. "Esse tipo de gente adora se sentir perseguida, vivem para isso."

O diretor da biblioteca declarou publicamente que Sonje nada tinha a ver com a escolha de livros ou com a influência sobre crianças — passava a maior parte do tempo datilografando listas.

"O que eu achei muito engraçado", Sonje disse a Kath depois que se reconheceram e conversaram durante meia hora numa trilha. O engraçado era que ela nem sabia bater à máquina.

Não foi dispensada, mas decidiu sair de qualquer forma. Achou que era melhor, pois ela e Cottar esperavam novidades no futuro.

Kath imaginou que uma das novidades poderia ser um bebê. Tinha a impressão de que, terminados os estudos, a vida prosseguia como uma série de exames a serem enfrentados. O primeiro era casar-se. Se isso não tivesse acontecido até os vinte e cinco anos, para todos os efeitos a pessoa havia sido reprovada naquele exame. (Ela sempre assinava seu nome como "sra. Kent Mayberry" com um sentimento de alívio e terna alegria.) Então era hora de pensar em ter um filho. Esperar um ano antes de ficar grávida era uma boa ideia. Esperar dois anos era um pouco mais prudente do que se fazia necessário. E três anos significava que todo mundo ia começar a falar sobre o atraso. Mais adiante vinha o segundo filho. Depois disso, a progressão se tornava mais obscura e era difícil afirmar com segurança quando se havia atingido algum ponto antes almejado.

Sonje não era o tipo de amiga que conta se está ou não tentando ter um filho, há quanto tempo vem tentando e que técnicas tem usado. Nunca falava sobre sexo, sobre suas regras ou qualquer função fisiológica — embora logo tivesse passado a falar com Kath acerca de coisas que muitos considerariam mais chocantes. Ela tinha uma postura digna e elegante — queria ser bailarina mas ficou alta demais, e nunca deixou de lamentar isso até conhecer Cottar, que lhe disse: "Ah, mais uma mocinha burguesa imaginando que vai se transformar num cisne moribundo". Tinha um rosto largo, calmo, de pele rosada — nunca usava maquiagem, Cottar era contra a maquiagem —, e prendia os cabelos claros e abundantes num volumoso coque. Kath a achava muito bonita — seráfica e inteligente.

Comendo as batatas fritas na praia, Kath e Sonje discutiam os personagens dos contos que estavam lendo. Como é que nenhuma mulher podia amar Stanley Burnell? Qual era o problema de Stanley? Ele é um garotão, com seu jeito agressivo de amar, sua avidez à mesa, sua autossatisfação. Enquanto Jonathan Trout — ah, a mulher de Stanley, Linda, devia ter se casado com Jonathan Trout, que deslizava pela água enquanto Stanley espadanava e bufava. "Saudações, minha flor de pêssego celestial", dizia Jonathan com sua voz grave e aveludada. Ele é muito irônico, sutil e blasé. "Como a vida é breve, como a vida é breve", dizia. E o mundo impetuoso de Stanley, desacreditado, se desfazia em pedacinhos.

Algo preocupa Kath. Não pode mencionar isso a ninguém, nem mesmo pensar. Será que Kent se parece com Stanley?

Certo dia Kath e Sonje têm um desentendimento, uma discussão inesperada e perturbadora acerca de um conto de D.H. Lawrence intitulado "A raposa".

No final do conto, os amantes — um soldado e uma mulher chamada March — estão sentados no alto de uma falésia sobre o Atlântico olhando na direção do Canadá, para onde se mudarão. Vão deixar a Inglaterra para começar vida nova. Mantêm um forte relacionamento, mas ainda não estão felizes de verdade. Ainda não.

O soldado sabe que só serão realmente felizes quando a mulher entregar sua vida a ele de uma forma que ainda não aconteceu. March continua a lutar contra essa entrega: ao se manter separada dele, ela torna os dois obscuramente infelizes com seu esforço para aferrar-se à sua alma de mulher, à sua mente de mulher. Ela precisa acabar com isso — precisa parar de pensar, parar de desejar e deixar sua consciência submergir até integrar-se à dele. Como as algas que tremulam abaixo da superfície da água. Olhe para baixo, olhe para baixo — veja como as algas se agitam na água, elas estão vivas mas nunca sobem acima da superfície. E é assim que sua natureza feminina deve viver dentro da natureza masculina dele. Ela então será feliz, e ele, forte e contente. Nesse momento terão alcançado um casamento de verdade.

Kath diz que acha isso uma idiotice.

Começa a explicar. "Ele está falando sobre sexo, certo?"

"Não só", responde Sonje. "Sobre toda a vida deles."

"Sim, mas tem o sexo. O sexo leva à gravidez. Quer dizer, no curso normal das coisas. Por isso March vai ter um filho. Provavelmente mais de um. E precisa cuidar deles. Como pode fazer isso se sua mente estiver balançando debaixo da superfície do mar?"

"Essa é uma interpretação literal demais", diz Sonje num tom de leve superioridade.

"Ou você tem seus pensamentos próprios e toma decisões, ou não tem", diz Kath. "Por exemplo: o bebê vai pegar uma lâmina de barbear. O que é que você faz? Simplesmente diz, Ah, vou ficar me balançando até meu marido chegar em casa e decidir em sua mente, que agora é nossa mente, se isso é uma boa ideia?"

"Você está tomando um exemplo extremo", responde Sonje.

As vozes das duas endureceram. O tom de Kath é enérgico e desdenhoso. O de Sonje, sério e obstinado.

"Lawrence não queria ter filhos", diz Kath. "Ele tinha ciúme dos filhos do primeiro casamento de Frieda."

Sonje está olhando para baixo, entre os joelhos, deixando que a areia escorra pelos dedos.

"Só acho que seria uma beleza", ela diz. "Acho que seria lindo se uma mulher pudesse fazer isso."

Kath sabe que algo deu errado. Algo está errado na sua própria argumentação. Por que ela está tão irritada e excitada? E por que desviar a conversa para falar sobre bebês, sobre filhos? Porque ela tem uma filhinha e Sonje não? Será que falou aquilo sobre Lawrence e Frieda por suspeitar que o mesmo acontecia entre Cottar e Sonje?

Quando você baseia seu argumento nos filhos, na necessidade de que as mulheres cuidem dos filhos, está a salvo de tudo. Não pode ser criticada. Mas, ao fazer isso, Kath está se protegendo. Não suporta aquela parte sobre as algas e a água, sente-se entupida e sufocada com um protesto incoerente. É porque está pensando nela mesma, e não em nenhuma criança. Ela é a própria mulher de quem Lawrence está se queixando. E não é capaz de revelar isso claramente porque Sonje pode suspeitar — Kath mesmo pode suspeitar — que há uma grande carência em sua vida.

Logo a Sonje, que numa outra conversa alarmante disse: "Minha felicidade depende do Cottar".

Minha felicidade depende do Cottar.

Aquela declaração abalou Kath. Ela nunca diria o mesmo sobre Kent. Não queria que aquilo fosse verdade para ela.

Mas não queria que Sonje pensasse que ela era uma mulher para quem o amor tivesse passado em brancas nuvens. Que não houvesse considerado, ou a quem não houvesse sido oferecida, a entrega total, a prostração do amor.

II.

Kent se lembrava do nome da cidadezinha no Oregon para a qual Cottar e Sonje tinham se mudado. Ou para a qual Sonje tinha se mudado no fim do verão. Ela fora para lá a fim de cuidar da mãe de Cottar enquanto ele fazia outra excursão jornalística ao Extremo Oriente. Havia algum problema, real ou imaginário, com respeito ao retorno de Cottar aos Estados Unidos após a visita à China. Ao voltar, ele e Sonje planejavam encontrar-se no Canadá, talvez levando também a mãe dele.

Não havia muita chance de que Sonje ainda morasse na cidadezinha, mas restava uma pequena probabilidade de que a mãe de Cottar ainda estivesse por lá. Kent disse que não valia a pena parar por causa disso, porém Deborah achou que seria interessante tentar. Conseguiram o endereço após uma consulta na agência dos correios.

Saíram da cidade cortando as dunas com Deborah na direção, como durante quase toda aquela longa viagem de lazer. Tinham visitado a filha de Kent, Noelle, que vivia em Toronto, e os dois filhos dele com a segunda mulher, Pat — um em Montreal, o outro em Maryland. Haviam passado alguns dias com velhos amigos de Kent e Pat, que atualmente moravam num condomínio fechado no Arizona, e com os pais de Deborah (que tinham mais ou menos a mesma idade de Kent) em Santa Barbara. Agora subiam a Costa Oeste de volta a casa em Vancouver, mas sem a menor pressa, para que Kent não se cansasse.

As dunas eram cobertas de capim. Pareciam colinas comuns exceto onde se via o topo arenoso, dando uma graça especial à paisagem. Montinhos feitos por alguma criança, embora numa escala gigantesca.

A estrada terminava diante da casa que tinham sido instruídos a procurar. Impossível se enganar. Lá estava a tabuleta — ESCOLA DE DANÇA DO PACÍFICO — com o nome de Sonje abaixo e um aviso de "À venda" ainda mais abaixo. Uma mulher idosa aparava um arbusto com a tesoura de jardim.

Quer dizer que a mãe de Cottar ainda estava viva. Mas Kent lembrou-se de que era cega. Por isso alguém tinha de viver com ela após a morte do pai de Cottar.

O que estaria ela fazendo com aquela tesoura, se era cega?

Kent tinha cometido o erro usual de não se dar conta de quantos anos — décadas — haviam se passado. E quão velha a mãe seria a essa altura. Quão velha era Sonje, quão velho era ele. Porque se tratava de Sonje, e de início ela também não o reconheceu. Abaixou-se para cravar a tesoura no chão e limpou as mãos na calça jeans. Ele sentiu a rigidez dos movimentos dela em suas próprias juntas. O cabelo de Sonje, branco e ralo, era soprado pela leve aragem do mar que abria caminho até ali em meio às dunas. A carne firme que antes cobria seus ossos desaparecera. Ela sempre tivera o peito achatado, mas a cintura nunca fora tão fina. Uma mulher de tipo nórdico, com ombros largos e rosto largo. Muito embora seu nome não derivasse de ancestrais daquela região, pois, segundo ouvira dizer, ela se chamava Sonje porque sua mãe adorava os filmes da Sonja Henie. Ela própria havia mudado a grafia em sinal de protesto pela frivolidade materna. Por alguma razão, naquela época todos sentiam desdém por seus pais.

Kent não podia enxergar bem seu rosto sob o sol forte. Mas notou um par de pontos prateados e brilhantes onde, provavelmente, algum câncer de pele tinha sido removido.

"Muito bem, Kent", ela disse. "Que ridículo! Achei que você era alguém interessado em comprar minha casa. E essa é Noelle?"

Quer dizer que ela também havia se enganado.

Na verdade, Deborah era um ano mais moça que Noelle. Porém não tinha nada de bibelô. Kent a conhecera após sua primeira operação. Ela trabalhava como fisioterapeuta, nunca se casara, e ele era viúvo. Mulher serena e resoluta, que desconfiava das modas e de qualquer ironia, usava uma trança que lhe descia pelas costas. Obrigara Kent a fazer os exercícios recomendados e o introduzira na ioga, além de fazê-lo também tomar vitaminas e ginseng. Era discreta e incuriosa a ponto de quase parecer indiferente. Talvez uma mulher de sua geração aceitasse como normal o fato de todo mundo possuir um passado bem povoado e intraduzível.

Sonje os convidou para entrar. Deborah disse que os deixaria conversar a sós enquanto procurava por uma loja de produtos naturais (Sonje lhe disse onde encontrar uma) e passeava pela praia.

A primeira coisa que Kent notou na casa é que lá dentro fazia frio. E num dia radioso de verão. Mas as casas no Noroeste da costa do Pacífico poucas vezes são tão bem aquecidas quanto parecem — afaste-se do sol e logo sentirá um bafo frio e úmido. Os nevoeiros e o ar gélido dos dias chuvosos de inverno devem ter penetrado naquela casa por muito tempo quase sem encontrar oposição. Era um grande chalé de madeira caindo aos pedaços, embora a varanda e as águas-furtadas sugerissem que vivera dias melhores. Antigamente havia muitas casas daquele tipo na zona oeste de Vancouver, onde Kent ainda morava. Mas em sua maioria tinham sido vendidas e demolidas.

Os dois grandes aposentos da frente eram conectados e neles só se via um velho piano de armário. O assoalho tinha ficado ruço no centro apesar de continuar escuro nos cantos. Uma barra corria ao longo de uma das paredes, enquanto na parede oposta havia um espelho empoeirado onde ele viu passar duas figuras magras de cabelos brancos. Sonje disse que estava tentando vender a casa — coisa que ele já sabia por causa da tabuleta — e que, como a parte da frente tinha sido usada para as aulas de dança, achou melhor deixar daquele jeito mesmo.

"Alguém ainda pode aproveitar isso muito bem", ela disse. Contou que havia aberto a escola nos anos 1960, logo depois de serem informadas da morte de Cottar. A mãe dele — Delia — tocava piano. Tocou até quase os noventa anos, quando ficou desmiolada. ("Me desculpe", disse Sonje, "mas a gente acaba ficando meio insensível.") Sonje precisou interná-la num asilo de velhos onde lhe levava comida todos os dias, embora Delia não a reconhecesse mais. E contratou outras pessoas para tocarem, mas as coisas não deram certo. Além disso, ela havia chegado a um ponto em que não podia mais mostrar aos alunos o que fazer, limitando-se a dar instruções verbais. Compreendeu que era hora de parar.

Tinha sido uma moça bastante altiva e reservada. Na verdade, não muito simpática, ou assim tinha lhe parecido. Agora, porém, corria de um lado para o outro e tagarelava, como todas as pessoas que ficam sós a maior parte do tempo.

"Fez sucesso no começo, as menininhas se sentiam muito excitadas com a ideia de aprender balé, mas depois tudo isso saiu de moda, você sabe, era formal demais. Mas nunca acabou de todo, e então, nos anos 1980, muitas famílias com filhos pequenos se mudaram para cá e parecia que tinham muito dinheiro, como é que ganham tanto dinheiro? E podia ter sido outra vez um sucesso, mas eu não dava mais conta do recado."

Ela disse que talvez tivesse perdido o elã, ou quem sabe a necessidade, depois que a sogra morreu.

"Éramos muito amigas", disse. "Sempre fomos."

A cozinha era outro grande cômodo que os armários de louças e aparelhos elétricos não conseguiam preencher inteiramente. O assoalho era feito de ladrilhos cinzentos e pretos — ou talvez pretos e brancos, estes últimos acinzentados pelo uso de água suja para lavá-los. Atravessaram um corredor cujos lados eram ocupados por estantes que subiam até o teto e estavam abarrotadas de livros e revistas estropiadas, talvez até mesmo de jornais. Cheiro de papel velho e quebradiço. Ali o assoalho era coberto com um tapete de sisal, que se estendia na direção de uma varanda onde Kent finalmente conseguiu se sentar. Cadeiras e canapé de ratã, artigos genuínos que poderiam valer um bom dinheiro caso não estivessem em petição de miséria. Venezianas de bambu também longe de sua melhor condição, enroladas até em cima ou baixadas parcialmente; do lado de fora alguns arbustos encostados nas janelas. Kent não conhecia os nomes de muitas plantas, mas sabia que aqueles arbustos só cresciam onde o solo era arenoso. Suas folhas eram duras e luzidias — as partes verdes davam a impressão de terem sido mergulhadas em óleo.

Ao passarem pela cozinha Sonje pusera a chaleira no fogo. Chegando à varanda, desabou numa das cadeiras como se ela também estivesse muito feliz em poder se sentar. Ergueu as mãos sujas de terra, com os nós dos dedos bem visíveis.

"Vou me limpar num minuto", disse. "Não perguntei se você quer chá. Posso fazer um café. Ou, se você preferir, podíamos pular os dois e tomar um gim-tônica. Por que não fazemos isso? Me parece uma boa ideia."

O telefone tocou. Uma campainha alta e perturbadora, típica dos aparelhos antigos. Dava a impressão de vir do corredor, porém Sonje disparou de volta para a cozinha.

Falou por algum tempo, parando para tirar a chaleira do fogo quando ela apitou. Ele a ouviu-a dizer "uma visita agora" e desejou que ela não tivesse rejeitado alguém interessado em ver a casa. Seu tom nervoso o fez pensar que não se tratava de um telefonema social, que talvez tivesse algo a ver com dinheiro. Esforçou-se para não ouvir mais.

Os livros e jornais atulhados no corredor lhe lembraram a casa de Sonje e Cottar acima da praia. Na verdade, toda a sensação de desconforto, de falta de limpeza, lembrava aquela casa. A sala de visitas era aquecida por uma lareira de pedra numa das extremidades e, embora estivesse acesa na única vez em que visitou o casal, no chão à sua volta se via muita sujeira, cinzas antigas e cascas de laranja chamuscadas. Livros e panfletos espalhavam-se por toda a parte. Em vez de um sofá havia um catre — as pessoas tinham de se sentar com os pés no chão e nenhum apoio nas costas, ou encostar-se na parede com os pés dobrados debaixo do corpo. Era assim que Kath e Sonje estavam sentadas. Praticamente ficaram fora da conversa. Kent aboletou-se numa cadeira, da qual removera um livro intitulado *A Guerra Civil na França*. Seria assim que chamavam agora a Revolução Francesa? Viu depois o nome do autor, Karl Marx. E, antes mesmo disso, sentiu a hostilidade, a reprovação no ar. Assim como, num cômodo cheio de folhetos religiosos e desenhos de Jesus montado num burrico ou Jesus no mar da Galileia, a gente sente que está sendo julgado. Aquilo não vinha só dos livros e papéis — estava presente na imundície em volta da lareira, no tapete tão gasto a ponto de não se ver mais o desenho, nas cortinas de aniagem. A camisa e a gravata de Kent também estavam erradas. Suspeitara disso pela forma como Kath as havia olhado, mas, depois de vestido, iria usá-las de qualquer modo. Ela vestia uma das velhas camisas dele por cima da calça jeans, presa por uma fieira de alfinetes de segurança. Ele achara que se tratava de uma roupa pouco adequada para ir a um jantar, mas talvez nenhuma outra coubesse nela.

Isso foi imediatamente antes do nascimento de Noelle.

Cottar estava encarregado da cozinha. Fez um curry que se revelou muito gostoso. Beberam cerveja. Cottar, com uns trinta e poucos anos, era mais velho que Sonje, Kath e Kent. Alto, de ombros estreitos, a calvície avançando acima da testa e costeletas ralas. Um jeito de falar rápido e baixo, em tom de confidência.

Lá estava também um casal mais velho: uma mulher de peitos caídos e cabelos grisalhos formando um coque atrás do pescoço e um homem baixo e ereto, vestindo roupas surradas mas com algo de elegante nas suas maneiras, a voz precisa e nervosa, o hábito de formar retângulos perfeitos no ar com as mãos. Havia também um jovem ruivo, com olhos inchados e lacrimosos, a pele cheia de sardas. Estudante em tempo parcial, sustentava-se dirigindo o caminhão que trazia os jornais a serem distribuídos pelos meninos nas vizinhanças. Evidentemente, era novo no emprego, e o homem mais velho, que o conhecia, começou a zombar dele por entregar o jornal: instrumento das classes capitalistas, porta-voz da elite.

Muito embora aquilo tivesse sido dito de maneira meio brincalhona, Kent não podia deixar passar em brancas nuvens. Imaginou que era melhor mergulhar logo de cabeça do que ter de fazer isso depois. Comentou que não via nada de muito errado com aquele jornal.

Eles só estavam esperando por algo assim. O homem mais velho já conseguira que Kent lhe contasse que era farmacêutico e trabalhava para uma cadeia de farmácias. E o mais moço já dissera: "Você está no páreo para ser o chefão?" de um jeito que sugeria que os outros, salvo Kent, encarariam aquilo como uma piada. Kent respondeu que esperava que sim.

O curry foi servido, todos comeram, beberam mais cerveja, o fogo da lareira foi reavivado, o céu de primavera se escureceu, as luzes da ponte Grey brilharam do outro lado da baía de Burrard, e Kent assumiu a tarefa de defender o capitalismo, a Guerra da Coreia, as armas nucleares, John Foster Dulles, a execução dos Rosenberg — tudo que os outros jogaram em sua direção. Zombou da ideia de que companhias americanas persuadiam as mães africanas a comprarem leite em pó em vez de amamentarem seus filhos, de que a Polícia Montada maltratava os índios e, acima de tudo, de que o telefone de Cottar estava grampeado. Citou mais de uma vez a revista *Time*, anunciando a fonte.

O homem mais moço deu tapas nos joelhos, sacudiu a cabeça de um lado para o outro e produziu um riso incrédulo.

"Esse cara não existe. Dá para acreditar que ele existe? Eu não consigo."

Cottar mobilizava argumento atrás de argumento, tentando controlar sua exasperação porque se via como um ser racional. O homem mais velho se lançava em tangentes professorais e a mulher de peitos caídos se limitava a pronunciar pequenas alocuções num tom de venenosa civilidade.

"Por que você gosta tanto de defender as autoridades sempre que elas exibem suas belas faces?"

Kent não sabia. Não sabia o que o impulsionava nem levava aquela gente a sério como inimigos. Eles se situavam nas margens da vida real, fazendo arengas e se sentindo importantes, como é costume entre os fanáticos de todo tipo. Não tinham a menor solidez quando comparados com os homens com quem Kent lidava no dia a dia. Em seu trabalho, os erros importavam, a responsabilidade era constante, ninguém tinha tempo para brincar com a ideia de que as cadeias de farmácias eram algo pernicioso ou se entregar a alguma paranoia sobre os fabricantes de remédios. Este era o mundo real no qual entrava todos os dias carregando sobre os ombros o peso de seu futuro e o de Kath. Ele aceitava isso, tinha até orgulho da situação, e não ia se desculpar perante um grupo de choramingas.

"A vida está melhorando apesar do que vocês dizem", foi o que lhes disse. "Basta olhar em volta."

Não discordava agora das posições que assumira naquela época. Talvez tivesse sido excessivamente impetuoso, mas não errara. Perguntava-se, porém, sobre a raiva que havia sentido naquela sala, toda a energia agressiva do grupo, o que acontecera com tudo aquilo.

O telefonema terminou. Da cozinha Sonje lhe disse: "Decidi mesmo pular o chá e tomar um gim-tônica".

Depois que ela trouxe os dois drinques, Kent perguntou quando Cottar havia morrido e ficou sabendo que já tinham se passado mais de trinta anos. Respirou fundo e sacudiu a cabeça. "Tanto tempo assim?"

"Morreu muito rápido por causa de uma doença tropical", disse Sonje. "Aconteceu em Jacarta. Foi enterrado antes mesmo de eu saber que ele estava doente. Jacarta se chamava Batávia, sabia disso?"

Kent respondeu: "Vagamente".

"Lembro de sua casa", ela disse. "A sala de visitas era realmente uma varanda, ocupava toda a frente, como a nossa. As persianas eram de lona, em listras verdes e marrons. Kath gostava da luz filtrada através delas, dizia que era uma luz de floresta. Você dizia que era um casebre de luxo. Dizia isso o tempo todo: 'O casebre de luxo'."

"A casa era sustentada por estacas de madeira cravadas no cimento", disse Kent. "Estavam apodrecendo, é incrível que não tenha desabado."

"Você e Kath estavam sempre procurando casas. Nos seus dias de folga, circulavam pelos bairros novos empurrando o carrinho da Noelle. Olhavam todas as casas novas. Você se lembra como elas eram naquela época. Não havia calçadas porque as pessoas supostamente não andariam mais a pé, e as casas ficavam todas juntas, umas olhando para as outras através daquelas janelas panorâmicas."

"No começo não dava para comprar nada melhor", disse Kent.

"Sei disso, sei disso. Mas você perguntava: 'De qual você gostou mais?', e Kath nunca respondia. Aí você ficava irritado e mandava ela dizer que tipo de casa preferia e onde, e Kath respondia: 'O casebre de luxo'."

Kent era incapaz de se lembrar de que aquilo tinha acontecido. Mas acreditava que de fato tinha sido assim. Seja como for, era o que Kath tinha contado a Sonje.

III.

Cottar e Sonje iam dar uma festa de despedida antes de ele ir para as Filipinas, Indonésia ou aonde quer que fosse, enquanto ela iria para o Oregon viver com a sogra. Todo mundo que morava ao longo da praia foi convidado — como a festa teria lugar do lado de fora, não havia mesmo alternativa. Foram convidadas também pessoas com quem Sonje e Cottar tinham compartilhado uma casa comunal antes de se mudarem para a praia, jornalistas conhecidos de Cottar e colegas de Sonje da biblioteca.

"Deus e todo mundo", disse Kath, e Kent perguntou em tom jovial: "Mais um bando de comunas?". Ela disse que não sabia; simplesmente todo mundo.

A verdadeira Monica contratou uma baby-sitter de confiança e reuniu em casa todas as crianças, com os pais dividindo as despesas. Ao cair da noite Kath levou Noelle no moisés. Disse à baby-sitter que voltaria antes da meia-noite, quando Noelle provavelmente ia acordar com fome. Poderia ter levado a mamadeira extra que havia preparado em casa, porém não tinha certeza se a festa seria boa e imaginou que talvez fosse bem-vinda a chance de ir embora.

Ela nunca falou com Sonje sobre o jantar em que Kent havia brigado com todos os presentes. Tinha sido a primeira vez que Sonje e Kent se encontraram, e depois daquilo sua amiga só dissera que ele era realmente bonitão. Kath achou que a menção à aparência de Kent não passava de um prêmio de consolação.

Naquela noite ela se sentara encostada na parede, apertando uma almofada contra o estômago. Pegara o hábito de apertar uma almofada no lugar em que o bebê dava pontapés. A almofada era desbotada e poeirenta, como tudo na casa de Sonje (ela e Cottar a tinham alugado com a mobília). O desenho de flores e folhas azuis se tornara prateado. Kath se concentrou no desenho enquanto os outros convidados embrulhavam Kent sem que ele ao menos se desse conta disso. O homem mais moço lhe dirigia a palavra com a raiva teatral de um filho falando com o pai, enquanto Cottar exibia a paciência desgastada de um professor falando com o aluno. O mais velho sorria com um ar amargurado, enquanto a mulher não escondia sua repugnância moral, como se culpasse Kent pessoalmente por Hiroshima, pelas moças carbonizadas nas fábricas de portas trancadas, por todas as sórdidas mentiras e hipocrisias trombeteadas pelos poderosos. E, tanto quanto Kath podia perceber, era Kent quem no mais das vezes provocava aquelas reações. Ela havia temido algo do gênero ao vê-lo de camisa e gravata, tendo então decidido vestir a calça jeans em vez de sua saia decente de mulher grávida. E teve de assistir a tudo revirando a almofada de um lado para o outro a fim de capturar o brilho prateado.

Todos naquela sala eram tão seguros de tudo! Ao pararem para respirar, simplesmente enchiam os pulmões com a mais pura virtude, a mais pura certeza.

Exceto talvez Sonje, que não participou da conversa. Mas Sonje se apoiava em Cottar, ele era sua certeza. Levantou-se para oferecer mais curry e, aproveitando um dos breves e raivosos silêncios, disse:

"Parece que ninguém gostou do coco."

"Ah, Sonje, você vai fazer o papel da anfitriã cheia de tato?", perguntou a mulher mais velha. "Como aquela personagem da Virginia Woolf?"

Quer dizer que ali a cotação de Virginia Woolf também estava em baixa. Havia tanta coisa que Kath não compreendia. Mas ao menos tinha consciência de que havia coisas a aprender, não bastava dizer que era tudo besteira.

Seja como for, desejou que a bolsa se rompesse. Qualquer coisa que a livrasse daquilo. Caso ela se levantasse de repente e aparecesse uma poça no chão na frente deles, teriam de parar.

Mais tarde, Kent não se mostrou preocupado com o rumo que a noite havia tomado. Para começar, achava que tinha saído vitorioso. "É um bando de comunas, têm que falar daquele jeito", ele disse. "É a única coisa que podem fazer."

Kath estava ansiosa para não falar mais sobre política, por isso buscou outro assunto, contando que o casal mais velho tinha vivido com Sonje e Cottar na casa comunal. Havia outro casal, que se mudara para longe. E na casa existia uma troca organizada de parceiros sexuais. O homem mais velho tinha uma amante de fora, que também participava ocasionalmente das trocas.

"Quer dizer que os caras moços iam para a cama com aquela mulher mais velha? Ela deve ter uns cinquenta anos", disse Kent.

"E Cottar tem trinta e oito", disse Kath.

"Mesmo assim", disse Kent, "é nojento."

Mas Kath achava que a ideia das cópulas estipuladas e obrigatórias era ao mesmo tempo estimulante e repulsiva. Entregar-se de forma obediente e sem culpa a quem constasse da lista — era como a prostituição num templo. A lascívia se transformava em dever. Pensar nisso lhe causava um profundo arrepio obsceno.

Não tinha causado arrepio algum em Sonje. Ela não se sentira liberada sexualmente. Ao voltar, Cottar lhe perguntava se havia se sentido assim, e ela era obrigada a dizer que não. Ele ficava desapontado, e ela também, por ele. Cottar explicava que Sonje era exclusivista demais, muito presa à ideia da posse sexual, e ela sabia que Cottar tinha razão.

"Sei que ele pensa que, se eu o amasse suficientemente, faria a coisa melhor", ela disse. "Mas eu o amo, desesperadamente."

Apesar de todos os pensamentos tentadores que lhe vinham à mente, Kath acreditava que só poderia dormir com Kent, agora e sempre. O sexo era algo que os dois tinham inventado. Tentar fazê-lo com outro homem implicaria uma mudança de circuitos — toda a vida dela ia explodir nas suas mãos. No entanto, não podia dizer que amava Kent desesperadamente.

* * *

Ao caminhar pela praia da casa de Monica para a de Sonje, Kath viu algumas pessoas que esperavam pelo começo da festa. Formavam pequenos grupos ou se sentavam nas toras observando o final do pôr do sol. Bebiam cerveja. Cottar e outro homem lavavam uma lata de lixo onde preparariam o ponche. A srta. Campo, chefe das bibliotecárias, estava sentada numa tora. Kath lhe fez um aceno simpático, mas não foi se juntar a ela. Caso você se unisse a alguém naquele momento, estava perdido: iam ficar os dois sozinhos. O negócio era se agregar a um grupo de três ou quatro pessoas, mesmo que achasse a conversa — que parecia animada quando vista de longe — extraordinariamente chata. Mas era difícil fazer isso depois de acenar para a srta. Campo. Precisava dar a impressão de que estava a caminho de algum lugar. Por isso, passou por Kent (que conversava com o marido de Monica sobre quanto tempo levaria para serrar uma daquelas toras da praia) e subiu os degraus da casa de Sonje, entrando na cozinha.

Sonje estava mexendo uma grande panela de chili enquanto a mulher mais velha da casa comunal arrumava fatias de pão de centeio, salame e queijo numa travessa. Estava vestida exatamente como na noite do jantar do curry — saia folgada e um suéter de cor neutra mas bastante justo, com os peitos descendo até a cintura. Isso tinha algo a ver com o marxismo, pensou Kath — Cottar gostava que Sonje andasse sem sutiã, como também sem meias e sem batom. Tinha a ver igualmente com o sexo livre e sem ciúme, o apetite puro e generoso que não refugava diante de uma mulher de cinquenta anos.

Uma moça da biblioteca também se encontrava lá, cortando pimentões verdes e tomates. E uma mulher que Kath não conhecia estava fumando um cigarro encarapitada no banquinho da cozinha.

"Estamos muito zangadas com você", disse a moça da biblioteca para Kath. "Todas nós lá no trabalho. Soubemos que você tem uma gracinha de bebê e não foi mostrar para a gente. Onde é que ela está agora?"

"Dormindo, assim espero", respondeu Kath.

O nome da moça era Lorraine, mas Sonje e Kath, relembrando o tempo em que trabalhavam na biblioteca, a chamavam de Debbie Reynolds. Era muito alegre.

Ela disse: "Ah, que pena".

A mulher de peitos caídos lançou um olhar de profundo desagrado na direção das duas.

Kath abriu uma cerveja e a passou a Sonje, que disse: "Oi, obrigada, estava tão concentrada no chili que esqueci que podia tomar algo". Ela se preocupava porque não cozinhava tão bem quanto Cottar.

"Que bom que você não vai beber isso", a moça da biblioteca disse a Kath. "É proibido para quem está dando de mamar."

"Bebi muita cerveja enquanto dei de mamar", disse a mulher no banquinho. "Acho até que era recomendado. De qualquer maneira, sai quase tudo no mijo."

Seus olhos eram delineados com lápis preto em traços que se estendiam até os cantos, e as pálpebras pintadas de um azul-arroxeado até as sobrancelhas lustrosas. O restante do rosto era muito pálido, ou maquiado para parecer assim, e os lábios de um rosa tão tênue que davam a impressão de serem quase brancos. Kath já tinha visto rostos como o dela, mas só em revistas.

"Esta é Amy", disse Sonje. "Amy, esta é Kath. Desculpe, não apresentei vocês."

"Sonje, você está sempre pedindo desculpas", disse a mulher mais velha.

Amy pegou e comeu um pedaço de queijo que acabara de ser cortado.

Amy era o nome da amante. A amante do marido da mulher mais velha. Kath de repente desejou conhecê-la, ficar amiga dela, como no passado quis ser amiga de Sonje.

A noite caíra, e os grupos na praia haviam começado a se desfazer à medida que as pessoas se misturavam mais. Na beira do lago, várias mulheres tinham tirado os sapatos e as meias (se é que as usavam), e molhavam as pontas dos pés. A maioria dos convidados havia trocado a cerveja pelo ponche, cuja composição vinha se alterando: à mistura inicial de rum e suco de abacaxi tinham sido acrescentados outros sucos de fruta, soda, vodca e vinho.

As mulheres que haviam ficado descalças eram encorajadas a tirar mais coisas. Algumas entraram na água de roupa e tudo, e lá se despiram, atirando as peças para os que continuavam na praia. Outras ficaram nuas onde se encontravam. Estimulavam as companheiras a fazer o mesmo dizendo que estava escuro demais para se enxergar alguma coisa. Na verdade, contudo, dava para ver os corpos nus correndo e se jogando nas águas escuras. Monica havia trazido de casa uma grande pilha de toalhas e instruía as banhistas a se enrolarem nelas ao saírem da água para não pegarem um resfriado mortal.

A lua surgiu por entre as árvores negras no topo dos rochedos, e era tão grande, tão solene e sensacional, que provocou gritos de surpresa. O que é isso? E, mesmo depois de subir no céu e assumir seu tamanho normal, as pessoas comentavam vez por outra que era a "lua da colheita", ou se perguntavam uns aos outros se a tinham visto nascer.

"Pensei de verdade que era um balão enorme."

"Não podia imaginar o que era. Nunca soube que a lua podia ficar desse tamanho, nunca."

Kath estava na beira d'água, conversando com o homem cuja mulher e cuja amante havia visto pouco antes na cozinha de Sonje. Sua mulher agora estava nadando, um pouco apartada das que soltavam gritinhos e espadanavam na água. O homem lhe disse que, em outra vida, havia sido pastor.

"'O mar da fé já foi todo-poderoso'", começou a dizer jocosamente. "'E suas dobras brancas chegaram a envolver toda a orla da Terra' — eu então era casado com uma mulher completamente diferente."

O homem suspirou e Kath achou que ele estava buscando na memória o resto do poema.

"'Mas agora ouço apenas'", ela retomou a recitação onde ele havia parado, "'seu longo e melancólico rugido, mais e mais distante nas vastas e tristes paragens das praias de seixos do mundo'." Parou por aí porque lhe pareceu algo exagerado continuar com "Ah, meu amor, sejamos fiéis...".

A mulher nadou na direção de onde eles estavam e só se pôs de pé quando a água lhe batia nos joelhos. Ao caminhar para a praia, seus seios balançavam de um lado para o outro, lançando gotas de água em todas as direções.

O marido abriu os braços, exclamando "Europa" num tom caloroso de boas-vindas.

"Nesse caso, você é Zeus", disse Kath ousadamente. Naquele momento queria que um homem como ele a beijasse. Um homem que mal conhecia e não lhe dizia nada. E de fato ele a beijou, movendo a língua fria dentro de sua boca.

"Imagine um continente que recebe o nome de uma vaca", ele disse. A mulher ficou bem juntinho deles, respirando agradecida depois de nadar. Estava tão perto que Kath temeu ser tocada por seus mamilos compridos e escuros ou seu tufo de pelos pubianos muito pretos.

Alguém acendera uma fogueirinha. Os que haviam entrado na água estavam agora enrolados em cobertas ou toalhas, quando não agachados atrás das toras se enfiando nas roupas de novo.

E também havia música. Os vizinhos de Monica possuíam um pequeno embarcadouro e uma casa de barcos, onde instalaram um toca-discos. As pessoas começaram a dançar no cais e, com mais dificuldade, na areia. Até mesmo no topo de alguma tora alguém ensaiava um ou dois passos antes de cair ou pular. Mulheres que haviam voltado a se vestir ou não tinham se despido, mulheres que estavam se sentindo demasiado inquietas para ficarem no mesmo lugar — como era o caso de Kath — caminhavam na beira d'água (ninguém estava nadando, isso era coisa já passada e esquecida), caminhavam de um jeito diferente por causa da música. Meneando as cadeiras conscientemente, no início de um jeito brincalhão mas depois com mais insolência, como fazem as mulheres bonitas nos filmes.

A srta. Campo continuava sentada no mesmo lugar. Sorrindo.

A moça que Kath e Sonje chamavam de Debbie Reynolds estava sentada na areia, com as costas apoiadas numa tora, chorando. Sorriu para Kath, dizendo: "Não pense que eu estou triste".

Seu marido tinha jogado futebol americano na universidade e agora era dono de uma oficina de lanternagem. Quando entrava na biblioteca para buscar a mulher, dava sempre a impressão de ainda ser um jogador de futebol, levemente enfadado com o resto do mundo. Mas agora estava ajoelhado ao lado dela e brincava com seu cabelo.

"Está tudo bem", disse. "É sempre assim, é o jeito dela. Não é, querida?"

"É sim", ela disse.

Kath encontrou Sonje circulando em torno da fogueira e distribuindo marshmallows. Algumas pessoas conseguiam enfiá-los em varetinhas e os torravam; outras os jogavam de lá para cá, até se perderem na areia.

"A Debbie Reynolds está chorando", disse Kath. "Mas está tudo bem. Ela está feliz."

Ambas começaram a rir e se abraçaram, amassando entre seus corpos o saco de marshmallows.

"Ah, vou sentir a sua falta", disse Sonje. "Vou sentir falta de nossa amizade."

"Eu sei, eu sei", disse Kath. Cada uma pegou um marshmallow frio e o comeu, rindo e se olhando com um misto de doçura e tristeza.

"Esta festa em minha homenagem", disse Kath. "Você é a maior amiga que tive na vida."

"E você a minha", disse Sonje. "A maior de todas. Cottar quer dormir com a Amy hoje à noite."

"Não deixe ele fazer isso", disse Kath. "Não deixe, se faz você se sentir miserável."

"Ah, não se trata de deixar", disse Sonje se fazendo de valente. "Quem quer chili? Cottar está servindo o chili lá. Chili? Chili?"

Cottar havia trazido a panela de chili e a depositara sobre a areia.

"Cuidado com a panela", ficou repetindo em tom paternal. "Cuidado com a panela, está quente."

Acocorou-se para servir os convidados, enrolado apenas numa toalha que se abria a cada movimento. Amy estava ao lado, distribuindo tigelinhas.

Kath pôs as mãos em concha diante de Cottar.

"Por favor, Majestade", disse. "Eu não sou merecedora de uma tigela."

Cottar levantou-se num salto, deixando a colher dentro da panela, e segurou a cabeça de Kath com as duas mãos.

"Bendita seja, minha querida, os últimos serão os primeiros." Beijou seu pescoço encurvado.

"Ah", disse Amy, como se ela própria estivesse dando ou recebendo aquele beijo.

Kath levantou a cabeça e olhou por sobre o ombro de Cottar.

"Eu adoraria usar esse tipo de batom."

"Vem comigo", disse Amy. Pôs as tigelas no chão e, passando de leve o braço pela cintura de Kath, a encaminhou para os degraus.

"Lá em cima", ela disse. "Vamos fazer o serviço completo em você."

No pequeno banheiro situado atrás do quarto de dormir de Cottar e Sonje, Amy espalhou vidrinhos, tubos e lápis. O único lugar para fazer isso era o tampo da privada. Kath precisou se sentar na borda da banheira, com o rosto quase roçando no estômago de Amy. Amy passou um líquido nas bochechas de Kath e esfregou um creme em suas pálpebras. Depois espalhou um pó com o pincel. Escovou e lustrou as sobrancelhas e aplicou três camadas separadas de rímel nos cílios. Fez o contorno dos lábios, pintou-os, tirou o excesso e voltou a pintar. Tomou o rosto de Kath entre as mãos e o inclinou na direção da luz.

Alguém bateu na porta e depois a empurrou.

"Segura aí", Amy gritou. "Que que há contigo, não pode ir fazer xixi atrás das toras?"

Não deixou Kath se ver no espelho antes de estar tudo acabado.

"E não ria", ela disse. "Estraga todo o efeito."

Kath deixou a boca cair e viu seu reflexo a contragosto. Os lábios eram como pétalas carnudas, pétalas de lírio. Amy a afastou para vê-la melhor. "Eu disse para você não fazer isso. É preferível não se olhar, não tente fazer caras, você está ótima."

"Segure aí sua bexiga preciosa, estamos saindo", Amy gritou para outra pessoa, ou quem sabe a mesma, que batia com força na porta. Jogou o material de maquiagem dentro de uma nécessaire e a empurrou para baixo da banheira. "Vamos, beleza", disse para Kath.

No cais, Amy e Kath dançaram, rindo e se desafiando. Vários homens tentaram se interpor entre elas, mas durante algum tempo elas não deixaram isso acontecer. Finalmente elas desistiram, foram separadas e fizeram caretas, sacudindo os braços como pássaros pousados na terra ao se verem bloqueadas, cada qual puxada para a órbita de um parceiro.

Kath dançou com um homem que não se lembrava de ter visto antes no correr da noite. Parecia ter mais ou menos a idade de Cottar. Era alto, com um começo de barriguinha, cabelos crespos e sem brilho, um olhar sofrido.

"Sou capaz de cair", Kath disse. "Estou tonta. Posso despencar lá embaixo."

"Eu te seguro", ele disse.

"Estou tonta mas não é de bebida."

Ele sorriu, e ela se deu conta de que era isso que os bêbados sempre dizem.

"É verdade", ela insistiu, e era mesmo porque nem havia terminado uma garrafa de cerveja ou provado o ponche.

"A menos que o álcool tenha penetrado pelos meus poros. Por osmose."

Ele não respondeu, mas a puxou para mais perto, soltando-a depois e olhando no fundo de seus olhos.

As relações sexuais que ela tinha com Kent eram ardorosas e bastante enérgicas, embora ao mesmo tempo reticentes. Um não havia seduzido o outro, tinham como que escorregado na intimidade, ou no que achavam que era intimidade, por acaso, e nisso ficaram. Se é para ter um único parceiro na vida, nada precisa se tornar especial — já é especial. Haviam se visto nus, mas nessas horas só por acidente tinham olhado um nos olhos do outro.

Era isso que Kath estava fazendo agora, o tempo todo, com seu parceiro desconhecido. Avançavam e recuavam, davam voltas e se esquivavam, exibindo-se um para o outro — mas sempre se olhando nos olhos. Os olhos de ambos declaravam que aquele espetáculo não era nada quando comparado com o vale-tudo que começaria quando quisessem.

No entanto, não passava de uma brincadeira. Tão logo se tocavam, tratavam de se afastar. Chegando mais perto, abriam as bocas e passavam a língua pelos lábios, porém davam um passo atrás fingindo desinteresse.

Kath vestia um suéter de mangas curtas de lã escovada, conveniente para amamentar porque tinha um decote fundo em V e era abotoado na frente.

Quando chegaram perto um do outro outra vez, seu parceiro ergueu o braço como para se proteger e esfregou as costas da mão, o pulso e o antebraço nos seios rijos que se ocultavam sob a lã elétrica. Isso fez com que ambos cambaleassem, quase parando de dançar. Mas continuaram — Kath se sentindo fraca e trôpega.

Ouviu seu nome sendo chamado.

Sra. Mayberry. Sra. Mayberry.

Era a baby-sitter, chamando do meio da escada que levava à casa de Monica.

"Sua filhinha. Ela está acordada. A senhora pode vir dar de mamar para ela?"

Kath parou. Trêmula, abriu caminho em meio aos outros pares. Fora do foco de luz, se atirou no chão e rolou na areia. Sabia que seu parceiro vinha atrás, ouviu-o se atirar depois dela. Estava pronta a lhe oferecer a boca ou a garganta. Mas ele segurou seus quadris, ajoelhou-se e beijou-lhe o púbis por cima da calça de algodão. Depois se levantou com uma agilidade surpreendente para um homem tão grande, e os dois se deram as costas no mesmo momento. Kath correu para a área iluminada e subiu os degraus da casa de Monica. Arquejando e se escorando no corrimão, como uma velha.

A baby-sitter estava na cozinha.

"Ah, seu marido. Seu marido acaba de trazer a mamadeira. Eu só gritei porque eu não sabia o que tinha sido combinado."

Kath foi para a sala de visitas de Monica. A única luz vinha do hall e da cozinha, mas deu para ela notar que era uma sala de visitas de verdade, não uma varanda adaptada como a dela e a de Sonje. Havia uma mesinha de centro moderna em estilo dinamarquês, móveis estofados e cortinas de puxar.

Kent estava sentado numa poltrona, dando a mamadeira extra para Noelle.

"Oi", ele disse, falando baixinho embora Noelle sugasse tão vigorosamente que não poderia estar nem um pouco adormecida.

"Oi", disse Kath, sentando-se no sofá.

"Pensei que seria uma boa ideia", ele disse, "caso você tivesse bebido."

"Não", respondeu Kath. "Não bebi nada." Levou uma das mãos aos seios para ver se tinham bastante leite, mas o atrito da lã lhe deu um tamanho choque de desejo que não apertou mais.

"Então agora você pode, se quiser", disse Kent.

Ela continuou sentada na beirada do sofá, inclinada para diante, desejando perguntar se ele entrara pela frente ou pelos fundos. Quer dizer, pela estrada ou pela praia? Vindo pela praia, era quase certo que a tinha visto dançando. Mas muita gente estava dançando agora no cais, por isso talvez ele não tivesse notado quem eram os dançarinos.

No entanto, a baby-sitter a havia localizado. E ouvindo-a chamar por Kath, chamar seu nome, ele teria olhado para ver em que direção a baby-sitter estava gritando.

Isto é, se ele veio pela praia. Se veio pela estrada e entrou na casa pelo hall, e não pela cozinha, seria impossível ver os dançarinos.

"Você ouviu ela me chamando?", perguntou Kath. "É por isso que foi em casa pegar a mamadeira?"

"Já tinha pensado nisso. Achei que estava na hora." Levantou a mamadeira para ver quanto Noelle havia bebido.

"Fominha", ele disse.

"É mesmo."

"Então, agora é sua chance. Se quiser, encha a cara."

"É assim que você está? De cara cheia?"

"Já tomei umas e outras", ele respondeu. "Vá em frente se quiser. Divirta-se."

Ela achou que a insolência de Kent soava triste e fingida. Ele devia tê-la visto dançando. Caso contrário, haveria perguntado: "O que você fez com seu rosto?".

"Prefiro esperar por você", ela disse.

Ele olhou para o bebê com a testa franzida, inclinando a mamadeira.

"Quase acabando. Está bem, se você quiser."

"Só tenho que ir ao banheiro", disse Kath. E, no banheiro, como ela esperava que acontecesse na casa de Monica, não faltava um bom suprimento de lenços de papel. Deixou correr a água quente, e umedecia os lenços e os esfregava, umedecia e esfregava, de tempos em tempos jogando na privada uma bolota preta e roxa.

IV.

No meio do segundo drinque, quando Kent falava sobre os preços incríveis e realmente obscenos dos imóveis na zona oeste de Vancouver, Sonje disse: "Você sabe, eu tenho uma teoria".

"Aqueles lugares em que nós moramos", ele disse. "Vendidos há muito tempo. Por uma ninharia, comparada com os preços de hoje. Agora nem sei quanto a gente conseguiria por eles. Só pelo terreno. As casas foram demolidas."

Qual era a teoria dela? Sobre o preço dos imóveis?

Não. Era sobre Cottar. Não acreditava que ele estivesse morto.

"Ah, acreditei no começo. Nunca me ocorreu duvidar. E então, de repente, acordei e vi que não tinha necessariamente de ser verdade. Não tinha que ser verdade de jeito nenhum."

"Pense nas circunstâncias", ela disse. Um médico lhe havia escrito. De Jacarta. Isto é, a pessoa que escreveu disse que era médico. Contou que Cottar havia morrido e mencionou a doença, usando um termo médico de que ela agora não se lembrava. Seja como for, uma doença infecciosa. Mas como ela poderia saber se tal pessoa era de fato um médico? Ou, supondo que era, como saber se estava dizendo a verdade? Não seria difícil para Cottar travar conhecimento com algum médico, se tornarem amigos. Cottar tinha amigos de todo tipo.

"Ou até pagá-lo", ela disse. "Isso também não é de todo improvável."

"Por que ele faria isso?", Kent perguntou.

"Não seria o primeiro médico a fazer algo assim. Talvez precisasse do dinheiro para manter uma clínica para gente pobre, como podemos saber? Talvez quisesse o dinheiro para si mesmo. Os médicos não são santos."

"Não", disse Kent. "Quis me referir a Cottar. Por que Cottar iria fazer isso? Ele tinha dinheiro?"

"Não. Não tinha dinheiro nenhum, mas... sei lá. É só uma hipótese. O dinheiro. E eu estava aqui, você sabe. Eu estava aqui para cuidar da mãe dele. Ele realmente se importava com a mãe. Sabia que eu nunca iria abandoná-la. Por isso, essa questão estava resolvida.

"Resolvida mesmo", continuou. "Eu gostava muito de Delia. Não achava aquilo um fardo. Talvez eu estivesse mais bem preparada para cuidar dela do que para ser casada com Cottar. E, você sabe, tem uma coisa estranha: Delia achava o mesmo que eu. Sobre Cottar. Tinha as mesmas suspeitas. E nunca as mencionou para mim. Como eu nunca mencionei as minhas para ela. Cada uma achou que ia partir o coração da outra. Então, certa noite, não muito antes de... de Delia partir, eu estava lendo para ela um conto de mistério passado em Hong Kong, e ela me falou: 'Talvez seja aí que Cottar está. Em Hong Kong'.

"Disse que esperava não ter me contrariado. Eu então lhe contei o que vinha pensando, e ela riu. Ambas rimos. Você imaginaria que uma velha mãe ficaria muito entristecida ao falar sobre um filho único que a houvesse deixado para trás. Mas não. Talvez as pessoas idosas não sejam como pensamos. Gente realmente idosa. Não se entristecem mais. Devem perceber que não vale a pena.

"Ele tinha certeza de que eu cuidaria dela, embora não soubesse por quanto tempo. Gostaria de poder te mostrar a carta do médico, mas joguei fora. Foi uma grande besteira, mas eu estava muito perturbada naquela época. Não sabia como ia tocar o resto da minha vida. Não pensei em pedir as credenciais do médico, um atestado de óbito ou qualquer coisa assim. Só fui pensar nisso depois, mas aí não tinha nenhum endereço. Não podia escrever para a Embaixada americana porque eles seriam as últimas pessoas que Cottar iria procurar. E ele não era cidadão canadense. Talvez até usasse outro nome. Uma identidade falsa que pudesse assumir. Documentos falsificados. Ele costumava fazer alusões a esse tipo de coisa. Para mim, isso era parte do seu charme."

"Ele bem que podia estar dramatizando um pouco a situação", disse Kent. "Você não acha?"

"Claro que sim", respondeu Sonje.

"Havia algum seguro de vida?"

"Não seja tolo."

"Se houvesse um seguro, eles descobririam a verdade."

"É, mas não havia. Esse é o fato. E agora é o que eu pretendo fazer, descobrir a verdade."

Ela disse que essa era uma coisa que nunca havia mencionado para a sogra. Que, tão logo ficasse sozinha, ia sair à procura de Cottar. Descobriria onde ele se encontrava ou saberia a verdade.

"Imagino que você está pensando que isso é uma fantasia maluca, não é?", perguntou.

Doidinha, pensou Kent com um choque desagradável. Em todas as visitas que fizera durante aquela viagem, sempre tinha havido um momento de séria decepção. O momento em que se dava conta de que a pessoa com quem estava falando, a pessoa que se esforçara para encontrar, não ia lhe dar o que quer que ele tinha ido buscar. O velho amigo que visitou no Arizona estava obcecado pelos perigos da vida apesar de viver numa mansão dentro de um condomínio fechado. A mulher desse velho amigo, que tinha mais de setenta anos, queria lhe mostrar fotografias dela e de outra mulher fantasiadas de dançarinas de cabaré no tempo da Corrida de Ouro de Klondike para um show que haviam montado. E os filhos, agora adultos, estavam totalmente imersos em suas próprias vidas. Isso era bem natural e não o surpreendia. A surpresa estava em que essas vidas, as vidas de seus filhos e de sua filha, pareciam fechadas, de certa forma previsíveis. Até mesmo as mudanças que ele podia antever ou lhe foram anunciadas — Noelle estava prestes a deixar seu segundo marido — não eram muito interessantes. Ele não havia admitido isso para Deborah — e quase nem mesmo para ele próprio —, porém era verdade. E agora Sonje. Sonje, de quem ele nunca gostara muito, de quem sempre guardara certa desconfiança, mas a quem respeitara por ter um quê de mistério — Sonje se tornara uma velha tagarela com um parafuso a menos.

E ele tinha uma razão para vir vê-la, da qual nem haviam chegado perto por causa daquela lenga-lenga sobre Cottar.

"Bom, para ser franco", disse, "não acho que faz muito sentido, se é que você quer saber minha opinião sincera."

"Procurar agulha num palheiro", disse Sonje em tom jovial.

"De qualquer maneira, há uma probabilidade de que ele já esteja morto."

"Verdade."

"E ele poderia ter ido para qualquer outro lugar, morado em qualquer lugar. Supondo que sua teoria esteja correta."

"Verdade."

"Assim, a única possibilidade é que ele realmente tenha morrido naquela ocasião e sua teoria esteja errada, e então você poderá descobrir tudo o que aconteceu. Mas de qualquer modo isso não vai levar você muito além do ponto onde já está hoje."

"Ah, acho que vai sim."

"Então teria o mesmo efeito você ficar por aqui mesmo e escrever algumas cartas."

Sonje disse que discordava, que não era possível depender só dos canais oficiais naquele tipo de coisa.

"Você precisa se fazer conhecida nas ruas."

Nas ruas de Jacarta — era lá que ela pensava em começar. Em lugares como Jacarta as pessoas não se fecham dentro das casas. Vivem nas ruas, todos sabem de tudo. Os lojistas sabem, há sempre alguém que conhece alguém, e por aí vai. Ela faria perguntas, e todo mundo ficaria sabendo que ela estava lá. Um homem como Cottar não poderia ter passado despercebido. Mesmo depois de todo esse tempo restaria alguma recordação. Informações de uma espécie ou de outra. Algumas dispendiosas, nem todas verídicas. Fosse como fosse.

Kent pensou em perguntar com que dinheiro ela faria tudo aquilo. Será que havia herdado alguma coisa dos pais? Parecia lembrar-se de que eles haviam cortado relações com ela por causa do casamento. Talvez ela achasse que podia obter um bom preço pela casa. Complicado, mas talvez tivesse razão.

Mesmo assim, podia esbanjar tudo em poucos meses. Sem dúvida todos ficariam sabendo que ela andava por lá.

"Essas cidades mudaram muito", foi tudo que disse.

"Não que eu vá abandonar os canais oficiais", ela explicou. "Vou atrás de quem puder. A embaixada, os registros de sepultamento e de internação nos hospitais, se é que essas coisas existem. Na verdade, já escrevi várias cartas. Mas só respondem com evasivas. A gente tem que confrontá-los em carne e osso. Tem que estar lá. Mostrar a cara. Voltar quantas vezes for necessário, se tornar importuno, descobrir quais são seus pontos fracos e estar preparado para passar alguma coisa por baixo da mesa se não houver outro jeito. Não tenho nenhuma ilusão de que será fácil.

"Por exemplo, imagino que o calor é devastador. Não parece que Jacarta esteja numa boa localização. Há pântanos e baixadas ao redor da cidade. Não sou idiota. Vou tomar as vacinas e me precaver. Vou levar minhas vitaminas, e como Jacarta foi fundada pelos holandeses não deve faltar gim por lá. As Índias Orientais Neerlandesas. Não é uma cidade muito antiga, sabe? Foi erguida, acho, no século XVII. Espere um minuto. Tenho uma porção — vou te mostrar — tenho..."

Ela pousou o copo que já estava vazio havia um bom tempo, levantou-se rapidamente e, após alguns passos, tropeçou num fio solto de sisal e cambaleou, porém se reequilibrou se apoiando na moldura da porta. "Tenho que me livrar deste tapete velho", disse, correndo para dentro da casa.

Kent ouviu uma luta com gavetas emperradas e depois o som de uma pilha de papéis caindo, mas durante todo o tempo ela continuou falando, daquela maneira algo frenética e insistente de quem está desesperado para não perder a atenção do interlocutor. Ele não conseguia entender o que ela dizia, e nem tentava. Aproveitou a oportunidade para engolir uma pílula — algo que vinha pensando em fazer na última meia hora. Era uma pequena pílula, que não exigia água para ser tomada (seu copo também estava vazio) e ele talvez pudesse tê-la posto na boca sem que Sonje reparasse. Mas algo semelhante à timidez ou à superstição o impedia de tentar. Não se importava com o fato de Deborah ter absoluta consciência de suas condições de saúde, e seus filhos obviamente também precisavam saber, porém parecia existir algum tipo de tabu com respeito à possibilidade de revelá-las às pessoas de sua idade.

A pílula chegou na hora certa. Uma maré de tonteira, calor desconfortável e ameaça de desintegração veio subindo e se manifestou sob a forma de gotas de suor nas suas têmporas. Por alguns minutos sentiu aquela presença se avolumar, mas, graças à respiração calma e controlada, bem como à rearrumação das pernas e braços, conseguiu superá-la. Nesse meio-tempo, Sonje reapareceu com um monte de papéis — mapas e cópias de material que deve ter encontrado em livros nas bibliotecas. Alguns escaparam de suas mãos quando ela se sentou, espalhando-se sobre o tapete de sisal.

"Bom, o que eles chamam de velha Batávia tem um plano cem por cento geométrico. Coisa de holandês. Há um subúrbio chamado Weltevreden, que significa 'muito satisfeito'. Não seria uma boa piada se eu o encontrasse morando lá? Tem uma velha igreja portuguesa, construída no final do século XVII. Claro que é um país muçulmano. Tem a maior mesquita do sudeste da Ásia. O capitão Cook parou lá para reparar seus barcos e elogiou muito os estaleiros locais. Mas disse que as valas nos pântanos eram fétidas. Provavelmente ainda são. Cottar nunca deu a impressão de ser muito forte, mas se cuidava melhor do que você poderia imaginar. Não iria se meter em pântanos cheios de mosquitos transmissores de malária ou comprar refrescos dos vendedores de rua. Naturalmente, se estiver lá agora, terá se adaptado totalmente ao clima da cidade. Não sei o que esperar. Posso imaginá-lo vivendo como a gente do lugar ou bem instalado, com uma mulherzinha de pele marrom cuidando dele. Comendo frutas ao lado de uma piscina. Ou pedindo dinheiro para distribuir aos pobres."

Na realidade, de uma coisa Kent se lembrava. Na noite da festa na praia, Cottar, usando apenas uma toalha insuficiente para cobri-lo, tinha lhe perguntado o que sabia, como farmacêutico, das doenças tropicais.

Mas isso não pareceu estranho. Qualquer um que fosse para onde ele ia poderia ter feito a mesma pergunta.

"Você está pensando na Índia", ele disse a Sonje.

Agora se sentia estabilizado depois que a pílula havia restaurado a confiabilidade de seus mecanismos internos e feito cessar o que sentiu como sendo a liquefação de sua medula óssea.

"Sabe por que eu tenho certeza de que ele não está morto?", perguntou Sonje. "Não sonho com ele. Costumo sonhar com pessoas mortas. Sonho o tempo todo com minha sogra."

"Eu não sonho", disse Kent.

"Todo mundo sonha", disse Sonje. "Você apenas não se lembra."

Ele sacudiu a cabeça.

Kath não estava morta. Vivia em Ontário. Na área de Haliburton, não muito longe de Toronto.

"Sua mãe sabe que estou aqui?", ele havia perguntado a Noelle. E ela respondera: "Ah, acho que sim. Com certeza".

Mas ninguém tinha batido à porta. Quando Deborah lhe perguntou se queria fazer um desvio até lá, ele disse: "Não vamos sair do nosso caminho. Não vale a pena".

Kath vivia sozinha às margens de um pequeno lago. O homem com quem tinha vivido por muito tempo, e junto com quem construíra a casa, já havia morrido. Mas ela tinha amigos, disse Noelle, estava bem.

Quando Sonje mencionou o nome de Kath no começo da conversa, Kent teve a sensação intensa e perigosa de que as duas mulheres continuavam a manter contato. Nesse caso havia o risco de ele ouvir algo que não queria saber, embora também a tola esperança de que Sonje seria capaz de contar a Kath como ele estava ótimo (e estava mesmo, assim acreditava, com o peso bastante regular e o bronzeado adquirido no sudoeste) e como estava bem casado. Noelle poderia ter dito algo do gênero, porém de alguma forma as palavras de Sonje teriam mais peso. Esperou para ver se Sonje voltava a falar de Kath.

Mas Sonje não tomou esse rumo. Em vez disso, foi só Cottar, toda aquela idiotice de Jacarta.

A perturbação agora era lá fora — não dentro dele, mas do outro lado das janelas, onde o vento, que antes só fazia balançar os arbustos, agora os açoitava com força. E aqueles não eram do tipo cujos ramos longos se dobram ao vento. Os galhos eram rijos e as folhas tão pesadas que cada arbusto precisava ser sacudido a partir da raiz. A luz do sol reluzia no verde oleado porque a ventania não trouxera nenhuma nuvem e não prenunciava chuva.

"Outro drinque?", perguntou Sonje. "Com menos gim?"

Não. Não podia beber álcool depois da pílula.

Tudo era uma correria. Exceto quando tudo se tornava desesperadamente lento. Na estrada, ele esperava e esperava até que Deborah chegasse à próxima cidadezinha. E então o quê? Nada. Vez por outra, contudo, vinha um momento em que tudo parecia ter algo para lhe dizer. Os arbustos agitados, a luz descolorante. Como um relâmpago, de roldão, sem dar tempo para se concentrar. Logo quando seria desejável ter um panorama da situação, você era confrontado com uma visão acelerada e ridícula, como se estivesse num brinquedo de parque de diversões. E por causa disso admitia a ideia errada, sem dúvida a ideia errada, de que alguém morto pudesse estar vivo e morando em Jacarta.

Mas quando você sabia que alguém estava vivo, quando podia ir de carro até sua porta, então deixava a oportunidade passar.

Por que não valeria a pena? Vê-la como uma estranha com quem não poderia acreditar que algum dia tivesse sido casado, ou ver que ela jamais poderia ser uma estranha, porém estava inexplicavelmente distante?

"Eles escaparam", Kent disse. "Os dois."

Sonje deixou que os papéis escorregassem do seu colo, juntando-se aos outros no chão.

"Cottar e Kath", ele disse.

"Isso acontece quase todos os dias", ela disse. "Quase todos os dias nesta época do ano venta muito no fim da tarde."

Enquanto ela falava, as manchas do tamanho de moedas em seu rosto refletiam a luz, como sinais feitos com um espelho.

"Sua mulher já se foi há muito tempo", ela disse. "É absurdo, mas os jovens não me parecem importantes. É como se pudessem desaparecer do planeta sem que isso fizesse a menor diferença."

"É justamente o contrário", disse Kent. "É de nós que você está falando. De nós."

Por causa da pílula, seus pensamentos se encompridam e ficam diáfanos, iluminando-se como os rastros de vapor deixados por um avião. Ele percorre um pensamento que tem a ver com ficar ali, com ouvir Sonje falar de Jacarta enquanto o vento varre a areia das dunas.

Um pensamento que tem a ver com não precisar seguir em frente, seguir para casa.

A ilha de Cortes

Noivinha. Eu tinha vinte anos, media um metro e setenta, pesava entre sessenta e um e sessenta e três quilos, mas algumas pessoas — a mulher do chefe de Chess, a secretária mais velha no escritório dele e a sra. Gorrie no andar de cima — se referiam a mim como "a noivinha". Às vezes como "nossa noivinha". Chess e eu levávamos na brincadeira, porém a reação pública dele era um olhar terno e carinhoso. A minha era um sorriso rabugento — acanhado, aquiescente.

Morávamos num porão em Vancouver. A casa não pertencia aos Gorrie, como pensei de início, mas ao filho da sra. Gorrie, Ray. Ele aparecia para consertar as coisas. Entrava pela porta do porão, assim como Chess e eu. Era magro, de tórax estreito, talvez com uns trinta e poucos anos de idade — e sempre carregava uma caixa de ferramentas e usava um boné de operário. Tinha as costas encurvadas, quem sabe por manter a cabeça inclinada a maior parte do tempo fazendo serviços de encanador, eletricista e carpinteiro. Seu rosto era pálido e ele tossia muito. Cada tossida era uma declaração independente, definindo sua presença no porão como uma intrusão necessária. Não se desculpava por estar lá, mas não circulava como se fosse o dono do lugar. As únicas vezes em que falei com ele foram quando bateu à minha porta para dizer que a água ou a eletricidade seriam cortadas por alguns minutos. O aluguel era pago em dinheiro mensalmente para a sra. Gorrie. Não sei se ela repassava tudo para ele ou ficava com alguma parte para ajudar nas despesas. Fora isso, tudo que ela e o sr. Gorrie tinham — assim me disse — era a pensão dele. Não dela. Ainda não estou na idade, explicou.

A sra. Gorrie sempre perguntava do alto da escada como Ray estava e se queria uma xícara de chá. Ele sempre respondia que estava bem e não tinha tempo para o chá. A sra. Gorrie dizia que ele trabalhava demais, tal como ela. Tentava lhe impingir algum resto da sobremesa que tivesse preparado, alguma conserva, biscoito ou pão de mel — as mesmas coisas que me forçava a aceitar. Ele dizia que não, que havia acabado de comer ou que tinha coisa demais em casa. Eu também sempre resistia, mas na sexta ou sétima tentativa dela eu acabava cedendo. Era muito embaraçoso continuar a recusar diante de seus oferecimentos melífluos e de sua decepção. Eu admirava a forma como Ray conseguia continuar a dizer não. Ele nem dizia: "Não, mamãe". Só não.

A sra. Gorrie então tentava puxar alguma conversa.

"E aí, que que há de novo e interessante do seu lado?"

Nada demais. Sei lá. Ray nunca era rude ou irritadiço, mas nunca deu nenhuma abertura. Ia bem de saúde. Estava melhor do resfriado. A sra. Cornish e Irene também iam sempre bem.

A sra. Cornish era a mulher em cuja casa ele vivia, lá pela zona leste de Vancouver. Ele sempre tinha coisas a fazer na casa da sra. Cornish, por isso precisava voltar correndo depois de terminar o serviço. Ajudava também a cuidar da filha dela, Irene, que usava uma cadeira de rodas. Irene tinha paralisia cerebral. "Coitadinha", comentava a sra. Gorrie depois que Ray dizia que

Irene estava bem. Ela nunca o reprovava abertamente pelo tempo que gastava com a menina enferma, os passeios no parque Stanley ou as saídas noturnas para comprar sorvete. (Sabia dessas coisas porque às vezes falava no telefone com a sra. Cornish.) Mas a mim ela dizia: "Não consigo deixar de imaginar o espetáculo que ela dá com o sorvete escorrendo pela cara. Não consigo mesmo. As pessoas devem se divertir olhando para eles".

Segundo ela, quando saía com o sr. Gorrie na cadeira de rodas, todo mundo olhava para eles (o sr. Gorrie havia tido um derrame), porém era diferente porque, fora de casa, ele não se movia e não emitia um som, além do que ela fazia questão de mantê-lo apresentável. Irene, entretanto, tombava para os lados e balbuciava coisas sem nexo. A pobrezinha não tinha culpa disso.

A sra. Cornish talvez tivesse uma segunda intenção, dizia a sra. Gorrie. Quem iria cuidar da garota aleijada depois que ela morresse?

"Devia haver uma lei impedindo as pessoas saudáveis de se casarem com alguém assim, mas até hoje não foi proibido."

Quando a sra. Gorrie me convidava para tomar um café, eu nunca queria ir. Tinha minhas próprias ocupações no porão. Às vezes, quando ela batia à porta, eu fingia que não estava em casa. Mas, para fazer isso, era preciso apagar as luzes e me trancar por dentro tão logo a ouvia abrir a porta no alto da escada, tendo então que permanecer totalmente imóvel enquanto ela tamborilava com as unhas na minha porta e cantarolava meu nome. Era preciso ainda manter silêncio por pelo menos mais uma hora e deixar de puxar a descarga da privada. Se eu dissesse que não tinha tempo, que tinha coisas a fazer, ela ria e perguntava: "Que coisas?".

"Umas cartas que estou escrevendo", eu respondia.

"Sempre escrevendo cartas. Você deve sentir muitas saudades de casa."

Suas sobrancelhas eram cor-de-rosa — uma variação do rosa avermelhado de seus cabelos. Eu não achava que aquela era a cor natural deles, mas como teria ela podido pintar as sobrancelhas? O rosto era fino, carregado de ruge, vivaz, seus dentes eram grandes e lustrosos. Seu apetite pelo convívio social, por companhia, não levava em conta nenhuma resistência. Na mesma manhã em que Chess me levou para seu apartamento, depois de me apanhar na estação ferroviária, ela havia batido à porta com um prato de biscoitos e aquele sorriso voraz. Eu ainda trazia na cabeça o chapéu de viagem e Chess foi interrompido ao tirar minha cinta. Os biscoitos, secos e duros, tinham um glacê rosa-choque para celebrar minhas núpcias. Chess foi seco com ela. Precisava voltar ao trabalho em meia hora, mas após se livrar dela não houve tempo para continuar o que havia começado. Em vez disso, comeu um biscoito atrás do outro, reclamando que tinham gosto de serragem.

"Seu maridinho é tão sisudo!", ela me dizia. "Tenho que rir, ele sempre me lança um olhar muito sério quando o vejo entrando ou saindo. Dá vontade de lhe dizer para ir mais devagar, ele não está carregando o mundo nas costas."

Às vezes eu era obrigada a segui-la escada acima, arrancada de um livro ou do parágrafo que estava escrevendo. Sentávamos na sala de jantar. Sobre a mesa havia um pano rendado e um espelho octogonal que refletia um cisne de louça. Bebíamos café em xícaras de porcelana e comíamos alguma coisa (mais daqueles biscoitos, tortas viscosas de passas ou bolinhos empedrados) servida em pratinhos combinando com as xícaras. Removíamos as migalhas levando aos lábios pequenos guardanapos bordados. Eu ficava diante da cristaleira onde eram exibidos todos os bons copos, os conjuntos para servir creme e açúcar, os saleiros e pimenteiros demasiado graciosos ou engenhosos para serem usados no dia a dia, bem como vasinhos para botões de flores, uma chaleira em forma de bangalô com telhado de colmo e castiçais em forma de lírios. Uma vez por mês a sra. Gorrie tirava tudo da cristaleira e lavava peça por peça. Assim me disse. Disse também coisas que tinham a ver com meu futuro, a casa que supunha que eu teria — e quanto mais ela falava, mais eu sentia um peso enorme nas pernas e nos braços, mais eu desejava bocejar e bocejar no meio da manhã, sair rastejando, esconder-me e dormir. Mas em voz alta eu elogiava tudo: o conteúdo da cristaleira, as rotinas domésticas que ocupavam sua vida, as roupas combinadas que ela vestia cada manhã. Saias e suéteres em tons cor de malva ou coral, harmonizados com lenços de seda artificial.

"Sempre se vista logo que acordar como se estivesse saindo para o trabalho, capriche no penteado e na maquiagem" — ela me pegara mais de uma vez de camisola —, "porque então você pode colocar um avental se tiver alguma coisa para lavar ou cozer no forno. Faz bem para o seu moral."

E sempre tenha alguma coisa no forno no caso de aparecer alguma visita. (Ao que me consta, ela só recebia a mim, e era difícil dizer que eu simplesmente aparecia por lá.) E nunca sirva café em canecas.

Jamais a coisa era dita assim de forma tão clara. Em geral, vinha acompanhada de um "Eu sempre...", ou "Eu gosto sempre de..." ou "Acho que fica melhor se...".

"Mesmo quando eu vivi longe da civilização, sempre gostei de...". Minha necessidade de bocejar ou gritar se acalmou por um instante. Onde ela teria morado para dizer que era longe da civilização? E quando?

"Ah, lá para o norte da costa", ela respondeu. "Também já fui recém-casada faz muito tempo. Vivi lá durante anos. Union Bay. Mas isso nem era tão longe de tudo. Ilha de Cortes."

Perguntei onde era essa ilha e ela disse: "Ah, lá onde Judas perdeu as botas".

"Deve ter sido interessante", comentei.

"Ah, muito interessante... Se você acha ursos interessantes. Se acha pumas interessantes. Eu bem que preferia um pouquinho de civilização à minha volta."

A sala de jantar era separada da sala de visitas por portas corrediças de carvalho. Estavam sempre entreabertas para que a sra. Gorrie, da cabeceira da mesa, pudesse observar o marido sentado numa poltrona reclinável diante da janela da sala de visitas. Ela falava dele como "meu marido na cadeira de rodas", porém na verdade ele só ficava na cadeira de rodas quando ela o levava para passear. Eles não tinham um aparelho de televisão — a televisão era quase uma novidade naquela época. O sr. Gorrie ficava olhando a rua, o parque Kitsilano e a baía de Burrard ainda mais ao longe. Ia sozinho ao banheiro segurando a bengala com uma das mãos enquanto a outra agarrava as costas das cadeiras ou castigava as paredes. Uma vez lá dentro, fazia tudo por conta própria, ainda que a coisa levasse muito tempo. E, segundo a sra. Gorrie, às vezes era preciso fazer uma limpezinha posterior.

Tudo que eu costumava ver do sr. Gorrie era uma perna esticada sobre a poltrona forrada de tecido verde-claro. Uma ou duas vezes ele precisou ir ao banheiro aos trancos e barrancos enquanto eu estava lá. Um homem grande — cabeça grande, ombros largos, ossos pesados.

Eu não olhava para o seu rosto. As pessoas aleijadas por derrames ou alguma doença eram um mau augúrio para mim, advertências abomináveis. Não era a visão dos membros inúteis ou outros sinais físicos da triste sorte dessas pessoas que eu tinha que evitar, e sim seus olhos humanos.

Também não creio que ele olhasse para mim, embora a sra. Gorrie lhe avisasse que eu tinha subido para fazer uma visitinha. Ele dava um grunhido que poderia ser sua melhor forma de exprimir boas-vindas ou desinteresse.

* * *

Nosso apartamento tinha dois cômodos e meio. Foi alugado com a mobília, que, como é comum nesses casos, se resumia a algumas peças que normalmente teriam sido jogadas no lixo. Lembro-me do assoalho da sala de visitas, coberto com sobras quadradas ou retangulares de linóleo — as várias cores e desenhos misturados, os pedaços presos com tiras de metal formando uma verdadeira colcha de retalhos. Do aquecedor de ambiente na cozinha, que só funcionava quando alimentado com moedas de vinte e cinco centavos. Nossa cama ficava numa alcova que era mera extensão da cozinha. O móvel se ajustava tão perfeitamente ao espaço que, na hora de deitar, tínhamos de subir pelo pé da cama. Chess havia lido que era assim que as favoritas do harém entravam no leito do sultão, primeiro adorando seus pés, e depois se arrastando para cima e prestando homenagem às outras partes de seu corpo. Por isso, às vezes brincávamos disso.

Mantínhamos o tempo todo uma cortina fechada ao longo do pé da cama para separar a alcova da cozinha. Era na verdade uma velha colcha com franjas, feita de um tecido escorregadio; um dos lados era bege amarelado com um desenho de rosas arroxeadas e folhas verdes, e o outro, que dava para a cama, tinha listras cor de vinho e verdes, com as flores e a folhagem aparecendo como fantasmas nas partes bege. Lembro-me dessa cortina de forma mais vívida que de qualquer outra coisa no apartamento. O que não chega a surpreender. Nos momentos mais ardentes da conflagração sexual, bem como durante o rescaldo pleno de bem-estar, aquele tecido estava diante de meus olhos e se tornou um lembrete do que eu mais gostava no casamento — a recompensa por ter sofrido o insulto inopinado de ser uma noivinha e a peculiar ameaça de uma cristaleira.

Eu e Chess vínhamos de famílias onde o sexo antes do casamento era visto como repugnante e imperdoável, enquanto o sexo depois do casamento aparentemente nunca era mencionado, sendo via de regra logo esquecido. Em breve ninguém mais pensaria assim, mas não sabíamos disso. Quando a mãe de Chess encontrou camisinhas em sua mala de viagem, foi chorando falar com o pai dele. (Chess explicou que tinham sido distribuídas no campo onde ele fizera o treinamento militar para universitários — o que era verdade — e as havia esquecido totalmente — o que era mentira.) Por isso, ter um lugar nosso e uma cama nossa, onde podíamos fazer o que bem quiséssemos, parecia maravilhoso. Tínhamos feito um pacto em favor da lascívia, mas nunca nos ocorreu que pessoas mais velhas — nossos pais, tias e tios — pudessem ter feito a mesma barganha, por lascívia. Imaginávamos que o maior desejo deles tinha a ver com casas, terrenos, cortadores de grama motorizados, freezers e muros de sustentação. E, naturalmente, no que tange às mulheres, com bebês. No futuro, pensávamos, todas essas coisas poderiam ser escolhidas, ou não escolhidas, por nós. Nunca pensamos que elas nos viriam inexoravelmente, como a idade ou as condições meteorológicas.

E quando agora penso nisso com toda a honestidade, não vieram. Nada aconteceu sem que quiséssemos. Nem a gravidez. Arriscamos ter um filho só para ver se éramos de fato adultos, se isso realmente podia acontecer.

A outra coisa que eu fazia atrás da cortina era ler. Lia livros emprestados da Biblioteca de Kitsilano a alguns quarteirões de distância. E, quando eu erguia os olhos naquele estado de assombro agitado a que um livro podia me levar — uma vertigem de iguarias devoradas —, eram as listras que eu via. E não apenas os personagens e o enredo, mas o próprio clima do livro se associava às flores artificiais e deslizava pelas faixas cor de vinho tinto ou pelo verde lúgubre. Lia os livros pesados cujos títulos me eram familiares e encantatórios — tentei até ler *Os noivos* — e, entre os pratos principais, os romances de Aldous Huxley e Henry Green, assim como *Ao farol, O fim de Chéri* e *A morte do coração*. Devorei todos, um atrás do outro, sem estabelecer preferências, entregando-me a cada qual como tinha feito com os livros lidos na infância. Ainda me encontrava naquele estágio do apetite incontrolável, da voracidade que chega às raias da agonia.

Mas uma complicação surgira desde os tempos de infância: parecia que, além de leitora, eu teria de ser escritora. Comprei um caderno escolar e tentei escrever — escrevi — páginas que começavam com segurança para logo depois perder o impulso, obrigando-me a rasgá-las e amassá-las como forma de punição, jogando-as depois na lata de lixo. Fiz isso muitas e muitas vezes, até que só sobrou a capa do caderno. Comprei outro e comecei tudo de novo. O mesmo ciclo: entusiasmo e desespero, entusiasmo e desespero. Era como ter uma gravidez secreta e um aborto a cada semana.

Na verdade, não inteiramente secreta. Chess sabia que eu lia um bocado e tentava escrever. Não me desencorajava. Achava se tratar de algo razoável, que eu possivelmente aprenderia a fazer. Exigiria muito treino, mas poderia ser dominado, como o bridge ou o tênis. Eu não o agradecia por essa fé generosa. Ela apenas aumentava a farsa de meus desastres.

Chess trabalhava para uma firma que vendia secos e molhados no atacado. Tinha pensado em ser professor de história, porém seu pai o convenceu de que dando aulas não sustentaria uma esposa nem subiria na vida. Ele o ajudara a conseguir o emprego, mas lhe disse que, depois disso, não deveria esperar nenhum favor. E Chess não esperava. Saía de casa antes de o sol nascer, durante aquele nosso primeiro inverno como marido e mulher, e voltava para casa quando já era noite. Trabalhava duro, sem perguntar se o trabalho combinava com qualquer interesse que ele pudesse haver tido no passado, ou se contemplava algum propósito que desejasse honrar. Nenhum propósito, exceto nos levar na direção daquela vida de cortadores de grama motorizados e freezers que pensávamos não nos atrair. Eu poderia ter me maravilhado com sua submissão, se pensasse nisso. Sua submissão jovial, ou eu diria mesmo amorosa.

Mas eu pensava: é isso que os homens fazem.

Resolvi procurar um emprego. Se não estivesse chovendo muito, ia para uma *drugstore*, comprava o jornal e lia os anúncios enquanto bebia café. Depois caminhava, mesmo debaixo de uma garoa, até os lugares que haviam anunciado vagas para garçonete, balconista ou operária de fábrica — qualquer emprego que não exigisse especificamente capacitação como datilógrafa ou experiência prévia. Se a chuva apertasse, pegava o ônibus. Chess dizia que eu fosse sempre de ônibus, e não a pé. Enquanto eu estava economizando a passagem, ele dizia, outra moça poderia tomar o emprego.

Era de fato isso o que eu parecia desejar. Nunca ficava muito triste ao saber que a vaga havia sido preenchida. Às vezes chegava a meu destino e me plantava na calçada, observando a loja de roupas femininas com seus espelhos e tapetes claros, ou acompanhava com os olhos as moças que, na hora do almoço, desciam aos saltos a escada do escritório que necessitava de uma arquivista. Eu nem entrava, sabendo como meus cabelos e unhas, assim como os sapatos de salto baixo e solas gastas, deporiam contra mim. E as fábricas também me intimidavam — podia ouvir o ruído das máquinas funcionando nos prédios onde eram engarrafados os refrigerantes ou armadas as decorações natalinas, podia ver as lâmpadas desencapadas penduradas de tetos tão altos quanto os de um celeiro. Minhas unhas e o salto baixo talvez não tivessem importância ali, porém minha falta de jeito e incompetência mecânica fariam com que fosse xingada e repreendida aos berros (dava também para ouvir as ordens transmitidas em voz muito alta para vencer o barulho das máquinas). Eu seria humilhada e despedida. Não me achava apta nem mesmo a aprender a operar uma caixa registradora. Foi o que eu disse para o gerente de um restaurante, quando ele parecia prestes a me contratar. "Você acha que conseguiria se virar?", ele perguntou, e eu disse não. Ele me olhou como se jamais tivesse ouvido alguém admitir tal coisa. Mas falei a verdade. Não me considerava capaz de aprender uma coisa daquelas, não às pressas e diante do público. Eu iria congelar. As únicas coisas que podia aprender com facilidade eram, por exemplo, as reviravoltas na Guerra dos Trinta Anos.

A verdade, naturalmente, é que eu não precisava. Chess me sustentava no nível básico em que vivíamos. Eu não precisava abrir espaço no mundo porque ele já tinha feito isso. Era o dever dos homens.

Pensando que talvez pudesse dar conta de trabalhar na biblioteca, fui lá me oferecer embora não tivesse visto nenhuma vaga anunciada. Uma mulher pôs meu nome numa lista. Foi gentil, mas não encorajadora. Visitei então as livrarias, escolhendo aquelas que pareciam não ter caixas registradoras. Quanto mais vazias e desorganizadas, melhor. Os donos às vezes estavam fumando ou cochilando no balcão, e nos sebos frequentemente havia um cheiro de gato.

"Não temos muito movimento no inverno", diziam.

Uma mulher me disse para voltar na primavera.

"Embora o movimento também não seja muito grande nessa época."

* * *

O inverno em Vancouver é diferente de todos que conheço. Não há neve e nem mesmo um vento muito frio. No meio do dia, eu sentia um cheiro de açúcar queimado no centro da cidade — acho que tinha a ver com os fios dos bondes. Seguia pela rua Hastings, onde não se via nenhuma outra mulher — só bêbados, vagabundos, velhos pobres, chineses arrastando os pés. Ninguém me destratava. Passava diante de armazéns e terrenos baldios onde nem homens eram vistos. Ou atravessava Kitsilano, com suas altas casas de madeira entupidas de gente que levava uma vida dura, como nós, até chegar ao bairro de Dunbar, com seus chalés de estuque e árvores podadas. Ia dali para Kerrisdale, onde havia árvores mais imponentes, como as bétulas nos jardins. Fachadas em estilo Tudor, simetria georgiana, fantasias de Branca de Neve com imitações de tetos de colmo. Ou quem sabe tetos de colmo genuínos, como eu poderia saber?

Em todos esses lugares as luzes eram acesas por volta das quatro horas da tarde, seguidas dos lampiões das ruas, das luminárias dos bondes. Frequentemente, também, as nuvens se abriam sobre o oceano, deixando ver a oeste as riscas vermelhas do sol poente; e no parque, pelo qual eu voltava para casa de bicicleta, as folhas dos arbustos de inverno luziam no ar úmido de um lusco-fusco ligeiramente rosado. As pessoas que haviam feito compras estavam voltando para casa, as pessoas que estavam no trabalho pensavam em voltar para casa, e as que tinham ficado dentro de casa o dia inteiro davam um pequeno passeio que tornaria o lar mais atraente. Eu encontrava mulheres que empurravam carrinhos de bebê e crianças choramingando, sem saber que muito em breve estaria na mesma situação. Encontrava pessoas idosas com seus cachorros, outras caminhando muito devagar ou em cadeiras de rodas, sendo empurradas por seus cônjuges ou por algum acompanhante. Encontrava a sra. Gorrie empurrando o sr. Gorrie. Ela usava uma estola e uma boina de lã roxa (a essa altura eu já sabia que ela fazia quase todas as suas roupas) e uma pesada maquiagem rosada. O sr. Gorrie usava um boné enterrado na cabeça e um grosso cachecol em volta do pescoço. Ela me saudava num tom estridente e dominador, enquanto a saudação dele era inexistente. Ele não parecia estar gostando do passeio, mas as pessoas em cadeiras de rodas costumam parecer apenas resignadas, embora algumas se mostrem injuriadas ou até mesmo raivosas.

"Outro dia, quando vimos você no parque", perguntou a sra. Gorrie, "você não tinha ido procurar emprego, tinha?"

"Não", respondi mentindo. Meu instinto era o de mentir para ela sobre tudo.

"Ah, bem. Porque eu ia mesmo te dizer que, você sabe, se for sair para buscar emprego, tem que se arrumar mais um pouquinho. Bom, você sabe disso."

Respondi que sabia.

"Não consigo entender como certas mulheres saem de casa hoje em dia. Eu não sairia nunca de sapatos de salto baixo e sem maquiagem, nem que fosse para ir até o armazém. Muito menos se fosse pedir a alguém para me dar um emprego."

Ela sabia que eu estava mentindo. Sabia que eu me imobilizava do outro lado da porta no porão para não responder às suas batidinhas. Não me surpreenderia se ela vasculhasse nosso lixo, e lesse as páginas rabiscadas e amassadas em que se espalhavam meus prolixos desastres. Por que ela não desistia de mim? Não podia. Eu era um desafio à altura dela — talvez minhas peculiaridades, minha inépcia, se equiparassem às deficiências do sr. Gorrie — e o que não podia ser consertado, tinha de ser suportado.

Certo dia ela desceu as escadas quando eu me encontrava na parte principal do porão lavando roupa. Eu tinha permissão para usar as tinas e a máquina de lavar às terças-feiras.

"E então, já apareceu alguma chance de emprego?", ela disse, e impulsivamente eu respondi que na biblioteca haviam acenado com uma vaga para mim no futuro. Imaginei que podia fingir que ia trabalhar lá — me sentaria todos os dias numa daquelas mesas compridas, lendo ou até tentando escrever, como já fizera vez por outra. Obviamente, seria apanhada na mentira caso a sra. Gorrie fosse algum dia à biblioteca, mas ela não seria capaz de empurrar o sr. Gorrie até tão longe, ladeira acima. Ou caso ela mencionasse meu emprego para Chess — porém também não acreditei que isso acontecesse. Ela dizia que às vezes sentia até medo de cumprimentá-lo porque ele dava a impressão de estar muito aborrecido.

"Bom, enquanto isso... Acaba de me ocorrer que talvez, enquanto espera, você gostaria de pegar um trabalhinho como acompanhante do sr. Gorrie durante as tardes."

Ela contou que haviam lhe oferecido uma ocupação como ajudante na loja de presentes do Hospital St. Paul três ou quatro tardes por semana. "Não é um trabalho pago, porque senão teria indicado o seu nome", ela disse. "É voluntário. Mas o doutor diz que me faria bem sair de casa. 'Você se acaba desse jeito', ele disse. Não é que precise de dinheiro. O Ray é tão bom para nós, mas só um trabalhinho voluntário. Aí pensei..." Ela olhou para a tina de enxaguar e viu as camisas de Chess na mesma água limpa onde estavam minha camisola com desenhos de flores e nossos lençóis azul-claros.

"Ah, minha querida! Você misturou as peças brancas e coloridas?"

"Só as de cor clara. Elas não soltam tinta."

"De cor clara ou não, continuam a ser coloridas. Você pode até pensar que as camisas ficam brancas assim, mas não tão brancas quanto poderiam ficar."

Eu disse que lembraria disso na próxima vez.

"Veja lá como você cuida do seu homem", ela disse com seu risinho maroto.

"Chess não liga", eu disse, sem me dar conta de que isso ia se tornar menos e menos verdade nos anos seguintes, e de como todas essas tarefas, que pareciam incidentais e quase lúdicas, nas margens da minha vida real, viriam ocupar uma posição central.

Aceitei o emprego, acompanhando o sr. Gorrie durante as tardes. Num dos lados da poltrona reclinável verde havia uma mesinha e, em cima dela, uma toalha de mão (caso algo derramasse), os vidrinhos com as pílulas e os remédios líquidos e um relógio para que ele soubesse que horas eram. A mesinha do outro lado sustentava uma pilha de material de leitura. O matutino, o vespertino da véspera, exemplares da *Life*, *Look* e *Maclean's*, na época revistas grandes e moles. No compartimento de baixo havia vários álbuns de recortes — do tipo que as crianças usam nas escolas, com papel grosso e pardo, de cujas beiradas ásperas escapavam pedaços de retratos e jornais. O sr. Gorrie os organizara durante anos até que o derrame o impediu de recortar. Na sala se erguia também uma estante de livros, mas só continha mais revistas e mais álbuns de recortes, além de manuais do ginásio que provavelmente haviam pertencido a Ray.

"Eu sempre leio o jornal para ele", a sra Gorrie disse. "Ele ainda pode ler, mas não consegue segurar o jornal com as duas mãos e seus olhos ficam cansados."

Por isso, eu lia para o sr. Gorrie enquanto sua mulher saltitava até o ponto de ônibus sob o guarda-chuva de tecido florido. Lia a página de esportes, as notícias da cidade e do mundo, tudo sobre assassinatos, roubos e mau tempo. Lia as cartas para os editores, as cartas para um médico que dava conselhos de saúde e as cartas para Ann Landers, além das respostas da consultora sentimental. Aparentemente, as notícias esportivas e Ann Landers eram o que mais o interessava. Às vezes, por errar na pronúncia do nome de algum jogador ou confundir a terminologia, o que eu havia dito não fazia sentido; com grunhidos de insatisfação, ele me mandava tentar outra vez. Durante a leitura da página esportiva, estava sempre ansioso e atento, franzindo a testa. Mas quando eu lia Ann Landers seu rosto ficava relaxado e ele emitia sons que eu julgava elogiosos — um gorgolejar, um resfolegar profundo. Fazia esses ruídos sobretudo quando as cartas se referiam a alguma preocupação tipicamente feminina ou trivial (uma mulher escreveu que a cunhada fingia fazer ela própria o bolo, embora o papel da confeitaria ainda estivesse debaixo dele quando era servido) ou tratavam — à maneira cautelosa daqueles tempos — de questões sexuais.

Durante a leitura do editorial ou de uma longa narrativa sobre o que os russos disseram e o que os americanos disseram na ONU, suas pálpebras tombavam — ou, melhor dizendo, a do olho bom quase se fechava e a do olho ruim e enegrecido se fechava um pouco —, enquanto os movimentos do peito se tornavam mais visíveis e eu dava uma parada a fim de ver se ele tinha caído no sono. Mas ele então emitia outro tipo de som — mais curto e claramente de reprovação. À medida que cada um de nós foi se acostumando com o outro, esse ruído começou a soar menos como uma reprovação e mais como uma reafirmação. Reafirmação não somente de que não tinha dormido, mas de que naquele momento não estava morrendo.

A possibilidade de ele morrer diante de meus olhos era no início algo que me apavorava. Por que ele não morreria, se já parecia pelo menos meio morto? O olho ruim, lembrando uma pedra debaixo de água turva, e aquele lado da boca repuxado, deixando à mostra os dentes originais, estragados (a maioria das pessoas idosas naquela época usava dentaduras), com as obturações escuras transparecendo ameaçadoramente através do esmalte molhado. O fato de ele continuar vivo e habitar o mundo me parecia um erro passível de ser corrigido a qualquer momento. No entanto, como disse, me acostumei a ele. Com sua grande e nobre cabeça, o largo peito arfante e a mão direita imóvel pousada sobre a longa coxa envolta na calça, ele invadia todo o meu campo visual enquanto eu lia. Era como uma relíquia, um velho guerreiro dos tempos bárbaros. Erik, o Machado Sangrento. O rei Canuto.

Minhas forças se vão rapidamente, o rei dos mares disse a seus homens.
Jamais voltarei a singrar os oceanos como um conquistador.

Isso é o que ele era. O corpanzil semidestruído ameaçando a mobília e se chocando contra as paredes enquanto fazia sua solene expedição rumo ao banheiro. Seu cheiro, que não era rançoso mas também não tinha sido reduzido ao aroma de sabonete e talco de um bebê — um cheiro de roupas grossas com vestígios de tabaco (embora ele não fumasse mais) e da pele por elas encoberta que eu imaginava semelhante a um couro endurecido, com suas excreções dignas de um chefe e seu calor animal. Um leve mas persistente odor de urina, que me causaria repugnância se fosse numa mulher, mas que no seu caso parecia não apenas perdoável, e sim de certo modo a expressão de algum antigo privilégio. Quando eu ia ao banheiro depois de ele ter estado lá, era como se penetrasse na toca de uma fera sarnenta porém ainda poderosa.

Chess dizia que eu estava perdendo oportunidades melhores como acompanhante do sr. Gorrie. O tempo melhorava, os dias ficavam mais longos. As lojas, acordando do torpor do inverno, renovavam as vitrines. Todo mundo estaria mais inclinado a contratar novos funcionários. Por isso, eu devia estar agora em campo, procurando seriamente um emprego. A sra. Gorrie só me pagava quarenta centavos por hora.

"Mas eu prometi a ela", eu disse.

Certo dia ele disse que, da janela de seu escritório, a tinha visto saltar de um ônibus. E não ficava nada perto do Hospital St. Paul.

"Talvez ela estivesse aproveitando um intervalo no trabalho", comentei.

"Eu nunca a vi fora de casa em plena luz do dia. Meu Deus!", Chess disse.

Sugeri ao sr. Gorrie levá-lo para passear na sua cadeira de rodas agora que o tempo tinha melhorado. Mas ele rechaçou a ideia com alguns grunhidos que me deram a certeza de haver algo que o desagradava em ser empurrado na cadeira em público — ou talvez em ser levado por alguém como eu, obviamente contratada para fazê-lo.

Eu interrompera a leitura do jornal para lhe perguntar aquilo, e quando tentei continuar ele fez um gesto e outro ruído, indicando que estava cansado de ouvir. Larguei o jornal. Ele apontou com a mão boa para a pilha de álbuns de recortes no compartimento de baixo da mesa a seu lado. Emitiu outros ruídos. Só posso descrevê-los como grunhidos, bufadelas, grasnidos, latidos e resmungos. Mas naquela época eles soavam a meus ouvidos quase como palavras. Realmente como palavras. Eu os ouvia não apenas como afirmações e pedidos peremptórios ("Não quero", "Me ajude", "Deixe-me ver que horas são", "Estou com sede"), mas como pronunciamentos mais complicados: "Meu Deus, por que esse cachorro não para de ladrar?" ou "Pura conversa fiada" (este último depois de eu ter lido algum discurso ou editorial nos jornais).

O que ouvi agora foi: "Vamos ver se há alguma coisa aqui melhor do que o que tem no jornal".

Peguei a pilha de álbuns de recortes do compartimento e me acomodei com ela no chão, junto a seus pés. Nas capas constavam, escritos com lápis de cera preto em letras grandes, os anos recentes. Folheei o de 1952 e vi um recorte de jornal relativo ao funeral de George VI. Na parte de cima da página, com lápis de cera, "Albert Frederick George. Nascido em 1885. Morto em 1952". Fotografias das três rainhas com seus véus de luto.

Na página seguinte, uma reportagem sobre a Autoestrada do Alasca.

"Interessante guardar isso", eu disse. "Quer que eu o ajude a começar outro álbum? Você pode escolher as coisas que quer que eu recorte e cole."

O ruído que ele fez queria dizer "Trabalho demais", ou "Que adianta agora?", ou ainda "Que ideia idiota". Empurrou para o lado o rei George VI, queria ver as datas nos outros álbuns. Não estava ali o que queria. Indicou com um gesto a estante. Peguei outra pilha. Entendi que ele buscava o álbum de um ano específico e fui erguendo um por um diante dele para que pudesse ver a capa. Vez por outra, eu passava os olhos pelas páginas de algum álbum rejeitado. Vi um artigo sobre pumas na ilha de Vancouver, outro sobre a morte de um trapezista, um terceiro sobre uma criança que sobrevive após ter sido tragada por uma avalanche. Atravessamos em sentido contrário os anos da guerra, a década de 1930, o ano em que eu nasci e ainda quase uma década antes disso até que ele se satisfizesse. E deu a ordem. Veja este aí. 1923.

Comecei do começo.

"Nevasca em janeiro soterra povoados em..."

Não é isso. Vamos, ande depressa.

Comecei a virar as páginas.

Vá devagar. Sem pressa. Devagar.

Percorri página por página sem parar para ler nada até chegarmos à que ele desejava.

Aí. Leia isso.

Não havia nenhuma fotografia ou manchete. As letras em lápis de cera diziam *Vancouver Sun*, 17 de abril de 1923.

"Ilha de Cortes", eu li. "Certo?"

Leia. Vá em frente.

ILHA DE CORTES. Bem cedo na manhã de domingo ou tarde da noite de sábado, a casa de Anson James Wild, na ponta sul da ilha, foi totalmente destruída pelo fogo. Como a casa ficava muito distante de qualquer outra habitação, as chamas não foram observadas por nenhum morador da ilha. Há informações de que os tripulantes de um barco de pesca, rumando para a Desolation Sound, enxergaram as chamas nas primeiras horas de domingo, porém julgaram se tratar de alguém queimando a vegetação e seguiram caminho por saber que, devido à umidade do terreno, isso não representaria perigo no momento.

O sr. Wild era o proprietário dos Pomares Wildfruit e residia na ilha havia cerca de quinze anos. Tratava-se de um homem solitário e cordial, que servira nas forças armadas. Casou-se algum tempo atrás e tinha um filho. Acredita-se que tenha nascido nas Províncias Marítimas.

A casa foi destruída pelo fogo e todas as vigas de sustentação desabaram. O corpo do sr. Wild foi encontrado em meio aos destroços, carbonizado a ponto de dificultar a identificação.

Uma lata escurecida, que se imagina que continha querosene, foi achada entre as ruínas.

A sra. Wild estava fora de casa, tendo na quarta-feira anterior aceitado uma carona no barco que transportava para Comox uma carga de maçãs colhidas no pomar do marido. Ela tencionava retornar no mesmo dia, porém lá permaneceu por três dias e quatro noites devido a problemas com o motor do barco. Na manhã de domingo voltou com o amigo que lhe oferecera a carona e juntos descobriram a tragédia.

Receou-se pela sorte do filho menor do casal, que não estava quando a casa pegou fogo. Iniciada de imediato uma busca, antes do anoitecer de domingo o menino foi localizado num bosque a pouco mais de um quilômetro da casa. Estava molhado e sentia frio por ter permanecido durante horas ao relento, mas nada sofrera de grave. Aparentemente, ele tinha levado alguma comida ao sair de casa, pois carregava pedaços de pão ao ser encontrado.

Será aberta uma investigação em Courtenay a fim de averiguar a origem do incêndio que destruiu a casa da família Wild e roubou a vida do seu chefe.

"Você conhecia essa gente?", perguntei.

Vire a página.

4 de agosto de 1923. Segundo o inquérito conduzido em Courtenay, na ilha de Vancouver, não foi comprovada a suspeita de ação criminosa por parte de Anson James Wild, vítima de um incêndio na ilha de Cortes em abril deste ano, ou de pessoa ou pessoas desconhecidas. A presença de uma lata vazia de querosene no local do incêndio não foi aceita como prova suficiente. O sr. Wild comprava e usava regularmente querosene, segundo o sr. Percy Kemper, dono da loja Manson's Landing na ilha de Cortes.

O filho de sete anos do falecido não foi capaz de fornecer qualquer informação sobre o incêndio. Ele foi encontrado por um grupo de busca várias horas mais tarde vagando por um bosque não longe de sua casa. Em resposta às perguntas que lhe foram feitas, disse que seu pai lhe dera pão e maçãs e o mandara caminhar até Manson's Landing, mas ele se perdera no caminho. Entretanto, nas semanas seguintes afirmou não se lembrar se foi isso mesmo que aconteceu e nem sabe explicar por que teria se perdido, já que fizera aquele percurso muitas vezes. O dr. Anthony Helwell, de Victoria, declarou que examinou o menino e acredita que ele pode ter fugido ao primeiro sinal do fogo, talvez tendo tido tempo de recolher alguma comida, coisa de que ele agora não se recorda. Alternativamente, diz que o relato do menino pode ser correto, tendo a recordação sido suprimida mais tarde. A seu ver, não seria útil continuar a questioná-lo porque ele é provavelmente incapaz de distinguir entre os fatos e sua imaginação nesse caso.

A sra. Wild não estava em casa no momento do incêndio, tendo viajado para a ilha de Vancouver num barco pertencente a James Thompson Gorrie, da Union Bay.

A morte do sr. Wild foi considerada acidental e devida a um incêndio de causa desconhecida.

Feche o álbum agora.
Guarde-o. Guarde todos.
Não. Não. Assim não. Guarde na ordem. Ano por ano. Assim está melhor. Exatamente como estavam.
Ela já está chegando? Olhe pela janela.
Bom. Mas vai chegar daqui a pouco.
Muito bem, o que você achou disso?
A mim não me importa. Não ligo para o que você pensa sobre isso.
Você alguma vez pensou que a vida das pessoas podia ser daquele jeito e acabar assim? Pois pode.

Não falei nada daquilo a Chess, embora normalmente lhe contasse qualquer coisa sobre o meu dia que pudesse interessá-lo ou diverti-lo. Ele agora tinha criado uma maneira de afastar qualquer menção aos Gorrie. Ele tinha uma palavra para eles: "grotescos".

Todas as pequenas e esquálidas árvores do parque floresceram. As flores eram de um cor-de-rosa brilhante, como pipocas com colorido artificial.

E eu comecei a trabalhar num emprego de verdade.

Telefonaram da biblioteca de Kitsilano pedindo que eu fosse lá por algumas horas numa tarde de sábado. Eu me vi do outro lado do balcão, carimbando a data de entrega nos livros das pessoas. Algumas eram conhecidas minhas, consulentes habituais como eu. Agora eu sorria para elas, em nome da biblioteca, e dizia: "Nos vemos daqui a duas semanas".

Algumas riam e respondiam: "Ah, bem antes disso!", sendo tão viciadas quanto eu.

Era uma função que eu podia desempenhar. Nenhuma caixa registradora — quando alguém pagava alguma multa, o troco era tirado de uma gaveta. E eu já sabia em que estantes se encontrava a maioria dos livros. Na hora de preencher as fichas, eu conhecia o alfabeto.

Mais horas me foram oferecidas. Logo depois, um trabalho em tempo integral mas temporário. Uma das funcionárias contratadas tinha sofrido um aborto. Ficou fora por dois meses e, ao final do período, estava grávida de novo e o médico a aconselhou a não voltar ao trabalho. Por isso, entrei para a equipe permanente e me mantive no emprego até a metade da minha própria gravidez. Trabalhei com mulheres que conhecia de vista havia muito tempo. Mavis e Shirley, a sra. Carlson e a sra. Yost. Todas se lembravam de como eu ficava vadiando — assim disseram — durante horas na biblioteca. Como eu desejava que elas não tivessem reparado tanto em mim! Como eu desejava não ter ido lá com tanta frequência!

Era um prazer ocupar meu lugar, ver as pessoas do outro lado do balcão, ser competente, enérgica e simpática com quem se aproximava. Ser vista por eles como alguém que entendia das coisas, que tinha uma função precisa no mundo. Abandonar a espreita, as perambulações, os devaneios — e me tornar a garota da biblioteca.

Obviamente, agora tinha menos tempo para ler e, às vezes, por alguns instantes pegava algum livro, durante meu trabalho no balcão — tomava-o nas mãos como um objeto, e não como uma taça que eu tivesse de esvaziar imediatamente —, e sentia uma centelha de medo, como num sonho quando a gente se descobre no prédio errado ou esqueceu a hora do exame, entendendo que essa é apenas a ponta de algum obscuro cataclismo ou um erro a ser pago pelo resto da vida.

Mas o medo desaparecia num minuto.

As mulheres com quem eu trabalhava se recordavam das vezes em que tinham me visto escrever na biblioteca.

Eu dizia que estava escrevendo cartas.

"Você escreve cartas num caderno?"

"Escrevo. É mais barato."

O último caderno foi deixado de lado, escondido numa gaveta junto com minhas meias e roupas de baixo emboladas. Deixado de lado a ponto de, ao vê-lo, eu sentir um misto de insegurança e humilhação. Pensava em jogá-lo fora, mas não conseguia.

A sra. Gorrie não me deu parabéns por ter obtido o emprego.

"Você não me contou que continuava a procurar", ela disse.

Expliquei que tinha deixado meu nome na biblioteca muito tempo atrás e ela sabia disso.

"Isso foi antes de você começar a trabalhar para mim. E quem vai cuidar agora do sr. Gorrie?"

"Sinto muito", respondi.

"Isso não vai ajudar ele em nada, não é?"

Ergueu as sobrancelhas rosadas e assumiu o tom arrogante que eu já a ouvira usar no telefone com o açougueiro ou o quitandeiro que tinha cometido algum erro relacionado a sua encomenda.

"E você espera que eu faça o quê?", ela continuou. "Me deixou na mão, não é? Espero que mantenha suas promessas a outras pessoas melhor do que fez comigo."

Isso era bobagem, naturalmente. Não lhe havia feito nenhuma promessa no que dizia respeito ao tempo em que ficaria no trabalho. Entretanto, senti um desconforto culpado, se não culpa propriamente dita. Não lhe prometera nada, porém o que dizer das vezes em que eu não havia atendido a suas batidas na porta, ou em que tentei entrar e sair da casa às escondidas, abaixando a cabeça ao passar diante da janela da sua cozinha? O que dizer do modo como eu mantivera um simulacro tênue mas açucarado de amizade em resposta aos oferecimentos dela — sem dúvida — de uma amizade real?

"É melhor mesmo assim", ela disse. "Não ia querer ninguém que não fosse confiável acompanhando o sr. Gorrie. De todo modo, é bom ficar sabendo que eu não estava totalmente satisfeita com a forma como você tomava conta dele."

Ela logo achou outra acompanhante — uma mulherzinha com jeito de aranha e cabelos negros presos numa rede. Nunca a ouvi falar. Mas ouvi a sra. Gorrie falando com ela. A porta no alto das escadas ficava aberta para que eu pudesse escutar.

"Ela nem lavava a xícara de chá dele. Isso quando preparava o chá. Nem sei para o que ela servia. Só sentar e ler o jornal."

Agora, quando eu saía de casa, a janela da cozinha estava escancarada e a voz dela me perseguia, embora ostensivamente as palavras fossem dirigidas ao sr. Gorrie.

"Lá vai ela. Passa direto. Nem se dá ao trabalho de acenar para nós. Demos a ela um emprego quando ninguém queria dar, mas ela nem se incomoda. Ah, não."

Eu não acenava. Tinha de passar diante da janela da frente onde o sr. Gorrie ficava sentado, mas tinha a impressão de que, se acenasse agora, ou até mesmo se olhasse para ele, o sr. Gorrie se sentiria humilhado. Ou ficaria com raiva. Tudo que eu fizesse poderia ser entendido como um gesto de escárnio.

Antes da metade do quarteirão eu já tinha esquecido dos dois. As manhãs eram brilhantes e eu me movia com a sensação de alívio e propósito. Nesses momentos, meu passado recente parecia vagamente vergonhoso. Horas por trás da cortina da alcova, horas sentada à mesa da cozinha enchendo página atrás de página com textos fracassados, horas num aposento superaquecido com um velho. O tapete gasto e os estofados soltando pelos, o cheiro das roupas e do corpo dele assim como da cola ressecada nos álbuns de recortes, os quilômetros quadrados de papel de jornal que tive de percorrer. A história pavorosa que ele guardara e me fizera ler. (Nem por um momento achei que ela pertencia à categoria de tragédias humanas que eu honrava nos livros.) Recordar tudo isso era como me lembrar de um período de doença na infância quando eu fui prazerosamente aprisionada em acolhedoras tiras de flanela com cheiro de óleo canforado, aprisionada por minha própria lassidão e pelas mensagens febris e indecifráveis dos galhos de árvore vistos da janela do meu quarto no andar de cima. Aqueles tempos eram, mais do que lamentados, naturalmente descartados. E pareciam ser uma parte de mim — uma parte doentia? — que agora também estava indo para o descarte. Seria possível imaginar que o casamento tinha operado tal transformação, mas não foi isso que aconteceu, por algum tempo. Eu havia hibernado e ruminado na minha personalidade antiga — cabeçuda, não feminina, irracionalmente dissimulada. Agora havia me encontrado, e reconhecia minha sorte por me ver transformada numa mulher casada e em alguém capaz de manter um emprego. Suficientemente bem-apanhada e competente quando queria. Nada estranha. Tinha meu lugar ao sol.

A sra. Gorrie trouxe uma fronha até minha porta. Arreganhando os dentes num sorriso torto e hostil, perguntou se a peça era minha. Respondi sem hesitação que não era. As duas fronhas que eu possuía estavam nos dois travesseiros em nossa cama.

Ela disse num tom de martírio: "Certamente, minha é que não é".

"Como é que você pode saber?", perguntei.

Lentamente, venenosamente, seu sorriso se tornou mais confiante.

"Não é o tipo de material que eu poria na cama do sr. Gorrie. Ou na minha."

Por que não?

"Porque-é-de-baixa-qualidade."

Por isso, tive de tirar as fronhas dos travesseiros na cama e mostrá-las para ela, e de fato se verificou que não formavam um par, embora assim tivessem me parecido. Uma era feita com tecido "de qualidade" — a dela —, e a que estava em sua mão era a minha.

"Não dá para acreditar que você não tenha reparado", ela disse. "Só você mesmo."

Chess tinha ouvido falar de outro apartamento. Um apartamento de verdade, não uma "suíte" — com banheiro completo e dois quartos. Um colega de trabalho o estava desocupando porque ele e a mulher haviam comprado uma casa. Ficava num prédio na esquina da First Avenue com a Macdonald Street. Ainda daria para eu ir ao trabalho a pé e ele tomaria o mesmo ônibus. Com dois salários, o aluguel estava a nosso alcance. O colega e a mulher estavam deixando para trás alguns móveis, que venderiam por uma ninharia. Não ficariam bem na casa nova, mas para nós pareciam esplêndidos na sua respeitabilidade. Circulamos pelos bem iluminados aposentos do terceiro andar, apreciando as paredes cor de creme, o assoalho de carvalho, os espaçosos armários da cozinha e o banheiro com piso de ladrilho. Havia até uma pequena varanda dando para o verde do Parque Macdonald. Voltamos a nos apaixonar de um modo diferente, a nos apaixonar por nossa nova posição social, por nossa entrada na vida adulta ao sair daquele porão que tinha servido apenas como um abrigo temporário. Durante muitos anos, aquele lugar era tratado em nossas conversas como uma piada, um teste de resistência. Cada mudança que fazíamos — a casa alugada, a primeira casa que compramos, a segunda casa que compramos, a primeira casa numa outra cidade — gerava um senso eufórico de progresso e consolidava nosso relacionamento. Até a última e de longe a mais suntuosa, onde entrei com presságios de desastre e as mais tênues premonições de fuga.

Anunciamos nossa saída a Ray sem nada dizer à sra. Gorrie. Isso fez com que seu nível de hostilidade alcançasse um novo patamar. Na verdade, ela ficou meio doida.

"Ah, ela se acha tão esperta. Não consegue nem manter dois quartos limpos. Quando varre o chão, tudo que faz é empurrar a poeira para um canto."

Quando comprei minha primeira vassoura, esqueci de comprar uma pá de lixo e, durante algum tempo, fiz mesmo aquilo. Mas ela só poderia saber se tivesse entrado em nossos quartos com outra chave enquanto eu estava na rua. O que, evidentemente, foi o que ela fez.

"Ela é uma falsa, você sabe. Bastou olhar para ela e vi que era uma falsa. E mentirosa. Não é boa da cabeça. Ficava lá sentada e dizia que estava escrevendo cartas, mas escrevia as mesmas coisas uma porção de vezes. E não eram cartas, eram as mesmas coisas várias vezes. Tem um parafuso a menos."

Com isso entendi que ela havia desamassado as páginas jogadas na minha lata de lixo. Eu frequentemente tentava começar um conto com as mesmas palavras. Como ela disse, uma porção de vezes.

O tempo esquentou bastante e eu ia trabalhar sem casaquinho, vestindo apenas um suéter apertado e enfiado para baixo da saia, com um cinto na última casa.

Ela abriu a porta da frente e gritou para mim.

"Vagabunda. Olhem só a vagabunda, como ela empina os peitos e sacode o traseiro. Está pensando que é a Marilyn Monroe?"

E mais. "Não precisamos de você na nossa casa. Quanto mais cedo for embora, melhor."

Telefonou para Ray e disse que eu estava tentando roubar as roupas de cama dela. Reclamou que eu contava histórias sobre ela a todo mundo na rua. Tinha aberto a porta para ter certeza de que eu podia ouvir, e gritou no telefone, mas isso não era necessário, porque usávamos a mesma linha e eu era capaz de escutar na hora em que quisesse. Nunca fiz isso — por instinto, tapava os ouvidos —, mas certo dia, quando estava em casa, Chess pegou o telefone e falou.

"Não liga para o que ela está dizendo, Ray, não passa duma velha louca. Sei que ela é sua mãe, mas tenho que te dizer que ela está louca."

Perguntei o que Ray havia dito, se tinha ficado aborrecido com aquilo.

"Ele só disse: 'Está certo, tudo bem'."

A sra. Gorrie tinha desligado e passou a gritar diretamente escada abaixo. "Vou te dizer quem é a louca. Vou te dizer quem é a louca mentirosa que espalha fofocas sobre mim e meu marido..."

"Não estamos nem ouvindo o que você fala. Deixe minha mulher em paz", disse Chess. Depois ele me perguntou: "O que ela quer dizer com esse negócio dela e do marido?".

"Não sei", respondi.

"Ela tem raiva de você", ele disse. "Porque você é moça e é bonita, e ela é uma bruxa velha."

"Esquece", continuou, fazendo uma piadinha para me animar. "Afinal de contas, para que servem essas mulheres velhas?"

Mudamos para o novo apartamento de táxi, levando somente nossas malas. Esperamos na calçada, de costas para a casa. Eu esperava ainda uma última gritaria de despedida, mas não se ouviu um único som.

"E se ela tiver uma arma e atirar em mim pelas costas?", perguntei.

"Não fale igual a ela", Chess respondeu.

"Eu gostaria de acenar para o sr. Gorrie se ele estiver lá."

"Melhor não."

Não dei uma olhada derradeira para a casa e nunca mais andei por aquela rua, pelo quarteirão da Arbutus Street que fica defronte ao parque e ao mar. Não tenho uma ideia clara de como aquilo tudo era, embora me recorde perfeitamente de algumas coisas — a cortina da alcova, a cristaleira, a poltrona reclinável verde do sr. Gorrie.

Conhecemos outros casais jovens que haviam começado como nós, vivendo em lugares baratos, na casa de outras pessoas. Ouvimos falar de ratos, baratas, banheiros nojentos, senhorias malucas. E nós contávamos sobre a nossa senhoria maluca. Paranoia.

Fora disso, eu não pensava na sra. Gorrie.

Mas o sr. Gorrie frequentava meus sonhos. Neles eu parecia conhecê-lo antes que ele a tivesse conhecido. Ele era ágil e forte, mas não era jovem e sua aparência não era mais agradável do que a que tinha quando eu lia para ele na sala da frente. Talvez pudesse falar, porém sua fala estava no mesmo nível daqueles grunhidos que eu tinha aprendido a interpretar — era algo abrupto e peremptório, uma nota de pé de página essencial, embora ignorada, que acompanhava a ação. E a ação era explosiva, pois esses eram sonhos eróticos. Durante todo o tempo em que fui uma jovem esposa e, sem nenhum atraso indevido, uma jovem mãe — ocupada, fiel, regularmente satisfeita —, de vez em quando tinha esses sonhos nos quais o ataque, a reação, as possibilidades iam muito além do que a vida normal oferecia. E dos quais era banido qualquer elemento romântico. Assim como a decência. Nossa cama — minha e do sr. Gorrie — era uma praia de cascalhos, o áspero convés do barco ou os torturantes rolos de cabos lambuzados de óleo. Havia um sabor do que poderia ser chamado de feiura. Seu cheiro pungente, o olho gelatinoso, os dentes de cachorro. Eu acordava daqueles sonhos pagãos esvaziada até do assombro, ou da vergonha, e voltava a dormir, despertando de vez com uma memória que me acostumei a negar pela manhã. Ano após ano, e sem dúvida bem depois de sua morte, o sr. Gorrie esteve presente nas minhas noites. Até que eu o esgotei, acho eu, da maneira como esgotamos os mortos. Mas nunca pareceu que era assim — que eu é que estava no comando, que o havia trazido ali. Dava a impressão de ser algo mútuo, como se ele tivesse me trazido ali, também, como se fosse a experiência dele tanto quanto a minha.

E o barco, o cais e o cascalho na praia, as árvores que apontavam para o céu ou se curvavam, inclinando-se sobre a água, o perfil complexo das ilhas em volta e as montanhas turvas mas mesmo assim bem visíveis, tudo parecia existir numa confusão natural, mais extravagante e ao mesmo tempo mais trivial do que qualquer coisa que eu pudesse fantasiar ou inventar. Como um lugar que continuará existindo esteja você lá ou não, e que de fato ainda está lá.

Mas nunca vi as vigas calcinadas que desabaram sobre o corpo do marido. Isso tinha acontecido muito tempo antes, e a floresta crescera em volta daquela casa.

Salve o ceifador

A brincadeira era quase igual à que Eve fazia com Sophie quando criança, nas longas e maçantes viagens de carro. Naquela época, eram espiões; agora, extraterrestres. Philip e Daisy, filhos de Sophie, estavam no assento detrás. Daisy mal completara três anos e não conseguia entender o que estava acontecendo. Philip tinha sete e estava no controle. Cabia a ele selecionar o carro que seria seguido, no qual viajantes espaciais recém-chegados rumavam para o quartel-general secreto, o esconderijo dos invasores. A fim de encontrar o caminho, eles recebiam a ajuda de pessoas com aparências plausíveis em outros carros, alguém ao lado de uma caixa de correio ou mesmo dirigindo um trator no campo. Muitos deles já tinham chegado à Terra e sido traduzidos — palavra usada por Philip —, assim qualquer pessoa podia ser um extraterrestre. Frentistas de posto de gasolina, mulheres empurrando carrinhos de bebê ou até mesmo os bebês dentro dos carrinhos. Todos podiam estar transmitindo sinais.

Em geral, Eve e Sophie costumavam brincar disso em estradas de tráfego intenso, onde não seriam detectadas. (Embora certa vez, se entusiasmando demais, tivessem acabado na garagem de uma casa de subúrbio.) Isso não era tão fácil nas estradinhas rurais que Eve atravessava naquele dia. Ela tentou resolver o problema dizendo que talvez precisassem mudar de um carro para outro porque alguns deles podiam estar servindo de chamariz e, em vez de levá-los até o esconderijo, os afastariam de lá.

"Não, não é assim", disse Philip. "Se alguém está seguindo, eles chupam as pessoas de um carro para o outro. Eles podem estar dentro de um corpo e, *chlup*, atravessam pelo ar e entram em outro corpo num outro carro. Mudam de pessoa o tempo todo, ninguém nem sabe o que esteve dentro do seu corpo."

"É mesmo?", Eve perguntou. "Então como é que podemos saber qual é o carro?"

"O código está na licença", Philip respondeu. "É mudado pelo campo elétrico que eles criam no carro. Desse jeito, os controladores no espaço podem seguir eles. É uma coisinha simples, mas não posso te contar."

"Compreendo que não", disse Eve. "Acredito que muito pouca gente deve saber disso."

"Agora eu sou o único em Ontário", disse Philip.

Ele estava sentado tão à frente quanto o cinto de segurança permitia, dando umas batidinhas nos dentes de vez em quando em sinal de profunda concentração, fazendo ruídos semelhantes a um assovio para alertá-la.

"Oi, cuidado", ele disse. "Acho que vamos ter que dar a volta. É mesmo, esse aí. Acho que é."

Vinham seguindo um Mazda branco, mas agora, aparentemente, tinham de ir atrás de uma velha caminhonete verde da Ford. "Tem certeza?", Eve perguntou.

"Tenho."

"Você sentiu eles serem chupados pelo ar?"

"Foram traduzidos simultaneamente. Eu falei 'chupados' mas foi só para ajudar as pessoas a entenderem."

O que Eve havia planejado no início era que o quartel-general fosse na loja da cidadezinha que vendia sorvetes ou no parque. Então seria possível revelar que todos os extraterrestres estavam reunidos lá na forma de crianças, atraídos pelos prazeres dos sorvetes, escorregadores e balanços, com seus poderes temporariamente em estado de suspensão. Nenhum receio de que pudessem abduzi-lo ou penetrar em seu corpo a menos que você escolhesse um sabor errado de sorvete ou se balançasse um número errado de vezes em determinado brinquedo. (Era necessário haver ainda algum risco senão Philip se sentiria enganado, humilhado.) Mas ele tinha assumido o comando tão inteiramente que agora seria difícil controlar o final. A caminhonete saía da estrada rural pavimentada para entrar numa estradinha de terra com cascalho. Tratava-se de uma caminhonete decrépita — sem capota, a carroceria enferrujada — que não iria muito longe. Mais provavelmente voltava para alguma fazenda. Talvez não encontrassem outro veículo pelo qual pudessem trocar a caminhonete antes de alcançado o destino.

"Certeza absoluta que é esse?", Eve perguntou. "Só tem um homem dirigindo, você viu? Pensei que nunca viajassem sozinhos."

"Tem o cachorro", disse Philip.

De fato havia um cachorro na parte detrás, correndo de um lado para o outro como se devesse acompanhar vários eventos ao mesmo tempo.

"O cachorro também é um deles", Philip confirmou.

Naquela manhã, quando Sophie estava saindo para buscar Ian no aeroporto de Toronto, Philip havia mantido Daisy ocupada no quarto das crianças. Daisy se adaptara muito bem na casa nova — apesar de ter feito xixi na cama todas as noites das férias —, mas aquela seria a primeira vez que sua mãe a deixava sozinha. Por isso, Sophie havia pedido que Philip a distraísse, coisa que ele fez com entusiasmo (feliz com a mudança inesperada na situação?). Lançou os carros de brinquedo para correrem pelo assoalho com barulhos furiosos de motor capazes de encobrir o som de Sophie dando partida no motor do carro de verdade alugado que se afastava da casa. Pouco depois, ele gritou para Eve: "A Q.M. já foi?".

Eve estava na cozinha, limpando os restos do café da manhã e se controlando. Entrou na sala de visitas. Lá estava a caixa do vídeo que ela e Sophie tinham visto na noite anterior.

As pontes de Madison.

"O que é Q.M.?", perguntou Daisy.

O quarto das crianças dava para a sala de visitas. Era uma casinha apertada, alugada bem barato para a temporada de verão. Eve tinha pensado em alugar um chalé na beira do lago para as férias — a primeira visita de Sophie e Philip em cinco anos e a primeiríssima de Daisy. Havia escolhido aquela parte da margem do lago Huron porque seus pais costumavam levá--la para lá com seu irmão quando pequenos. As coisas tinham mudado — todos os chalés eram agora tão sofisticados quanto as mansões dos subúrbios, e os aluguéis, estratosféricos. A casa ficava a uns oitocentos metros da margem rochosa e menos procurada do lago, perto da extremidade norte de uma praia apenas passável e plantada no meio de um milharal, mas era a melhor que ela tinha conseguido. Contou às crianças o que seu pai um dia lhe dissera: que à noite dava para se ouvir o milho crescendo.

Todos os dias, ao tirar do varal os lençóis de Daisy lavados à mão, ela tinha de sacudir os insetos que infestavam o milho.

"Quer dizer 'que meleca'", disse Philip com um jeito maroto de desafio.

Eve parou na soleira da porta. Na noite anterior, ela e Sophie tinham visto Meryl Streep sentada na caminhonete do marido, debaixo da chuva, abaixando a maçaneta e sufocando de tristeza ao ver o amante partir. Ao olhar uma para a outra, notaram que ambas tinham os olhos marejados de lágrimas; então mãe e filha balançaram a cabeça e começaram a rir.

"Também quer dizer 'querida mamãe'", disse Philip num tom mais conciliatório. "Às vezes é assim que papai chama ela."

"Então está bem", disse Eve. "Se é isso que você queria saber, a resposta é sim."

Ela se perguntou se Philip via Ian como seu verdadeiro pai. Não havia perguntado a Sophie o que lhe haviam dito. É óbvio que não perguntaria. Seu pai de verdade era um rapaz irlandês que tinha circulado pela América do Norte tentando decidir o que faria da vida depois de resolver não ser padre. Eve tinha imaginado se tratar de um mero amiguinho de Sophie, e aparentemente Sophie achava o mesmo até que o seduziu. ("Ele era tão tímido que nunca passou pela minha cabeça que aquilo podia acontecer", ela disse.) Só ao ver Philip é que Eve foi realmente capaz de visualizar a figura do rapaz. Conheceu então a reprodução fiel do jovem irlandês — olhos brilhantes, pedante, sensível, mordaz, crítico, dado a enrubescer, arredio, questionador. Gênero Samuel Beckett, ela disse, incluindo as rugas. Obviamente, o bebê foi perdendo as rugas ao crescer.

Naquela época, Sophie estudava arqueologia em tempo integral. Eve tomava conta de Philip enquanto ela estava na universidade. Eve era uma atriz — e continuava a ser, quando arranjava trabalho. Mesmo assim havia ocasiões em que ficava sem trabalho, ou levava Philip para os ensaios durante o dia. Por alguns anos os três viveram juntos no apartamento de Eve em Toronto. Foi Eve quem passeou com Philip, no carrinho de bebê ao longo de todas as ruas entre Queen, College, Spadina e

Ossington, quando vez por outra descobria à venda uma casinha perfeita embora mal cuidada, numa rua pequena, sem saída e muito arborizada em que jamais havia entrado. Ela pedia a Sophie que fosse vê-la, procuravam o agente imobiliário, conversavam acerca da hipoteca, discutiam sobre as reformas pelas quais teriam de pagar e quais poderiam fazer por conta própria. Vacilavam e fantasiavam até que a casa era vendida a outrem, até que Eve sofresse um de seus surtos periódicos mas intensos de prudência financeira, ou até que alguém as persuadisse de que aquelas encantadoras ruazinhas não eram tão seguras para mulheres e crianças quanto a rua bem iluminada, feia, movimentada e barulhenta onde continuavam a morar.

Eve reparou ainda menos em Ian que no rapaz irlandês. Era um amigo, só frequentava o apartamento na companhia de outras pessoas. Certo dia conseguiu um emprego na Califórnia — era geógrafo urbano — e Sophie passou a gastar tanto com as chamadas de longa distância que Eve foi obrigada a lhe falar sobre o assunto, e houve uma mudança sensível na atmosfera do apartamento. (Será que não teria sido melhor ela não haver mencionado a conta?) Pouco depois, Sophie foi visitá-lo e levou Philip, porque Eve estava trabalhando durante o verão num teatro do interior.

Não demorou muito para que chegassem as notícias da Califórnia: Sophie e Ian iriam se casar.

"Não seria mais inteligente vocês tentarem viver juntos por algum tempo?", perguntou Eve no telefone da pensão onde estava hospedada, ao que Sophie respondeu: "Ah, não. Ele é estranho. Não acredita nessas coisas".

"Mas não posso sair daqui agora para ir ao casamento", disse Eve. "A peça fica em cartaz até meados de setembro."

"Não faz mal. Não vai ser um casamento *casamento*."

E até aquele verão Eve nunca voltara a vê-la. No começo, faltava dinheiro nas duas pontas. Quando estava trabalhando, Eve não podia se ausentar um só dia; quando não estava, não se podia permitir nenhuma despesa extra. Bem cedo Sophie também arranjou um emprego — de recepcionista num consultório médico. Certa vez, Eve se preparava para comprar uma passagem quando Sophie telefonou dizendo que morrera o pai de Ian: ele ia assistir ao funeral na Inglaterra e traria sua mãe com ele.

"E só temos um quarto de hóspedes", ela disse.

"Nem pensar", disse Eve. "Duas sogras numa casa, ainda mais num único quarto."

"Talvez depois que ela for embora?", perguntou Sophie.

Mas aquela mãe lá ficou até depois de Daisy nascer e se mudou com eles para a outra casa; ficou oito meses ao todo. A essa altura, Ian tinha começado a escrever seu livro e a presença de mais gente na casa iria atrapalhá-lo. As coisas já eram difíceis como estavam. Passado algum tempo, Eve não se sentiu mais suficientemente confiante para se convidar ela própria. Sophie mandava fotos de Daisy, do jardim, de todos os cômodos da casa.

Certo dia anunciou que eles poderiam vir, ela, Philip e Daisy poderiam voltar a Ontário no verão. Passariam três semanas com Eve enquanto, sozinho na Califórnia, Ian trabalhava no livro. Depois ele se juntaria aos três e seguiriam todos de Toronto para passar um mês na Inglaterra com sua mãe.

"Vou alugar um chalé no lago", disse Eve. "Ah, vai ser uma gostosura!"

"Vai mesmo", disse Sophie. "É uma loucura como demorou tanto."

E assim tinha sido. Uma gostosura relativa, na opinião de Eve. Sophie não parecera ter ficado muito aborrecida ou surpresa de Daisy ter feito xixi na cama. Philip se mostrou dengoso e esquivo durante uns dois dias, reagindo friamente quando Eve contou que o conhecia desde que era um bebê, se queixando muito dos mosquitos que os atacavam enquanto atravessavam os renques de árvores antes de chegar à praia. Queria ser levado a Toronto para ver o Centro de Ciência. Mas depois se adaptou, nadou no lago sem reclamar que era frio e se ocupou com projetos solitários — coisas como ferver e tirar a carne de uma tartaruga morta que ele tinha trazido para casa, pensando em guardar o casco. O estômago da tartaruga continha camarões de água doce não digeridos e o casco saiu em tiras, porém nada disso o desanimou.

Enquanto isso, Eve e Sophie desenvolveram uma rotina agradável e indolente composta de tarefas matinais, tardes na praia, vinho no jantar e filmes à noite. Engajaram-se em especulações não muito sérias sobre a casa. O que seria possível fazer com ela? Primeiro arrancar o papel de parede da sala de estar, que imitava lambris de madeira. Retirar o linóleo, com seu desenho idiota de flores de lis douradas que tinham ficado marrons por causa do atrito da areia e da água suja usada para lavá-lo. Sophie se entusiasmou tanto que soltou um pedaço que havia apodrecido em frente à pia, descobrindo por baixo tábuas de pinheiro que sem dúvida poderiam ser lixadas. Debateram o custo de alugar uma máquina de lixar (supondo, é claro, que a casa lhes pertencesse) e que cores escolheriam para pintar portas e umbrais, persianas nas janelas, estantes abertas na cozinha em vez dos armários vagabundos de compensado. Que tal uma lareira a gás?

E quem viveria lá? Eve. A casa era usada no inverno por um clube de esportistas que dirigiam *snowmobiles*, mas eles estavam construindo uma sede própria e o dono ficaria feliz em alugá-la por todo o ano. Ou talvez vendê-la bem barato, considerando seu estado. Poderia ser um retiro caso Eve conseguisse o emprego que almejava no inverno seguinte. E, se não conseguisse, por que não sublocar o apartamento onde morava e viver ali? Contaria com a diferença entre os aluguéis e a pensão que passara a fazer jus por sua idade desde outubro, além do dinheiro que ainda recebia por um anúncio que havia feito para um suplemento dietético. Daria para se arranjar.

"E aí, se viéssemos no verão, poderíamos ajudar com o aluguel", disse Sophie.

Philip as ouviu. "Todos os verões?", perguntou.

"Bom, você agora gosta do lago", Sophie disse. "Agora gosta daqui."

"E os mosquitos, você sabe, não são tão ruins todos os anos", Eve disse. "Em geral, só são ruins no começo do verão. Junho, antes mesmo de você chegar aqui. Na primavera tem uma porção de lugares pantanosos cheios de água, e eles se reproduzem lá; depois esses lugares secam e eles param de se reproduzir. Mas este ano choveu muito mais cedo, esses lugares não secaram e os mosquitos tiveram uma segunda chance, e aí está toda uma nova geração."

Ela aprendera como ele respeitava uma boa informação, preferindo isso a suas opiniões ou reminiscências.

Sophie também não era muito chegada às reminiscências. Sempre que se mencionava o passado que elas haviam compartilhado — mesmo aqueles meses após o nascimento de Philip que Eve considerava como entre os mais felizes, mais trabalhosos, mais significativos e harmoniosos de sua vida —, o rosto de Sophie assumia um ar de gravidade e ocultação, de julgamentos pacientemente recolhidos. A época anterior, a infância de Sophie, era um verdadeiro campo minado, como Eve descobriu ao conversarem sobre a escola de Philip. Sophie a considerava um pouco rigorosa, Ian achava que era perfeita.

"Que diferença da Blackbird", disse Eve. E Sophie retrucou de imediato, quase ofensivamente. "Ah, a Blackbird. Que farsa! Quando eu penso que você pagava por aquilo... E *pagava* um bom dinheiro!"

A Blackbird era uma escola alternativa, daquelas em que não se davam notas, que Sophie havia frequentado (o nome vinha de "Morning Has Broken"). Custava a Eve mais do que podia pagar, mas ela julgava que isso seria melhor para uma criança cuja mãe era uma atriz e o pai não estava presente. Quando Sophie tinha nove ou dez anos, a escola se dissolveu por causa dos desacordos entre os pais.

"Aprendi sobre mitos gregos sem saber onde ficava a Grécia", disse Sophie. "Eu não sabia *o que* era Grécia. Tínhamos de passar a aula de arte fazendo cartazes contra a bomba nuclear."

"Ah, não é possível!", disse Eve.

"Verdade. E eles literalmente nos atormentavam, nos infernizavam para falarmos sobre sexo. Era molestamento verbal. E você *pagava*!"

"Eu não sabia que era tão ruim assim."

"Ah, bom. Eu sobrevivi."

"Isso é o mais importante", disse Eve, abalada. "Sobreviver."

O pai de Sophie era natural de Kerala, no sul da Índia. Eve o havia conhecido num trem que ia de Vancouver para Toronto, tendo passado lá o tempo todo com ele. Era um jovem médico que estudava no Canadá como bolsista. Já tinha uma esposa e uma filha pequena na Índia.

A viagem de trem durou três dias. Houve uma parada de meia hora em Calgary. Eve e o médico saíram correndo para procurar uma farmácia onde pudessem comprar camisinhas. Não encontraram nenhuma. Ao chegarem a Winnipeg, onde o trem parou por uma hora inteira, era tarde demais. Na verdade — assim dizia Eve quando contava a história deles —, ao chegarem nos limites da cidade de Calgary provavelmente já era tarde demais.

Ele viajava num vagão comum — a bolsa não era generosa. Mas Eve tinha resolvido esbanjar seu dinheiro para desfrutar de uma cabine no vagão-dormitório. Segundo ela, foi essa extravagância — uma decisão de última hora —, a conveniência e a privacidade de um compartimento individual os fatores responsáveis pela existência de Sophie e pela maior das mudanças em sua vida. Isso, e o fato de não ser possível comprar camisinha nas cercanias da estação ferroviária de Calgary por dinheiro nenhum no mundo.

Em Toronto, ela se despediu com um aceno do amante de Kerala, como se despediria de qualquer pessoa conhecida num trem, porque na estação a esperava o homem que, naquele momento, era seu maior interesse e seu maior problema. Os três dias haviam sido marcados pelos balanços e solavancos do trem, de tal modo que os movimentos dos amantes não eram nunca apenas aqueles que realmente planejavam fazer, tornando-se talvez por isso inocentes e irresistíveis. Seus sentimentos e conversas também devem ter sido afetados. Eve se recordava de uma atmosfera doce e generosa, nunca solene ou desesperada. Seria mesmo difícil se mostrarem solenes confinados numa cabine de vagão-dormitório.

Ela contou a Sophie o nome de batismo cristão dele — Thomas, em homenagem ao santo. Até conhecê-lo, Eve nada sabia sobre os antigos cristãos no sul da Índia. Durante certo período da adolescência, Sophie se interessou por Kerala. Trouxe para casa livros emprestados da biblioteca e foi a festas vestindo um sári. Falava em procurar pelo pai quando fosse mais velha. O fato de que conhecia seu primeiro nome e seu campo específico de estudos — doenças do sangue — lhe parecia talvez suficiente. Eve enfatizou o tamanho da população da Índia e as chances de que ele nem tivesse permanecido lá. O que não tinha coragem de explicar é quão incidental, quase inimaginável, seria necessariamente a existência de Sophie na vida de seu pai. Por sorte, a ideia esmoreceu e Sophie desistiu de usar o sári quando todos aqueles trajes étnicos e dramáticos se tornaram um lugar-comum. A única vez que ela mencionou o pai nos anos seguintes foi quando estava grávida de Philip, fazendo piadas sobre o fato de manter a tradição de pais errantes na família.

Nenhuma piada desse tipo agora. Sophie se tornara circunspecta, madura, elegante e reservada. Houve um momento — atravessavam o renque de árvores a caminho da praia e Sophie se abaixou para pegar Daisy a fim de saírem mais rápido do campo de ação dos mosquitos — em que Eve se maravilhou com a nova manifestação da beleza da filha. Uma beleza tranquila, clássica e cheia de vigor, obtida não pelos cuidados e pela vaidade, mas pela falta de trato e pela atividade. Parecia mais indiana agora: o sol da Califórnia bronzeara sua pele cor de café claro e sob os olhos ela exibia as meias-luas lilases de uma leve mas permanente fadiga.

No entanto, ainda era uma nadadora de respeito. A natação havia sido o único esporte a que ela se dedicara, e nadava tão bem quanto antes, rumando aparentemente para o meio do lago. No primeiro dia em que fez isso, ela disse: "Foi maravilhoso. Me senti tão livre!". Não disse que foi porque Eve tomava conta das crianças que havia se sentido assim, porém sua mãe entendeu que isso não precisava ser dito. "Fico contente", ela disse, conquanto na verdade tivesse ficado apavorada. Várias vezes tinha pensado, "Dê meia-volta agora", e Sophie tinha ido em frente, ignorando a urgente mensagem telepática. Sua cabeça negra se transformou num ponto, depois num grão de pó, e mais adiante numa ilusão ao embalo das ondas regulares. O que Eve temia, e evitava confrontar nos seus pensamentos, não é que lhe faltassem forças, e sim o desejo de voltar. Como se essa nova Sophie, essa mulher adulta tão presa à vida, pudesse realmente ser mais indiferente a ela que a garota que Eve havia conhecido, a jovem Sophie correndo tantos riscos, com seus muitos amores e dramas.

"Temos de devolver aquele vídeo à loja", disse Eve para Philip. "Talvez devêssemos fazer isso antes de irmos para a praia."

"Estou cheio da praia", ele disse.

Eve não quis discutir. Tendo Sophie saído, com todos os planos alterados e os quatro indo embora no fim do dia, ela também estava cheia da praia. E cheia da casa — tudo que podia ver era como a sala estaria no dia seguinte. Os lápis de cera, os carrinhos de brinquedo, as peças grandes do quebra-cabeça simples de Daisy, tudo recolhido e levado embora. Nem mais um dos contos de fada que ela sabia de cor. Nenhum lençol secando lá fora. Mais dezoito dias naquela casa, sozinha.

"Que tal irmos a outro lugar hoje?", ela perguntou.

"Que lugar?", disse Philip.

"Vai ser uma surpresa."

Eve havia voltado da cidadezinha no dia anterior carregada de compras. Camarão fresco para Sophie — a lojinha local era agora um supermercado de grande sofisticação onde se podia encontrar quase tudo —, café, vinho, pão de centeio sem sementes de cominho porque Philip as odiava, um melão maduro, as cerejas escuras que todos amavam (embora fosse necessário tomar cuidado com os caroços por causa de Daisy), uma montanha de sorvete com fudge de café, e todos os mantimentos normais de que precisariam por mais uma semana.

Sophie estava tirando os pratos após o almoço das crianças e gritou: "Ei, o que é que nós vamos fazer com toda essa comida?".

Ian tinha telefonado para dizer que chegaria de avião em Toronto no dia seguinte. O trabalho no livro havia progredido mais rapidamente do que ele esperava e por isso mudara seus planos. Em vez de esperar três semanas para vir, estaria lá amanhã para pegar Sophie e as crianças a fim de levá-los para um passeio. Queria ir até a cidade de Quebec. Nunca tinha estado lá e achou que as crianças deviam conhecer a parte do Canadá que falava francês.

"Ele se sentiu muito sozinho", disse Philip.

Sophie riu. "É, ficou com saudade de nós", ela disse.

Doze dias, Eve pensou. Doze dias das três semanas. Ela só pudera alugar a casa por um mês. Estava deixando seu amigo Dev ocupar o apartamento. Ele era outro ator sem trabalho, e sofria tamanhas dificuldades financeiras — reais ou imaginárias — que só atendia o telefone usando uma variedade de vozes teatrais. Gostava de Dev, mas não poderia voltar e dividir o apartamento com ele.

Sophie disse que eles iriam a Quebec no carro alugado e voltariam direto para o aeroporto de Toronto, onde seria devolvido. Nenhuma menção de que Eve fosse com eles. Não havia espaço no carro alugado. Mas será que ela não poderia ir no seu próprio carro? Talvez na companhia de Philip. Ou Sophie. Ian podia levar as crianças se tinha tanta saudade delas, dando um descanso a Sophie. Eve e Sophie poderiam ir juntas como costumavam fazer no verão, viajando para alguma cidade que nunca tinham visitado antes e onde Eve arranjara um emprego.

Ridículo. O carro de Eve tinha sido comprado nove anos atrás e não aguentaria uma longa viagem. E era de Sophie que Ian tinha ficado com saudade — como se podia ver pelo rosto afogueado que ela buscava ocultar. Além disso, Eve não havia sido convidada.

"Bom, isso é formidável", disse Eve. "Ele ter avançado tanto com o livro."

"É mesmo", concordou Sophie. Ela sempre tinha um ar de distanciamento cauteloso quando falava sobre o livro de Ian e, quando Eve perguntou sobre o que era, ela disse apenas "geografia urbana". Talvez fosse esse o comportamento correto das esposas dos professores universitários — Eve nunca tinha conhecido nenhuma.

"De qualquer maneira, você vai ter um tempo só seu depois de todo esse circo. Vai saber mesmo se gostaria de ter um lugar no campo. Um retiro."

Eve teve de começar a falar sobre outra coisa, qualquer outra coisa, para não perguntar em tom choroso se Sophie ainda pensava em voltar no próximo verão.

"Tive um amigo que foi para um desses retiros de verdade", ela disse. "Ele é budista. Não, talvez hinduísta. Não que tenha nascido na Índia." (Diante da menção de indianos Sophie sorriu de um jeito que significava se tratar de "outro assunto que era melhor evitar".) "Seja como for, nesse retiro a pessoa não podia falar durante três meses. Havia sempre gente à volta, mas ele não podia falar com ninguém. E uma coisa que costumava acontecer, e sobre a qual todos eram alertados, era a pessoa se apaixonar por alguém com quem nunca tinha falado. A pessoa achava que estava se comunicando com a outra de uma forma especial quando não podia falar. Obviamente, era uma espécie de amor espiritual, e não havia nada a fazer. Eles eram muito rigorosos em matéria de regras. Ou pelo menos foi o que ele me disse."

Sophie perguntou: "E daí? Quando a pessoa recebia permissão de falar, o que acontecia?".

"Era uma tremenda frustração. Em geral a pessoa com quem você imaginava estar se comunicando não estava se comunicando nem um pouco com você. Às vezes achavam que estavam se comunicando daquele jeito com outra pessoa, e imaginavam..."

Sophie riu, aliviada, e disse: "É vida que segue". Feliz porque não tinha que haver nenhuma demonstração de desapontamento, nenhuma mágoa.

Talvez o casal tivesse tido uma briga, pensou Eve. Toda a visita poderia ter sido tática. Sophie podia ter trazido as crianças para mostrar algo a ele. Passado algum tempo com a mãe, só para lhe mostrar alguma coisa. Planejando férias no futuro sem ele, para provar a si mesma que era capaz de fazer aquilo. Uma manobra.

Mas a pergunta que não queria calar era: quem havia telefonado?

"Por que você não deixa as crianças aqui?", ela disse. "Só enquanto vai até o aeroporto? Depois volta, pega os dois e segue viagem. Teria um tempinho para você e um tempinho a sós com Ian. Vai ser um inferno com eles no aeroporto."

"Estou tentada", respondeu Sophie.

E foi o que, afinal, ela fez.

Eve agora tinha de se perguntar se não havia engendrado essa pequena mudança só para ter uma chance de conversar com Philip.

(*Não foi uma grande surpresa quando seu pai telefonou da Califórnia?*

Ele não telefonou. Mamãe é que telefonou para ele.

Foi ela? Ah, não sabia. O que que ela disse?

Disse "Não suporto mais isso aqui, estou cheia, vamos inventar uma maneira de eu escapar daqui".)

* * *

Eve baixou a voz para um tom normal a fim de indicar que o jogo estava sendo interrompido. "Philip. Escute, Philip. Acho que temos de parar agora. Essa caminhonete é de algum fazendeiro que vai sair da estrada daqui a pouco e não podemos segui-lo."

"Podemos sim", disse Philip.

"Não, não podemos. Eles iam querer saber o que nós estávamos fazendo. Podem ficar muito aborrecidos."

"Aí nós mandamos nossos helicópteros atirar neles."

"Não seja bobo. Você sabe que isso é só uma brincadeirinha."

"Vão atirar mesmo neles."

"Acho que eles não têm nenhuma arma", disse Eve, tentando outra abordagem. "Não criaram nenhuma arma para destruir extraterrestres."

"Você está errada", disse Philip, iniciando a descrição — que ela não ouviu — de algum tipo de foguete.

Quando era criança e ficava na cidadezinha com seus pais e o irmão, Eve às vezes fazia passeios no campo com a mãe. Não tinham carro — era o tempo da guerra, eles tinham vindo de trem. A mulher que dirigia o hotel era amiga da mãe de Eve e às vezes as convidava para acompanhá-la quando ia comprar milho, framboesas ou tomates. De vez em quando paravam para tomar chá e olhar os pratos antigos e os móveis que alguma fazendeira com espírito empreendedor punha à venda na varanda da frente. O pai de Eve preferia ficar jogando damas com outros homens na praia. Havia um amplo tabuleiro pintado no chão de cimento, coberto por um telhado mas sem paredes, e mesmo nos dias de chuva as grandes peças eram empurradas lentamente pelos jogadores, com varas longas. O irmão de Eve observava o jogo ou ia nadar sem que ninguém o vigiasse — ele era mais velho. Nada disso havia sobrado — até o cimento fora arrancado ou algo tinha sido construído em cima dele. O hotel, com as varandas que avançavam sobre a areia, tinha desaparecido, assim como a estação ferroviária com os canteiros de flores que soletravam o nome da cidadezinha. Os trilhos também. No lugar da estação se erguia um shopping center cuja fachada imitava a de um prédio antigo, com um razoável supermercado, lojas de vinhos, boutiques de roupas esportivas e de artesanato.

Quando era bem pequena e usava um enorme laço de fita na cabeça, Eve adorava essas excursões campestres. Comia tortinhas de geleia e bolos com glacê crocante por fora e macio por dentro, no topo uma cereja empapada em marasquino. Ela não tinha autorização para tocar nos pratos, nas almofadas para alfinetes feitas de cetim com lacinhos e nem nas velhas bonecas desbotadas; as conversas das mulheres passavam por sobre sua cabeça com um efeito temporário e ligeiramente deprimente, como as nuvens inevitáveis. Mas ela gostava de viajar no banco detrás se imaginando montada num cavalo ou aboletada numa carruagem real. Mais tarde, recusava-se a ir. Odiava ficar a reboque da mãe, de ser identificada como filha da sua mãe. Minha filha, Eve. Como a seus ouvidos aquela voz soava ricamente condescendente, equivocadamente possessiva. (Anos depois ela veio a utilizá-la, ou alguma versão dela, como base de alguns de seus mais vulgares e menos exitosos desempenhos teatrais.) Detestava também os exageros da mãe em matéria de roupas, os grandes chapéus e as luvas que ela usava no campo, bem como os vestidos muito finos com flores pregadas, parecendo verrugas. Já os sapatos de salto baixo, cuja justificativa era a de aliviar a dor de seus calos, eram embaraçosamente grosseiros e ordinários.

"O que você mais odiava em sua mãe?", era uma brincadeira que Eve e suas amigas faziam nos primeiros anos passados fora de casa.

"Espartilhos", alguma moça diria, enquanto a outra sugeria: "Aventais molhados".

Redes de cabelo. Braços gordos. Citações da Bíblia. "Danny Boy".

Eve sempre dizia: "Os calos dela".

Esquecera-se dessa brincadeira até recentemente. Pensar nela agora era como tocar num dente dolorido.

Diante deles a caminhonete reduziu a velocidade e, sem qualquer aviso prévio, entrou numa longa aleia ladeada de árvores. "Philip, não posso continuar a segui-los", disse Eve, se mantendo na estradinha. Mas, ao passar pela entrada da aleia, reparou nos pilares do portão. Eram diferentes, pareciam pequenos minaretes e eram decorados com seixos pintados de branco e cacos de vidro colorido. Como ambos estavam fora de prumo e tinham sido quase totalmente encobertos por varas-de-ouro e cenouras silvestres, perdiam sua identidade como mourões e mais pareciam acessórios abandonados de alguma ópera de mau gosto. No momento em que os viu, Eve se lembrou de outra coisa — um muro pintado de branco com vários desenhos primitivos, fantásticos, infantis. Igrejas com campanários pontiagudos, castelos com torreões, casas quadradas com janelas quadradas, tortas e pintadas de amarelo. Árvores de Natal triangulares e pássaros de cores berrantes quase tão grandes quanto as árvores, um cavalo gordo com pernas finas e olhos cor de rubi, sinuosos rios azuis como fitas desenroladas. A lua, estrelas bêbadas e grandes girassóis debruçando-se sobre os tetos das casas. Tudo isso feito de fragmentos de vidro colorido incrustados em gesso ou cimento. Ela tinha visto aquilo, e não se tratava de um lugar público. Era no campo, e ela estava com sua mãe. A silhueta dela estava recortada contra o muro, ela conversava com um velho fazendeiro. Naturalmente, ele talvez tivesse apenas a idade de sua mãe, mas para Eve se tratava de um velho.

Na verdade, sua mãe e a mulher do hotel costumavam ver coisas estranhas naquelas excursões, não se limitando a procurar por antiguidades. Por exemplo, tinham ido ver um arbusto cortado na forma de um urso e um pomar de macieiras anãs.

Embora não se lembrasse nem um pouco dos pilares do portão, ela tinha a impressão de que não poderiam pertencer a nenhum outro lugar. Deu marcha a ré e entrou na estreita aleia sombreada pelas árvores. Tratava-se de velhos pinheiros escoceses, provavelmente perigosos — dava para ver galhos pendentes, enquanto outros, que já tinham caído ou sido soprados pelo vento, se espalhavam sobre o capim e as ervas daninhas nos dois lados do caminho. O carro balançava para um lado e para o outro nos sulcos para a satisfação de Daisy, que começou a fazer um ruído acompanhando o movimento. *Uúpe. Uúpe. Uúpe.*

Isso era algo — talvez tudo — de que ela se lembraria daquele dia. As árvores recurvadas, as sombras repentinas, o movimento interessante do carro. Talvez também as faces brancas das cenouras silvestres que roçavam nas janelas. Ou uma impressão de Philip ao seu lado — a incompreensível seriedade e excitação dele, o zumbir da voz infantil forçada a se controlar de modo artificial. Uma impressão muito mais vaga de Eve — braços nus, sardentos e enrugados pelo sol, cabelos encaracolados louro-acinzentados presos por uma fita preta. Quem sabe um odor. Não mais de cigarros ou dos cremes e cosméticos badalados nos quais Eve antes gastava tanto de seu dinheiro. Pele velha? Alho? Vinho? Desinfetante oral? Eve já poderia estar morta quando Daisy se lembrasse disso. Daisy e Philip poderiam estar afastados um do outro. Eve não falava com seu irmão havia três anos. Desde que ele disse no telefone: "Você não deveria ter se tornado uma atriz se não tinha capacidade para fazer uma carreira melhor".

Não havia sinal de nenhuma casa à frente, mas através de uma abertura entre as árvores se entrevia o esqueleto de um celeiro, as paredes destruídas, as vigas de madeira intactas, o teto inteiro mas tombado para um lado, como um chapéu engraçado. Ao que parecia, peças de maquinaria agrícola, de velhos carros e caminhões estavam espalhadas em toda a volta, no meio do oceano de ervas em flor. Eve não tinha muito tempo para ficar olhando — precisava controlar o carro na superfície irregular da aleia. A caminhonete verde desaparecera — quão longe poderia ter ido? Notou então que o caminho fazia uma curva, saindo da sombra das árvores para a luz do sol. O mesmo mar de cenouras silvestres, a mesma impressão de sucata enferrujada por todos os cantos. Uma cerca alta e descuidada de um lado, e atrás dela, por fim, a casa. Uma casa grande, de dois andares, com fachada de tijolos cinza-amarelados, o sótão de madeira com suas águas-furtadas cheias de espuma de borracha encardida. Uma das janelas de baixo brilhava por causa do papel-alumínio que a cobria por dentro.

Ela tinha ido parar no lugar errado. Não se lembrava nem um pouquinho daquela casa. Não havia nenhum muro cercado de grama bem cortada. Árvores novas despontavam ao azar entre as ervas daninhas.

A caminhonete estava estacionada à sua frente. Mais adiante, viu um pedaço de terreno sem vegetação e parcialmente coberto de cascalho, onde teria podido manobrar para voltar. Mas, como não dava para passar pela caminhonete a fim de chegar até lá, foi obrigada a parar também. Perguntou-se se o motorista da caminhonete havia parado ali de propósito, de modo a obrigá-la a se explicar. Naquele momento ele estava saindo sem pressa da caminhonete. Sem olhar para ela, soltou o cachorro, que tinha ficado o tempo todo correndo de um lado para o outro e latindo ferozmente. Já no chão, continuou a latir, mas não se afastou do dono. O homem usava um boné que lhe escurecia o rosto, impedindo que Eve lesse sua expressão. Permaneceu junto à caminhonete, olhando para eles, sem se decidir a chegar mais perto.

Eve soltou o cinto de segurança.

"Não sai não", disse Philip. "Fica no carro. Faz a volta. Vamos embora."

"Não posso", disse Eve, "está tudo bem. O cachorro só gosta de latir, não vai me atacar."

"Não sai."

Ela não devia ter deixado a brincadeira ir tão longe. Uma criança da idade de Philip pode ficar excitada demais. "Isso não é parte da brincadeira", ela disse. "Ele é só um homem."

"Eu sei", respondeu Philip. "Mas fica aqui."

"Pare com isso", disse Eve, saindo e fechando a porta.

"Ei", ela disse. "Desculpe. Me enganei. Pensei que aqui era outro lugar."

O homem respondeu com algo que parecia um "ei".

"Estava procurando por outro lugar", continuou Eve. "Um lugar que eu visitei uma vez quando era criança. Tinha um muro com desenhos feitos de cacos de vidro. Acho que era um muro de cimento, caiado. Quando vi aqueles pilares de portão na beira da estrada, pensei que era aqui. O senhor deve ter pensado que estávamos seguindo seu carro. Sei que parece bobagem o que eu estou dizendo."

Ela ouviu a porta do carro se abrir. Philip saiu, puxando Daisy atrás dele. Eve achou que ele tinha vindo para ficar mais perto dela, e estendeu o braço para recebê-lo. Mas ele largou a mão de Daisy, contornou Eve e se dirigiu ao homem. Superara o pânico de alguns momentos antes e agora parecia mais tranquilo que a própria Eve.

"Seu cachorro é bonzinho?", ele perguntou em tom de desafio.

"Ela não vai te machucar", disse o homem. "Enquanto eu estiver aqui, fica quieta. Late assim porque ainda é filhote. Ainda é muito novinha."

Era baixinho, mais ou menos do tamanho de Eve. Usava calças jeans e um colete aberto de tecido colorido, daqueles feitos no Peru ou na Guatemala. Correntes e medalhões de ouro faiscavam no peito musculoso, sem pelos e queimado de sol. Como jogava a cabeça para trás ao falar, Eve pôde ver que seu rosto era mais velho do que o corpo. Faltavam alguns dentes na frente.

"Não vamos mais aborrecê-lo", disse Eve. "Philip, eu estava contando a esse senhor que entramos nesta estradinha procurando um lugar onde eu estive quando era bem pequena e onde havia desenhos num muro feitos com cacos de vidro. Mas me enganei, não é aqui."

"Como é que ela se chama?", perguntou Philip.

"Trixie", disse o homem, e ao ouvir seu nome a cadela deu um salto e tocou em seu braço com o focinho. Ele a empurrou de leve para baixo. "Não sei de desenho nenhum. Não moro aqui. O Harold é que deve saber."

"Não faz mal", disse Eve, enganchando Daisy no quadril. "Se o senhor chegar a caminhonete um pouco para a frente, dá para eu fazer a volta."

"Não sei de desenho nenhum. Olha, se eles estavam na frente da casa, eu nunca ia ver, porque o Harold mantém a parte da frente fechada."

"Não, estavam do lado de fora", disse Eve. "Não importa. Isso foi há muitos anos."

"Sei, sei, sei", disse o homem, se interessando mais e mais pela conversa. "Vamos lá dentro e você pergunta ao Harold. Conhece o Harold? É o dono disso aqui. Mary é que era a dona, mas ele a mandou para o asilo, por isso agora é tudo dele. Não foi culpa dele, ela tinha mesmo que ir." Pegou na caminhonete duas caixas de cerveja. "Tive que ir à cidade, o Harold me mandou ir à cidade. Vamos andando, entrem. Harold vai gostar de ver vocês."

"Aqui, Trixie", disse Philip em tom severo.

A cadela veio ganindo e pulando em volta deles, Daisy soltou um gritinho de medo e de prazer, e lá estavam todos a caminho da casa, Eve carregando Daisy, Philip e Trixie escalando em volta dela alguns montinhos de terra que algum dia haviam sido degraus. O homem vinha logo atrás, cheirando a cerveja que devia ter bebido na caminhonete.

"Pode abrir, vai entrando", ele disse. "Segue em frente. Não repara na bagunça, tudo bem? Com a Mary no asilo, ninguém cuida da casa como ela costumava cuidar."

Desordem absoluta foi o que tiveram de enfrentar, do tipo que leva anos para acumular. A camada inferior era composta de cadeiras, mesas, sofás e talvez um ou dois aquecedores de ambiente, sobre a qual se acumulavam velhas roupas de cama, jornais, persianas, plantas mortas ainda nos vasos, pedaços de madeira, garrafas vazias, abajures quebrados e hastes de cortina empilhados por cima, em certos lugares chegando até o teto e bloqueando quase toda a luminosidade vinda de fora. Para compensar, havia uma luz acesa junto à porta de dentro.

O homem segurou a cerveja com a mão esquerda e abriu a porta, chamando por Harold em voz alta. Era difícil dizer em que espécie de cômodo se encontravam agora: havia armários de cozinha com as portas fora das dobradiças e algumas latas nas estantes, mas também alguns catres com os colchões à vista e lençóis amassados. As janelas eram encobertas tão completamente por móveis ou colchas suspensas que não dava para se saber ao certo onde estavam. O cheiro era um misto de loja de objetos usados, de pia ou talvez de privada entupida, óleo de cozinha velho, cigarros, suor humano, cocô de cachorro e lixo destampado.

Ninguém atendeu aos gritos. Eve se voltou — ali havia espaço para se voltar, o que não era o caso na varanda da frente — e disse: "Acho que não devíamos...", mas Trixie barrou seu caminho e o homem passou por ela para bater em outra porta.

"Aqui está", ele disse — ainda falando altíssimo, embora a porta estivesse aberta. "Harold está aqui." Ao mesmo tempo, Trixie avançou e a voz de outro homem disse: "Porra, tira esse cachorro daqui".

"A senhora aqui quer ver uns desenhos", disse o homenzinho. Trixie ganiu de dor, alguém a havia chutado. Eve não teve outra opção senão entrar no outro cômodo.

Sem dúvida se tratava de uma sala de jantar. Havia uma mesa velha e pesada, enormes cadeiras. Três homens estavam sentados em volta da mesa jogando cartas. O quarto se levantara para chutar a cadela. A temperatura na sala devia andar por volta de trinta graus.

"Fecha essa porta, tem uma corrente de ar", disse um dos homens sentados.

O homenzinho pegou Trixie debaixo da mesa e a jogou no outro cômodo, fechando então a porta às costas de Eve e das crianças.

"Puta merda", disse o homem que se levantara. Seu peito e seus braços eram tão cobertos de tatuagens que ele parecia ter a pele roxa ou azulada. Sacudiu um dos pés como se o tivesse machucado. Talvez houvesse atingido um pé da mesa quando chutou Trixie.

Sentado de costas para a porta havia um homem jovem, de ombros estreitos e pontiagudos e pescoço delicado. Pelo menos Eve presumiu que fosse jovem, porque usava o cabelo espetado para cima e pintado de louro, além de ter brincos de ouro nas orelhas. Ele não se virou para trás. O homem à frente dele tinha a idade de Eve, a cabeça raspada, uma barba grisalha bem cuidada e olhos azuis injetados. Lançou na direção de Eve um olhar frio mas com certa inteligência e compreensão, e nisso ele era diferente do indivíduo tatuado, que a olhara como se ela fosse algum tipo de alucinação que ele decidira ignorar.

Na cabeceira, na cadeira do dono da casa ou do pai de família, estava o homem que havia dado a ordem de fechar a porta mas não tinha levantado os olhos ou prestado a menor atenção na interrupção. Era um sujeito gordo, de ossos grandes e cara pálida, com cabelos castanhos encaracolados e molhados de suor. Tanto quanto Eve podia ver, estava totalmente nu. O homem tatuado e o louro usavam calças jeans, e o de barba grisalha usava calças jeans, uma camisa quadriculada abotoada até o pescoço e uma gravata de cordão. Havia copos e garrafas sobre a mesa. O homem na cabeceira — que devia ser Harold — e o de barba grisalha bebiam uísque. Os outros dois bebiam cerveja.

"Disse a ela que os desenhos podem estar na frente da casa, mas que ela não podia ir lá porque você deixa sempre trancado", disse o homenzinho.

"Cala a boca", disse Harold.

Eve disse: "Sinto muito". Pelo jeito, só lhe restava contar outra vez a história, estendendo-a para incluir as temporadas no hotel da cidadezinha quando criança, os passeios de carro com a mãe, os desenhos no muro, as recordações que tinha até hoje, os pilares do portão, seu óbvio engano, suas desculpas. Falou diretamente para o homem de barba grisalha, que parecia ser o único desejoso de ouvi-la ou capaz de compreendê-la. Seu braço e ombro doíam por causa do peso de Daisy e da tensão que tinha tomado conta de todo seu corpo. No entanto, ela estava pensando em como poderia descrever a situação — era como se se sentisse de repente no meio de uma peça de Pinter. Ou como todos aqueles seus pesadelos de ter de enfrentar uma plateia impassível, silenciosa e hostil.

Quando esgotou o estoque de justificativas e frases simpáticas, o sujeito de barba grisalha falou: "Não sei. Você vai ter que perguntar ao Harold. Ei, ei, Harold. Você sabe alguma coisa sobre desenhos feitos de cacos de vidro?".

"Diz que eu nem tinha nascido ainda quando ela rodava por aí olhando esses desenhos", disse Harold ainda sem erguer a vista.

"É, a senhora não deu sorte", disse o homem de barba grisalha.

O homem tatuado assobiou. "Ei, garoto", ele disse para Philip. "Você sabe tocar piano?"

Havia um piano na sala atrás da cadeira de Harold, mas sem o banquinho porque o próprio Harold tomava quase todo o espaço entre a mesa e o instrumento, sobre o qual se acumulava uma pilha de coisas inapropriadas, tais como travessas e sobretudos, como ocorria com todas as superfícies da casa.

"Não", respondeu Eve, "ele não sabe tocar."

"Estou perguntando a ele", disse o homem tatuado. "Você sabe tocar alguma música?"

O sujeito de barba grisalha interveio: "Deixe o menino em paz".

"Só estou perguntando se ele sabe tocar alguma música, qual é o problema?"

"Deixe ele em paz."

"Olhe, não posso ir embora antes que alguém mova a caminhonete", disse Eve.

Ela pensou: "Tem um cheiro de sêmen aqui".

Philip estava mudo, se apertando contra ela.

"Se o senhor puder simplesmente mover...", ela disse se voltando para trás e esperando encontrar o homenzinho às suas costas. Parou ao ver que ele não estava lá, não estava em parte alguma daquele cômodo, tinha saído sem que ela reparasse. E se houvesse trancado a porta?

Segurou a maçaneta e ela girou, a porta se abrindo com certa dificuldade porque havia um obstáculo do outro lado. O homenzinho estava acocorado bem ali, ouvindo tudo.

Eve saiu sem falar com ele, atravessando a cozinha enquanto Philip trotava a seu lado como se fosse o menino mais obediente do mundo. Passaram pelo caminho estreito na varanda, em meio ao lixo acumulado, e, ao se verem fora da casa, ela sugou sofregamente o ar, já que tinha ficado um bom tempo sem respirar de verdade.

"A senhora deve seguir pela estrada e perguntar na casa dos primos do Harold", disse o homenzinho atrás dela. "O lugar é bacana. Eles fizeram uma casa nova, ela mantém tudo nos trinques. Eles vão mostrar os desenhos ou o que a senhora quiser, vão receber a senhora muito bem. Vão mandar que se sentem e oferecer comida, ninguém sai de lá com fome."

Ele não podia ter ficado agachado atrás da porta o tempo todo, pois havia movido a caminhonete. Ou alguém fizera isso. Ela simplesmente desaparecera, levada para algum galpão ou outro lugar fora de vista.

Eve o ignorou. Pôs o cinto de segurança em Daisy. Philip estava fechando o cinto sozinho, sem precisar que ela o lembrasse disso. Trixie apareceu de algum lugar, circulando em volta do carro com ar triste, cheirando os pneus.

Eve entrou, fechou a porta e girou a chave com a mão suada. O motor pegou e ela avançou para a área parcialmente coberta com cascalho e cercada de densos arbustos frutíferos, velhos lilases e ervas daninhas. Em certos lugares, os arbustos tinham sido achatados por pilhas de pneus usados, garrafas e latas. Difícil imaginar que coisas tivessem sido despejadas daquela casa, diante de tudo que ainda existia lá dentro, porém esse parecia ser o caso. E, ao fazer a volta, Eve viu por sobre os arbustos mais baixos alguns fragmentos de um muro com partes caiadas.

Pensou ter visto também cacos de vidro incrustados, faiscando.

Não diminuiu a velocidade para se certificar. Esperava que Philip não tivesse visto — ele poderia querer parar. Apontou o carro na direção da aleia e passou diante dos imundos degraus da casa. O homenzinho lá estava, acenando com os dois braços, enquanto Trixie sacudia o rabo, desperta de sua docilidade amedrontada o suficiente para latir em despedida e correr atrás do carro por alguns metros. A corrida era mera formalidade, pois ela poderia alcançá-los se quisesse. Eve teve de reduzir a velocidade tão logo se defrontou com os sulcos.

Dirigia tão devagar que, sem a menor dificuldade, um vulto se destacou das ervas altas no lado do passageiro, abrindo a porta (que Eve esquecera de trancar) e pulando para dentro do carro.

Era o homem louro que estivera sentado à mesa, aquele cujo rosto ela não vira.

"Não se assuste. Ninguém precisa se assustar. Só pensei em pegar uma carona com vocês, está bem?"

Não era um homem nem um rapaz, e sim uma garota, que agora estava usando uma camiseta bem suja.

Eve disse: "Está bem". Por pouco o carro não saíra do caminho.

"Não podia pedir isso lá na casa", a garota disse. "Fui ao banheiro, pulei pela janela e corri até aqui. Provavelmente eles nem sabem ainda que eu fui embora. Estão no maior porre." Ela pegou a aba da camiseta, que sobrava em seu corpo, e a cheirou. "Fede", ela disse. "Passei a mão na primeira coisa que vi. Deve ser do Harold, estava no banheiro. Fede."

Deixando para trás os sulcos e a escuridão da aleia, Eve entrou na estradinha. "Deus meu, que bom escapar daquele lugar", disse a garota. "Não tinha ideia de onde estava me metendo. Nem sei como cheguei lá, era de noite. Aquilo não é lugar para mim. Entende o que eu estou dizendo?"

"Eles realmente pareciam muito bêbados", disse Eve.

"Estavam mesmo. Bom, desculpe se te assustei."

"Tudo bem."

"Se eu não tivesse pulado para dentro, acho que você não ia parar para mim. Ia?"

"Não sei", respondeu Eve. "Acho que iria parar se soubesse que você era uma garota. Não tinha conseguido te ver antes."

"Entendo. Eu agora estou com uma aparência péssima. Uma verdadeira bosta. Não digo que não gosto de uma festinha. Gosto muito. Mas tem festinha e tem festinha, se é que você me entende."

Ela se virou no assento e olhou para Eve tão fixamente que Eve foi obrigada a desviar por um instante os olhos da estrada e encará-la de volta. Notou então que a garota estava muito mais bêbada do que deixava transparecer ao falar. Os olhos castanho-escuros pareciam vidrados, mas eram mantidos bem abertos, arredondados por conta do esforço, com aquela expressão suplicante e ao mesmo tempo distante que os bêbados costumam ter, uma espécie de insistência desesperada em enganar o próximo. Sua pele tinha manchas avermelhadas em certos lugares e cinzentas em outros, o rosto inteiro amarfanhado pelos efeitos do álcool consumido em grande quantidade. Seus cabelos eram naturalmente pretos — as pontas douradas deixavam ver propositada e provocantemente as raízes escuras — e, se não fosse levado em consideração seu presente estado de desasseio, ela era bonita o bastante para que se perguntasse como havia se metido com Harold e sua turma. Seu estilo de vida e a moda de então poderiam explicar os seis a nove quilos que lhe faltavam — mas não era alta e realmente não tinha nada de rapazote. Sua verdadeira tendência era ser uma fofura atarracada, baixinha, gordinha e simpática.

"Herb foi um louco de te levar para lá daquele jeito", ela disse. "Ele tem um parafuso a menos."

"Me dei conta disso", reconheceu Eve.

"Não sei o que ele faz por lá, acho que trabalha para o Harold. Mas também acho que o Harold não sabe o que fazer com ele."

Eve nunca se sentira atraída sexualmente por nenhuma mulher. E parecia improvável que aquela garota, suja e amarrotada como estava, pudesse atrair qualquer pessoa. Mas talvez ela estivesse tão acostumada a ser atraente que não admitia tal possibilidade. Seja como for, passou a mão pela coxa nua de Eve, indo um pouco além da bainha dos shorts. Era um gesto bem treinado, apesar da bebedeira. Abrir os dedos e ir mais fundo na primeira tentativa teria sido demais. Um gesto treinado e automaticamente esperançoso, que porém nada tinha de verdadeiramente lascivo, de embaraçosamente íntimo. Para Eve, a mão bem poderia ter acariciado o estofado do banco.

"Eu estou bem", disse a garota, e sua voz, assim como a mão, lutava para criar um novo nível de intimidade entre as duas. "Sabe o que estou dizendo, não? Me entende, não é mesmo?"

"Claro", respondeu Eve vivamente, e a mão se retirou, terminada a cortesia de puta cansada. Mas o gesto não havia fracassado — não de todo. Embora óbvio demais e insincero, tinha sido suficiente para fazer vibrar alguns velhos nervos.

E o fato de que podia ser eficaz a deixou bastante apreensiva, lançando uma sombra sobre todos os seus relacionamentos sexuais até então, desde os esquálidos e impulsivos, até os mais sérios e mais promissores, aqueles de que não tinha razões para se arrepender. Não um verdadeiro surto de vergonha ou a sensação de pecado: apenas uma sombra pouco nobre. Que piada: só faltava desejar agora um passado mais puro e uma ficha mais limpa.

Mas também podia ser, simplesmente, que ela ainda ansiava por amar e ser amada, como sempre ansiara.

"Onde é que você quer ir?", Eve perguntou.

A garota fez um movimento brusco para trás, encarou a estrada. "Aonde você vai? Mora perto daqui?", ela perguntou. O suave tom de sedução, como sem dúvida aconteceria depois de fazerem sexo, tinha se transformado, ganhando uma coloração desagradável e impertinente.

"Tem um ônibus que passa pela cidade", disse Eve. "Para no posto de gasolina. Já vi a tabuleta."

"É, mas tem um problema, estou sem um tostão. Você sabe, saí de lá tão depressa que nem peguei meu dinheiro. Que adianta pegar um ônibus se não tenho nem um tostão?"

O importante era não reconhecer a ameaça. Dizer que, se ela não tinha dinheiro, podia pegar carona. Não era provável que carregasse uma arma no bolso da calça jeans. Só queria dar a impressão de que carregava uma.

E uma faca?

A garota se voltou pela primeira vez para dar uma olhada no banco detrás.

"E então, meninada, tudo bem aí atrás?"

Nenhuma resposta.

"São bonitinhos", ela disse. "São tímidos com gente estranha?"

Que bobagem de Eve pensar em sexo quando a realidade, o perigo, estava em outro lugar.

A bolsa de Eve se encontrava no chão do carro, aos pés da garota. Ela não sabia quanto dinheiro havia na carteira. Sessenta, setenta dólares. Se oferecesse dinheiro para a passagem, a garota iria mencionar um destino caro. Montreal. Ou pelo menos Toronto. Se dissesse "Pega tudo que tem aí dentro", a moça entenderia isso como uma capitulação. Ela captaria o medo de Eve e poderia tentar ir além. O que poderia fazer de pior? Roubar o carro? Se deixasse Eve e as crianças na beira da estrada, bem cedo a polícia estaria em seu encalço. Se os deixasse mortos no meio do mato, daria para ir mais longe. Ou, se decidisse levá-los enquanto isso fosse necessário, quem sabe encostaria uma faca nas costelas de Eve ou no pescoço de uma das crianças.

Essas coisas acontecem. Mas não tão frequentemente quanto se vê na televisão ou no cinema. Essas coisas não acontecem todos os dias.

Eve entrou na estrada do condado, que estava bem movimentada. Por que isso a fez se sentir melhor? A segurança ali era ilusória. Podia dirigir na estrada em meio a todos os carros e ainda assim estar rumando para algum lugar onde ela e as crianças seriam mortas. A garota disse: "Para onde vai essa estrada?".

"Vai dar na autoestrada."

"Vamos até lá."

"É para onde estou indo", disse Eve.

"E para onde vai a autoestrada?"

"Para o norte em direção a Owen Sound ou até Tobermory, onde se pega o barco. Ou, na direção sul... Não sei. Mas se liga a outra autoestrada, pode-se ir para Sarnia. Ou London. Ou Detroit e Toronto, se quiser ir mais longe."

Nada mais foi dito até chegarem à autoestrada. Eve entrou nela e disse: "Chegamos".

"Em que direção você está indo agora?"

"Na direção norte."

"Na direção de onde você mora?"

"Estou indo para a cidadezinha. Preciso pôr gasolina."

"Você tem bastante gasolina", disse a garota. "Mais de meio tanque."

Isso tinha sido uma besteira. Eve deveria ter dito mantimentos.

Ao seu lado, a garota deixou escapar um longo gemido de decisão, talvez de desistência.

"Você sabe", ela disse, "acho que vou ficando por aqui se vou pegar carona. Para pegar carona aqui é tão bom quanto qualquer outro lugar."

Eve parou no acostamento. O alívio estava se transformando em algo parecido com vergonha. Provavelmente era verdade que ela havia fugido sem pegar dinheiro nenhum, que estava sem um tostão. Como alguém se sentiria na beira da estrada bêbada, esgotada e sem dinheiro?

"Em que direção você disse que a gente estava indo?"

"Norte", Eve repetiu.

"Qual era mesmo a direção para Sarnia?"

"Sul. Do outro lado da estrada os carros estão seguindo para o sul. Cuidado ao atravessar."

"Eu sei", disse a garota. Sua voz já soava distante, ela calculava suas novas oportunidades. Já estava saindo do carro quando disse: "Até logo", e para os passageiros do banco detrás, "Até logo, pessoal. Sejam bonzinhos".

"Espere", disse Eve, inclinando-se e pegando a carteira dentro da bolsa, da qual tirou uma nota de vinte dólares. "Toma", ela disse, "vai te ajudar."

"Oi, obrigada", disse a garota, guardando a nota no bolso sem desgrudar os olhos da estrada.

"Olhe", disse Eve. "Para o caso de você ficar numa situação difícil, te digo onde é minha casa. Fica a pouco menos de quatro quilômetros da cidadezinha na direção norte, e a cidadezinha fica a uns oitocentos metros daqui também na direção norte.

Seguindo para lá. Se isso te preocupa, minha família está lá agora, mas deve ir embora antes de cair a noite. Na caixa postal consta o nome Ford. Não é o meu nome, nem sei por que está lá. Fica isolada no meio de um campo. Tem uma janela normal de um lado da porta da frente e uma janelinha engraçada do outro lado. Foi onde puseram o banheiro."

"Sei", disse a garota.

"Foi só que pensei, se você não pegar uma carona..."

"Está bem", a garota disse. "Certo."

Quando voltaram à estrada, Philip disse: "Que nojo, ela tinha cheiro de vômito".

Mais adiante ele disse: "Ela nem sabia que a gente tem que olhar para o sol se quiser saber a direção. Era muito burra, não é mesmo?".

"Acho que sim", disse Eve.

"Que coisa, nunca vi ninguém tão burro."

Ao atravessarem a cidadezinha ele perguntou se podiam parar para comprar sorvete de casquinha. Eve disse que não.

"Tem tanta gente parando para comprar sorvete que não vou encontrar onde estacionar. Temos bastante sorvete em casa."

"Você não devia dizer 'em casa'", disse Philip. "É só onde estamos passando alguns dias. Devia dizer 'no chalé'."

Num campo que ficava a leste da estrada, grandes rolos de feno tinham suas bases circulares voltadas para o sol e tão próximas umas das outras que pareciam escudos, gongos ou rostos de metal astecas. Mais adiante havia um campo com penachos dourados.

"Isso se chama cevada, aquela planta dourada com os penachos", ela disse para Philip.

"Eu sei", ele retrucou.

"Às vezes os penachos são chamados de barbas." Ela começou a recitar: "'Mas os ceifadores, ceifando bem cedo, em meio à cevada com suas barbas...'".

"O que quer dizer 'levada'?", Daisy perguntou.

Philip respondeu: "*Ce*-va-da".

"'Só os ceifadores, ceifando bem cedo'", disse Eve, tentando se lembrar do verso. "'Salve os ceifadores, ceifando bem cedo...'" "Salve" era o que soava melhor. Salve os ceifadores.

Sophie e Ian haviam comprado milho numa barraca à beira da estrada. Era para o jantar. Os planos tinham sido alterados: só sairiam pela manhã. Tinham comprado também uma garrafa de gim, água tônica e limões. Ian preparou os drinques enquanto Eve e Sophie debulhavam o milho sentadas. Eve disse: "Duas dúzias. Isso é uma loucura".

"Espere para ver", disse Sophie. "Ian adora milho."

Ian fez uma reverência ao servir o drinque a Eve, que o provou e disse: "Está simplesmente divino".

A figura de Ian não condizia com as suas lembranças ou com o que ela tinha imaginado. Ele não era alto, teutônico e sem graça. Tratava-se de um homem magro e louro de altura mediana, ágil e amistoso. Sophie parecia menos confiante, mais cuidadosa em tudo que falava e fazia, do que nos dias anteriores. Mas também mais feliz.

Eve contou sua história. Começou com o tabuleiro na praia, o hotel desaparecido, os passeios no campo. Incluiu a maneira de vestir citadina de sua mãe, os vestidos de tecido fino combinando com a roupa de baixo, mas não o sentimento de repugnância da jovem filha. Depois as coisas que iam ver: o pomar anão, a estante com as velhas bonecas, os desenhos maravilhosos feitos com cacos de vidro.

"Se eu disser que se pareciam um pouco com Chagall...", começou Eve.

"É, até os geógrafos urbanos conhecem Chagall", disse Ian.
"Desculpe!", disse Eve, e ambos riram.

Depois os pilares do portão, a súbita recordação, a aleia escura, o celeiro abandonado, as peças enferrujadas, a casa em ruínas.

"O dono estava lá, jogando cartas com os amigos. Não sabia nada sobre os desenhos. Não sabia ou não ligava. E, meu Deus, já se vão uns sessenta anos desde que fui lá — imagine só."

"Ah, mamãe, não precisa ficar lembrando isso," disse Sophie, aliviada e radiante ao ver como Ian e Eve estavam se dando bem.

"Tem certeza de que era mesmo o lugar certo?", continuou.

"Talvez não", disse Eve. "Talvez não fosse."

Preferiu não mencionar o fragmento de muro que vira acima dos arbustos. Por que se dar ao trabalho, quando havia tantas coisas que ela achava melhor não mencionar? Primeiro, a brincadeira com Philip, que acabou por excitá-lo demais. E quase tudo sobre Harold e seus companheiros. Tudo, sem a menor exceção, acerca da garota que pulara para dentro do carro.

Há pessoas que levam a decência e o otimismo sempre com elas, que dão a impressão de limpar a atmosfera nos lugares em que estão. A elas não se devem dizer certas coisas, é muito perturbador. Apesar de sua simpatia naquele momento, Ian parecia a Eve uma dessas pessoas, e Sophie era alguém que dava graças aos céus por tê-lo encontrado. Antes, eram as pessoas mais idosas que demandavam esse tipo de proteção, mas parecia que cada vez mais esse era o caso dos jovens, e alguém como Eve tinha que tentar não revelar como estava em situação difícil: toda sua vida podia ser vista como uma forma inapropriada de se debater, um erro radical.

Ela podia dizer que a casa fedia, que o dono e seus amigos estavam bêbados e pareciam gente vil, mas não que Harold estava nu e nunca que ela própria teve medo. E nunca do que ela teve medo.

Philip estava encarregado de recolher as espigas debulhadas e jogá-las ao longo da borda do campo. Vez por outra Daisy pegava algumas para distribuir pela casa. Philip não acrescentara nada à história de Eve e nem parecera se importar com o relato. Mas, depois que a história acabou e Ian (interessado em colocar aquela historinha local no contexto de seus estudos profissionais) perguntou a Eve o que ela sabia sobre a desintegração dos velhos padrões da vida nas cidadezinhas e no campo, sobre a expansão do chamado agronegócio, Philip enfim ergueu os olhos da sua tarefa de se abaixar e se arrastar no meio dos pés dos adultos. Ele olhou para Eve. Um olhar neutro, um momento de vazio conspiratório, um sorriso submerso, tudo se passando rápido demais para que precisasse ser reconhecido.

O que significava aquilo? Simplesmente que ele começara o trabalho íntimo de armazenar e esconder, decidindo por conta própria o que devia ser preservado e como, o que tais coisas iriam significar para ele, no seu futuro desconhecido.

Se a garota viesse procurar por ela, todos ainda estariam lá. Então os cuidados de Eve não teriam valido de nada.

Ela não viria. Ofertas muito melhores seriam feitas antes que ela passasse dez minutos na beira da estrada. Ofertas talvez mais perigosas, porém mais interessantes, provavelmente mais lucrativas.

A garota não viria. A menos que encontrasse um vagabundo sem teto e sem coração de sua própria idade. (*Sei de um lugar onde podemos ficar se conseguirmos nos livrar da velha.*)

Não naquela noite, porém na seguinte, Eve se deitaria na casa tornada oca, suas paredes de tábua como uma concha de papel em volta dela, dizendo a si mesma para ficar mais leve, liberada de qualquer consequência, com nada na cabeça além do farfalhar do milho alto que talvez houvesse parado de crescer agora, mas ainda se fazia ouvir nitidamente depois que a noite caía.

As crianças ficam

Trinta anos atrás uma família passava as férias na costa leste da ilha de Vancouver. Um casal ainda jovem com suas duas filhas pequenas e um casal mais velho, pais do marido.

O tempo estava perfeito. Todas as manhãs iguais, os primeiros raios puros de sol varando os galhos altos e espantando o nevoeiro sobre as águas paradas do estreito de Georgia. Com a maré baixa, surge uma grande extensão de areia ainda úmida sobre a qual é fácil caminhar, como cimento prestes a secar. Na verdade, a maré ultimamente tem baixado menos; a cada manhã a área de areia encolhe, mas, de todo modo, é ainda bem ampla. As mudanças na maré são matéria de grande interesse para o avô, embora nem tanto para os demais.

Pauline, a jovem mãe, realmente não gosta tanto da praia quanto da estrada que corre atrás dos chalés por um quilômetro e meio, até chegar à margem de um pequeno rio que desemboca no mar.

Não fosse pela maré, seria difícil lembrar que se tratava do mar. Do outro lado das águas se erguem as montanhas que formam o paredão ocidental do continente norte-americano. Esses montes e picos, agora visíveis em meio à névoa enquanto Pauline empurra o carrinho de sua filha ao longo da estrada, também interessam ao avô e a seu filho, Brian, que é o marido de Pauline. Os dois estão sempre tentando decidir o que é o quê. Quais daquelas formas são de fato montanhas continentais e quais são elevações improváveis das ilhas que ficam diante da costa. É difícil dizer com certeza quando o conjunto é tão complicado e a distância de seus componentes se altera com as mudanças da luz ao longo do dia.

Mas, entre os chalés e a praia, há um mapa protegido por uma lâmina de vidro. Pode-se olhar o desenho, depois a paisagem à frente e mais uma vez o desenho até esclarecer tudo. O avô e Brian fazem isso todos os dias, em geral iniciando uma discussão, embora se devesse imaginar que haveria pouca margem para dúvida com o mapa bem ali. Brian alega que o mapa não é exato. Mas seu pai não admite críticas a nenhum aspecto daquele lugar, que foi sua escolha para as férias. O mapa, assim como as acomodações e o tempo, é perfeito.

A mãe de Brian não olha o mapa. Diz que atrapalha sua cabeça. Os homens riem dela, aceitam que sua cabeça é atrapalhada. O marido acredita que isso é porque ela é uma mulher. Brian acredita que é porque ela é sua mãe. A preocupação permanente dela é saber se alguém já está com fome ou com sede, se as crianças estão usando os chapéus de sol e o protetor solar. E o que é essa mordida estranha no braço de Caitlin, que não parece ter sido feita por um mosquito? Ela obriga o marido a pôr na cabeça um chapéu mole de algodão e acha que Brian deveria fazer o mesmo — lembrando como ele passou mal por causa do sol naquele verão em que foram para o Okanagan quando ele era pequeno. Às vezes Brian lhe diz: "Ah, mamãe, fecha o bico". O tom é na essência carinhoso, mas o pai lhe pergunta se ele acha que agora pode falar desse jeito com a mãe.

"Ela não se importa", diz Brian.

"Como é que você sabe?", pergunta o pai.

"Ah, pelo amor de Deus", diz a mãe.

Toda manhã, Pauline desliza para fora da cama assim que acorda, sai de mansinho do raio de ação dos longos e sequiosos braços e pernas de Brian, que continuam a procurar por ela, apesar de sonolentos. O que a desperta são os primeiros resmungos e gritinhos de Mara no quarto das crianças, seguidos do estalido do berço quando ela — agora com dezesseis meses, já deixando de ser um bebê — se levanta e fica agarrada à grade. Enquanto Caitlin, com quase cinco anos, se agita mas não acorda na cama ao lado, Mara continua com seu doce balbucio quando Pauline a tira do berço e a leva até a cozinha para mudar sua fralda no chão. Depois ela é posta no carrinho, com um biscoito e uma mamadeira de suco de maçã, enquanto Pauline põe o vestido de verão, calça as sandálias, vai ao banheiro e penteia o cabelo — tudo tão rápido e silencioso quanto pode. Saem e, passando diante de outros chalés, se dirigem à estrada de terra esburacada que ainda está quase totalmente mergulhada em profundas sombras matinais, sob um túnel de pinheiros e cedros.

O avô, que também acorda cedo, vê as duas da varanda do seu chalé, sendo visto também por Pauline. Mas apenas trocam acenos. Ele e Pauline nunca têm muito que dizer um ao outro (embora às vezes sintam certa afinidade em meio a alguma longa palhaçada de Brian ou um pedido de desculpas insistente demais da avó: nesses momentos, evitam se olhar a fim de não revelarem uma contrariedade que humilharia os demais).

Nessas férias, Pauline rouba algum tempo para ficar sozinha — estar com Mara ainda é quase o mesmo que estar sozinha —

durante os passeios na primeira hora e no final da manhã, quando lava e pendura as fraldas para secar. Poderia dispor de mais uma hora à tarde, enquanto Mara tira uma soneca. Mas Brian armou uma proteção na praia para onde carrega todos os dias o cercado do bebê a fim de que Mara possa tirar sua soneca lá e Pauline não precise se afastar. Ele diz que seus pais podem ficar ofendidos se ela ficar saindo de fininho o tempo todo, embora concorde que precisa de alguns minutos para repassar as falas da peça na qual vai trabalhar em setembro ao voltarem para Victoria.

Pauline não é uma atriz. Trata-se de uma produção amadora, mas ela não é nem uma atriz amadora. Não fez testes para obter o papel, embora por acaso já tivesse lido a peça. *Eurídice*, de Jean Anouilh. Mas o fato é que Pauline já leu um pouco de tudo.

Foi convidada a atuar nessa peça por um homem que conheceu num churrasco, em junho. Os presentes eram na maior parte professores e seus cônjuges, reunidos na casa do diretor do colégio onde Brian leciona. A mulher que ensina francês é viúva e trouxe o filho adulto, que estava passando o verão com ela e trabalhava durante a noite como recepcionista de um hotel no centro da cidade. Ela contou a todo mundo que ele conseguira um emprego de professor numa universidade na parte oeste do estado de Washington, para onde iria no outono.

Chamava-se Jeffrey Toom. O nome era diferente do da mãe porque ela ficara viúva duas vezes, sendo ele filho do primeiro casamento. Sobre o emprego, ele disse: "Nenhuma garantia de que vá durar, o contrato é por um ano".

O que ele vai ensinar?

"Te-aaa-tro", respondeu, arrastando a palavra de um jeito zombeteiro.

Falou de seu emprego atual também de modo depreciativo.

"É um lugar bastante sórdido", ele disse. "Talvez você saiba... mataram uma vagabunda lá no inverno passado. E tem sempre algum pobre-diabo alugando um quarto só para se drogar ou se suicidar."

Não sabendo bem como reagir àquele tipo de conversa, as pessoas se afastavam dele. Com exceção de Pauline.

"Estou pensando em montar uma peça", ele disse. "Você gostaria de participar?" Perguntou se ela já ouvira falar de uma peça intitulada *Eurídice*.

"A de Anouilh?", disse Pauline, deixando-o surpreso de uma forma pouco lisonjeira. Ele disse imediatamente que não sabia se a ideia ia funcionar. "Só achei interessante ver se seria possível fazer alguma coisa diferente aqui na terra de Noël Coward."

Pauline não se lembrava quando alguma peça de Noël Coward havia sido encenada em Victoria, mas imaginava que isso tivesse acontecido várias vezes. "Vimos *A duquesa de Malfi* no inverno passado na universidade. E, no teatrinho, encenaram *Um tilintar ressonante*, mas não fomos ver."

"Bom", ele disse, corando. Pauline tinha pensado que Jeffrey fosse mais velho que ela, pelo menos da idade de Brian (que tinha trinta anos, embora frequentemente se comportasse como um garotão), mas, assim que começou a lhe falar daquele jeito displicente e desdenhoso, evitando encará-la, suspeitou de que fosse mais jovem do que gostaria de parecer. Agora, ao vê-lo ficar vermelho, teve certeza disso.

Como soube depois, era um ano mais novo que ela, vinte e cinco anos.

Ela disse que não seria capaz de fazer o papel de Eurídice, que não sabia representar. Mas Brian se aproximou para saber sobre o que os dois conversavam e disse de imediato que Pauline devia tentar.

"Ela só precisa de um pontapé no traseiro", Brian disse a Jeffrey. "É igual a uma mula, o difícil é fazê-la começar. Não, sem brincadeira, Pauline é muito tímida, digo isso a ela o tempo todo. Mas é muito inteligente. Na verdade muito mais inteligente do que eu."

Ao que Jeffrey olhou no fundo dos olhos de Pauline — impertinente e inquisitivamente —, e então foi ela quem ficou vermelha.

Ele a escolhera imediatamente como a sua Eurídice por sua aparência, mas não porque fosse bonita. "Eu nunca poria nesse papel uma moça bonita. Aliás eu acho que não poria uma moça bonita no palco em papel algum. Só serve para desviar a atenção."

Se era assim, o que o interessava mesmo na aparência dela? Respondeu que eram seus cabelos — longos, escuros e bastos (como não se costumava usar naquela época) — e a pele pálida ("Fique longe do sol neste verão"), mas sobretudo suas sobrancelhas.

"Nunca gostei delas", disse Pauline, não sendo totalmente sincera. Suas sobrancelhas eram retas, negras e luxuriantes. Dominavam seu rosto. Como o cabelo, estavam fora de moda. Mas, caso de fato não gostasse delas, o que a impediria de tirá-las?

Jeffrey parecia não tê-la ouvido. "Elas te dão uma aparência carrancuda, e isso é perturbador. Seu queixo também é um pouco pesado, no estilo grego. Seria melhor num filme, onde eu pudesse captá-la em close-up. O normal para Eurídice seria uma moça com um aspecto etéreo. Não é o que eu quero."

Ao empurrar Mara ao longo da estrada, Pauline realmente treinava as falas. Havia uma no final que vinha lhe causando problemas. O carrinho ia balançando nos buracos enquanto ela repetia: "'Você é terrível, sabe, terrível como os anjos. Acha que todos estão avançando, tão corajosos e inteligentes como você — ah, não olhe para mim, por favor, meu querido —, talvez eu não seja o que você queria que eu fosse, mas estou aqui, sou carinhosa, sou boa, e te amo. Vou te dar toda a felicidade que puder. Não olhe para mim. Não olhe. Me deixe viver'".

Havia deixado algo de fora. "'Talvez eu não seja o que você queria que eu fosse, mas sente que estou aqui, não é? Sou carinhosa, sou boa...'"

Ela havia dito a Jeffrey que achava a peça bonita.

Ele perguntou: "Acha mesmo?". O que ela havia dito não o agradou nem surpreendeu — ele parecia sentir que era previsível, supérfluo. Nunca descreveria uma peça daquele modo. Falava dela mais como um obstáculo a ser superado. Também como um desafio a ser lançado contra vários inimigos. Todos os acadêmicos arrogantes — como ele os chamava — que haviam encenado A *duquesa de Malfi*. E os bobocas engajados — assim os chamava — do teatrinho. Ele se via como alguém de fora que lutava contra aquela gente, montando sua peça — ele dizia que ela era sua — apesar do desprezo e da oposição de todos. No começo, Pauline pensava que isso era fruto exclusivo de sua imaginação e que, provavelmente, aquelas pessoas não o conheciam. E então alguma coisa acontecia que podia ser ou não uma mera coincidência. O salão da igreja onde a peça seria montada precisou de consertos, não podendo mais ser usado. Houve um aumento inesperado no custo de impressão dos pôsteres. Ela acabou se convencendo. Se fosse para conviver com ele, era quase necessário se convencer — qualquer discussão seria perigosa e desgastante.

"Filhos da puta", disse Jeffrey enfurecido, mas com certa satisfação. "Não me surpreende."

Os ensaios eram feitos no segundo andar de um velho prédio na Fisgard Street. As tardes de domingo eram as únicas horas em que todos podiam comparecer, embora houvesse ensaios parciais durante a semana. O prático de embarcação aposentado que representava Monsieur Henri podia estar presente a todos os ensaios e passou a ter uma familiaridade irritante com as falas dos demais. Mas a cabeleireira, que só tinha experiência com as produções de Gilbert e Sullivan, mas agora se via desempenhando o papel da mãe de Eurídice, não podia se ausentar do trabalho por muito tempo nos outros dias da semana. O motorista de ônibus que fazia o papel de amante dela também trabalhava todos os dias, assim como o garçom que representava Orfeu (o único deles que esperava se tornar um ator profissional). Pauline tinha de depender de baby-sitters adolescentes às vezes pouco confiáveis — durante as primeiras seis semanas do verão Brian dava aula — e o próprio Jeffrey precisava estar no hotel às oito horas da noite. Nas tardes de domingo, porém, todos estavam lá. Enquanto outras pessoas nadavam no lago Thetis, ou se apinhavam no Beacon Hill Park a fim de passear sob as árvores e alimentar os patos, ou dirigiam até as praias distantes do Pacífico, Jeffrey e sua turma labutavam no salão empoeirado e de pé-direito alto da Fisgard Street. As janelas eram arredondadas na parte superior como numa igreja simples e digna, sendo mantidas abertas por causa do calor com quaisquer objetos que estivessem à mão — os livros de contabilidade da década de vinte que haviam pertencido à loja de chapéus do térreo, ou restos de madeira das molduras feitas pelo artista cujos quadros estavam encostados contra uma parede (e pelo jeito abandonados). Os vidros eram sujos, mas a luz do sol — refletida nas calçadas, no cascalho dos estacionamentos desertos e nos prédios baixos com fachadas de estuque — tinha um brilho especial de domingo. Quase ninguém passava pelas ruas do centro. Nada estava aberto, exceto um ou outro acanhado café ou lojinha de conveniência.

Era Pauline quem saía no intervalo para comprar refrigerantes e café. Embora fosse a única que lera a peça anteriormente, era quem menos tinha a dizer sobre os ensaios por ser também a única a nunca ter representado. Por isso, achava justo que se oferecesse como voluntária. Apreciava a curta caminhada pelas ruas vazias, sentia como se tivesse se tornado um ser urbano, alguém apartado e solitário, que vivia no fulgor de um sonho importante. Às vezes pensava em Brian trabalhando no jardim e de olho nas crianças. Ou talvez as tivesse levado a Dallas Road — tal como lhes prometera — para brincar com os barquinhos no lago. Aquela vida parecia mixuruca e tediosa quando comparada com o que ocorria na sala de ensaios — as horas de esforço, a concentração, as trocas de palavras agressivas, o suor e a tensão. Ela se satisfazia até mesmo com o gosto do café, seu amargor escaldante, e com o fato de que ele era escolhido por quase todos em vez de uma bebida mais fresca e talvez mais saudável. E gostava de olhar as vitrines. Aquela não era uma das ruas chiques próximas ao porto, mas um lugar simples, com lojas de conserto de sapatos e bicicletas, de roupas de cama e tecidos baratos, de roupas e móveis que já vinham sendo exibidos havia tanto tempo que pareciam de segunda mão mesmo quando não eram. Em algumas vitrines, folhas de plástico dourado, tão frágeis e enrugadas quanto velhos celofanes, cobriam o vidro por dentro a fim de proteger as mercadorias do sol. Embora todos esses negócios só tivessem fechados por um dia, davam a impressão de estarem parados no tempo como pinturas rupestres ou relíquias sob a areia.

Jeffrey pareceu chocado quando Pauline disse que precisava se ausentar durante as duas semanas de férias, como se jamais tivesse imaginado que algo como férias pudesse acontecer na vida dela. Depois ficou emburrado e ligeiramente irônico diante de mais um golpe que devia ter antecipado. Pauline explicou que só perderia um domingo — o que ficava no meio das duas semanas — porque ela e Brian iriam de carro para a ilha numa segunda-feira, voltando num domingo pela manhã. Prometeu que chegaria a tempo de comparecer ao ensaio, embora tivesse dúvidas de que isso seria possível porque a gente sempre leva mais tempo do que pensa para fazer as malas e partir. Perguntou--se se poderia voltar sozinha, no ônibus da manhã. Isso talvez fosse pedir muito. Não mencionou o assunto.

Ela não podia perguntar se era só na peça que ele estava pensando, se era só a sua falta em um ensaio que trazia aquela nuvem negra. Naquele momento, isso era o mais provável. Ao se dirigir a ela nos ensaios, nada sugeria que em algum momento ele lhe falasse de outro modo. A única diferença no tratamento que lhe dava estava em que possivelmente esperava menos dela, de sua capacidade de atuar, do que dos outros. E isso seria com-preensível para todos. Ela tinha sido a única escolhida ao acaso, por conta de sua aparência — os demais haviam se apresentado para os testes anunciados em cafés e livrarias por toda a cidade. Dela, ele parecia esperar uma imobilidade ou falta de jeito que não desejava dos outros. Talvez porque, na parte final da peça, ela deveria ser uma pessoa já morta.

No entanto, ela imaginava que todos sabiam, que o resto dos atores sabia, o que estava acontecendo, apesar do jeito displi-cente e abrupto, além de não muito educado, de Jeffrey. Sabiam que, depois que cada qual rumava para casa, ele atravessava o salão e trancava a porta que dava para a escada. (De início, Pau-line fingia sair com o grupo e entrava no carro para dar uma volta no quarteirão, mas depois esse truque pareceu insultuoso, não apenas para com ela própria e Jeffrey, mas também para com os demais, que, tinha certeza, nunca a trairiam, submetidos como estavam ao feitiço temporário mas potente da peça.)

Jeffrey atravessava o salão e trancava a porta. Era como se, a cada vez, devesse tomar uma nova decisão. Até que o fizesse, ela não olhava para ele. O som da chave girando na fechadura, o estalido ameaçador e fatídico de metal contra metal, provocava nela um choque localizado de capitulação. Mas ela não se movia, esperava que Jeffrey se aproximasse enquanto todas as marcas do trabalho da tarde se dissipavam em seu rosto, a expressão usual de desgosto desaparecendo para dar lugar a uma vibrante energia que sempre a pegava de surpresa.

"Então nos diga sobre o que é essa sua peça", disse o pai de Brian. "É daquelas em que todo mundo fica pelado no palco?"

"Deixa ela em paz", disse a mãe de Brian.

Tendo posto as crianças para dormir, Brian e Pauline haviam caminhado até o chalé dos pais dele para tomar um drinque. O sol se punha por trás das florestas da ilha de Vancouver, mas as montanhas à frente, agora absolutamente nítidas e recortadas contra o céu, emitiam um brilho cor-de-rosa. Alguns cumes do continente exibiam no verão uma capa de neve rosada.

"Ninguém tira a roupa, papai", disse Brian na sua voz ribombante de sala de aula. "Sabe por quê? Porque já entram em cena nus. É a última moda. Brevemente vão encenar um Hamlet de bunda de fora. Romeu e Julieta também com as bundas de fora. Rapaz, naquela cena do balcão em que Romeu está subindo pela treliça e fica preso na roseira..."

"Ah, Brian", interrompeu sua mãe.

"Na história de Orfeu e Eurídice, ela morre", disse Pauline. "E Orfeu desce aos infernos para tentar trazê-la de volta. Seu desejo é atendido, com a condição de que prometa não olhar para ela. Não olhar para trás, pois ela vem andando às suas costas."

"A doze passos de distância", disse Brian. "Como é correto."

"É uma história grega, mas passada nos tempos atuais", continuou Pauline. "Pelo menos nessa versão. Mais ou menos nos tempos atuais. Orfeu é um músico que viaja com seu pai — ambos são músicos — e Eurídice é uma atriz. Se passa na França."

"Com tradução?", perguntou o pai de Brian.

"Não", respondeu Brian. "Mas não se preocupe, não é em francês. A peça foi escrita na língua da Transilvânia."

"É tão difícil entender as coisas", disse a mãe de Brian com um risinho de preocupação. "Muito difícil, com o Brian por perto."

"É em inglês", disse Pauline.

"E você é a... como se chama?"

"Eurídice."

"Ele a traz de volta direitinho?"

"Não. Ele olha para trás para me ver e eu tenho que continuar morta."

"Ah, um final infeliz", disse a mãe de Brian.

"E você é assim tão encantadora?", perguntou o pai de Brian com ceticismo. "A ponto de ele não conseguir evitar de olhar para trás?"

"Não é isso", respondeu Pauline. Mas a essa altura ela entendeu que seu sogro havia conseguido o que queria, e que era sempre o mesmo em todas as conversas que tinham: penetrar na estrutura de alguma explicação que lhe pedira (e que ela dava sem grande entusiasmo mas de modo muito paciente) e, com um pontapé aparentemente descuidado, transformá-la em pó. Havia anos ele era um perigo para ela ao agir assim, porém naquela noite Pauline não se sentiu tão ameaçada.

Mas Brian não sabia disso e ainda estava tentando descobrir uma maneira de socorrê-la.

"Pauline é encantadora", disse Brian.

"Claro que é", disse sua mãe.

"Talvez, se ela fosse ao salão de beleza", disse seu pai. Mas os cabelos compridos de Pauline eram uma cisma tão antiga dele que aquilo já se transformara numa piada dentro da família. Até Pauline riu. Ela disse: "Mas não posso gastar esse dinheiro até consertarmos o telhado da varanda". Ao que Brian soltou uma sonora gargalhada, muito aliviado por ela ter sido capaz de tomar aquilo como uma piada. Era o que ele sempre lhe dizia para fazer.

"Basta responder com outra brincadeira", Brian insistia. "É o único meio de lidar com ele."

"Então tudo bem, se com isso a casa ficar decente", disse o pai dele. No entanto, assim como os cabelos de Pauline, essa era uma mágoa já tão conhecida que não tinha mais como exaltar os ânimos de ninguém. Brian e Pauline haviam comprado uma casa simpática mas em mau estado de conservação numa rua de Victoria onde antigas mansões estavam sendo transformadas em edifícios de apartamento de baixo nível. A casa, a rua, os velhos carvalhos brancos do Oregon, o fato de ninguém ter se lembrado de fazer um porão — tudo era motivo de horror para o pai de Brian. Geralmente Brian concordava com ele e até tentava superá-lo. Quando seu pai apontou para a casa ao lado, com várias escadas pretas de incêndio cortando as paredes externas, e perguntou que tipo de vizinhos eles tinham, Brian respondeu: "Gente realmente pobre, papai, viciados em drogas". E quando seu pai quis saber como a casa era aquecida, ele disse: "Fornalha a carvão. Uma das últimas em funcionamento, dá pra comprar o carvão bem barato. Sem dúvida faz uma sujeira enorme e é meio fedorenta".

Por isso, o que seu pai acabara de dizer sobre a casa ficar decente podia ser algum sinal de paz. Ou se prestava a tal interpretação.

Brian era filho único. Professor de matemática. Seu pai era engenheiro civil e sócio de uma empresa de construção. Se tinha tido a esperança de que o filho fosse engenheiro e entrasse para a empresa, nunca mencionou isso. Pauline havia perguntado a Brian se as reclamações do pai sobre a casa, seu cabelo e os livros que ela lia eram uma forma de encobrir aquela frustração maior, porém Brian respondeu: "De jeito nenhum. Em nossa família nós reclamamos de qualquer coisa que não nos agrade. Não somos sutis, minha senhora".

Pauline ainda tinha dúvidas quando ouvia a mãe dele falar que os professores deviam ser as pessoas mais prezadas no mundo, que não recebiam nem metade do respeito que mereciam, que não sabia como Brian aguentava aquilo entra dia, sai dia. O pai então dizia: "Tem toda razão" ou "Posso afirmar que eu certamente nunca ia querer dar uma aula. Nem que me pagassem".

"Não se preocupe, papai", Brian dizia. "Não iam te pagar muito."

Na vida cotidiana, Brian era uma pessoa muito mais teatral que Jeffrey. Dominava os alunos se valendo de uma série de piadas e palhaçadas, numa extensão do comportamento que, na opinião de Pauline, sempre tivera em relação a sua mãe e seu pai. Fazia-se de idiota, reagia a pretensas humilhações, trocava insultos. Era um valentão com uma boa causa — um valentão engraçado, atormentador, indestrutível.

"Seu rapaz sem dúvida se destacou aqui na escola", o diretor disse a Pauline. "Não apenas sobreviveu, o que já é alguma coisa. Realmente se destacou."

Seu rapaz.

Brian chamava seus alunos de cabeças-duras. O tom era afetuoso, fatalista. Dizia que seu pai era uma pessoa inculta e convencional, um bárbaro por natureza. E que sua mãe era um trapo, de boa índole mas acabada. Entretanto, por mais que os desprezasse, não podia ficar longe deles por muito tempo. Levava os alunos para excursões no campo, e não concebia um verão sem as férias compartilhadas com os pais. A cada ano, morria de medo de que Pauline se recusasse a ir. Ou que, tendo concordado, ficasse muito infeliz, se ofendesse com alguma coisa dita por seu pai, reclamasse do tempo que tinha de passar na companhia de sua mãe, embirrada porque eles não conseguiam fazer nada sozinhos. Ela poderia decidir passar o dia inteiro no chalé, lendo e fingindo que estava muito queimada do sol.

Tudo isso havia acontecido em férias anteriores. Mas este ano ela estava menos exigente. Brian disse que dava para se ver, e que lhe ficava grato.

"Sei que é um esforço. É diferente para mim. São meus pais e estou acostumado a não levá-los a sério."

Pauline vinha de uma família que levava as coisas tão a sério que seus pais tinham se divorciado. A mãe já morrera. Mantinha uma relação distante, porém cordial, com o pai e as duas irmãs bem mais velhas. Dizia nada ter em comum com elas, sabendo que Brian jamais poderia entender que isso constituía uma razão suficiente. Era óbvio o prazer que ele sentia ao ver como as coisas corriam bem naquele ano. Pauline antes acreditava que ele preservava o arranjo por preguiça ou covardia, mas agora compreendia se tratar de algo muito mais positivo. Precisava ter a mulher, os pais e as filhas unidos dessa forma, precisava envolver Pauline em sua vida com os pais e fazer com que eles a reconhecessem de algum modo — embora tal reconhecimento, da parte de seu pai, fosse sempre dissimulado e negativo, enquanto, da parte de sua mãe, profuso e fácil demais para ser realmente significativo. Queria também que Pauline e as filhas estivessem conectadas à sua infância, queria que aquelas férias estivessem ligadas às férias de sua época de criança, com os caprichos do tempo, os problemas com o carro e as horas dirigidas, os sustos nos barquinhos, as ferroadas das abelhas e os jogos infindáveis de Monopólio, com todas as coisas que dizia à mãe já estar farto de ouvir. Queria que fotos fossem tiradas daquele verão, que essas fotos fossem postas no álbum da mãe, dando continuidade a todas as outras que o faziam suspirar só de serem mencionadas.

A única ocasião em que os dois podiam se falar era na cama, tarde da noite. Então conversavam, mais até do que era comum em casa, onde Brian costumava estar tão cansado que com frequência caía imediatamente no sono. E, enquanto o sol brilhava, era quase sempre difícil conversar com ele por causa de suas piadinhas. Ela podia ver a piada iluminando os olhos dele (as cores dele eram bem parecidas com as dela — cabelos escuros, pele clara e olhos cinzentos, mas os olhos dela eram enevoados e os dele brilhantes, tal qual água límpida correndo sobre as pedras). Podia vê-la querendo escapar dos cantos de sua boca, enquanto ele vasculhava as palavras do interlocutor em busca de um trocadilho ou do começo de uma rima — qualquer coisa que pudesse levar a conversa embora, para o terreno do absurdo. Todo o seu corpo alto, meio desengonçado e quase tão magro como o de um adolescente, se contorcia com a propensão à comicidade. Antes de casar com ele, Pauline tinha uma amiga chamada Gracie, bastante irritadiça e subversiva em matéria de homens. Brian achava que ela necessitava de grandes doses de bom humor, e por isso se esforçava ainda mais quando estavam juntos. Gracie certa vez perguntou a Pauline: "Como é que você suporta esse espetáculo sem interrupção?".

"Esse não é o verdadeiro Brian", Pauline respondeu. "Ele é diferente quando estamos sozinhos." No entanto, olhando para trás ela se perguntava se isso algum dia tinha sido verdade. Será que simplesmente dissera aquilo para defender sua escolha, como a gente faz quando decide se casar?

Por isso, falar no escuro tinha alguma coisa a ver com o fato de que ela não via o rosto de Brian, e de que ele sabia que Pauline não podia ver seu rosto.

Entretanto, mesmo com a janela aberta para a escuridão e o silêncio da noite num local que não lhes era familiar, ele não deixava de fazer gracinhas. Só se referia a Jeffrey como Monsieur

Le Directeur, o que tornava ligeiramente ridícula a peça ou o fato de ela ser francesa. Ou, quem sabe, era a própria figura de Jeffrey e sua seriedade com relação à peça que mereciam ser questionadas.

Pauline não se importava. Sentia grande prazer e alívio ao mencionar o nome de Jeffrey.

Na maior parte do tempo, não o mencionava, circulando em volta daquele prazer. Em vez disso, descrevia todos os outros: a cabeleireira, o prático de bordo, o garçom e o velho que alegava ter atuado em peças radiofônicas. Ele fazia o papel de pai de Orfeu, sendo o maior problema de Jeffrey por teimar em ter noções próprias de como devia representar.

O *impresario* de meia-idade Monsieur Dulac era representado por um agente de viagens de vinte e quatro anos. E Mathias, ex-namorado de Eurídice e presumivelmente de idade semelhante à dela, era feito pelo gerente de uma loja de calçados, que era pai de família.

Brian queria saber por que Monsieur Le Directeur não havia trocado os papéis desses dois.

"É como ele faz as coisas", disse Pauline. "Ele vê em nós o que só ele pode ver."

Por exemplo, ela disse, o garçom era um Orfeu inepto.

"Só tem dezenove anos, e é tão tímido que Jeffrey tem que ficar em cima dele, que não pode dar a impressão de estar tendo um romance com sua avó. Diz o que ele tem de fazer. *Fique com os braços em volta dela mais um pouco, faça agora uma carícia.* Não sei se vai funcionar — só me resta confiar em Jeffrey, acreditar que ele sabe o que está fazendo."

"'Faça agora uma carícia'?", perguntou Brian. "Talvez eu deva dar uma olhada nesses ensaios."

Quando começou a citar a frase de Jeffrey, Pauline havia sentido um estremecimento no útero ou no fundo do estômago, um choque que estranhamente rumou para cima e atingiu suas cordas vocais. Precisou encobrir o tremor na voz rosnando, no que tencionava parecer uma imitação (embora Jeffrey jamais rosnasse, vociferasse ou se comportasse de forma teatral).

"Mas há certa razão para ele ser tão inocente", ela se apressou em dizer. "Para não ser tão físico. Para ser meio sem jeito." E começou a falar sobre o personagem Orfeu, e não sobre o garçom. Orfeu tem um problema com o amor ou a realidade, não admite nada menos que a perfeição. Quer um amor que está fora deste mundo. Quer uma Eurídice perfeita.

"Eurídice é mais realista. Andou com Mathias e com Monsieur Dulac. Convive com sua mãe e o amante dela. Sabe como são as pessoas. Mas ama Orfeu. De algum modo, o ama melhor do que ele a ama. Ama melhor porque não é nenhuma boba. Ama-o como um ser humano."

"Mas dormiu com esses outros sujeitos", disse Brian.

"Bom, com Monsieur Dulac tinha que dormir, não podia escapar. Não queria, embora depois de algum tempo tenha gostado, e além de certo ponto não podia se impedir de gostar."

Sendo assim, o erro é de Orfeu, Pauline afirmou com determinação. Ele olha para Eurídice de propósito, para matá-la e se livrar dela porque não é perfeita. Por culpa dele, ela tem de morrer uma segunda vez.

Brian, deitado de costas e com os olhos bem abertos (ela sabia disso por causa do tom da voz dele), perguntou: "Mas ele não morre também?".

"Morre. Escolhe morrer."

"E então ficam juntos?"

"É, como Romeu e Julieta. *Enfim Orfeu está ao lado de Eurídice*. É o que Monsieur Henri diz. É a última linha da peça. É o fim." Pauline virou de lado e roçou o rosto no ombro de Brian, não para começar alguma coisa e sim para enfatizar o que ia falar a seguir. "De certo modo é uma bela peça, mas também é bastante boboca. E não é realmente como Romeu e Julieta porque não se trata de má sorte ou das circunstâncias. É de propósito. Para que eles não tenham de seguir vivendo e se casar, ter filhos, comprar uma casa velha e reformá-la..."

"E ter amantes", disse Brian. "Afinal de contas, são franceses."

Então ele acrescentou: "Serem como meus pais".

Pauline riu. "Eles têm amantes? Posso imaginar!"

"Ah, não. Quis dizer, terem uma vida como a deles", disse Brian.

"Logicamente, posso entender que alguém se mate para não ficar igual a seus pais", disse Brian. "Só não acredito que alguém faça isso."

"Todo mundo tem suas escolhas", disse Pauline em tom sonhador. "A mãe e o pai dela são de certo modo desprezíveis, mas Orfeu e Eurídice não precisam ser como eles. Não estão corrompidos. Só porque ela dormiu com aqueles homens não significa que é uma depravada. Não amou nenhum deles. Não tinha ainda conhecido Orfeu. Há uma fala em que ele diz que tudo que Eurídice fez está grudado nela, e é nojento. As mentiras que lhe contou. Os outros homens. Está tudo grudado nela para sempre. E então, naturalmente, Monsieur Henri se aproveita disso. Diz a Orfeu que ele será tão mau quanto ela, que algum dia caminhará pela rua com Eurídice e será como um homem com um cachorro do qual está tentando se livrar."

Para surpresa dela, Brian riu.

"Não", ela disse. "Isso é que é idiota. Não é inevitável. Nem um pouquinho inevitável."

Continuaram especulando e discutindo mansamente, de uma forma que não era comum mas também não era uma total novidade: depois de casados haviam feito isso vez por outra —

conversado durante metade da noite sobre Deus ou o medo da morte, sobre como as crianças deviam ser educadas ou se ter dinheiro era importante. Por fim, admitiam estar cansados demais para fazer sentido o que diziam, se ajeitavam numa posição de bons amigos e caíam no sono.

Finalmente, um dia de chuva. Brian e seus pais iriam até Campbell River comprar mantimentos e gim, além de levar o carro do pai à oficina para resolver um problema que surgira na vinda de Nanaimo. Era um problema menor, mas, como o carro novo ainda estava na garantia, o pai de Brian queria cuidar do assunto o mais rápido possível. Brian tinha de ir junto, com seu carro, caso o outro carro necessitasse permanecer na oficina. Pauline disse que precisava ficar em casa por causa da soneca de Mara.

Ela persuadiu Caitlin a se deitar também, permitindo que levasse a caixa de música para a cama se a tocasse bem baixinho. Pauline então abriu o texto da peça sobre a mesa da cozinha, preparou uma xícara de café e repassou a cena em que Orfeu diz que é intolerável que permaneçam dentro de duas peles, dois envoltórios, cada um com seu próprio sangue e oxigênio, totalmente isolados, e Eurídice pede que ele se cale.

"*Não fale. Não pense. Deixe simplesmente sua mão vagar, deixe que ela seja feliz por conta própria.*"

Sua mão é minha felicidade, diz Eurídice. Aceite isso. Aceite sua felicidade.

Obviamente, ele diz que não pode.

Caitlin gritou várias vezes para perguntar que horas eram. Aumentou o volume do som da caixa de música. Pauline correu até a porta do quarto e, num sussurro irritado, mandou que ela diminuísse o volume para não acordar Mara.

"Se aumentar de novo, tiro isso de você. Entendeu?"

Mas Mara já estava se mexendo no berço e, minutos depois, se ouviram os sussurros encorajadores de Caitlin, destinados a despertar de vez a irmã. A música de repente ficava mais alta, depois mais baixa. Mara começou a sacudir a grade do berço, se pondo de pé, jogando a mamadeira no chão e iniciando os grasnidos que se tornariam mais e mais desconsolados até atraírem sua mãe.

"Não fui eu que acordei ela", disse Caitlin. "Acordou sozinha. Parou de chover. Podemos ir à praia?"

Ela tinha razão. Havia parado de chover. Pauline trocou a fralda de Mara, disse a Caitlin para pôr o maiô e procurar seu baldinho. Vestiu o maiô e os shorts por cima caso o resto da família voltasse enquanto ela se encontrava na praia. ("Papai não gosta do jeito como certas mulheres saem de seus chalés vestindo só o maiô", a mãe de Brian tinha lhe dito. "Acho que ele e eu simplesmente somos de outro tempo.") Pegou o texto pensando em levá-lo, porém desistiu. Teve medo de ficar muito absorta e não prestar atenção suficiente nas crianças.

Os pensamentos que lhe vinham sobre Jeffrey absolutamente não eram pensamentos — e sim algo mais parecido com alterações em seu corpo. Isso podia acontecer quando estava sentada na praia (tentando se manter na sombra parcial oferecida pelos arbustos e, assim, preservar a palidez que Jeffrey exigira), quando torcia as fraldas depois de lavadas ou quando ela e Brian visitavam os pais dele. No meio das partidas de Monopólio, de Scrabble e de buraco. Ela continuava a falar, ouvir, trabalhar e vigiar as crianças enquanto alguma recordação de sua vida secreta a perturbava como uma explosão radiante. Era então invadida por uma sensação de calor que ocupava todos os seus vazios e a reconfortava. Mas não durava muito, o alívio se dissipava: ela se sentia como um avarento que vê seus ganhos repentinos desaparecerem, e não imagina que a sorte possa voltar a alcançá-lo. A saudade a oprimia e a obrigava a contar os dias. Algumas vezes chegava a dividir o dia em segmentos a fim de calcular com mais exatidão quanto tempo havia se passado.

Pensou em ir a Campbell River, inventando alguma desculpa para poder entrar numa cabine telefônica e chamá-lo de lá. Os chalés não dispunham de telefones e o único aparelho público ficava na pousada. No entanto, ela não tinha o número do hotel onde Jeffrey trabalhava. E, além disso, nunca podia ir a Campbell River à noite. Temia que, se o chamasse em casa durante o dia, sua mãe, a professora de francês, atendesse. Segundo ele, a mãe quase nunca saía de casa no verão. Só uma vez havia tomado o barco para ir a Vancouver e passar o dia por lá. Jeffrey tinha telefonado para Pauline e pedido que ela viesse. Brian estava dando aulas e Caitlin participando de atividades recreativas na escola.

Pauline havia dito: "Não posso. Estou com Mara".

"Quem?", Jeffrey perguntou. "Ah, desculpe. E ela não pode vir junto?"

Pauline disse que não.

"Por que não? Não pode trazer algumas coisas para ela brincar?"

"Não posso", respondeu Pauline. "Simplesmente não posso." Parecia perigoso demais arrastar o bebê numa excursão carregada de culpa, para uma casa onde os líquidos de limpeza não estariam postos nas prateleiras mais altas e todas as pílulas, xaropes, cigarros e botões cuidadosamente mantidos fora do alcance de crianças. E, mesmo que escapasse de ser envenenada ou de sufocar, Mara poderia armazenar bombas-relógio — recordações de uma casa estranha onde tinha sido deixada a sós de forma também estranha, de uma porta fechada, de ruídos do outro lado.

"Só queria você", Jeffrey disse. "Simplesmente queria você na minha cama."

Ela repetiu, fracamente: "Não".

Aquelas palavras ficavam voltando à sua mente. *Queria você na minha cama*. Uma urgência meio brincalhona em sua voz, mas também uma determinação, um elemento prático, como se "na minha cama" significasse algo mais, a cama de que ele falava adquirindo dimensões maiores, menos materiais.

Teria ela cometido um grave erro com aquela recusa? Com aquele lembrete de quão confinada ela estava, dentro do que qualquer um chamaria de sua vida real?

A praia estava quase vazia — as pessoas haviam se ajustado à ideia de um dia chuvoso. A areia, pesada demais, impedia que Caitlin construísse um castelo ou cavasse um sistema de irrigação — projetos que só realizava mesmo com o pai por saber que seu interesse neles era sincero, ao contrário do de Pauline. Caminhou algo tristonha pela beira d'água. Provavelmente sentia falta de outras crianças, amigos instantâneos e sem nome ou inimigos ocasionais que jogavam pedras ou chutavam a água, tudo isso em meio aos gritinhos, ao espadanar e às quedas generalizadas. Um garoto, um pouco maior que ela e aparentemente sozinho, se encontrava bem para lá da praia, com água na altura dos joelhos. Se os dois se juntassem, talvez ficasse tudo bem, retomada a rotina da praia. Pauline não saberia dizer se Caitlin estava dando umas corridinhas exibicionistas para dentro d'água a fim de atrair a atenção do menino nem se ele a olhava com interesse ou desprezo.

Mara não precisava de companhia, ao menos por enquanto. Cambaleou até a água, sentiu quando ela chegou a seus pés e mudou de ideia; parou, olhou ao redor e viu Pauline. "Pô. Pô", ela disse, feliz por reconhecê-la. "Pô" era como a chamava, em vez de "mãe" ou "mamãe". O movimento da cabeça fez com que ela perdesse o equilíbrio e caísse sentada, metade na areia e metade n'água; soltou um grito de surpresa, que se transformou num protesto: mediante manobras pouco graciosas mas decididas, que implicaram transferir todo o seu peso para as mãos, Mara se pôs de pé, tão bamba quanto triunfante. Já andava havia meio ano, porém se mover na areia ainda era um desafio. Voltou então na direção de Pauline, fazendo alguns comentários razoáveis e tranquilos em sua própria língua.

"Areia", disse Pauline, erguendo um punhado. "Olha, Mara, areia."

Mara a corrigiu, dando outro nome, algo parecido com "eia". A fralda grossa sob a calça plástica e o macacão de pano felpudo davam a ela um traseiro gordo que, juntamente com suas bochechas e ombros carnudos e sua expressão de empáfia, lhe deixava parecida com uma matrona brejeira.

Pauline se deu conta de que alguém a chamava. Ela tinha ouvido seu nome duas ou três vezes, mas, como a voz não era familiar, ela não o tinha reconhecido. Levantou-se e acenou com a mão. Era a mulher que trabalhava na loja da pousada. Inclinando-se sobre o parapeito, dizia: "Senhora Keating! Senhora Keating! Telefone, senhora Keating!".

Pauline plantou Mara num dos quadris e chamou Caitlin. Ela e o menino já tinham tomado conhecimento um do outro, cada qual pegando pedras do fundo e as atirando na água. De início ela não ouviu Pauline, ou fingiu não ouvir.

"Para a loja", disse Pauline. "Caitlin, a loja." A palavra foi decisiva, pois lembrava o lugarzinho na pousada onde se podia comprar sorvete, balas, cigarros e refrigerantes. Ao se certificar de que Caitlin vinha atrás, Pauline atravessou a areia e começou a subir a escada de madeira que se erguia acima da praia e dos arbustos. Parou no meio e disse: "Mara, você pesa uma tonelada", transferindo-a para o outro lado do quadril. Caitlin bateu com um graveto na grade.

"Posso tomar um sorvete? Mamãe? Posso?"

"Vamos ver."

"Por favor, posso tomar um sorvete?"

"Espere."

O telefone público ficava ao lado de um quadro de avisos na outra extremidade do vestíbulo principal e em frente à porta do salão de jantar. Lá se realizava um bingo por causa da chuva.

"Espero que ele ainda esteja na linha", disse a mulher que trabalhava na loja e já sumira atrás do balcão.

Pauline, ainda carregando Mara, pegou o fone pendurado no fio e disse ofegante: "Alô!". Esperava ouvir Brian informando sobre algum atraso em Campbell River ou perguntando o que ela havia pedido para ele comprar na farmácia. Como era uma única coisa — loção de calamina —, não havia tomado nota.

"Pauline", disse Jeffrey. "Sou eu."

Mara estava se debatendo e se esfregando no quadril de Pauline, ansiosa para descer. Caitlin entrou no hall e seguiu para a loja, deixando um rastro de areia úmida. "Só um minuto, só um minuto", disse Pauline. Deixou Mara escorregar perna abaixo e correu a fim de fechar a porta que dava para a escada. Não se lembrava de haver dito a Jeffrey o nome do lugar, embora houvesse explicado mais ou menos onde ficava. Ouviu a mulher da loja falando com Caitlin num tom de voz mais áspero do que usaria caso os pais estivessem por perto.

"Esqueceu de lavar os pés na bica?"

"Estou aqui", disse Jeffrey. "Não fiquei bem sem você. Não fiquei nada bem sem você."

Mara foi direto para o salão de jantar, como se a voz masculina gritando "Debaixo do N..." fosse um claro convite para ela.

"Aqui? Onde?", perguntou Pauline.

Ela leu os avisos no quadro junto ao telefone.

NENHUMA CRIANÇA COM MENOS DE CATORZE ANOS PODE TER ACESSO AOS BOTES E CANOAS SE NÃO ESTIVER ACOMPANHADA POR ADULTOS.

CONCURSO DE PESCA.

VENDA DE BOLOS E ARTESANATO, IGREJA DE SÃO BARTOLOMEU.

SUA VIDA ESTÁ EM SUAS MÃOS. LEITURA DE MÃOS E DE CARTAS. PREÇO RAZOÁVEL, RESULTADOS PRECISOS. TELEFONAR PARA CLAIRE.

"Num motel. Em Campbell River."

Pauline sabia onde estava antes de abrir os olhos. Nada a surpreendeu. Havia dormido, mas não tão profundamente a ponto de perder o controle sobre as coisas.

Tinha esperado por Brian no estacionamento da pousada, acompanhada das crianças, e pedira as chaves. Em frente dos pais dele, disse que precisava de mais alguma coisa de Campbell River. Brian perguntou o quê e se ela tinha dinheiro.

"Só uma coisinha", respondeu, para que ele pensasse se tratar de absorventes femininos ou pílulas anticoncepcionais, que ela não queria mencionar. "Nada de mais."

"Está bem. Mas você vai ter que pôr gasolina", ele disse.

Mais tarde, Pauline teve de falar com ele pelo telefone. Jeffrey lhe disse que precisava fazer aquilo.

"Porque ele não vai aceitar vindo de mim. Vai pensar que te sequestrei ou coisa que o valha. Não vai acreditar."

Porém o mais estranho de tudo naquele dia foi que Brian de fato pareceu acreditar imediatamente. De pé onde ela estivera algumas horas antes, no hall da pousada — com o bingo encerrado, mas pessoas passando, ela podia ouvir gente saindo do salão de jantar —, ele disse: "Ah, ah, sei, está bem", numa voz que, embora precisasse ser rapidamente controlada, tinha uma carga de fatalismo e presciência que superava de longe tal necessidade.

Como se já soubesse havia muito tempo, o tempo todo, o que poderia acontecer com ela.

"Está bem", ele disse. "E o carro?"

Disse outra coisa mais, algo impossível, e desligou. Ela saiu da cabine ao lado de algumas bombas de gasolina em Campbell River.

"Foi rápido", Jeffrey disse, "mais fácil do que você esperava."

Pauline respondeu: "Não sei".

"Talvez ele soubesse no subconsciente. As pessoas sabem."

Ela sacudiu a cabeça, indicando que ele devia calar-se, e Jeffrey disse: "Desculpe". Desceram a rua sem se tocar e sem trocar palavra.

Tiveram de sair para encontrar uma cabine porque não havia telefone no quarto do motel. Agora, nas primeiras horas da manhã, olhando a seu redor sem pressa — o primeiro tempo realmente livre desde que entrara naquele quarto —, Pauline viu que não continha muita coisa. Somente um armário vagabundo, a cama sem cabeceira, uma cadeira estofada sem braços, uma veneziana com uma das lâminas quebradas e uma cortina de plástico cor de laranja que devia se parecer com uma rede e não tinha bainha, havendo sido cortada na parte inferior. Jeffrey desligara à noite o barulhento aparelho de ar-condicionado, deixando a porta entreaberta e presa apenas pela corrente porque a janela não abria. A porta agora estava fechada. Ele devia tê-la trancado ao se levantar durante a noite.

Era tudo que ela tinha. Sua conexão com o chalé onde Brian dormia (ou não dormia) havia sido rompida, assim como a conexão com a casa que fora uma expressão de sua vida com Brian, do modo como desejavam viver. Ela não possuía mais nenhum móvel. Tinha se apartado de todas as grandes e sólidas aquisições, como as máquinas de lavar e de secar, a mesa de carvalho e o armário restaurado, o lustre que era cópia de uma luminária num quadro de Vermeer. Como também das coisas de fato suas: os copos de vidro moldado que vinha colecionando e o tapete de oração que, embora evidentemente falso, era bem bonito. Em especial dessas coisas. Talvez tivesse perdido até mesmo seus livros. E roupas. A saia, a blusa e as sandálias que usara para ir a Campbell River eram possivelmente tudo que lhe restava agora. Jamais voltaria para exigir o que quer que fosse. Se Brian entrasse em contato para perguntar o que fazer com essas coisas, ela lhe diria para fazer o que bem quisesse — enfiar em sacos de lixo e jogar fora, se assim desejasse. (Na verdade, sabia que, escrupuloso como era, ele provavelmente ia colocar tudo numa arca, como de fato fez, lhe mandando não apenas o casaco de inverno e as botas, mas também o espartilho que só usara no dia do casamento, com o tapete de oração estendido por cima de tudo numa declaração final de sua generosidade, espontânea ou calculada.)

Ela acreditava que jamais se importaria com o tipo de lugar em que iria viver ou o tipo de roupas que iria usar. Não se valeria dessa espécie de ajuda para dar a ninguém uma ideia de quem era, de como era. Nem ao menos para dar uma ideia a si própria. O que ela havia feito seria suficiente, seria simplesmente tudo.

O que ela estava fazendo era alguma coisa sobre a qual já ouvira falar e já lera. O que Anna Kariênina tinha feito e Madame Bovary tinha desejado fazer. O que uma professora, colega de Brian, tinha feito com o secretário da escola. Fugido com ele. Era assim que se dizia: fugir com alguém. Dar no pé. Algo mencionado em tom cômico ou depreciativo, se não com inveja. Era o adultério elevado ao grau máximo. Os casais que o faziam quase certamente já eram amantes, sendo adúlteros por bastante tempo antes de se tornarem suficientemente desesperados ou corajosos para dar aquele passo. Raras vezes um casal podia alegar que o amor não tinha sido consumado e era tecnicamente puro, porém essas pessoas, se alguém acreditasse nelas, seriam vistas não apenas como muito sérias e virtuosas, mas quase devastadoramente imprudentes. Comparáveis na prática àquelas que se arriscam e abrem mão de tudo para ir trabalhar num país pobre e perigoso.

Os outros, os adúlteros, eram considerados irresponsáveis, imaturos, egoístas ou mesmo cruéis. Felizardos, também. Felizardos porque eram com certeza esplêndidas as relações sexuais que vinham tendo em carros estacionados, campos verdejantes, leitos conjugais maculados ou, mais provavelmente, motéis como aquele. Caso contrário, não teriam tamanho desejo pela companhia do outro a todo custo, ou tamanha fé de que o futuro que compartilhariam seria muito melhor e diferente de tudo que haviam conhecido no passado.

Diferente. Era nisso que Pauline precisava acreditar agora. Que havia diferenças significativas nas vidas, nos casamentos ou nas uniões das pessoas. Que alguns tinham uma necessidade, um destino que outros não tinham. É óbvio que teria dito a mesma coisa um ano atrás. As pessoas diziam isso, pareciam acreditar nisso, certas de que seus próprios casos pertenciam ao tipo especial, mesmo quando todo mundo podia ver que isso não era verdade e que tais pessoas não sabiam o que estavam dizendo. Pauline não saberia o que estava dizendo.

Fazia calor demais no quarto. O corpo de Jeffrey era quente demais. Parecia irradiar convicção e belicosidade, mesmo dormindo. O torso era mais volumoso que o de Brian, a cintura mais grossa. Mais carne em volta dos ossos, embora rija. De modo geral, a maioria das pessoas diria que era menos bonito. E não tão exigente em matéria de asseio. Brian na cama não tinha nenhum cheiro. Todas as vezes que havia estado com Jeffrey, Pauline sentira em sua pele um odor de coisa que foi levada ao forno, um leve cheiro de óleo ou de nozes. Não se lavara na noite anterior, mas ela também não. Não houve tempo. Será que ele tinha trazido ao menos uma escova de dentes? Ela não. Mas, afinal de contas, não sabia que ia ficar.

Ao se encontrar com Jeffrey, ainda imaginava que necessitaria inventar uma mentira colossal para contar na volta. E ela tinha — eles tinham — de andar depressa. Quando Jeffrey lhe disse haver decidido que tinham de ficar juntos, que ela iria com ele para o estado de Washington, e que precisariam abandonar a peça porque as coisas iam ficar muito difíceis para eles em Victoria, Pauline o encarou com a expressão perplexa com a qual se olha para alguém no momento em que um terremoto tem início. Estava pronta para enumerar todas as razões pelas quais isso era impossível, pensou que o faria ainda, mas naquele instante sua vida estava sem rumo. Voltar seria o mesmo que amarrar um saco em volta da cabeça.

Tudo que ela disse foi: "Tem certeza?".

Ele respondeu: "Tenho". E com grande sinceridade: "Nunca vou te deixar".

Isso não parecia ser o tipo de coisa que ele diria. Então ela se deu conta de que Jeffrey estava citando, talvez ironicamente, uma fala da peça. Era o que Orfeu diz a Eurídice pouco depois de se encontrarem pela primeira vez no café da estação da estrada de ferro.

E assim a vida dela se precipitava, ela estava se tornando uma dessas pessoas que escapam. Uma mulher que, de forma chocante e incompreensível, havia aberto mão de tudo. Por amor, os observadores diriam em tom mordaz. Querendo dizer, por sexo. Nada disso aconteceria não fosse pelo sexo.

E, no entanto, qual era a grande diferença nessa área? Não é um procedimento muito variável, por mais que se alegue o contrário. Peles, movimentos, contato, resultados. Pauline não era uma mulher de quem fosse difícil obter resultados. Brian os obteve. Provavelmente, qualquer um obteria, desde que não fosse totalmente inepto ou moralmente repulsivo.

Mas, na verdade, nada é igual. Com Brian — particularmente com Brian, a quem ela havia dedicado uma espécie egoísta de boa vontade, com quem ela vivera numa cumplicidade matrimonial — não poderia nunca haver aquele despojamento, o arroubo inevitável, os sentimentos que ela não precisa se esforçar para ter, mas aos quais simplesmente se entrega, como respirar ou morrer. Isso só pode acontecer, Pauline crê, quando sua pele está em contato com a de Jeffrey, quando os movimentos são feitos por Jeffrey, e o peso sobre ela traz dentro o coração de Jeffrey, assim como seus hábitos, pensamentos, idiossincrasias, sua ambição e solidão (que, a julgar por tudo que ela sabe, se deve sobretudo à juventude dele).

A julgar pelo que ela sabe. Existe muita coisa que ela não sabe. Não sabe praticamente nada sobre o que ele gosta de comer, que música gosta de escutar ou qual o papel que a mãe desempenha em sua vida (sem dúvida um papel misterioso e importante, como o dos pais de Brian). De uma coisa está bastante certa: quaisquer que sejam suas preferências ou proibições, elas serão definitivas.

Ela desliza para longe da mão de Jeffrey e para fora do lençol, que tem um forte cheiro de cloro. Escorrega para o chão onde jaz a colcha e se enrola rapidamente naquele molambo de chenile amarelo-esverdeado. Não quer que ele abra os olhos e a veja de costas, com as nádegas caídas. Ele já a viu nua, mas geralmente em ocasiões mais clementes.

Enxagua a boca e se lava, usando o sabonete que é do tamanho de dois quadradinhos de chocolate e duro como pedra. Ela está bem gasta entre as pernas, inchada e fedendo. Sofre para urinar e parece que está com prisão de ventre. Na noite anterior, compraram hambúrgueres ao sair, mas ela não conseguiu comer o seu. Presumivelmente, vai reaprender a fazer todas essas coisas, que recuperarão a importância natural em sua vida. No momento, é como se fosse incapaz de lhes dar a atenção necessária.

Tem algum dinheiro na bolsa. Precisa sair e comprar uma escova de dentes, creme dental, desodorante e xampu. Além de uma geleia vaginal. Na noite passada, usaram camisinhas nas duas primeiras vezes e nada na terceira.

Não trouxe o relógio e Jeffrey não usa isso. Naturalmente, não há nenhum relógio no quarto. Ela crê que é cedo pelo efeito da luz, apesar do calor. É possível que as lojas não estejam abertas, mas haverá algum lugar onde se possa tomar café.

Jeffrey mudou de lado na cama. Ela deve tê-lo acordado por um segundo.

Eles vão ter um quarto de dormir. Uma cozinha, um endereço. Ele irá para o trabalho, ela irá à lavanderia automática. Talvez vá para o trabalho também. Vendedora, garçonete, professora particular. Ela sabe francês e latim — será que ensinam francês e latim nos colégios dos Estados Unidos? Pode se obter emprego sem ser cidadão norte-americano? Jeffrey não é.

Ela deixa a chave com ele. Terá de acordá-lo ao voltar. Não há onde nem com que escrever um bilhete.

É cedo. O motel fica na beira da estrada, na área norte da cidadezinha, ao lado da ponte. Nenhum tráfego ainda. Ela vai arrastando os pés sob os choupos durante um bom tempo antes que qualquer veículo atravesse barulhentamente a ponte, embora o movimento de carros tenha sacudido a cama deles até tarde da noite.

Algo vem agora. Um caminhão. Mas não apenas um caminhão: um fato triste e imenso vem na sua direção. E não chegou do nada — tem estado à espera, cutucando-a cruelmente desde que ela acordou, ou mesmo durante toda a noite.

Caitlin e Mara.

Na noite anterior, ao telefone, depois de falar naquela voz impassível, controlada e quase simpática — como se tivesse orgulho em não se deixar chocar, em não se opor ou suplicar —, Brian perdeu as estribeiras. Com desdém e raiva, sem se importar com quem pudesse ouvi-lo, ele disse: "Muito bem, e as meninas?".

O fone começou a tremer contra a orelha de Pauline.

Ela respondeu: "Vamos conversar...", mas ele não pareceu ouvi-la.

"As crianças", ele disse, na mesma voz trêmula e vingativa, e a troca da palavra "meninas" por "crianças" foi como se lhe desse uma paulada, uma ameaça pesada, formal, moralista.

"As crianças ficam", disse Brian. "Você me ouviu, Pauline?"

"Não", disse Pauline. "Sim. Ouvi, mas..."

"Está bem. Então você me ouviu. As crianças ficam."

Era tudo que ele podia fazer. Para que ela visse o que estava causando, o que estava terminando, e puni-la por isso. Ninguém o culparia. Poderia haver golpes baixos, tentativas de barganha, ela certamente teria de se humilhar, mas lá estava o fato como uma pedra fria engasgada em sua goela, como uma bala de canhão. E lá ficaria a menos que ela mudasse totalmente de ideia. As crianças ficam.

O carro deles — dela e de Brian — continuava no estacionamento do motel. Brian teria de pedir a seu pai ou a sua mãe que o levasse até lá a fim de recuperá-lo. As chaves estavam na bolsa. Havia chaves de reserva, que ele certamente traria. Abriu a porta, jogou suas chaves no banco, trancou a porta por dentro e a fechou.

Agora não poderia mais voltar. Não podia entrar no carro, dirigir de volta e dizer que tinha tido um ataque de loucura. Se fizesse isso, ele a perdoaria, mas jamais esqueceria o que aconteceu — nem ela. Mas seguiriam em frente, como as pessoas costumam fazer.

Saiu do estacionamento e foi andando até a cidadezinha.

O peso de Mara no quadril, ontem. A visão das pegadas de Caitlin no assoalho.

Pô. Pô.

Não precisa das chaves para voltar para elas, não precisa do carro. Pode pedir uma carona na estrada. Desista, desista, volte para elas de qualquer maneira, como pode não fazer isso?

Um saco amarrado na cabeça.

Uma escolha fluida, a escolha da fantasia, é derramada no chão e endurece instantaneamente: adquiriu seu formato inegável.

Essa é uma dor aguda. Vai se tornar crônica. Crônica significa que será permanente, mas talvez não constante. Pode significar também que você não vai morrer por causa dela. Não se livrará dela, mas não vai morrer por causa dela. Não a sentirá a cada minuto, mas não passará muitos dias sem senti-la. E aprenderá alguns truques a fim de mitigá-la ou afastá-la, esforçando-se para não terminar destruindo o que, para ser alcançado, fez você se expor a ela. Não é culpa dele. Ele é ainda um inocente ou um selvagem, não sabe que existe no mundo uma dor tão duradoura. Diga a si própria que você vai perdê-las de qualquer maneira. Elas crescem. Para uma mãe, há sempre essa tristeza particular e ligeiramente ridícula. Elas esquecerão esse momento, de uma forma ou de outra vão renegá-la. Ou vão ficar girando a seu redor até que você não saiba o que fazer com elas, assim como aconteceu com Brian.

E, mesmo assim, que dor! Para levar junto e se acostumar com ela, até que o sofrimento seja apenas pelo que passou, e não por um presente ainda possível.

Suas filhas cresceram. Não a odeiam por ter ido embora ou por ter ficado longe delas. Também não a perdoam. Talvez não a perdoassem de qualquer modo, mas seria por algo diferente.

Caitlin se recorda um pouco do verão na pousada, Mara nem um pouco. Certo dia Caitlin a menciona a Pauline, chamando-a de "aquele lugar onde o vovô e a vovó ficaram".

"O lugar onde a gente estava quando você foi embora", ela diz. "Mas só soubemos depois que você foi embora com Orfeu."

"Não foi com Orfeu.", diz Pauline.

"Não foi com Orfeu? Papai costumava dizer que foi. Ele dizia: 'E aí sua mãe fugiu com Orfeu.'"

"Então estava brincando", diz Pauline.

"Sempre pensei que tinha sido Orfeu. Quer dizer que foi outra pessoa."

"Foi alguém ligado à peça. Com quem vivi durante algum tempo."

"Mas não Orfeu."

"Não. Nunca ele."

Podre de rica

Numa noite de verão, em 1974, Karin pegou algumas coisas na mochila enquanto o avião se aproximava do terminal: uma boina preta, que ajeitou de forma a quase cobrir um dos olhos; um batom, que conseguiu passar nos lábios usando a janela como espelho — já estava escuro em Toronto; e uma longa piteira preta que estava pronta a prender entre os dentes no momento certo. A boina e a piteira haviam sido furtadas da fantasia de Irma la Douce que sua madrasta havia usado numa festa, enquanto o batom fora comprado por ela mesma.

Sabia que não poderia se fazer passar realmente por uma prostituta adulta. Mas também não se pareceria com a menina de dez anos que tomara o avião no fim do último verão.

Ao desembarcar, ninguém olhou duas vezes para ela nem mesmo quando enfiou a piteira na boca e assumiu uma expressão desafiadora. Estavam todos demasiado ansiosos, perturbados, encantados ou perplexos. Muitos davam a impressão de estar também fantasiados. Homens negros vestiam farfalhantes túnicas de cores vivas e pequenos chapéus bordados; mulheres idosas, curvadas e com lenços na cabeça, se sentavam sobre malas; os hippies exibiam seus adereços e andrajos. Durante alguns momentos ela foi cercada por um grupo de homens taciturnos que usavam chapéus pretos e tinham cabelos encaracolados descendo pelo rosto.

As pessoas que esperavam por passageiros supostamente não podiam entrar na área de entrega de bagagens, mas algumas conseguiam fazê-lo se esgueirando através das portas automáticas. Entre as que se acotovelavam do outro lado da esteira, Karin divisou sua mãe, Rosemary, que ainda não a vira. Rosemary usava um vestido longo azul-marinho com luas douradas e alaranjadas, seus cabelos recém-pintados, muito pretos, formavam um periclitante ninho de pássaro no topo da cabeça. Parecia mais velha do que Karin se recordava, e algo infeliz. O olhar de Karin se desviou dela e saiu buscando por Derek, fácil de achar em meio à multidão por causa de sua altura, a careca brilhante, os cabelos claros e ondulados que lhe chegavam ao ombro. E também por causa dos olhos calmos e brilhantes, da boca mordaz e da capacidade de permanecer imóvel. Ele era diferente de Rosemary, que se contorcia, se esticava e olhava para todos os lados com um jeito aturdido e desconsolado.

Derek não estava atrás de Rosemary nem por perto. A menos que tivesse ido ao banheiro, não viera ao aeroporto.

Karin guardou a piteira e empurrou a boina para trás. Se Derek não estava lá, a brincadeira perdia o sentido. Fazer uma gracinha daquelas com Rosemary resultaria em confusão — e ela dava a impressão de já estar confusa o suficiente, desolada o suficiente.

"Você está usando *ba*-tom", disse Rosemary, com os olhos úmidos e reluzentes. Envolveu Karin nas mangas do vestido que mais pareciam asas e no seu aroma de manteiga de cacau. "Não me diga que seu pai deixa você usar batom."

"Eu ia te enganar", disse Karin. "Onde está Derek?"

"Aqui não está", respondeu Rosemary.

Karin viu sua bagagem e foi driblando as pessoas até puxá-la para fora da esteira. Rosemary tentou ajudá-la a carregar, mas Karin disse: "Está bem, pode deixar". Passaram pela porta de saída e por todas as pessoas que não haviam tido a coragem ou a paciência para entrar. Não se falaram antes de chegar do lado de fora, onde foram recebidas pelo ar quente da noite. A caminho do estacionamento, Karin perguntou: "O que houve — vocês estão tendo outra daquelas tempestades?".

"Tempestade" era a palavra que Rosemary e Derek usavam para descrever suas brigas, atribuídas à dificuldade de trabalharem juntos no livro dele.

Rosemary respondeu com terrível serenidade: "Não estamos mais nos vendo. Não trabalhamos mais juntos".

"Verdade?", perguntou Karin. "Quer dizer que vocês romperam?"

"Se é que gente como nós pode romper", disse Rosemary.

Circulando pelos grandes viadutos em curva e por baixo deles, os faróis dos carros desciam por todas as estradas rumo à cidade, ao mesmo tempo que dela escapavam. O carro de Rosemary não dispunha de ar-condicionado — não porque isso estivesse acima de suas posses, mas porque ela não acreditava no seu efeito —, de modo que as janelas tinham que ficar abertas, deixando o barulho do tráfego invadir o carro como um rio no ar poluído. Rosemary odiava dirigir em Toronto. Viajava de ônibus quando vinha à cidade uma vez por semana a fim de se encontrar com o diretor da editora para a qual trabalhava, cabendo a

Derek dirigir o carro em outras ocasiões. Karin ficou calada enquanto elas saíam da estrada do aeroporto e seguiam pela 401, tomando, depois de uns cento e vinte quilômetros de concentração apreensiva da sua mãe, a estrada secundária que as levaria às redondezas da casa de Rosemary.

"Derek foi embora ou está viajando?", Karin perguntou.

"Que eu saiba, não", respondeu Rosemary. "Mas não saberia mesmo dizer."

"E onde anda Ann? Ainda está por aqui?"

"Provavelmente", disse Rosemary. "Ela nunca vai a lugar nenhum."

"Ele levou todas as coisas dele?"

Derek tinha trazido mais coisas para o trailer de Rosemary do que seria estritamente necessário para trabalhar nos seus maços de manuscritos. Livros, sem dúvida — não apenas os que ele ia usar, mas livros e revistas para ler no intervalo do trabalho, quando se deitava na cama de Rosemary. Discos para ouvir. Roupas, botas para usar nas excursões pelo mato, pílulas contra azia e dor de cabeça, até as ferramentas e a madeira com as quais construiu um deque. Seu material de barba estava no banheiro, além da escova de dentes e da pasta especial para gengivas sensíveis. O moedor de café foi posto sobre o balcão da cozinha. (Um moedor novo e mais sofisticado, comprado por Ann, ficou no balcão da cozinha daquela que ainda era a casa dele.)

"Levou tudo", disse Rosemary. Parou no estacionamento de uma loja de doces, ainda aberta, na entrada da primeira cidadezinha a que chegaram.

"Café para me manter viva", ela disse.

Em geral, quando paravam ali Karin permanecia com Derek no carro. Ele não bebia aquele café. "Sua mãe é viciada em lugares como esse por causa da infância horrorosa que teve", ele dizia. Não queria dizer com isso que Rosemary costumasse ser levada àquele tipo de lugar, e sim que fora impedida de frequentá-los, impedida de comer alimentos fritos ou açucarados e mantida numa dieta de verduras e mingaus pastosos. E não porque seus pais fossem pobres — eram ricos —, mas porque eram fanáticos em matéria de alimentação antes que isso virasse moda. Derek conhecia Rosemary havia pouco tempo — considerando-se, digamos, os anos em que o pai de Karin, Ted, tinha convivido com ela —, mas falava com muito mais desembaraço do que Ted sobre a infância dela, relatando detalhes, como o ritual de lavagens intestinais a cada semana, que não eram contados pela própria Rosemary.

Nunca, nunca, em sua vida como estudante, em sua vida com Ted e Grace, Karin se veria num lugar com um cheiro tão pavoroso de açúcar queimado, banha, fumaça de cigarro e café rançoso. Mas os olhos de Rosemary passeavam com prazer por uma variedade de sonhos com creme (lia-se *crème*) e recheio de geleia, sonhos glaçados com caramelo queimado e chocolate, roscas fritas e bombas, doces com passas, croissants recheados e biscoitos gigantes. Para ela, só o medo de engordar explicava que alguém rejeitasse qualquer um daqueles doces, pois estava convencida de que todo mundo ansiava por comer aquele tipo de coisa.

Diante do balcão — onde, segundo um aviso, ninguém deveria permanecer por mais de vinte minutos — estavam sentadas duas mulheres gordíssimas com enormes cabeleiras encaracoladas, tendo entre elas um homem magro e enrugado mas com cara de rapaz, que falava muito rápido e pelo jeito contava piadas para as duas. Enquanto elas sacudiam a cabeça e riam, Rosemary pegou seu croissant de amêndoas e o homenzinho piscou para Karin com uma expressão lasciva e conspiratória. Isso fez com que ela se desse conta de que ainda estava de batom. "Não dá para resistir, não é?", ele perguntou a Rosemary, que riu, tomando aquilo por uma manifestação de simpatia típica das pessoas do campo.

"Não resisto nunca", ela disse. "Tem certeza de que não quer nada?", perguntou a Karin.

"A mocinha já está preocupada com a forma?", o homem enrugado perguntou.

Não havia quase nenhum tráfego ao norte da cidadezinha. A noite ficara mais fria e cheirava a pântano. Os sapos faziam tamanho escarcéu em certos lugares que dava para ouvi-los apesar do ruído do motor. A estradinha de duas pistas atravessava renques de negros pinheiros e a escuridão menos densa de campos polvilhados de zimbros, fazendas que eram agora retomadas pelo mato. Depois de uma curva, os faróis iluminaram as primeiras pedras, algumas de um rosa e cinza brilhantes, outras tão vermelhas quanto sangue coagulado. Em breve isso passou a acontecer com mais frequência e, em alguns locais, em vez de estarem amontoadas e socadas, as rochas pareciam ter sido dispostas à mão, formando camadas mais ou menos grossas de cor cinza ou de um branco-esverdeado. Calcário, Karin se lembrou. Rochas calcárias, se alternando ali com as do escudo pré-cambriano. Derek lhe ensinara tudo isso, dizendo que gostaria de ter sido geólogo porque adorava pedras. Mas não gostaria de ajudar as empresas mineradoras a ganharem dinheiro. E história também o atraía, numa curiosa combinação. História para o homem que gostava de ficar dentro de casa, geologia para o homem que adorava o ar livre — ele dizia isso com tal solenidade que ela entendia ser uma piada consigo próprio.

Mas Karin agora queria se livrar do sentimento de náusea e superioridade, queria que ele voasse pelas janelas do carro, levado por um sopro do ar da meia-noite. Náusea e superioridade com relação ao croissant de amêndoas, ao café de baixa qualidade que Rosemary tomava quase sub-repticiamente, ao homem no balcão, e até mesmo ao juvenil vestido hippie de Rosemary, ao seu confuso amontoado de cabelo fixado no topo da cabeça. Também queria se livrar da falta que sentia de Derek, da ideia de que havia um espaço a preencher e um estreitamento das possibilidades. Disse em voz alta: "Estou contente, estou contente porque ele foi embora".

"É mesmo?", Rosemary perguntou.

"Você vai ser mais feliz", disse Karin.

"Vou, sim", disse Rosemary. "Estou recuperando meu autorrespeito. A gente não entende o quanto perdeu do seu autorrespeito, e quanto isso faz falta, até que começa a recuperá-lo. Quero que a gente tenha um verão realmente gostoso. Podemos até fazer umas viagenzinhas. Não me importo de dirigir se não for num lugar perigoso. Podemos fazer caminhadas onde você foi com Derek. Eu gostaria de fazer isso."

Karin concordou, embora não estivesse nem um pouco certa de que, sem Derek, elas não se perderiam. Não pensava tanto em caminhadas como numa cena no verão passado. Rosemary na cama, enrolada numa colcha, chorando, enfiando as pontas da colcha e do travesseiro na boca, mordendo-as num surto de angústia, enquanto Derek, sentado à mesa onde os dois trabalhavam, lia uma página do manuscrito. "Você pode fazer alguma coisa para acalmar sua mãe?", ele perguntou.

Karin disse: "Ela quer você".

"Não suporto quando ela fica assim", disse Derek. Pôs de lado a página que havia terminado e pegou outra. Ergueu os olhos na direção de Karin, fazendo uma careta de sofrimento. Parecia velho, gasto e cansado. "Não consigo suportar. Sinto muito."

Por isso Karin entrou no quarto e passou a mão nas costas de Rosemary, que também disse sentir muito.

"O que Derek está fazendo?"

"Sentado na cozinha", disse Karin. Não quis dizer "lendo".

"O que é que ele disse?"

"Disse que eu devia vir falar com você."

"Ah, Karin, fico tão envergonhada."

O que teria acontecido para causar tamanha briga? Depois de se acalmar e lavar o rosto, Rosemary sempre dizia que era o trabalho, desacordos que tinham por causa do trabalho. "Então por que você não para de trabalhar no livro dele?", Karin perguntava. "Você tem todas as outras coisas para fazer." Rosemary editava livros — assim havia conhecido Derek. Não porque ele houvesse oferecido o livro à editora para a qual ela trabalhava — ele não tinha feito isso ainda —, mas porque ela conhecia um amigo dele que havia dito a Derek: "Sei de uma mulher que poderia te ajudar". E, pouco depois, Rosemary se mudou para o campo e para o trailer que não ficava longe da casa dele a fim de trabalharem juntos. De início, ela manteve o apartamento em Toronto, mas depois abriu mão dele pois estava passando mais e mais tempo no trailer. Ainda cuidava de outras obras, mas não era muito: para trabalhar um dia por semana em Toronto, saía às seis da manhã e voltava depois das onze da noite.

"Sobre o que é o tal livro?", Ted havia perguntado a Karin.

"Sei lá, sobre o explorador La Salle e os índios", respondeu Karin

"Esse sujeito é historiador? Leciona em alguma universidade?"

Karin não sabia. Derek havia feito uma porção de coisas: trabalhara como fotógrafo e como topógrafo numa mina; mas, tanto quanto ela sabia, só dera aulas num colégio. Ann dizia que ele trabalhava "fora do sistema".

Ted, ele próprio, dava aulas numa universidade. Era economista.

Obviamente ela não contou nada a Ted ou Grace sobre a tristeza causada, aparentemente, pelos desacordos acerca do livro. Rosemary assumia a culpa. É a tensão, dizia. Às vezes atribuía tudo à menopausa. Karin a ouvira pedir desculpas a Derek, que respondera "Não há o que desculpar", num tom de fria satisfação.

Depois de pedir novas desculpas, Rosemary saiu da cozinha. Os dois não a ouviram recomeçar a chorar, mas ficaram esperando por isso. Derek olhou fixamente nos olhos de Karin, fazendo uma cara cômica de aborrecimento e pasmo.

O que é que eu fiz agora?

"Ela é muito sensível", disse Karin, a voz carregada de vergonha. Por causa do comportamento de Rosemary? Ou porque Derek parecia estar incluindo-a no sentimento de satisfação, de desprezo, que ia muito além daquele momento. E porque ela não podia deixar de se sentir honrada.

Vez por outra, ela simplesmente saía. Subia pela estrada para ver Ann, que sempre dava a impressão de se alegrar com sua presença. Nunca perguntava a razão, mas se Karin dizia "Estão tendo uma briga idiota" ou — mais tarde, quando eles começaram a usar aquela palavra especial — "Estão tendo uma de suas tempestades", ela nunca se mostrava surpresa ou chateada. "Derek é muito exigente", comentava, ou "Muito bem, espero que se acertem". Porém, quando Karin tentava ir mais longe, dizendo "Rosemary está chorando", Ann retrucava: "Há coisas sobre as quais simplesmente acho melhor não conversarmos, você não acha?".

No entanto, tinha outras perguntas que ela respondia, embora às vezes com um sorriso de reserva. Ann era gorducha, com um rosto bondoso e cabelos grisalhos cortados na altura dos ombros. Piscava ao falar, evitando sempre a troca direta de olhares (o que Rosemary atribuía a seus nervos). E também os lábios dela — os lábios de Ann — eram tão finos que quase desapareciam quando ela sorria, sempre de boca fechada, como se guardasse alguma coisa para dizer.

"Você sabe como Rosemary conheceu Ted?", Karin perguntou. "Numa parada de ônibus, quando chovia e ela estava passando batom." Teve então de voltar atrás e explicar que Rosemary se pintava na parada de ônibus porque seus pais não sabiam que ela usava batom — algo proibido na religião deles, assim como filmes, sapatos de salto alto, danças, açúcar, café e, evidentemente, álcool e cigarros. Rosemary estava cursando o primeiro ano da universidade e não queria parecer carola. Ted era professor assistente.

"Mas um já sabia quem era o outro", disse Karin, explicando que viviam na mesma rua. Ted na casa do porteiro da maior de todas as mansões, onde o pai servia como chofer e jardineiro e a mãe como governanta, enquanto Rosemary morava no outro lado da rua, numa casa rica mas não tão espetacular (embora seus pais não levassem nem de longe uma vida de ricos, pois não participavam de nenhum tipo de jogos, nunca frequentavam festas ou viajavam a passeio, além de, sabe-se lá por quê, usarem uma caixa com isolamento térmico em vez de uma geladeira, até que o fornecedor de gelo foi à falência).

Ted tinha um carro comprado por cem dólares e ficou com pena de Rosemary na chuva e lhe ofereceu uma carona.

Ao contar essa história, Karin se recordava de como seus pais a haviam relatado, rindo e se interrompendo como de costume. Ted sempre mencionava o preço do carro, a marca e o ano (Studebaker, 1947), enquanto Rosemary mencionava o fato de que a porta do passageiro não abria, razão pela qual Ted havia precisado sair para que ela entrasse se arrastando pelo banco do motorista. Ele então contava que pouco depois a convidou para irem ao cinema de tarde ver o filme *Quanto mais quente melhor*, e que ele saiu para a luz do dia com a cara toda lambuzada de vermelho porque Rosemary não havia aprendido aquilo que todas as outras moças faziam com o batom: aplicar um mata-borrão, talco ou o que quer que fosse para tirar o excesso. "Ela era muito entusiasmada", ele sempre dizia.

E então se casaram. Foram à casa de um pastor, cujo filho era amigo de Ted. Nenhum dos pais sabia o que eles iam fazer. Terminada a cerimônia, Rosemary começou a menstruar, e a primeira coisa que Ted teve de fazer como homem casado foi sair e comprar um pacote de absorventes.

"Sua mãe sabe que você me conta essas coisas, Karin?"

"Ela não ia se importar. E aí a mãe *dela* caiu de cama quando descobriu, sentindo-se muito mal por eles terem se casado. Se seus pais soubessem que ela ia se casar com um infiel, a teriam prendido na escola da igreja em Toronto."

"Infiel?", Ann perguntou. "Verdade? Que pena!"

Talvez quisesse dizer que era uma pena que, depois de todas essas dificuldades, o casamento não tivesse durado.

Karin afundou no banco do carro, sua cabeça batendo no ombro de Rosemary.

"Isso te incomoda?", ela perguntou.

"Não", respondeu Rosemary.

"Não vou dormir de verdade. Quero estar acordada quando entrarmos no vale."

Rosemary começou a cantar.

"*Acorde, acorde, querida Cory...*"

Cantou lentamente, numa voz grave, imitando Pete Seeger no disco — e a próxima coisa de que Karin teve consciência foi o carro parando: após subir a estradinha de terra, curta mas bastante esburacada, o carro se encontrava estacionado sob as árvores em frente ao trailer. Uma lâmpada iluminava a porta de entrada, porém Derek não estaria lá dentro. Nem as coisas dele. Karin não queria se mexer. Contorceu-se e protestou num acesso delicioso de birra a que só poderia se permitir na presença de Rosemary.

"Fora, fora", disse Rosemary. "Vai cair na cama dentro de um minuto, vamos", ela disse, puxando-a e rindo. "Acha que eu posso te carregar?" Quando conseguiu arrancar Karin do carro e fazê-la cambalear rumo à porta, ela disse: "Olhe para as estrelas. Olhe para as estrelas. São maravilhosas". Karin continuou de cabeça baixa, grunhindo.

"Cama, cama", disse Rosemary. Entraram. Um leve odor de Derek — maconha, grãos de café, lenha. E o cheiro do trailer fechado, dos tapetes e da cozinha. Karin desabou de roupa e tudo na cama estreita, enquanto Rosemary jogava em sua direção o pijama do ano passado. "Tire a roupa ou vai se sentir horrível quando acordar. Pegamos sua mala amanhã de manhã."

Karin, fazendo o que lhe pareceu ser o maior esforço de toda a sua vida, conseguiu se sentar e se livrar das roupas de qualquer maneira, enfiando depois o pijama. Rosemary abria as janelas. A última coisa que Karin a ouviu falar foi: "Aquele batom, qual era a ideia de usar aquele batom?", e a última coisa que sentiu foi um pano úmido sendo esfregado vigorosa e maternalmente em seu rosto. Ela cuspiu para se livrar do gosto, deleitando-se com aquele retorno à infância, com o frescor dos lençóis sob seu corpo e com a ânsia de dormir.

Isso foi no sábado à noite. Sábado à noite e primeiras horas do domingo. Na manhã de segunda-feira, Karin disse: "Tem algum problema se eu subir a estrada e for visitar Ann?", ao que Rosemary respondeu: "Claro que não, pode ir".

Tinham dormido até tarde no domingo e não saíram do trailer. Rosemary ficou desanimada porque estava chovendo. "As estrelas estavam brilhando na noite passada, estavam lindas quando chegamos", comentou. "Chovendo no primeiro dia do seu verão." Karin precisou lhe dizer que não fazia mal, estava com tanta preguiça que não queria mesmo sair. Rosemary preparou café com leite para a filha e fatiou um melão, que não estava suficientemente maduro (Ann teria notado, Rosemary não). E então, às quatro da tarde, fizeram uma grande refeição com bacon, panquecas, morango e creme industrializado. O sol saiu por volta das seis, mas ambas ainda vestiam pijamas; o dia estava perdido. "Pelo menos não vimos televisão", disse Rosemary. "Merecemos um elogio por isso."

"Até agora", disse Karin, ligando o aparelho.

Estavam sentadas em meio a pilhas de velhas revistas que Rosemary tinha tirado do armário. Já estavam no trailer quando Rosemary se mudara para lá e ela disse que finalmente iria se livrar daquilo — mas só depois de dar uma olhada para ver se havia algo digno de ser salvo. Não avançou muito porque foi encontrando matérias que lia em voz alta. Karin ficou entediada de início, porém mais tarde se deixou atrair por aqueles velhos tempos, como seus anúncios antiquados e os cortes de cabelo pavorosos.

Notou a manta dobrada em cima do telefone. "Você não sabe desligar o aparelho?", perguntou.

"Na verdade eu não quero desligar", respondeu Rosemary. "Quero ouvir ele tocar e não atender. Ser capaz de ignorar a chamada. Não quero que toque alto demais, só isso."

Mas não tocou o dia inteiro.

Na manhã de segunda-feira, a manta ainda cobria o telefone e as revistas estavam de volta ao armário porque, afinal de contas, Rosemary não tinha decidido jogá-las no lixo. O céu estava nublado, mas não chovia. Acordaram outra vez muito tarde, pois tinham assistido a um filme até às duas da madrugada.

Rosemary espalhou algumas páginas datilografadas sobre a mesa da cozinha. Não pertenciam ao manuscrito de Derek — aquela grande pilha havia desaparecido. "O livro dele era mesmo interessante?", perguntou Karin.

Ela nunca tinha pensado em falar com Rosemary sobre isso. O manuscrito havia sido como um enorme e emaranhado rolo de arame farpado que ficava o tempo todo em cima da mesa, com Derek e Rosemary tentando desemaranhá-lo.

"Bom, ele ficava alterando o livro", disse Rosemary. "Era interessante mas também confuso. Primeiro, era La Salle quem o interessava, depois surgiu Pontiac, ele queria cobrir um terreno amplo demais, nunca se satisfazia."

"Então você está feliz de ter se livrado dele."

"Muitíssimo feliz. Era uma complicação infinita."

"Mas não sente saudade de Derek?"

"A amizade deu o que tinha de dar", disse Rosemary com ar preocupado, inclinando-se sobre uma folha e fazendo uma anotação.

"E Ann?"

"Desconfio que essa amizade também deu o que tinha de dar. Na verdade, venho pensando..." Pousou a caneta sobre a mesa. "Venho pensando em sair daqui. Achei que devia esperar por você. Não queria que você viesse e encontrasse tudo mudado. Mas a razão para estar aqui era o livro de Derek. Ora, a razão era ele. Você sabe disso."

Karin disse: "Derek e Ann".

"Sim, Derek e Ann. E agora a razão não existe mais."

Foi então que Karin disse "Tem algum problema se eu subir a estrada e visitar a Ann". E Rosemary respondeu: "Claro que não, pode ir. Você sabe, não precisamos tomar uma decisão às pressas. É só uma ideia que eu tive".

* * *

Karin caminhou pela estrada recoberta de cascalho e se perguntou o que estava diferente. Além das nuvens, que nunca faziam parte das suas recordações do vale. Então entendeu. Não havia mais gado pastando no campo, e por causa disso o capim tinha crescido, os arbustos de zimbro tinham se espalhado e agora não se podia mais ver a água do ribeirão.

O vale era longo e estreito, com a casa branca de Ann e Derek no fundo. A parte plana do vale tinha sido uma pastagem bem cuidada no ano anterior, cortada apenas pelo rio. (Ann havia alugado a terra para um criador de gado da raça Black Angus.) Íngremes encostas cobertas de árvores se erguiam de ambos os lados e fechavam o vale, atrás da casa. O trailer alugado por Rosemary havia sido instalado originalmente para abrigar os pais de Ann durante o inverno, quando o vale se enchia de neve e eles queriam estar mais próximos da loja, que à época ficava na margem da estrada que levava à cidadezinha. Agora só restava uma plataforma de cimento com dois buracos onde antes se alojavam os tanques de gasolina, além de um velho ônibus, com bandeiras cobrindo as janelas, onde viviam alguns hippies. Às vezes eles se sentavam na plataforma e acenavam solene e elaboradamente para Rosemary quando ela passava de carro.

Derek dizia que eles plantavam maconha em meio aos arbustos. Mas não comprava deles, não lhe parecia seguro.

Rosemary se recusava a fumar com Derek.

"Crio muita turbulência à sua volta", ela dizia. "Acho que não seria uma boa ideia."

"Como quiser", ele respondia. "Talvez ajudasse."

Ann também não fumava. Dizia que se sentiria uma boba. Nunca fumara nada, nem sabia como tragar.

Ninguém sabia que certa vez Derek tinha deixado Karin experimentar. Como ela também não sabia tragar, ele precisou ensiná-la. Ela exagerou na tentativa, tragou muito fundo e teve que se esforçar para não vomitar. Estavam no celeiro, onde Derek guardava todas as amostras de rocha que coletava nas encostas. Para ajudá-la, Derek lhe recomendou que olhasse fixamente para as pedras.

"Só olhe para elas. Para dentro delas. Veja as cores. Não se esforce demais. Basta olhar e esperar."

Mas o que terminou por acalmá-la foi o que estava impresso numa caixa de papelão. Havia um monte de caixas onde Ann armazenara as coisas quando ela e Derek tinham voltado de Toronto, alguns anos antes. Uma delas trazia num dos lados a silhueta de um navio de guerra de brinquedo e a palavra ENCOURAÇADO. As letras eram vermelhas e tão brilhantes como se pertencessem a um letreiro de gás neon, pedindo que Karin desmembrasse a palavra e descobrisse outras que existissem dentro dela.

"De que você está rindo?", perguntou Derek, e ela lhe contou o que estava fazendo. As palavras iam tombando miraculosamente.

Couro. Corado. Corda. Caro. Cura. Dura. Raça. Arco. Cenoura. "Cenoura" era a melhor, usava mais letras.

"Incrível", disse Derek. "Karin faz nascer uma cenoura de um navio de guerra!"

Ele não precisava lhe dizer que nada daquilo devia ser mencionado à sua mãe ou a Ann. Ao beijá-la naquela noite, Rosemary cheirou seus cabelos, riu e disse: "Meu Deus, esse cheiro está por toda parte, Derek não consegue mesmo largar o vício".

Esse foi um dos momentos em que Rosemary estava feliz. Elas tinham ido à casa de Derek e Ann para cear no jardim de inverno. Ann tinha dito a Karin: "Vem me ajudar a tirar a musse da fôrma". Karin a seguira, mas voltou fingindo que era para pegar o molho de hortelã.

Rosemary e Derek estavam inclinados sobre a mesa, fazendo biquinhos na forma de beijos. Nenhum dos dois a viu.

Talvez na mesma noite, ao saírem, Rosemary riu das duas cadeiras junto à porta detrás. Duas velhas cadeiras de metal com forro vermelho-escuro e almofadas. Voltadas para o oeste, onde se viam os últimos vestígios do pôr do sol.

"Essas cadeiras velhas", disse Ann, "sei que são um horror. Eram de meus pais."

"E nem são tão confortáveis", disse Derek.

"Não, não", retrucou Rosemary. "São lindas, são vocês. Acho lindas. Simplesmente significam Derek e Ann. Derek e Ann. Derek e Ann contemplando o pôr do sol no fim de um dia de labuta."

"Se é que se pode ver o sol se pôr através das ervilheiras", disse Derek.

Da próxima vez que Karin saiu para colher vegetais para Ann, ela notou que as cadeiras não estavam mais lá. Ela não perguntou o que tinha sido feito delas.

A cozinha de Ann ficava no porão da casa, só parcialmente abaixo da superfície. Era preciso descer quatro degraus. Karin fez isso e encostou o rosto na porta de tela. A cozinha era escura, com arbustos crescendo junto às altas janelas: Karin nunca entrara lá sem que a luz estivesse acesa. Mas a luz agora estava apagada, e de início ela pensou que o cômodo estava vazio. Viu então que havia alguém sentado à mesa: era Ann, porém sua cabeça tinha um formato diferente. Ela dava as costas para a porta.

Ela tinha cortado os cabelos. Estavam agora ainda mais curtos e cheios, como o de uma matrona grisalha. E ela estava fazendo alguma coisa, seus cotovelos se moviam. Trabalhava quase no escuro, mas Karin não podia ver do que se tratava.

Tentou o truque de fazer Ann se virar olhando fixamente para sua nuca. Mas não funcionou. Tentou correr os dedos levemente pela tela. Por fim fez um ruído.

"Úu, úu, úu."

Ann se levantou e se voltou com tal relutância que Karin teve a suspeita fugaz e pouco razoável de que ela devia saber quem estava lá todo o tempo, talvez tivesse mesmo visto Karin se aproximar e adotara aquela posição defensiva.

"Sou eu. Sua amiguinha desaparecida", disse Karin.

"Ora, vejam só, é você mesmo", disse Ann, erguendo a trava da porta. Não a recebeu com um abraço, mas a verdade é que ela e Derek nunca faziam isso.

Ela engordara — ou o cabelo curto a fazia parecer mais gorda — e tinha manchas vermelhas no rosto, como se ele houvesse sido picado por insetos. Os olhos estavam irritados.

"Seus olhos estão te incomodando?", Karin perguntou. "É por isso que você está trabalhando no escuro?"

"Ah, não tinha reparado, nem notei que a luz estava apagada. Estava limpando os objetos de prata e achei que podia fazer isso sem nenhum problema." Deu a impressão de fazer um esforço para se mostrar mais animada, como se Karin fosse uma criancinha. "Limpar prata é uma coisa tão chata que devo ter caído num transe. Que bom que você chegou para me ajudar."

Como tática temporária, Karin assumiu a condição de menininha. Esparramou-se numa cadeira junto à mesa e disse impetuosamente: "E por onde anda Derek?". Imaginou que o estranho comportamento de Ann poderia significar que Derek tinha partido a mais uma de suas excursões para além das encostas e não havia voltado, abandonando tanto Ann quanto Rosemary. Ou que estivesse doente. Ou deprimido. Ann dissera em certa ocasião que "Derek passou a ficar muito menos deprimido depois que nos mudamos da cidade". Karin se perguntava se "deprimido" era a palavra certa. Derek lhe parecia ser uma pessoa crítica e às vezes ficava de saco cheio. Isso seria depressão?

"Tenho certeza de que anda por aí", Ann respondeu.

"Ele e Rosemary tiveram uma briga feia, você sabia?"

"Sim, Karin, fiquei sabendo."

"Você fica triste por causa disso?"

Ann disse: "Olhe, essa é uma maneira nova de limpar pratas. Vou te mostrar. É só pegar um garfo, uma colher ou o que for, mergulhar nesse líquido que está na bacia e deixar por um momento; depois você tira, enxágua e seca. Viu? Fica tão brilhante como no tempo em que eu passava horas esfregando e polindo. Acho que fica. Acho que o brilho é igual. Vou pegar mais água limpa".

Karin mergulhou um garfo. "Ontem Rosemary e eu fizemos o que queríamos o dia inteiro. Nem nos vestimos. Preparamos panquecas e lemos umas revistas antigas. Velhos números da *Ladies' Home Journal*."

"Eram da minha mãe", disse Ann, com uma ponta de dureza.

"Ela é linda", disse Karin. "Está noiva. Usa Pond's."

Ann sorriu — foi um alívio — e disse: "Eu me lembro disso".

"Esse casamento pode ser salvo?", continuou Karin, imitando uma voz grave e funesta. Depois passou para um tom bajulador e choroso.

"O problema é que meu marido é muito mau, não sei o que fazer com ele. Para começar, comeu todos os nossos filhos, e nem é porque não lhe sirvo boas refeições, pois realmente sirvo. Trabalho como uma escrava o dia todo num forno quente e preparo um jantar delicioso, e aí ele volta para casa e a primeira coisa que faz é arrancar a perna do bebê..."

"Agora chega", disse Ann, não mais sorrindo. "Simplesmente chega, Karin."

"Mas eu quero mesmo saber", disse Karin num tom moderado porém teimoso. "Esse casamento *pode* ser salvo?"

Durante todo o ano anterior, ao pensar no lugar em que mais gostaria de estar, Karin tinha visualizado aquela cozinha. Um grande cômodo cujos cantos permaneciam sombrios mesmo com a luz acesa. As silhuetas de folhas verdes roçando nas janelas. Todas as coisas espalhadas por ali que a rigor não pertenciam a uma cozinha. A máquina de costura, a poltrona grande e estofada em excesso, cuja cobertura marrom dos braços tinha sido estranhamente transformada pelo uso num verde-acinzentado. O enorme quadro de uma cachoeira, pintado havia muito tempo pela mãe de Ann quando ela estava noiva e tinha tempo, o que nunca mais aconteceu.

("Uma sorte para todos nós", dizia Derek.)

Ouviu-se o som de um carro no quintal e Karin imaginou que podia ser Rosemary. Será que Rosemary é que se sentira deprimida ao ficar sozinha, seguindo atrás de Karin em busca de companhia?

Ouvindo as botas nos degraus da cozinha percebeu que se tratava de Derek.

Ela falou alto: "Surpresa, surpresa! Veja quem está aqui!".

Derek entrou na cozinha e disse: "Como vai, Karin", sem um traço de boas-vindas. Depositou alguns sacos sobre a mesa. Ann perguntou educadamente: "Achou o filme certo?".

"Achei", respondeu Derek. "Que porcaria é essa?"

"Para limpar pratas", disse Ann. Dirigindo-se a Karin, como que para pedir desculpas, explicou: "Ele foi à cidade comprar filmes. Vai fotografar suas pedras".

Karin se curvou sobre a faca que estava secando. Chorar seria a pior coisa do mundo (no verão passado isso seria impossível). Ann perguntou sobre outras coisas — compras do supermercado — que Derek tinha trazido, e Karin levantou os olhos deliberadamente, fixando-os na frente do fogão. Era um tipo que não se fabricava mais, segundo Ann tinha dito a ela. Uma combinação de fogão à lenha e elétrico, com um navio estampado na abertura. Acima do navio, as palavras CLIPPER STOVES.

Disso também ela se lembrava.

"Acho que Karin pode te ajudar", disse Ann. "Ajudar a arrumar as pedras."

Houve uma pequena pausa durante a qual eles podem ter trocado olhares. Derek então disse: "Muito bem, Karin. Venha me ajudar a fazer as fotografias".

Muitas das pedras estavam espalhadas pelo chão do celeiro — ainda não tinham sido classificadas ou etiquetadas. Outras se encontravam nas prateleiras, exibidas separadamente com cartões impressos que as identificavam. Derek permaneceu calado durante algum tempo, ajeitando as pedras classificadas, ajustando a câmera, tentando obter o melhor ângulo e a luz correta. Quando começou a fazer as fotografias, deu lacônicas instruções a Karin, mandando que movesse as pedras ou as inclinasse, além de pegar algumas do chão para serem fotografadas mesmo sem etiqueta. Não parecia realmente necessitar de sua ajuda ou desejá-la. Várias vezes ele respirou fundo como se fosse falar algo importante ou desagradável, porém tudo que dizia era "Vire um pouquinho para a direita" ou "Deixe-me ver o outro lado".

Durante todo o verão passado Karin tinha amolado Derek, abusando de sua condição de menina travessa ou em tom sério, para acompanhá-lo numa de suas excursões. Quando por fim concordou, ele a submeteu a um duro teste. Borrifaram-se com repelente, mas isso não impediu de todo o ataque dos insetos, que se enfiavam para dentro de seus cabelos ou por baixo dos lenços de pescoço e dos punhos das camisas. Tiveram de atravessar áreas encharcadas em que as pegadas das botas se enchiam imediatamente de água, galgando depois íngremes barrancos cobertos com arbustos frutíferos, roseiras silvestres e plantas rastejantes que os faziam tropeçar. Tiveram de escalar rochedos lisos e escorregadios. Usavam sininhos no pescoço a fim de se localizarem caso viessem a se separar, mas também para estimular os ursos a se afastarem ao ouvir a aproximação deles.

Deram de cara com um montinho de cocô de urso, ainda reluzente de tão fresco e com uma maçã parcialmente digerida.

Derek lhe havia dito que existiam minas em toda aquela área. Quase todos os minerais conhecidos eram encontrados por lá, mas com frequência em volumes que não tornavam lucrativa sua exploração. Ele tinha visitado todas aquelas minas abandonadas e praticamente esquecidas, arrancando amostras ou simplesmente as recolhendo no chão. "Na primeira vez que eu o trouxe para conhecer meus pais, ele desapareceu por trás de uma encosta e descobriu uma mina", disse Ann. "Aí eu soube que provavelmente ia se casar comigo."

As minas foram frustrantes, embora nem passasse pela cabeça de Karin dizer isso. Ela esperava ver uma espécie de caverna de Ali Babá, com pedras reluzentes em meio à escuridão. Em vez disso, Derek lhe mostrou uma entrada estreita, quase uma fenda natural na rocha, agora bloqueada por um choupo que lançara raízes naquele lugar absurdo e crescera torto. A outra entrada, que Derek disse ser a mais fácil de todas, não passava de um buraco numa colina, com vigas podres espalhadas no chão ou ainda sustentando parte do teto, além de tijolos que represavam os entulhos lá deixados. Derek apontou os tênues vestígios dos locais onde passavam os trilhos da caçamba de minério. Havia pedaços de mica por toda parte, e Karin recolheu alguns.

Pelo menos eram bonitos e pareciam tesouros de verdade. Eram como lascas de vidro escuro que se tornavam prateadas quando eram erguidas contra a luz.

Derek disse que ela podia levar um único pedaço como lembrança, desde que não mostrasse a ninguém. "Guarde bem guardado", ele disse, "não quero conversa sobre este lugar."

"Quer que eu jure por Deus?", perguntou Karin.

"É só lembrar", ele respondeu. Perguntou depois se ela queria ver o castelo.

Outro desapontamento, e uma piada. Ela foi conduzida a uma ruína de paredes de cimento que, segundo ele, tinha sido provavelmente um local de armazenamento de minério. Derek lhe mostrou a abertura entre as grandes árvores por onde os trilhos tinham corrido, agora tomada por árvores novas. A piada é que alguns hippies haviam se perdido lá anos antes e voltaram relatando a existência de um castelo. Derek odiava as pessoas que cometiam erros desse tipo, não vendo o que estava diante dos seus olhos ou o que podia ser entendido com a informação certa.

Karin caminhou em cima do muro em ruínas e ele não disse a ela que prestasse atenção para não tropeçar e que tomasse cuidado para não quebrar o pescoço.

De volta a casa, foram surpreendidos por um temporal e tiveram de se refugiar num denso bosque de cedros. Karin não conseguia ficar parada — não sabia se estava assustada ou eufórica. Eufórica, ela decidiu, pulando e correndo em círculos, jogando os braços para o alto e soltando gritos a cada relâmpago cuja luz penetrava até o abrigo improvisado. Derek disse que se acalmasse, que sentasse e contasse até quinze depois de cada relâmpago para ver se não vinha um trovão.

Mas Karin achou que Derek estava satisfeito por ela não demonstrar nenhum medo.

A verdade é que há pessoas que a gente morre de vontade de agradar. Derek era uma delas. Se você fracassa com esse tipo de pessoa, é encaixado dentro de determinada categoria na cabeça dela, e lá pode ficar e ser desprezado para sempre. Medo de relâmpago, medo do cocô de urso, o desejo de crer que as ruínas eram de um castelo — até mesmo a incapacidade de reconhecer as qualidades diferentes de mica, pirita, quartzo, prata ou feldspato —, qualquer uma dessas coisas poderia fazer com que Derek desistisse dela. Assim como, de maneiras diferentes, havia desistido de Rosemary e Ann. Naquele lugar e na companhia de Karin, ele era mais seriamente autêntico, honrava tudo com sua séria atenção. Quando estava com ela, e não com qualquer das outras.

"Notou alguma coisa de sombrio por aqui hoje?", Derek perguntou.

Karin passou a mão sobre um pedaço de quartzo, que parecia gelo com uma vela dentro. "É por causa de Rosemary?"

"Não", disse Derek. "Isso é sério. Ann recebeu uma oferta pela fazenda. Um agente de Stoco veio até aqui e disse que uma empresa japonesa quer comprar tudo. Querem a mica. Para fabricar blocos de motor de cerâmica para carros. Ela está pensando, pode vender se quiser. É dela."

"Por que ela ia querer isso? Vender?"

"Dinheiro", disse Derek. "Pense no dinheiro."

"Rosemary não paga um bom aluguel?"

"Quanto tempo vai durar? O pasto não foi alugado este ano, a terra está alagada demais. É preciso gastar dinheiro na casa antes que ela caia. Eu trabalho há quatro anos num livro que ainda não ficou pronto. Estamos ficando apertados. Sabe o que o agente falou a ela? Disse que isso aqui pode ser um novo Sudbury. E não estava brincando."

Karin não sabia por que ele iria querer brincar, pois também nada sabia sobre Sudbury. "Se eu fosse rica, podia comprar a fazenda", ela disse. "Aí vocês continuavam onde estão."

"Algum dia você vai ser rica", disse Derek como se fosse algo banal. "Mas não em breve." Guardava a câmera no estojo. "Trate de ficar bem com sua mãe", continuou, "ela é podre de rica."

Karin sentiu o rosto em brasa, sentiu o choque daquelas palavras, que nunca ouvira antes. *Podre de rica*. Soava horrível.

"Muito bem", ele disse, "agora vamos à cidade para ver se revelam este filme." Não perguntou se ela queria ir, e não poderia mesmo responder: seus olhos estavam ficando desastrosamente marejados de lágrimas. Ela estava chocada e aturdida com o que Derek havia dito.

Precisava ir ao banheiro, por isso foi andando para a casa.

Da cozinha vinha um cheiro bom de carne sendo assada em fogo lento.

O único banheiro era no andar de cima. Karin ouviu ruídos no quarto de Ann, mas não se encaminhou para lá nem falou com ela. No entanto, quando começou a descer, Ann a chamou.

Como tinha se maquiado, as manchas do rosto não eram tão visíveis.

Havia pilhas de roupas sobre a cama e no chão.

"Estou tentando organizar as coisas", disse Ann. "Há roupas que eu até esqueci que tinha. Tenho de me livrar de algumas delas de uma vez por todas."

Isso significava que ela estava pensando seriamente em se mudar. Livrar-se das coisas antes de se mudar. Quando se preparava para uma mudança, Rosemary fazia as malas enquanto Karin estava na escola. Karin nunca a viu escolher o que ia ser levado. Somente viu as coisas aparecerem depois, no apartamento em Toronto e agora no trailer. Uma almofada, um par de castiçais, uma grande travessa — peça conhecida mas sempre fora do lugar. Para Karin, melhor que não houvesse trazido nada.

"Está vendo aquela mala?", disse Ann. "Em cima do armário? Será que você podia subir numa cadeira e arrastar ela um pouco para fora para que eu possa pegar? Tentei mas fiquei tonta. É só deixar na beiradinha que eu pego."

Karin subiu na cadeira e empurrou a mala até a borda do armário, onde Ann a pegou. Ofegante, agradeceu a Karin e jogou a mala em cima da cama.

"Tenho a chave, aqui está a chave."

Foi difícil abrir a fechadura e os fechos, mesmo com a ajuda de Karin. Quando a tampa tombou para trás, subiu do interior um forte cheiro de naftalina, que Karin conhecia muito bem das lojas de roupas de segunda mão onde Rosemary gostava de fazer compras.

"Essas são as coisas antigas da sua mãe?"

"Karin! É meu vestido de noiva", disse Ann, com um riso meio forçado. "O que você está vendo é o lençol velho que eu usei para embrulhá-lo." Ela afastou o tecido cinzento e ergueu uma pilha dobrada de rendas e de tafetá, enquanto Karin abria espaço na cama. Então, muito cuidadosamente, Ann passou a desdobrar o vestido, que tinha sido guardado ao avesso. O tafetá farfalhou como folhas secas.

"Meu véu também", disse Ann, levantando um tecido finíssimo que se grudava ao tafetá. "Ah, devia ter cuidado melhor disso."

Havia um longo corte na saia que parecia ter sido feito com uma lâmina de barbear.

"Eu devia ter pendurado o vestido, usando um desses invólucros que a gente vê nas tinturarias. Tafetá é tão frágil! Esse corte foi causado por uma dobra. Eu sabia disso: nunca, nunca se dobra tafetá."

Começou então a separar as peças, levantando-as uma a uma com sons de encorajamento dirigidos a si própria, até ser capaz de sacudir tudo para lhe dar o formato de um vestido. O véu caiu no chão e foi apanhado por Karin.

"É uma rede", ela disse. Falou apenas para manter longe de sua mente a voz de Derek.

"Não, é tule", disse Ann. "T-u-l-e. Renda e tule. Uma vergonha eu não ter tomado mais cuidado. É incrível que tenha durado tanto. Incrível que ainda exista."

"Tule", disse Karin. "Nunca ouvi a palavra tule. Acho que nunca ouvi falar em tafetá."

"Era muito usado", disse Ann. "No tempo do onça."

"Você tem uma fotografia vestindo isso? Tem alguma fotografia de seu casamento?"

"Papai e mamãe tinham uma, mas sei lá o que aconteceu com ela. Derek não gosta de fotografias de casamentos. Nem gostava de casamentos. Sei lá como consegui fazê-lo se casar. Foi na igreja de Stoco, imagine. Eu tinha três amigas, Dorothy Smith, Muriel Lifton e Dawn Challeray. Dorothy tocou órgão, Dawn foi minha dama de honra e Muriel cantou."

"Que cor sua dama de honra usou?"

"Verde-maçã. Um vestido de renda com ornamentos de gaze de seda. Não, o contrário. Gaze de seda com renda."

Ann disse tudo isso num tom levemente cético, examinando as costuras do vestido.

"O que é que a outra cantou?"

"Muriel. 'Perfeito amor'. *Oh, perfeito amor, mais além de todo amor humano* — mas é na verdade um hino religioso. Na verdade, fala sobre uma espécie divina de amor. Não sei quem escolheu essa música."

Karin tocou no tafetá, sentindo algo seco e frio.

"Experimente o vestido", ela disse.

"Eu?", Ann perguntou. "Foi feito para alguém com sessenta e um centímetros de cintura. Derek já foi à cidade? Levar o filme?"

Não ouviu Karin dizer sim. Obviamente deve ter ouvido o carro.

"Ele acha que precisa ter um registro fotográfico", ela disse. "Não sei o porquê de tanta pressa. Depois vai encaixotar e etiquetar tudo. É como se imaginasse que nunca mais vai ver as pedras. Ele te falou que a fazenda foi vendida?"

"Ainda não", respondeu Karin.

"Isso mesmo. Ainda não. E eu não venderia se não fosse necessário. Não vou vender a não ser que eu precise. Mas acho que vou acabar precisando. Às vezes as coisas simplesmente se tornam necessárias. As pessoas não devem transformar tudo numa tragédia ou num tipo de punição pessoal."

"Posso experimentar?"

Ann olhou Karin de cima a baixo. "Vamos precisar tomar muito cuidado."

Karin tirou os sapatos, os shorts e a blusa. Ann baixou o vestido sobre sua cabeça, aprisionando-a por um momento numa nuvem branca. As mangas de renda tiveram de ser introduzidas com delicadeza até que os pontos nas suas extremidades chegassem às costas das mãos de Karin. Eles fizeram com que suas mãos parecessem mais escuras, embora ela ainda não estivesse bronzeada. Vários colchetes tiveram de ser fechados na lateral da cintura, depois havia outros na nuca. Eles tinham que prender uma tira de renda em volta da garganta de Karin. Como só estava de calcinha debaixo do vestido, sentiu a pele pinicar ao toque da renda. A renda gerava um contato mais intenso do que qualquer outra coisa que ela tivesse usado até então. Temeu que ela tocasse em seus mamilos, mas por sorte o vestido era mais largo no ponto onde tivera de acomodar os seios de Ann. O peito de Karin ainda era praticamente chato, mas às vezes ela sentia que seus mamilos inchavam e ficavam sensíveis, como se estivessem prestes a explodir.

O tafetá precisou ser puxado do meio de suas pernas para formar uma saia em forma de sino. As rendas então caíram em anéis sobre a saia.

"Você é mais alta do que eu pensava", disse Ann. "Pode dar uma voltinha se levantar um pouco a bainha."

Pegou uma escova na penteadeira e começou a escovar os cabelos de Karin sobre os ombros cobertos de renda.

"Cabelos castanho-escuros como certas nozes", ela disse. "Lembro que, nos livros, se dizia que as moças tinham cabelos castanho-escuros como certas nozes. E, você sabe, elas usavam mesmo nozes para colori-los. Minha mãe me contou que as moças ferviam castanhas para fazer um corante e depois passavam nos cabelos. Obviamente, se manchassem as mãos todo mundo ficava sabendo. É tão difícil remover a mancha! Fique parada", ela continuou, colocando o véu sobre os cabelos escovados e depois se pondo diante de Karin para prendê-lo com grampos. "O diadema que prendia o véu sumiu. Deve ter sido aproveitado de outro jeito ou foi dado para alguém usar no casamento. Não me lembro. De qualquer forma, ia parecer ridículo nos dias de hoje. Era no estilo de Mary, rainha da Escócia."

Ann olhou ao redor e pegou algumas flores de seda — um ramalhete de flores de macieira — no vaso que ficava sobre a penteadeira. Precisou tirar os grampos e recomeçar, dobrando a haste das flores de macieira para formar uma tiara. A haste era dura, mas por fim ela a dobrou e prendeu como ela queria. Afastou-se um pouco e empurrou Karin gentilmente para a frente do espelho.

"Ah, posso ficar com ele para quando eu me casar?", ela perguntou.

Não falou a sério. Nunca tinha pensado em se casar. Disse aquilo para agradar Ann, depois de todo aquele esforço, e para encobrir seu embaraço ao se ver no espelho.

"A moda vai ter mudado muito até lá", Ann respondeu. "Mesmo agora esse vestido já está fora de moda."

Karin desviou os olhos do espelho e voltou a encará-lo, mais bem preparada. Viu uma santa. Os cabelos reluzentes e as flores pálidas, as tênues sombras das rendas em seu rosto, a dedicação digna de um conto de fadas, o tipo de beleza tão convicto de si próprio que tem algo de nefasto e algo de tolo. Fez uma careta para desfazer aquela expressão, mas não funcionou: era como se a noiva, a moça nascida no espelho, estivesse agora no controle.

"O que é que Derek diria se te visse agora?", Ann perguntou. "Vai ver nem saberia que era meu vestido de noiva." Suas pálpebras batiam de um modo tímido e nervoso. Aproximou-se para retirar as flores e os grampos. Karin sentiu cheiro de sabonete em suas axilas e de alho em seus dedos.

"Ele ia dizer 'Que roupa idiota é essa?'", respondeu Karin, imitando a voz de um Derek com ar de superioridade enquanto Ann retirava o véu.

Ouviram um carro descer o vale. "Falando do diabo", disse Ann. Apressou-se tanto para desfazer os colchetes que seus dedos ficaram trêmulos e desajeitados. Ao puxar o vestido por cima da cabeça de Karin, alguma coisa ficou presa.

"Droga!", disse Ann.

"Pode ir", disse Karin, sua voz abafada pelo vestido. "Vá em frente, eu dou um jeito sozinha."

Ao emergir, viu o rosto de Ann contorcido numa expressão que parecia de dor.

"Só estava brincando sobre Derek", Karin disse.

Mas talvez a expressão de Ann fosse somente de alarme e preocupação com o vestido.

"O que você quer dizer com isso?", Ann perguntou. "Ah, deixa pra lá."

Karin se imobilizou na escada a fim de ouvir as vozes na cozinha. Ann tinha descido correndo na frente dela.

Derek perguntou: "Vai ficar bom? Isso aí que você está fazendo?".

"Espero que sim, é ossobuco."

A voz de Derek tinha mudado. Ele não parecia mais zangado. Estava se esforçando para que eles ficassem numa boa. Ann, ofegante, revelava alívio, tentando se ajustar ao estado de espírito dele.

"Vai dar para as visitas?", ele quis saber.

"Que visitas?"

"Só Rosemary. Espero que dê para todos, porque a convidei."

"Rosemary e Karin", disse Ann calmamente. "A carne vai dar, mas não temos vinho em casa."

"Já temos sim", disse Derek. "Eu comprei."

Depois Derek sussurrou alguma coisa para Ann. Ele devia estar bem perto dela, falando colado aos seus cabelos ou ao seu ouvido. Parecia estar brincando com ela, pedindo alguma coisa, acalmando-a e prometendo recompensá-la, tudo isso ao mesmo tempo. Temendo que alguma palavra dita por ele viesse à tona e ficasse para sempre gravada em sua memória, Karin desceu as escadas fazendo um barulhão e entrou na cozinha perguntando: "Quem é essa Rosemary? Ouvi mesmo o nome 'Rosemary'?".

"Não assuste a gente assim, *enfant*", disse Derek. "Trate de fazer algum ruído para a gente saber que você está chegando."

"Ouvi mesmo 'Rosemary'?"

"O nome da sua mãe", ele disse. "Juro que é o nome da sua mãe."

Toda a tensão e a insatisfação tinham desaparecido. Ele estava confiante e bem-humorado, tal como às vezes se mostrara durante o verão passado.

Ann examinou a garrafa de vinho. "Esse vinho é ótimo, Derek, vai combinar perfeitamente. Olhe, Karin, você pode ajudar. Vamos pôr a mesa comprida na varanda. Vamos usar os pratos azuis e os talheres de prata — não é uma sorte que hoje mesmo limpamos a prata? Vamos preparar dois conjuntos de velas. As amarelas mais altas no meio, Karin, e um círculo de velas brancas pequenas em volta."

"Como uma margarida", disse Karin.

"Isso mesmo", confirmou Ann. "Um jantar para comemorar o fato de que você veio passar o verão aqui."

"O que é que eu posso fazer?", perguntou Derek.

"Deixe eu pensar. Ah, pode ir lá fora e trazer coisas para a salada. Que tal pegar um pouco de alface e azeda? Você acha que tem agrião perto do riacho?"

"Tem sim, vi alguns", disse Derek.

"Então traga também."

Derek abraçou-a pelos ombros. "Vai ficar tudo bem", ele disse.

Quando estava quase tudo pronto, Derek pôs um disco na vitrola, um daqueles que tinha levado para o trailer de Rosemary e trouxera de volta. Era *Antigas canções e danças para alaúde*, e tinha na capa um grupo de mulheres antiquadas e extraordinariamente magras, todas com vestidos de cintura alta e cachinhos na frente das orelhas, dançando em círculo. Aquela música frequentemente inspirara Derek a dançar de uma forma pomposa e ridícula, sendo acompanhado por Karin e Rosemary. Karin era páreo para ele na dança, mas não Rosemary. Ela se esforçava demais, movia-se com atraso e tentava imitar o que só podia ser feito de modo espontâneo.

Karin começou a dançar em torno da mesa da cozinha, onde Ann preparava a salada e Derek abria a garrafa de vinho. "Antigas *canções* e danças para *alaúde*", cantava em êxtase. "*Mamãe vem jantar, mamãe vem jantar.*"

"Acho que a mãe de Karin está vindo jantar", disse Derek. "Silêncio, silêncio. Será que é o carro dela chegando?"

"Ah, meu Deus, eu devia pelo menos lavar o rosto", disse Ann. Pôs de lado as verduras e subiu correndo a escada.

Derek se aproximou da vitrola e repôs a agulha no início do disco. Quando a música recomeçou, saiu para receber Rosemary, coisa que não costumava fazer. A própria Karin tinha pensado em correr para recebê-la. Mas, ao ver Derek tomar a iniciativa, abandonou a ideia. Em vez disso, seguiu Ann escada acima. Porém não até o fim. Havia uma janelinha no patamar intermediário onde ninguém parava e por onde ninguém costumava olhar. Como a janela tinha uma cortina, não era provável que alguém pudesse vê-la.

Chegou lá tão depressa que viu Derek cruzar o gramado e atravessar a abertura na cerca viva. Passos longos, ansiosos, furtivos. Chegaria a tempo de se inclinar e abrir a porta do carro, abri-la com um floreio e ajudar Rosemary a sair. Karin nunca o vira fazer aquilo, mas sabia que ele tencionava fazê-lo agora.

Ann ainda estava no banheiro, Karin podia ouvir o chuveiro. Teria alguns minutos para observar sem ser perturbada.

Ouviu então a porta do carro se fechar. Mas não suas vozes. Impossível, com a música invadindo toda a casa. E eles não tinham surgido na abertura da cerca. Ainda não. E ainda não. E ainda não.

Rosemary tinha voltado uma vez depois de abandonar Ted. Não para a casa — ela não estava autorizada a ir lá. Ted deixou

Karin num restaurante e Rosemary estava lá. Eles almoçaram. Karin tomou um sorvete e comeu batatas fritas. Rosemary lhe disse que estava indo para Toronto, onde havia conseguido um emprego com uma editora. Karin não sabia o que era uma editora.

Lá vêm eles. Atravessando juntinhos a abertura na cerca, por onde deveriam ter entrado um após o outro. Rosemary usa calças de odalisca feitas de algodão fino e macio, cor de framboesa. As sombras de suas pernas são visíveis. A parte de cima é feita de um algodão mais grosso, coberto com bordados e pequenos espelhinhos. Ela parece estar preocupada com os cabelos puxados para o alto da cabeça — suas mãos voam para cima num gesto nervosamente gracioso para soltar mais alguns fios que podem esvoaçar em volta de seu rosto. (Meio do jeito que os cachinhos daquelas mulheres caem por cima das suas orelhas, na capa de *Antigas canções e danças para alaúde*.) As unhas estão pintadas na mesma cor das calças.

Derek não tem as mãos em nenhuma parte do corpo de Rosemary, mas é como se estivesse sempre a ponto de fazer isso.

"Tudo bem, mas você vai *morar* lá?", perguntou Karin no restaurante.

Alto, Derek se curva para se aproximar dos belos e revoltos cabelos de Rosemary, como se fossem um ninho em que estivesse pronto a se alojar. Ele está muito concentrado, toque nela ou não, fale com ela ou não. Ele a atrai para si, com grande vontade. Mas também é atraído, submetido a uma deliciosa tentação. Karin conhece essa prazerosa sensação, quando a gente diz que não está com sono, não, ainda está acordada.

271

Rosemary não sabe o que fazer nesse momento, mas acha que ainda não precisa fazer nada. Olhe só para ela rodopiando dentro de sua gaiola rosada. Sua gaiola de algodão-doce. Olhe só para Rosemary, chilreante, sedutora.

Podre de rica, ele disse.

Ann sai do banheiro, os cabelos grisalhos escurecidos e úmidos, achatados contra o crânio, o rosto brilhando após a chuveirada.

"Karin. O que você está fazendo aqui?"

"Olhando."

"Olhando o quê?"

"Um casal de pombinhos."

"Ah, Karin, que coisa!", diz Ann, descendo a escada.

E em breve se ouvem gritos alegres vindos da porta da frente (ocasião especial) e do hall: "Que cheiro maravilhoso é esse?" (Rosemary), "Só uns ossos velhos que a Ann está fervendo" (Derek).

"Isso está uma beleza", diz Rosemary quando o turbilhão social chega à sala de visitas. Ela está falando do buquê de folhas verdes, gramíneas e lilases prematuros cor de laranja que Ann colocara num pote de creme junto à porta da sala.

"Só algumas ervas velhas que Ann pegou lá fora", diz Derek. "Ah, achei que eram simpáticas", retruca Ann, ao que Rosemary insiste: "Uma beleza".

Terminado o almoço Rosemary disse que queria dar um presente a Karin. Não de aniversário ou de Natal — só um presente maravilhoso.

Foram a uma loja de departamentos. Todas as vezes que Karin parava para ver alguma coisa, Rosemary demonstrava entusiasmo imediato e disposição de comprar. Ela teria levado um casaco de veludo com gola e punhos de pele, um cavalo de ba-

lanço pintado como se fosse antigo, um elefante de pelúcia cor-
-de-rosa que parecia ter três quartos do tamanho natural. Para
dar um fim àquela triste excursão, Karin escolheu um bibelô
barato — uma bailarina em cima de um espelho. A bailarina
não rodopiava, não era acompanhada por nenhuma música, nada podia justificar sua escolha. Era de imaginar que Rosemary
iria entender isso. Deveria ter compreendido o que aquilo significava — que Karin não ia ficar feliz, reparações não eram possíveis, perdão estava fora de questão. Mas não entendeu assim, ou
preferiu não entender. "Ah, sim, também gostei. Ela é tão gra-
ciosa. Vai ficar muito bem em cima de sua penteadeira. Vai mesmo", ela disse.

Karin esqueceu a bailarina numa gaveta. Quando Grace a
encontrou, Karin explicou ser o presente de uma amiga da escola, e que ela não tinha querido ferir os sentimentos da amiga dizendo que não era o tipo de coisa de que gostava.

Nessa época, como Grace não estava acostumada a conviver com crianças, não questionou a história.

"Entendo bem sua atitude", ela disse. "Vou dar para a tôm-
bola do hospital, não há chance de que sua amiga a veja lá. Seja
como for, deve haver centenas de bibelôs iguais a esse."

Os cubos de gelo tilintaram no andar de baixo quando Derek os derrubou nos copos. "Karin está por aí, tenho certeza de
que vai aparecer daqui a pouco", disse Ann.

Karin subiu silenciosamente os degraus restantes e entrou
no quarto de Ann. Lá estavam as roupas amontoadas sobre a cama e, por cima de tudo, o vestido de noiva mais uma vez envolto
no lençol. Tirou os shorts, a blusa e os sapatos, iniciando o difícil,
desesperado processo de entrar no vestido. Em vez de tentar en-
fiá-lo pela cabeça, infiltrou-se com movimentos coleantes através

da saia, que crepitava, e do corpete rendado. Enfiou os braços nas mangas, tomando cuidado para não prender alguma unha nas rendas. Suas unhas eram curtas demais para serem um problema, mas prestou atenção assim mesmo. Puxou os pontos das rendas por cima das mãos. Fechou então todos os colchetes na cintura. O mais difícil foram os ganchinhos na nuca. Curvou a cabeça e encolheu os ombros, tentando facilitar o acesso aos fechos. Mesmo assim, provocou um desastre — a renda se rasgou um pouco debaixo do braço. Aquilo a chocou e até a fez parar por um instante. Mas entendeu que havia ido longe demais para recuar agora, e terminou de fechar os colchetes sem nenhum problema. Podia costurar o pedaço rasgado ao tirar o vestido. Ou podia mentir, dizendo que havia reparado no rasgão antes de pôr o vestido. De qualquer modo, Ann talvez nem o visse.

Agora o véu. Precisava ser muito cuidadosa com o véu. Qualquer estrago seria visível. Sacudiu-o para ajeitá-lo e tentou prendê-lo com o ramalhete de flores de macieira, como Ann tinha feito. Mas não conseguiu dobrar o ramalhete do jeito certo ou fazer com que os escorregadios grampos o prendessem. Achou que seria melhor segurar tudo com uma fita ou uma correia. Caminhou até o armário de Ann para ver se encontrava algo. E lá estava um porta-gravatas, gravatas de homem. Eram de Derek, embora ela nunca o tivesse visto usando uma.

Puxou uma gravata listrada e a passou em volta da testa, dando um laço atrás da cabeça, deixando o véu firme no lugar. Fez isso diante do espelho e, ao terminar, notou que criara um efeito cigano, um ousado efeito cômico. Teve uma ideia que a obrigou a desfazer com grande esforço todos os colchetes, enchendo depois a frente do vestido com roupas que apanhou sobre a cama de Ann. Recheou e recheou de novo as rendas que antes caíam frouxas porque tinham sido moldadas para acomodar os seios de Ann. Melhor assim, melhor fazê-los rir. Não conseguiu voltar a fechar todos os colchetes, só o suficiente para manter no lugar os hilariantes seios de pano. Prendeu também a fita do pescoço. Suava aos borbotões quando terminou.

Ann não usava batom nem maquiagem para os olhos, mas em cima da penteadeira havia, surpreendentemente, um pote de ruge endurecido. Karin cuspiu nele e aplicou manchas redondas nas bochechas.

A porta da frente dava para o hall ao pé da escada, do qual se passava por uma porta lateral para o jardim de inverno e, por outra, para a sala de visitas. Era possível também ir diretamente do jardim de inverno para a sala de visitas usando uma porta na extremidade oposta. A casa tinha sido projetada de um jeito estranho ou simplesmente não tinha sido projetada, dizia Ann. Cômodos tinham sido modificados ou adicionados à medida que as pessoas foram pensando neles. O longo jardim de inverno, com as janelas de vidro, não servia para capturar a luz do sol porque ficava no lado leste da casa e, além do mais, era coberto pelas sombras de um renque de álamos que, como costuma acontecer, haviam crescido mais rapidamente do que imaginava quem os plantou. Na infância de Ann, o jardim de inverno servia principalmente para armazenar maçãs, embora ela e sua irmã adorassem o caminho mais longo propiciado pelas três portas. E ela agora gostava de usar aquele cômodo para servir o jantar no verão. Quando a mesa era posta lá, sobrava pouco espaço entre as cadeiras e a parede interna. No entanto, se as pessoas se sentassem de frente para as janelas e nas duas pontas da mesa — o que ocorreria naquela noite —, haveria espaço para uma pessoa magra, e certamente para Karin, passar.

Karin desceu a escada descalça. Ninguém era capaz de vê--la da sala de visitas. Decidiu não usar a porta normal, e sim entrar no jardim de inverno, margear a mesa e então pegá-los inteiramente de surpresa vindo de onde eles não esperavam.

O jardim de inverno já estava bem escuro. Ann acendera as duas grandes velas amarelas, embora não as brancas e pequenas que as circundavam. As amarelas recendiam a limão, algo com o que ela certamente contava para eliminar o cheiro de lugar fechado. Tinha também aberto a janela que ficava junto a uma das extremidades da mesa. Mesmo nas noites mais calmas, sempre soprava uma brisa do lado dos álamos.

Karin usou as duas mãos para segurar o vestido enquanto passava junto à mesa. Precisava levantar ligeiramente a bainha para andar, e não queria que o tafetá fizesse o menor ruído. Pensava em começar a cantar "Lá vem a noivinha" assim que chegasse à soleira da porta.

Lá vem a noivinha,
Ela é loura e gorduchinha.
Vejam como bamboleia
De um lado para o outro...

A brisa a alcançou num sopro mais forte, sacudindo o véu. Mas ele estava preso tão firmemente à sua cabeça que ela não temeu que voasse para longe.

Ao virar na direção da sala de visitas, todo o véu se levantou e tocou nas chamas das velas. Quando as pessoas na sala a viram, viram também a labareda que a perseguia. Ela própria só teve tempo de sentir o cheiro da renda em chamas — uma crispação estranhamente tóxica que se misturou ao aroma dos ossos com tutano que cozinhavam para o jantar. E então um tropel de calor insólito e gritos, um mergulho brutal na escuridão.

Rosemary foi quem chegou primeiro, batendo em sua cabeça com uma almofada. Ann agarrou o pote no hall e jogou água, lilases e gramíneas sobre o véu e os cabelos em fogo. Derek arrancou o tapete do chão, atirando longe os banquinhos, as mesas e os drinques, e conseguiu agasalhar Karin, sufocando as últimas chamas. Pedacinhos de renda continuavam a arder em meio aos cabelos encharcados, e Rosemary queimou os dedos ao arrancá-los.

A pele nos ombros, na parte superior das costas e de um lado do pescoço sofreu queimaduras graves. A gravata de Derek mantivera o véu um pouco afastado de seu rosto, poupando-a assim das cicatrizes mais visíveis. Mas, mesmo depois que o cabelo voltou a crescer e ela o penteava para a frente, era impossível esconder por completo as marcas no pescoço.

Ela passou por uma série de enxertos de pele, e então ganhou uma aparência melhor. Ao entrar para a universidade já podia usar um maiô.

Ao abrir os olhos pela primeira vez no quarto do hospital de Belleville, viu uma variedade de margaridas. Brancas, amarelas, cor-de-rosa e roxas, até no peitoril da janela.

"Não são bonitas?", Ann perguntou. "Eles continuam a mandar flores. Vão chegando mais e mais, e as primeiras ainda estão frescas, ou pelo menos ainda não chegaram ao ponto de serem jogadas no lixo. Onde quer que parem, mandam algumas. A essa altura devem estar em Cape Breton."

"Você vendeu a fazenda?", Karin perguntou.

Rosemary disse: "Karin".

Karin cerrou os olhos e tentou de novo.

"Você me confundiu com Ann?", perguntou Rosemary. "Como estava te dizendo, Ann e Derek estão viajando. Ann realmente vendeu a fazenda, ou vai vender. É engraçado você estar pensando nisso."

"Eles estão em lua de mel", disse Karin. Isso era um truque para fazer Ann abrir o jogo caso fosse mesmo ela, pois então diria: "Ah, Karin!".

"Foi o vestido de noiva que te fez pensar nisso", disse Rosemary. "Na verdade, estão viajando para procurar o lugar onde vão morar no futuro."

Então, era mesmo Rosemary. E Ann estava viajando. Ann viajando com Derek.

"Teria de ser uma segunda lua de mel", disse Rosemary. "A gente nunca ouve falar que um casal saiu para a terceira lua de mel, não é mesmo? Ou para a décima oitava lua de mel."

Tudo bem, todo mundo estava no lugar certo. Karin teve a impressão de que talvez ela é que tinha tornado aquilo possível, graças a um esforço exaustivo. Sabia que devia se sentir satisfeita. De fato se sentiu satisfeita. No entanto, de alguma forma tudo parecia pouco importante. Como se Ann e Derek, quem sabe também Rosemary, estivessem atrás de uma cerca viva muito densa e difícil de ultrapassar.

"Mas eu estou aqui", disse Rosemary. "Tenho estado aqui o tempo todo. Só que não me deixam tocar em você."

Falou essa última frase como se fosse algo de cortar o coração.

Ainda diz isso de vez em quando.

"Do que eu mais me lembro é que não podia te tocar e não sabia se você entendia isso."

Karin diz que sim. Que compreendia. O que ela não se dá ao trabalho de dizer é que, naquela época, achava absurda a tristeza de Rosemary. Como se reclamasse de não ser capaz de alcançar o outro lado de um continente. Pois era o que Karin sentia que havia se tornado — algo imenso, reluzente e autossuficiente, com montanhas de dor em alguns locais e imensas planícies sem o mínimo interesse. Bem longe, na margem desse vasto território, se encontrava Rosemary, e Karin podia reduzi-la, sempre que desejava, a uma configuração de ruidosos pontos negros. Ela própria, Karin, podia se expandir indefinidamente e, ao mesmo tempo, contrair-se para dentro do seu território, tão minúscula como uma conta ou uma joaninha.

Naturalmente, ela superou isso, voltou a ser Karin. Todos achavam que era a mesma com exceção da pele. Ninguém sabia o quanto havia mudado e como lhe parecia natural ser independente e cortês, defendendo-se sozinha com grande habilidade. Ninguém sabia da sensação sóbria e vitoriosa que às vezes lhe vinha, quando sabia como só dependia de si mesma.

Antes da mudança

Querido R., Meu pai e eu assistimos ao debate entre Kennedy e Nixon. Ele comprou um aparelho de TV depois que você esteve aqui. Tela pequena e antenas como orelhas de coelho. Fica em frente ao aparador, na sala de jantar, tornando bem difícil pegar os talheres de prata ou as melhores toalhas e guardanapos mesmo que alguém quisesse fazer isso. Por que na sala de jantar, onde não existe nenhuma cadeira realmente confortável? Porque há muito tempo nem se lembram de que têm uma sala de visitas. Ou porque a senhora Barrie quer ver televisão na hora do jantar.

Você se lembra dessa sala? A única coisa nova é o aparelho de televisão. Pesadas cortinas com folhas cor de vinho sobre um fundo bege, entremeadas a cortinas de gaze. Retrato de Sir Galahad puxando seu cavalo pela mão, paisagem de Glencoe mostrando um veado vermelho em vez do massacre. O velho arquivo de metal do escritório de meu pai, levado para lá há muitos anos: como não encontraram um bom lugar para pô-lo, nem mesmo foi encostado à parede. A máquina de costura de mamãe (a única vez em que ele se refere a ela, quando ele diz "a máquina de costura de sua mãe") juntamente com as plantas de sempre, ou que parecem ser as de sempre, em latas ou vasos de barro, nem vicejando, nem morrendo.

E, assim, aqui estou de novo em casa. Ninguém perguntou por quanto tempo. Simplesmente enchi meu Mini até o teto com todos os livros, papéis e roupas, dirigindo de Ottawa até aqui em um dia. Disse a meu pai no telefone que havia terminado minha tese (na verdade, desisti de terminá-la, mas não me dei ao trabalho de lhe contar isso) e precisava de um descanso.

"Descanso?", ele disse, como se jamais houvesse ouvido a palavra. "Bom, desde que não seja por conta de algum esgotamento nervoso."

"O quê?", perguntei.

"Esgotamento nervoso", ele respondeu com uma risadinha de advertência. É assim que ele ainda se refere a surtos de pânico, ansiedade aguda, depressão e colapsos mentais. Provavelmente diz a seus pacientes para tomarem coragem e seguirem em frente.

Injustiça. Provavelmente os manda embora com alguns calmantes e umas poucas palavras secas de encorajamento. É capaz de tolerar os defeitos de outras pessoas mais do que os meus.

Não houve nenhuma acolhida especial quando cheguei, embora também nenhuma consternação. Ele caminhou em torno do Mini, resmungou por causa do que viu e testou os pneus com a ponta do sapato.

"É uma surpresa que você tenha completado a viagem", ele disse.

Eu tinha pensado em beijá-lo — mais por fanfarronice do que por um derramamento de afeição, mais por uma questão de é-assim-que-eu-faço-as-coisas-agora. No entanto, quando pisei no cascalho me dei conta de que era impossível. Lá estava a sra. B.

a meio caminho entre a entrada para a garagem e a porta da cozinha. Por isso, fui até ela e a abracei, encostando a cabeça nos cabelos pretos bem curtos que, num estranho corte chinês, emolduravam seu rosto enrugado. Senti o cheiro de suor vindo do cardigã e o de branqueador vindo do avental, bem como os ossinhos velhos e finos como palitos. Ela nem chega à altura de minhas clavículas.

Nervosa, comentei: "Que dia bonito, a viagem foi ótima". Assim era. Assim tinha sido. As árvores começando a amarelar nas bordas, os campos dourados depois da colheita. Sendo assim, por que essa benevolência da paisagem se desfaz na presença de meu pai e em seu território (sem esquecer que é também na presença da sra. Barrie e no território dela)? Por que minha menção à beleza do dia — ou o fato de tê-la feito com convicção e não da boca para fora — se assemelha ao abraço que dei na sra. B.? Uma coisa parece uma insolência; a outra, um arroubo pretensioso.

Quando o debate terminou, meu pai se levantou e desligou a televisão. Não vê um anúncio a menos que a sra. B. esteja lá e o elogie, dizendo que quer ver o garotinho lindo com os dentes da frente à mostra ou a galinha correndo atrás daquela "coisa" (não tenta dizer "avestruz" ou não se lembra do nome da ave). Tudo de que ela gosta é permitido, até mesmo flocos de milho dançantes, e ele é capaz de dizer: "É, a seu modo parece bastante inteligente". Acho que isso é um tipo de advertência para mim.

O que ele achou de Kennedy e Nixon?

"Ah, não passam de uma dupla de americanos."

Tentei estimular uma conversa.

"O que você quer dizer com isso?"

Quando você pede que meu pai fale sobre assuntos que ele não acha que precisam ser discutidos, ou desenvolva um argumento que não necessita ser provado, ele tem um jeito de erguer um lado de seu lábio superior, revelando dois grandes dentes manchados de tabaco.

"Nada mais que uma dupla de americanos", ele disse, como se as palavras tivessem me escapado na primeira vez.

Por isso, ficamos sentados sem nos falarmos, embora não em silêncio — como você deve se lembrar, sua respiração é ruidosa. O ar que ele aspira passa com dificuldade através de aleias pedregosas e porteiras rangedoras. Depois alça voo com alguns chilreios e gorgolejos, como se algum aparelho inumano estivesse aprisionado em seu peito. Canos de plástico e bolhas coloridas. Ninguém deve demonstrar que ouve tudo isso, e em breve vou me acostumar. Mas ocupa um bom espaço em qualquer lugar. O que já aconteceria de toda forma por conta de seu barrigão, das pernas compridas e da expressão facial. Que expressão é essa? É como se ele guardasse um rol de ofensas relembradas e antevistas, demonstrando que pode perder a paciência pelo que você sabe que faz de errado mas também por coisas de que você nem suspeita. Creio que muitos pais e avós se esforçam para exibir uma cara dessas — até mesmo alguns que, ao contrário dele, não têm a menor autoridade fora de suas casas —, porém ninguém como ele para mantê-la de forma tão exata e permanente.

R., Um bocado de coisas a fazer por aqui, e nenhum tempo — como costumam dizer — para morrer de tédio. As paredes da sala de espera estão todas descascadas onde gerações de pacientes encostaram as cadeiras. Os exemplares do *Reader's Digest* estão destroçados em cima da mesa. As fichas dos pacientes são guardadas em caixas de papelão debaixo da maca de exames e as bordas das cestas de papéis usados, feitas de palha, foram destruídas como se ratos as tivessem comido. E a casa não está nada melhor. Rachaduras como fios de cabelos castanhos na pia de baixo e uma embaraçosa mancha de ferrugem na privada. Bom, você deve ter notado isso. Parece bobagem, mas o que me perturba mais são todos os cupons e materiais de propaganda. Enchem as gavetas, enfiados de qualquer jeito debaixo de pires ou espalhados por cima dos móveis — e as liquidações e descontos que anunciam terminaram semanas, meses ou até mesmo anos atrás.

Não é que eles tenham desistido ou não estejam tentando. Mas tudo é complicado. Mandam as roupas para a lavanderia, o que faz sentido e é melhor que esperar que a sra. B. continue a lavá-las, porém meu pai não consegue se lembrar quando ficarão prontas e cria uma tremenda confusão por não saber se terá um número suficiente de guarda-pós. E a sra. B. acha, realmente, que a lavanderia está trapaceando e tirando as fitinhas com os nomes deles para costurar em artigos de qualidade inferior. Por isso, discute com o entregador e diz que ele, de propósito, deixa a casa deles por último, o que provavelmente é verdade.

Os beirais precisam ser limpos e o sobrinho da sra. B. devia fazer isso, mas teve um problema na coluna e por isso quem vem é o filho dele. Acontece que o filho herdou tantas incumbências que está atrasado etc. e tal.

Meu pai chama o filho desse sobrinho pelo nome do sobrinho. Faz isso com todo mundo. Refere-se às lojas e aos negócios na cidadezinha pelo nome do dono anterior ou mesmo de seu antecessor. Isso é mais do que um simples lapso de memória: está mais próximo da arrogância. Ele se põe acima da necessidade de conhecer o que se passou. Da necessidade de registrar as mudanças. Ou as pessoas.

Perguntei que cor ele gostaria de ter nas paredes da sala de espera. Verde-claro ou amarelo-claro. Ele perguntou quem as pintaria.

"Eu vou pintar."

"Nunca soube que você pintava paredes."

"Já pintei os lugares onde morei."

"Pode ser. Mas não vi nenhum desses lugares. E o que você vai fazer com meus pacientes enquanto pinta?"

"Vou pintar num domingo."

"Alguns deles não vão gostar quando souberem disso."

"Está brincando? Nos dias de hoje?"

"Talvez não seja o mesmo dia que você acha que é. Não aqui."

Eu disse então que poderia pintar à noite, mas ele argumentou que o cheiro no dia seguinte ia embrulhar os estômagos de muita gente. No final, fui autorizada apenas a jogar fora os exemplares do *Reader's Digest* e substituí-los por alguns números da *Maclean's*, *Chatelaine*, *Time* e *Saturday Night*. Mais tarde ele mencionou que tinha havido reclamações, as pessoas tinham sentido falta de reler as piadas de que se lembravam no *Reader's Digest*. E alguns não gostavam dos escritores modernos. Como Pierre Berton.

"Sinto muito", respondi, sem poder acreditar que minha voz estava trêmula.

Ataquei então o arquivo de metal na sala de jantar. Pensei que estivesse cheio de fichas de pacientes mortos há muito tempo, de tal modo que, se as jogasse fora, poderia guardar ali as fichas acumuladas nas caixas de papelão e reinstalar o arquivo no escritório, de onde nunca devia ter saído.

A sra. B. viu o que eu estava fazendo e foi comunicar a meu pai. Nem uma palavra comigo.

Ele perguntou: "Quem te autorizou a mexer nisso? Não fui eu".

R., Durante os dias em que você esteve aqui, a sra. B. passava as férias de Natal com a família. (O marido dela sofre de enfisema faz muitos anos e nunca tiveram filhos, porém ela tem uma penca de sobrinhas, sobrinhos e outros parentes.) Acho que você nem chegou a vê-la. Mas ela o viu. Perguntou-me ontem: "Onde anda aquele senhor que parecia ser seu noivo?". Obviamente ela tinha reparado que eu não estava usando o anel.

"Acho que está em Toronto", respondi.

"No Natal eu estava na casa da minha sobrinha e vimos vocês passeando lá pela torre do reservatório. Ela até me perguntou: 'Onde será que esses dois tão indo?'". É assim mesmo que ela fala, e agora só não me parece normal quando ponho no papel. A sugestão é de que estávamos indo a algum lugar para fazer sexo, embora tivesse havido uma forte nevada e só quiséssemos sair um pouco de casa. Não. Tínhamos saído para continuar a brigar, era impossível manter tudo aquilo sufocado dentro de nós por mais tempo.

A sra. B. começou a trabalhar para meu pai mais ou menos na mesma época em que entrei na universidade. Antes dela havíamos tido algumas moças de que eu gostava, mas foram embora para se casar ou para trabalhar nas fábricas durante a guerra. Quando eu tinha uns nove ou dez anos e já tinha visitado as casas de algumas colegas, perguntei a meu pai: "Por que nossa empregada tem de comer na mesa com a gente? As empregadas das outras pessoas não comem com elas".

"Trate de chamar a sra. Barrie de sra. Barrie", disse meu pai. "E, se não gosta de comer na companhia dela, pode ir comer no depósito de lenha."

A partir de então passei a ficar perto dela, puxando conversa. Em geral, ela se mantinha calada. Mas, quando falava, podia valer a pena. Eu me divertia muito a imitando na escola.

Eu: Seu cabelo é mesmo muito preto, sra. Barrie.

Sra. B.: Todo mundo na minha família tem cabelo preto. Todos com cabelo bem preto que nunca fica branco. Isso vem do lado da minha mãe. Continua preto até no caixão. Quando vovô morreu, deixaram ele num lugar do cemitério o inverno todo porque a terra estava congelada. Na primavera, quando foram enterrar ele, alguém falou: "Vamos dar uma olhada pra ver como é que ele aguentou o inverno". Aí arranjamos um sujeito pra levantar a tampa, e ele estava com uma cara bem boa, nem escura nem encovada nem nada, e o cabelo pretinho. Tão preto como antes.

Eu era capaz de imitar até as risadinhas que ela dá, risadinhas ou latidos, não para indicar que alguma coisa é engraçada, mas como um tipo de pontuação.

Quando te conheci, já estava enjoada de me ver fazendo isso.

Depois que a sra. B. me falou sobre seus cabelos, encontrei-a certo dia saindo do banheiro do andar de cima. Corria para atender o telefone, coisa que eu não tinha autorização para fazer. Seus cabelos estavam enrolados numa toalha, e um fio escuro escorria de um lado do rosto. Um fio arroxeado bem escuro, e me ocorreu que ela pudesse estar sangrando.

Como se seu sangue pudesse ser excêntrico e escuro de malevolência como sua índole às vezes parecia ser.

"Sua cabeça está sangrando", eu disse, e ela respondeu: "Ah, sai do meu caminho", me afastando com os cotovelos para chegar ao telefone. Entrei no banheiro e vi manchas roxas na pia e a tinta de cabelo na prateleira. Não se falou uma palavra sobre isso, e ela continuou a contar como todo mundo do lado de sua mãe ia de cabelo preto para o caixão, e que ela também iria.

Meu pai tinha um jeito estranho de registrar minha presença naquela época. Podia estar de passagem por um cômodo onde eu me encontrava, e dizia, como se não tivesse me visto:

*"O rei Henrique desde infante
Adorava comer barbante..."*

Outras vezes, se dirigia a mim numa voz gutural e empostada. "Alô, menina. Você quer uma balinha?"

Eu aprendera a responder num tom suplicante de criancinha. "Ah, sim, senhor."

"Não." O *ão* se alongando teatralmente. "Não, está proibida."

Ou ainda:

"'Solomon Grundy, nascido na segunda...'" Apontava o dedo para mim mandando que eu prosseguisse.

"'Batizado na terça...'"

"'Casado na quarta...'"

"'Caiu de cama na quinta...'"

"'Piorou na sexta...'"

"'Morreu no sábado...'"

"'Foi enterrado no domingo...'"

E então juntos, estrepitosamente: "'E assim se conta a história de Solomon Grundy!'".

Nunca uma introdução ou um comentário depois de terminado o versinho. De brincadeira, tentei chamá-lo de Solomon Grundy. Na quarta ou quinta vez ele disse: "Chega. Esse não é o meu nome. Sou seu pai".

Depois disso nunca mais cantamos a musiquinha infantil.

A primeira vez que eu vi você no campus da universidade, você estava só e eu estava só, deu a impressão de que você se lembrava de mim, mas não estava certo de onde. Você tinha acabado de dar uma aula sobre positivismo lógico, substituindo o professor que estava doente. Até brincou, dizendo ser engraçado terem de chamar alguém da Faculdade de Teologia para falar sobre aquele tema.

Você hesitou em me cumprimentar, por isso eu disse: "O antigo rei da França é careca".

Esse foi o exemplo que você havia nos dado de uma asserção que não faz sentido porque o sujeito não existe. No entanto, você me lançou um olhar verdadeiramente surpreso e assustado, que rapidamente foi encoberto por um sorriso profissional. Que impressão teve de mim?

Metida a espertinha.

R., Minha barriga ainda está um pouco estufada. Não ficou nenhuma cicatriz, mas posso pegar a protuberância com as mãos. Fora isso, me sinto bem, estou no meu peso outra vez, ou até um pouco abaixo. Mas acho que estou com uma aparência envelhecida, pareço ter mais do que vinte e quatro anos. Meus cabelos continuam longos e fora de moda, de fato uma vergonha. Será que isso é uma homenagem a você, que nunca quis que eu os cortasse? Sei lá.

Seja como for, comecei a dar longas caminhadas pela cidadezinha para fazer exercício. Antigamente, eu costumava sair aos domingos sem rumo definido. Não tinha ideia se havia regras a seguir ou tipos diferentes de pessoas. Isso talvez se devesse ao fato de nunca haver frequentado uma escola na cidade, ou porque nossa casa fica longe do centro, no final daquela longa rua. Fora de mão. Ia até os estábulos junto à pista de corridas, onde os homens eram proprietários de cavalos ou treinadores profissionais, e toda a garotada era composta de meninos. Não sabia o nome de ninguém, mas todos sabiam o meu. Em outras palavras, eles tinham que me aturar, por eu ser filha de quem era. A gente podia dar comida aos cavalos e limpar o esterco. Parecia uma aventura. Eu usava um velho boné de golfe do meu pai e shorts larguíssimos. Subíamos no telhado e eles ficavam brigando para se derrubarem lá de cima, mas me deixavam em paz. Os adultos volta e meia nos mandavam dar o fora, me perguntando: "Seu pai sabe que você está aqui?". Então os meninos começavam a zombar uns dos outros, e o que estava sendo mais atazanado imitava um som de vômito — e eu sabia que era por minha causa. Por isso, parei de ir lá. Abandonei a ideia de ser uma mocinha de filme de faroeste. Passei a ir ao cais observar as embarcações do lago, mas acho que não cheguei a sonhar em me tornar uma maruja. Também não os enganei, fazendo-os acreditar que eu não fosse apenas uma garota. Um homem se inclinou sobre o parapeito do convés e gritou para mim:

"Ei, já tem cabelinho em volta dela?"

Quase perguntei: "Em volta de quê?". Não me senti assustada ou humilhada, e sim aturdida. Que um adulto com encargos sérios pudesse se interessar pela germinação rala que me dava muita coceira no meio das pernas. Pudesse se dar ao trabalho de se sentir enojado com isso, como sua voz sem dúvida indicava.

Os estábulos foram demolidos. A estrada que leva ao cais não é tão íngreme. Erigiram um novo silo de grãos. E os novos subúrbios poderiam pertencer a qualquer cidade, razão pela qual todo mundo gosta deles. Ninguém caminha mais, todos possuem um carro. Nos subúrbios não há calçadas, e as que existiam nas velhas ruas secundárias, agora sem uso, estão sendo despedaçadas pelas geadas e desaparecendo debaixo da terra e do capim. A longa trilha sob os pinheiros na nossa rua foi totalmente encoberta por folhas de pinheiro, pequenas árvores surgidas sabe-se lá de onde e amoras silvestres. Durante décadas as pessoas passaram por aquela trilha para ir se consultar com o doutor. Vinham de fora da cidade, utilizando uma extensão curta e pouco comum da calçada ao longo da estrada (uma outra extensão levava ao cemitério), para depois passar entre os dois renques de pinheiros naquele lado da rua. Isso porque desde o fim do século passado um doutor morava nesta casa.

Todo tipo de pacientes mal-ajambrados e barulhentos, crianças, mães e velhos, a tarde toda, seguidos de pacientes mais silenciosas que chegavam uma a uma. Sentada onde havia uma pereira cercada de arbustos de lilases, eu costumava espioná-las porque as meninas adoram espionar. Os arbustos foram arrancados para facilitar o trabalho do filho do sobrinho da sra. B. com o cortador de grama motorizado. Eu gostava de espiar as senhoras que se vestiam bem para ir à consulta, como era costume naquela época. Lembro-me das roupas usadas logo após o fim da guerra: saias longas, cintos apertados, blusas bufantes, às vezes luvas brancas e curtas — pois naquela época se usavam luvas no verão e não apenas para ir à igreja. Chapéus também, e não apenas na igreja. Chapeuzinhos de palha em tons pastel que emolduravam o rosto. Vestidos com babados leves de verão, pregas nos ombros como uma pequena capa, uma fita larga na cintura. A capa preagueada podia ser erguida pela brisa, quando então a senhora a afastaria do rosto erguendo a mão calçada numa luva de crochê. Esse gesto era para mim como um símbolo de inalcançável graça feminina. O véu finíssimo cobrindo o aveludado perfeito dos lábios. O fato de não ter uma mãe talvez tivesse algo a ver com o que eu sentia. Mas eu não conhecia ninguém cuja mãe se parecesse com aquelas senhoras bem vestidas. Eu ficava acocorada atrás dos arbustos, comendo as peras amarelas com manchinhas pretas e as adorando à distância.

Depois que uma de nossas professoras nos fez ler velhas baladas, como "Patrick Spens" e "The Twa Corbies", todo mundo na escola resolveu compor a sua.

No recreio da escola
Há quem sente na escada,

Há quem pule e jogue bola
Ou vá dar uma mijada...

As baladas iam gerando rimas antes mesmo que a gente pudesse pensar no significado dos versos. Por isso, com a boca cheia de pera sumarenta, eu compunha minhas próprias baladas.

A moça já vai longe no caminho,
Deixando sua casa para trás.
E o pai que sempre lhe negou carinho
Segue em busca de amor e nada mais...

Quando os marimbondos começavam a me incomodar demais, eu voltava para casa. A sra. Barrie costumava estar na cozinha, fumando um cigarro e ouvindo rádio até que meu pai a chamasse. Lá ficava até o último paciente ir embora e tudo estar muito bem-arrumado. Caso alguém soltasse um grito no consultório, ela era capaz de reagir com um de seus risinhos histéricos e dizer: "Pode berrar à vontade". Nunca me dei ao trabalho de lhe descrever as roupas ou a aparência das mulheres que tinha visto, pois sabia que ela jamais iria admirar alguém por ser bonita ou bem vestida. Como também não admiraria alguém por saber alguma coisa que ninguém precisava saber, tal como um idioma estrangeiro. Ela respeitava bons jogadores de cartas e pessoas que tricotavam com rapidez — isso era tudo. O resto da humanidade ela não sabia para o que servia. Meu pai dizia o mesmo. Não sabia para o que servia. Isso me fazia ter vontade de perguntar: Se as pessoas servissem para alguma coisa, que coisa seria essa? Mas eu sabia que nenhum dos dois me responderia. Pelo contrário, diriam para não me fazer de espertinha.

O tio do jovem Bernardotte
O pegou fazendo uma besteira,

Sapecou-lhe um baita piparote
Que doeu a semana inteira.

Se eu decidisse mandar para você tudo isso, para onde eu enviaria? Quando penso em escrever o endereço num envelope, fico paralisada. É doloroso demais imaginar você no mesmo lugar, com sua vida seguindo normalmente, sem mim. E imaginar você longe dali, num lugar que desconheço, é pior ainda.

Querido R., querido Robin, como é possível que eu não soubesse? Estava diante de meus olhos o tempo todo. Se eu tivesse frequentado alguma escola local, sem dúvida teria sabido. Se eu tivesse amigas. Uma colega de ginásio, uma das mais velhas, certamente teria feito questão de que eu soubesse.

Mesmo assim, tive tempo suficiente durante as férias. Se eu não fosse tão voltada para dentro de mim mesma, vagando pela cidade e compondo baladas, teria me dado conta. Olhando agora para trás, eu sabia que algumas daquelas pacientes noturnas, aquelas senhoras chiques, vinham de trem. Associei-as, e suas belas roupas, ao trem da noite. E havia um trem tarde da noite no qual elas deviam partir. Obviamente, também podiam descer de algum carro no final de nossa rua.

E acho que foi dito para mim — pela sra. B., acho, não por ele — que aquelas mulheres vinham ao consultório de meu pai para receber injeções de vitaminas. Sei disso porque, sempre que ouvia alguma delas gemer, pensava: "Agora está tomando a injeção"— e ficava algo surpresa ao verificar que senhoras tão sofisticadas e tão donas de si não eram mais estoicas ao enfrentar uma agulha.

Mesmo agora levei semanas, embora tenha conseguido me acostumar com os hábitos da casa a ponto de não sonhar em pegar um pincel de parede, e de hesitar em endireitar uma gaveta ou jogar fora um velho recibo de supermercado sem consultar a sra. B. (que, de qualquer modo, nunca toma uma decisão). A ponto de haver desistido de fazer com que eles aceitem até um simples café feito na máquina. (Preferem o solúvel porque o gosto é sempre o mesmo.)

Meu pai pôs um cheque ao lado de meu prato. Hoje, domingo, na hora do almoço. A sra. Barrie nunca está aqui aos domingos. Quando meu pai volta da igreja, comemos um almoço frio, que eu preparo, de carne em fatias, pão, tomate, picles e queijo. Nunca pede que eu vá com ele à igreja, provavelmente porque pensa que isso só me daria a oportunidade de fazer comentários que ele não se interessa em ouvir.

O cheque era no valor de cinco mil dólares.

"É para você", ele disse. "Para você ter alguma coisa. Pode depositar no banco ou investir como quiser. Verifique as taxas de juros. Eu não acompanho essas coisas. Claro que você também herdará a casa. No tempo certo, como se costuma dizer."

Um suborno? Eu acho. Dinheiro para abrir um pequeno negócio, para fazer uma viagem? Dinheiro para dar de entrada na compra de uma casinha ou para voltar à universidade e acumular outros dos diplomas que ele classificava como inegociáveis?

Cinco mil dólares para se livrar de mim.

Agradeci e, mais ou menos para dizer qualquer coisa, perguntei o que ele fazia com seu dinheiro. Respondeu que não era da minha conta.

"Pergunte a Billy Snyder se quiser algum conselho." Lembrou-se então que Billy Snyder não trabalhava mais como contador, já se aposentara.

"Tem um sujeito novo lá com um nome esquisito", ele disse. "Parece com Ypsilanti, mas não é Ypsilanti."

"Ypsilanti é uma cidade em Michigan", eu disse.

"Sim, é uma cidade em Michigan, mas era o nome de um homem antes de ser uma cidade em Michigan", meu pai retrucou. Explicou que era o nome de um líder grego que lutou contra os turcos no começo do século xix.

"Ah, a guerra de Byron", eu disse.

"Guerra de Byron?", ele perguntou. "Por que você dá esse nome a essa guerra? Byron não lutou em guerra nenhuma. Morreu de tifo. Virou o grande herói, morreu lutando pelos gregos e tudo mais." Falou isso num tom belicoso, como se eu fosse uma das pessoas responsáveis por esse erro, pela glorificação de Byron. Mas depois se acalmou e me contou, ou rememorou, a evolução da guerra contra o Império Otomano. Falou da Porta, e eu pensei em dizer que nunca soube ao certo se era realmente uma entrada, ou seria Constantinopla, ou a corte do sultão? Mas é sempre melhor não interromper. Quando ele começa a falar assim me vem um sentimento de trégua, a pausa para respirar numa guerra subterrânea e não declarada. Eu estava sentada de frente para a janela e podia ver, através das cortinas de gaze, os montes de folhas castanho-amareladas caídas ao chão sob a rica e generosa luz do sol (talvez o último desses dias por muito tempo, a julgar pelo som do vento nesta noite). Veio então à memória o alívio que eu sentia quando criança, meu prazer secreto sempre que conseguia, graças a uma pergunta ou por acidente, fazê-lo falar como agora.

Por exemplo, terremotos. Eles ocorrem nas cordilheiras vulcânicas, mas um dos maiores aconteceu no meio do continente, em New Madrid (que se pronuncia, vejam só, "Mad-rid"), no estado de Missouri, em 1811. Sei disso através dele. Vales criados por fendas na crosta terrestre. Instabilidade sem sinais na superfície. Cavernas formadas no calcário, águas subterrâneas, montanhas que com o tempo se transformam em detritos.

Números também. Certa vez perguntei a ele sobre números e ele disse: "Bom, são chamados de algarismos arábicos, não é mesmo? Qualquer idiota sabe disso. Mas os gregos podiam ter inventado um bom sistema", continuou, "podiam ter feito tudo se possuíssem o conceito de zero."

Conceito de zero. Guardei isso em minha mente como um embrulho numa prateleira, para abrir algum dia.

Se a sra. B. estava conosco, naturalmente não havia a menor possibilidade de se obter dele qualquer coisa do gênero.

Não interessa, ele diria, trate de comer.

Como se qualquer pergunta que eu fazia tivesse uma segunda intenção, e eu acho que de fato tinha. Eu estava tentando dirigir a conversa. E, como não seria cortês deixar de fora a sra. B., era a atitude dela com respeito à origem dos terremotos ou à história dos algarismos (uma atitude não apenas de indiferença, mas de desprezo) que precisava ser acatada e respeitada.

Regressamos assim mais uma vez à sra. B., de volta ao presente.

Entrei em casa ontem às dez da noite. Retornava de um encontro da Sociedade Histórica — ou pelo menos de um encontro onde tentávamos organizar uma sociedade histórica. Cinco pessoas haviam comparecido, duas das quais andando com a ajuda de bengalas. Ao abrir a porta da cozinha, vi a sra. B. emoldurada pela porta do hall detrás — o hall que leva do consultório ao banheiro e à parte da frente da casa. Trazendo nas mãos uma bacia coberta, ela seguia rumo ao banheiro e poderia ter continuado, atravessando a cozinha quando entrei. Eu mal teria reparado nela. Mas parou de chofre e lá ficou, parcialmente voltada na minha direção, fazendo uma careta de consternação.

Ai, ai, apanhada com a boca na botija.

Correu então para o banheiro.

Era tudo encenação: a surpresa, a consternação, a corrida. Até mesmo a maneira como segurava a bacia, para que eu a notasse. Era tudo deliberado.

Eu podia ouvir o ruído surdo da voz de meu pai no consultório falando com alguma paciente. De qualquer modo, tinha visto as luzes do consultório acesas, o carro da paciente estacionado do lado de fora. Ninguém mais precisa andar a pé.

Tirei o casaco e subi a escada. Só me preocupava em não permitir que a sra. B. controlasse a situação. Nada de perguntas, nenhum choque de reconhecimento. Nada de *O que é que tem aí dentro da bacia, sra. B., o que é que a senhora e papai andam fazendo?* (Não que jamais o tivesse chamado de papai.) Ocupei-me imediatamente em remexer numa caixa de papelão cheia de livros que eu ainda não tinha aberto. Estava procurando os diários de Anna Jameson. Tinha prometido emprestá-los à outra pessoa com menos de setenta anos presente ao encontro. Um homem, um fotógrafo que conhece alguma coisa sobre a história da região norte do Canadá. Ele queria ser professor de história, mas teve de desistir por causa da gagueira. Contou-me tudo isso na meia hora em que ficamos de pé na calçada conversando em vez de dar o passo mais decisivo de sair para tomar um café. Na despedida, ele disse que gostaria de ter me convidado para tomar um café, porém precisava voltar para casa e dar um descanso à sua mulher porque o bebê estava com cólicas.

Pus todos os livros para fora, como se examinasse relíquias de outras eras. Examinei um a um até que a paciente foi embora e meu pai levou a sra. B. para casa, subindo mais tarde para ir ao banheiro e se deitar. Li trechos aqui e ali até ficar tão sonolenta que quase dormi no chão.

* * *

Hoje, na hora do almoço, meu pai finalmente disse: "E, afinal de contas, quem está ligando para os turcos? História antiga".

E eu tive que dizer: "Acho que sei o que está acontecendo aqui".

Ele ergueu a cabeça e resfolegou. De verdade, como um cavalo velho.

"Sabe mesmo, é? Acha que sabe o quê?"

"Não o estou acusando. Não sou contra", respondi.

"Não é contra?"

"Sou favorável ao aborto, creio que devia ser legalizado."

"Não quero que você volte a usar essa palavra aqui em casa", disse meu pai.

"Por que não?"

"Porque sou eu quem diz que palavras podem ser usadas nesta casa."

"Você não entende o que eu estou dizendo."

"Entendo que você tem a língua solta demais. A língua solta demais e pouco bom senso. Excesso de estudos e falta de miolos."

Mas não me calei. "As pessoas sabem."

"Sabem? Há uma diferença entre saber e tagarelar. Ponha isso na sua cabeça de uma vez por todas."

Não nos falamos pelo resto do dia. Cozinhei o assado de sempre para o jantar e o comemos sem trocar uma palavra. Não acredito que isso seja nem um pouquinho difícil para ele. Nem para mim até agora, porque tudo me parece tão idiota e vergonhoso que estou com raiva, mas não vou manter esse estado de espírito para sempre e talvez me veja pedindo desculpas. (Você possivelmente não se surpreenderá ao saber disso.) Sem dúvida está na hora de eu ir embora daqui.

Na noite de ontem, o rapaz me disse que, quando se sente relaxado, a gagueira praticamente desaparece. Como quando estou falando com você, ele disse. Provavelmente eu podia fazer com que ele se apaixonasse por mim, pelo menos até certo ponto. Podia fazer isso só para me divertir. Esse é o tipo de vida que me espera aqui.

Querido R., não fui embora, o Mini não estava em condições. Levei-o para uma revisão completa. O tempo também mudou, o vento de outono soprou com violência levantando as águas do lago e varrendo a praia. Pegou a sra. Barrie nos degraus da frente de sua casa — o vento — e a derrubou de lado, quebrando seu ombro. É o ombro esquerdo, e ela disse que podia trabalhar com o braço direito, porém meu pai lhe explicou que se tratava de uma fratura complicada e que desejava que ela descansasse por um mês. Perguntou se eu me importava de adiar minha partida. Estas foram suas palavras: "adiar minha partida". Não perguntou para onde planejo ir, só sabe do carro.

Também não sei para onde planejo ir.

Respondi que tudo bem, que ficaria enquanto pudesse ser útil. Estabelecemos assim um relacionamento decente; na verdade, bem confortável. Tento fazer quase tudo que a sra. B. costuma fazer na casa. Nenhum esforço de reorganização, nenhuma discussão sobre consertos. (Os beirais foram limpos — fiquei perplexa e agradecida quando o parente da sra. B. apareceu.) Mantenho o forno fechado como ela fazia, com um par de pesados manuais médicos sobre um tamborete encostado à porta. Cozinho a carne e os legumes do jeito dela, e nem penso em trazer para casa um abacate, um vidro de corações de alcachofra ou uma cabeça de alho, embora essas coisas agora estejam à venda no supermercado. Faço o café diretamente com o pó da lata. Tentei bebê-lo para ver se podia me acostumar com ele, e naturalmente consegui. Limpo o consultório no fim do dia e me ocupo das roupas sujas. O homem da lavanderia gosta de mim porque não o acuso de nada.

Estou autorizada a atender o telefone, mas, se é uma mulher pedindo para falar com meu pai sem adiantar nenhum detalhe, devo tomar nota do número e dizer que o doutor ligará de volta. Assim faço, e às vezes a mulher desliga. Quando conto isso a meu pai, ele diz: "Provavelmente ela vai ligar outra vez".

Não há muitas dessas pacientes — que ele chama de especiais. Não sei, talvez uma por mês. Na maior parte do tempo ele lida com gargantas inflamadas, prisões de ventre, ouvidos supurados e coisas assim. Corações acelerados, pedras no rim, más digestões.

R., Esta noite ele bateu na minha porta. Ele bateu embora ela não estivesse totalmente fechada. Eu estava lendo. Perguntou — não de forma suplicante, é óbvio, mas de uma maneira que considerei razoavelmente respeitosa — se eu poderia lhe dar uma mão no consultório.

A primeira especial desde que a sra. B. se ausentou.

Perguntei o que ele queria que eu fizesse.

"Só mantê-la tão imóvel quanto possível", ele disse. "Ela é jovem e ainda não está acostumada com isso. Lave suas mãos bem lavadas, use o sabonete da garrafinha que está no banheiro do andar de cima."

A paciente estava deitada de costas na maca de exame, coberta com um lençol da cintura para baixo. Na parte de cima vestia um cardigã azul-marinho abotoado e uma blusa branca com colarinho de rendas. Essas roupas caíam frouxamente sobre suas clavículas bem pronunciadas e um peito quase chato. Os cabelos eram negros, repuxados para formar tranças que se prendiam no alto da cabeça. Esse estilo afetado e severo fazia seu pescoço parecer mais longo e realçava a régia estrutura óssea de seu rosto branco, razão pela qual, à distância, ela podia dar a impressão de ter uns quarenta e cinco anos. De perto se via que era bem jovem, provavelmente por volta dos vinte. A saia pregueada estava pendurada atrás da porta. A beirada da calcinha branca era visível, mostrando que ela se preocupara em pendurá-la por baixo da saia.

Tremia muito embora o consultório não estivesse frio.

"Agora, Madeleine", disse meu pai, "a primeira coisa que você tem a fazer é levantar os joelhos."

Perguntei-me se ela o conhecia. Ou o doutor simplesmente pedia um nome e usava o que a mulher lhe desse?

"Calma", ele disse. "Calma. Calma." Posicionou os estribos e encaixou os pés dela. Suas pernas estavam nuas e aparentemente nunca tinham se bronzeado. Calçava ainda os mocassins.

Os joelhos tremiam tanto nessa nova posição que chegavam a se entrechocar.

"Você vai ter de ficar mais imóvel", meu pai disse. "Não vou poder fazer meu trabalho se você não fizer a sua parte. Quer uma coberta?"

Para mim disse: "Pegue uma coberta para ela. Naquela prateleira ali embaixo".

Cobri a parte de cima do corpo de Madeleine. Ela não olhou para mim. Seus dentes castanholavam. Ela fechou a boca com força.

"Agora escorregue um pouco para baixo", meu pai disse para ela. E para mim: "Segure os joelhos dela. Afaste-os. Assim, bem de leve".

Peguei as patelas da moça e as afastei tão delicadamente quanto pude. A respiração de meu pai enchia o cômodo com seus comentários infindáveis e ininteligíveis. Precisei segurar os joelhos de Madeleine com firmeza para impedir que voltassem a se encontrar.

"Onde está aquela velha?", ela perguntou.

"Em casa", respondi. "Sofreu uma queda. Estou no lugar dela."

Quer dizer que ela já tinha estado aqui.

"Ela é bruta", disse Madeleine.

A voz era controlada, quase um resmungo, não tão nervosa quanto eu esperava considerando a agitação de seu corpo.

"Espero não ser tão bruta."

Ela não respondeu. Meu pai tinha pegado uma haste fina, semelhante a uma agulha de tricô.

"Agora vem a parte difícil", ele disse. Falou num tom de conversa; acho que eu nunca o ouvi falar num tom tão suave. "Quanto mais você se contrair, pior vai ser. Relaxe. Assim. Relaxe mais. Boa menina. Boa menina."

Eu estava pensando em dizer alguma coisa que pudesse lhe trazer alívio ou distraí-la. Podia ver agora o que meu pai estava fazendo. Dispostas sobre uma toalha branca, na mesa ao seu lado, havia diversas hastes, todas com o mesmo comprimento mas com diâmetros crescentes. Eram usadas, uma após a outra, para abrir e alargar o colo do útero. De onde me encontrava, atrás da barreira feita pelo lençol sobre os joelhos da moça, não era capaz de acompanhar o progresso invasivo daqueles instrumentos. No entanto, podia senti-lo através das ondas de dor que se sucediam em seu corpo que, sufocando os espasmos de apreensão, a faziam de fato ficar mais imóvel.

Onde você nasceu? Onde estudou? Trabalha em algum lugar? (Eu havia notado uma aliança de casamento, mas possivelmente todas usam alianças de casamento.) Gosta do seu emprego? Tem irmãos e irmãs?

Por que ela haveria de querer responder a essas perguntas, mesmo que não estivesse sentindo nenhuma dor?

Ela sorveu uma golfada de ar por entre os dentes e esbugalhou os olhos cravados no teto.

"Eu sei", falei baixinho, "eu sei."

"Estamos chegando lá", disse meu pai. "Você está sendo muito boazinha, bem quieta. Agora falta pouco."

"Eu ia pintar o consultório, mas acabei não pintando", comecei a falar. "Se fosse você, que cor ia usar?"

"Ai", disse Madeleine. "Ai." Uma súbita e assustada exalação de ar. "Ai. Ai."

"Amarelo", eu disse. "Pensei num amarelo-claro. Ou ficaria melhor um verde-claro?"

Ao chegar a hora da haste mais grossa, Madeleine havia jogado a cabeça contra o travesseiro baixo, distendendo seu longo pescoço e também a boca, os lábios colados aos dentes.

"Pense em seu filme predileto. Qual é o seu filme preferido?"

Uma enfermeira me disse isso justamente quando eu alcançava o inimaginável e interminável platô de dor e estava convencida de que dessa vez não viria nenhum alívio. Como poderiam ainda existir filmes neste mundo? Agora eu tinha dito a mesma coisa para Madeleine, e seus olhos me fitaram com a expressão de frio espanto de quem se dá conta de que um ser humano pode ser tão útil quanto um relógio parado.

Arrisquei largar um dos joelhos e toquei sua mão. Surpreendeu-me a rapidez e a ânsia com que ela a agarrou, amassando meus dedos. Afinal de contas, eu não era de todo inútil.

"Diga alguma coisa...", ela ciciou entre os dentes. "Por favor. Qualquer coisa."

"Muito bem", disse meu pai, "agora estamos lá."

Recite.

O que é que eu devia recitar? Versinhos infantis?

O que me veio à mente foi o poema que você costumava recitar, "A canção de Engus o Peregrino".

"'Fui a um bosque de aveleiras,/ Porque havia um incêndio em minha cabeça ...'"

Eu não me lembrava de como aquilo continuava. Eu não conseguia pensar. E o que haveria de vir à minha mente senão o último verso inteiro.

Embora eu tenha envelhecido
A vagar por terras baixas e terras altas,
Ainda hei de saber para onde foste,
E beijarei teu rosto, e tomarei tuas mãos nas minhas...

Imagine só eu recitar um poema diante de meu pai.

Não sei o que ela achou: estava de olhos cerrados.

Eu pensei que ia ter medo de morrer porque mamãe morreu assim, durante o parto. Mas, ao atingir aquele platô, descobri que viver e morrer eram noções irrelevantes, tal como filmes prediletos. Eu tinha chegado ao limite, convencida de que era incapaz de mover aquilo que se parecia a um ovo gigantesco ou um planeta em chamas — e não a um bebê. Ele estava entalado e eu também, num tempo e num espaço que poderiam perdurar para sempre — não havia nenhuma razão pela qual eu devesse escapar, todos os meus protestos já haviam sido ignorados.

"Agora preciso de você", disse meu pai. "Preciso aqui. Pegue a bacia."

Mantive no lugar a mesma bacia que vira nas mãos da sra. Barrie. Segurei-a enquanto ele raspava o útero da moça com um engenhoso instrumento de cozinha. (Não quero dizer que era um instrumento de cozinha, mas dava a impressão de ser algo bem caseiro.)

As partes de baixo de uma mulher, mesmo de uma jovem magrinha, podem parecer grandes e carnudas numa situação dessas. Nos dias que se seguiram ao parto, na enfermaria da maternidade, as mulheres exibiam sem pejo, e até desafiadoramente, seus cortes e rasgões, as feridas com suturas negras, as dobras de pele, as ancas grandes e indefesas. Um verdadeiro espetáculo.

Do útero começaram então a sair, misturados com sangue, glóbulos de geleia cor de vinho e, em algum ponto no meio de tudo isso, o feto. Como um brinde ordinário dentro da caixa de cereais, um prêmio no saco de pipocas. Um bonequinho de plástico tão insignificante quanto uma unha. Não procurei vê-lo. Mantive a cabeça erguida, distante do cheiro de sangue quente.

"Banheiro", disse meu pai. "Tem uma coberta." Queria se referir ao pano dobrado que estava ao lado das hastes sujas. Eu não quis perguntar: "É para jogar na privada?", entendendo que esse era seu desejo. Atravessei com a bacia o hall dos fundos até o banheiro do térreo, despejei o conteúdo, puxei a válvula duas vezes, lavei a bacia e a trouxe de volta. A essa altura meu pai estava fazendo os curativos na moça e lhe dando algumas instruções. É bom nisso, faz tudo certo. Mas seu rosto tinha uma expressão de grande cansaço, suficientemente abatido para deixar os ossos visíveis. Ocorreu-me que ele havia desejado que eu estivesse lá durante todo o procedimento porque receava desmaiar. A sra. B., pelo menos nos velhos tempos, esperava na cozinha até os últimos momentos. Talvez agora fique ao seu lado o tempo todo.

Eu não sei o que eu faria se ele desmaiasse.

Meu pai deu uns tapinhas nas pernas de Madeleine e lhe disse para continuar deitada. De barriga para cima.

"Não tente se levantar nos próximos minutos", ele disse. "Alguém vem te buscar?"

"Ele ficou de me esperar lá fora", ela disse, num tom débil porém rancoroso. "Não deveria ir a lugar nenhum."

Meu pai tirou o guarda-pó e caminhou até a janela da sala de espera.

"Tudo certo", ele disse, "ele está lá." Emitiu um grunhido complicado e perguntou: "Onde está a cesta de roupa suja?", logo se lembrando de que estava no cômodo bem iluminado onde vinha trabalhando. Voltou, pôs na cesta o guarda-pó e se dirigiu a mim: "Ficaria muito agradecido se você pudesse dar um jeito no consultório". Isso significava fazer as esterilizações e arrumar tudo.

Disse que sim.

"Muito bem, vou me despedir agora. Minha filha vai levá-la até a porta quando você estiver pronta para sair." Fiquei algo surpresa por ser chamada de "minha filha" e não pelo meu nome. Claro que já o ouvira dizer isso antes, quando, por exemplo, precisava me apresentar. Mas fiquei surpresa mesmo assim.

Madeleine baixou as pernas da maca tão logo ele saiu do consultório. Cambaleou e eu a amparei. "Tudo bem, tudo bem, saí rápido demais, só isso. Onde pus minha saia? Não quero ficar circulando dessa maneira."

Peguei a saia e a calcinha atrás da porta e ela as vestiu sem ajuda, mas tremendo bastante.

"Você podia descansar um pouco", eu disse. "Seu marido vai esperar."

"Meu marido está trabalhando no meio do mato, perto de Kenora. Vou para lá na semana que vem. Ele tem um lugar onde eu posso ficar. Onde será que deixei meu casaco?"

Meu filme preferido — como você deve saber e eu deveria ter lembrado quando a enfermeira perguntou — é *Morangos silvestres*. Lembro-me do cineminha com cheiro de mofo onde costumávamos ver todos aqueles filmes suecos, japoneses, indianos e italianos. Não me ocorre seu nome, mas lembro também que pouco tempo antes haviam deixado de passar os filmes da série *Carry On* e de Martin e Lewis. Como você estava ensinando filosofia a futuros pastores, seu filme predileto deveria ser *O sétimo selo*, será que era? Acho que era um filme japonês, nem sei do que tratava. Seja como for, nós costumávamos voltar do cinema a pé para casa, alguns quilômetros de caminhada, discutindo ardentemente sobre amor humano e egoísmo, Deus, fé e desespero. Quando nós chegávamos no dormitório tínhamos de calar a boca. Tínhamos de subir a escada até o meu quarto sem fazer o mínimo barulho.

Ahhh, você suspirava agradecido e surpreso ao entrar.

Eu ficaria com medo de trazê-lo aqui no último Natal se já não estivéssemos tão envolvidos em nossa briga. Teria um senso muito forte de proteção com relação a você para expô-lo a meu pai.

"Robin? Isso é nome de homem?"

Você respondeu que sim, que era seu nome.

Ele fez de conta que nunca o ouvira.

Na verdade, contudo, vocês se deram muito bem. Tiveram uma discussão sobre um grande conflito entre diferentes ordens de monges no século XVII, não foi? A discórdia entre esses monges era sobre como deviam raspar a cabeça.

Um vara-pau de cabelos encaracolados, era assim que ele te chamava. Vindo dele, era quase um elogio.

Quando lhe contei no telefone que, afinal de contas, não íamos nos casar, ele disse: "Veja lá, você acha que vai conseguir arranjar outro?". Se eu levantasse alguma objeção a suas palavras, ele teria naturalmente afirmado que era uma brincadeira.

E era uma brincadeira. Não consegui arranjar outro, mas talvez não me encontre mesmo nas melhores condições para tentar.

A sra. Barrie está de volta. Ela voltou em menos de três semanas, embora o esperado fosse um mês. Porém precisa trabalhar menos horas do que antes. Leva tanto tempo para se vestir e para cuidar de sua própria casa que só costuma chegar aqui (trazida pelo sobrinho ou pela mulher dele) lá pelas dez da manhã.

"Seu pai não está com uma cara boa", foi a primeira coisa que me disse. Acho que ela tem razão.

"Talvez devesse tirar uns dias de descanso", respondi.

"Muita gente aborrecendo ele", ela disse.

O Mini saiu da oficina e o dinheiro está na minha conta bancária. O que eu devia fazer era dar o fora. Mas fico pensando um monte de besteiras. E se tivermos outra especial? Como pode a sra. B. ajudá-lo? Ela ainda não pode levantar peso com a mão esquerda e jamais sustentaria a bacia só com a direita.

R. Hoje caiu a primeira grande nevada. Aconteceu durante a noite e de manhã o céu estava claro, azul, não havia nenhum vento e a claridade era de cegar. Fui dar uma caminhada cedinho sob os pinheiros. A neve escorria por entre as folhas, caindo em linha reta, tão resplandecente quanto um diamante ou uma decoração de Natal. Como já haviam retirado a neve da estrada e de nossa rua, meu pai podia ir de carro ao hospital. Ou eu podia ir para onde bem quisesse.

Passaram alguns carros, entrando e saindo da cidadezinha, como numa manhã qualquer.

Antes de entrar em casa resolvi verificar se o Mini iria pegar, e pegou. Vi um embrulho no banco detrás. Era uma caixa de chocolates de um quilo, do tipo que se compra no mercadinho. Não podia imaginar como teria ido parar ali — me perguntei se não era um presente do sujeito da Sociedade Histórica. Ideia idiota. Mas quem mais?

Bati as botas contra o chão em frente à porta para me desfazer da neve, lembrando que devia pôr uma vassoura do lado de fora. A cozinha estava inundada de luz.

Achei que sabia o que meu pai ia dizer.

"Contemplando a natureza?"

Ele estava sentado à mesa, de chapéu e casaco. Geralmente, a essa hora já tinha saído para ver seus pacientes no hospital.

Perguntou: "Já limparam a estrada? E a rua?".

Respondi que a neve fora removida de ambas. Ele podia ter visto que a rua estava limpa olhando pela janela. Pus a chaleira no fogo e perguntei se ele queria outra xícara de café antes de sair.

"Está bem", ele disse. "Se é que as ruas já estão limpas e posso sair."

"Que dia lindo!", comentei.

"Muito lindo para quem não tem que tirar toda essa neve com uma pá."

Preparei duas xícaras de café solúvel e as depositei sobre a mesa. Sentei-me de frente para a janela e para a luz que entrava por ela. Ele estava sentado na ponta da mesa, tendo ajeitado a cadeira de modo que a luz batesse em suas costas. Eu não podia ver a expressão de seu rosto, embora sua respiração me fizesse companhia como sempre.

Comecei a lhe falar sobre mim. Absolutamente essa não tinha sido minha intenção. Havia pensado em dizer alguma coisa sobre minha partida. Abri a boca e dela começaram a escapar coisas que ouvi com iguais doses de alarme e satisfação, como quando a gente está bêbada e solta a língua.

"Você nunca soube que eu tive um filho. Nasceu no dia 17 de julho. Em Ottawa. Estive pensando como isso é irônico."

Disse-lhe que o bebê tinha sido adotado imediatamente e que eu nem sabia se era menino ou menina. Tinha pedido para que não me dissessem. E também pedido para não ver a criança.

"Fiquei com a Josie", continuei. "Você lembra de eu ter falado sobre minha amiga Josie? Ela agora foi para a Inglaterra, mas naqueles dias ela estava sozinha na casa dos pais. Eles tinham sido enviados para a África do Sul. Foi uma dádiva dos céus."

Contei-lhe quem era o pai da criança. Disse que era você, caso ele tivesse alguma dúvida. E que, como já éramos noivos, oficialmente noivos, pensei que era uma questão apenas de nos casarmos.

Porém você tinha outra opinião. Insistiu que tínhamos de encontrar um médico. Um médico que me fizesse um aborto.

Ele não me lembrou que eu estava proibida de pronunciar essa palavra em sua casa.

Expliquei também que você havia dito que não podíamos simplesmente nos casar, porque qualquer pessoa capaz de contar nos dedos saberia que eu tinha ficado grávida antes do casamento. Não podíamos nos casar antes que a gravidez acabasse.

De outra forma você poderia perder seu emprego na Faculdade de Teologia.

Eles podiam chamá-lo perante um comitê, que talvez o considerasse moralmente inidôneo. Moralmente inidôneo para dar aulas a jovens pastores. Poderia ser visto como um mau caráter. E mesmo supondo que isso não acontecesse, mesmo que não perdesse o emprego e fosse apenas repreendido, ou nem mesmo repreendido, nunca seria promovido; haveria uma mácula em suas anotações pessoais. Mesmo que ninguém lhe dissesse nada, eles *teriam algo* contra você, e isso você não suportaria. Os novos alunos saberiam de tudo através dos mais velhos, trocariam piadas sobre você. Seus colegas teriam uma oportunidade de diminuí-lo. Ou de serem compreensivos, o que seria igualmente ruim. Você se transformaria num homem desprezado de forma ostensiva ou não, num fracasso.

Certamente não, eu disse.

Ah, sim! Nunca subestime a maldade que existe na alma das pessoas. E também para mim seria devastador. As esposas controlavam tudo, as esposas dos professores mais velhos. Nunca permitiriam que eu esquecesse. Mesmo quando fossem simpáticas — *especialmente* quando fossem simpáticas.

Mas nós poderíamos simplesmente ir embora dali, eu disse. Ir para algum lugar onde ninguém saberia.

Saberiam. Há sempre alguém que se encarrega de fazer os outros saberem.

Além do mais, isso significaria ter de começar do zero outra vez. Você teria de começar com um salário mais baixo, um salário miserável, e então como poderíamos sobreviver tendo ainda o bebê para sustentar?

Fiquei pasma com esses argumentos, que não pareciam ser consistentes com as ideias da pessoa que eu tinha amado. Os livros que havíamos lido, os filmes que havíamos visto, as coisas sobre as quais tínhamos conversado — perguntei se nada disso tinha importância para você. Você disse que sim, mas a vida era mesmo dura. Perguntei se não poderia suportar o pensamento de que alguém riria de você, se iria se acovardar diante de um punhado de esposas de professores.

Você disse que não, que não era nada disso.

Joguei fora meu anel de noivado, de diamante, que rolou para baixo de um carro. Brigávamos enquanto seguíamos por uma rua perto do meu dormitório. Era inverno, como agora. Janeiro ou fevereiro. Mas a batalha prosseguiu depois disso. Eu devia me informar sobre o aborto com uma amiga que tinha uma amiga sobre a qual corriam rumores de que teria feito uma intervenção desse tipo. Cedi, disse que ia fazer isso. Você não podia correr o risco de sair indagando sobre o assunto. Mas então menti, falei que o médico havia se mudado. Depois admiti que tinha mentido. Não posso fazer isso, confessei.

Teria sido por causa da criança? Nunca. Era porque eu achava que tinha razão na discussão.

Senti desprezo. Senti desprezo quando vi você se enfiando por baixo do carro, as abas do casaco adejando em volta do seu traseiro. Você tateava na neve em busca do anel, e ficou muito aliviado quando o encontrou. Estava pronto para me abraçar, para rir comigo, achando que eu também estaria aliviada e que nos reconciliaríamos ali mesmo. Eu disse que você nunca seria ninguém na vida.

Hipócrita, eu disse. Maricas. Professor de filosofia.

Mas não acabou aí porque nos reconciliamos. Sem nos perdoarmos. E não tomamos nenhuma providência. Ficou tarde demais, vimos que cada um de nós tinha investido demais em ter razão. Veio a separação, foi um alívio. Sim, naquele momento tenho certeza de que foi um alívio para nós dois, e uma espécie de vitória.

"Então, não é irônico?", perguntei a meu pai. "Considerando tudo?"

Podia ouvir a sra. Barrie batendo as botas no chão do lado de fora, por isso falei depressa. Meu pai tinha permanecido sentado o tempo todo, rígido, segundo me pareceu, por causa de seu embaraço ou de um asco profundo.

A sra. Barrie abriu a porta e foi dizendo: "Precisa pôr uma vassoura lá fora". Depois exclamou: "O que é que você está fazendo sentada aí? Que que há contigo? Não vê que o homem está morto?".

Não estava morto. Na verdade, respirava tão ruidosamente como sempre, talvez até mais. O que ela tinha visto — e o que eu teria visto, mesmo contra a luz, caso não houvesse evitado encará-lo enquanto contava minha história — é que ele sofrera um derrame que o havia deixado cego e paralítico. Continuava sentado, embora um pouco caído para a frente, a mesa pressionando a curvatura firme de sua barriga. Ao tentarmos movê-lo da cadeira, conseguimos apenas desalojá-lo o suficiente para a cabeça encostar na mesa com majestática relutância. O chapéu continuou no lugar. E a xícara de café, ainda cheia pela metade, ficou a alguns centímetros dos olhos que não mais a viam.

Eu disse que não podíamos fazer nada com ele, era pesado demais. Fui ao telefone e chamei o hospital, pedindo a um dos outros médicos que viesse até nós. Não havia ambulância na cidadezinha. A sra. Barrie, sem prestar a menor atenção no que eu disse, continuou a remexer nas roupas de meu pai, abrindo botões e dando puxões no sobretudo, grunhindo e se lamuriando com o esforço. Corri para a rua, deixando a porta aberta. Corri de volta, peguei uma vassoura e a pus do lado de fora. Aproximei-me da sra. B., pousei a mão sobre seu braço e disse "Você não vai conseguir" ou algo assim, e recebi de volta o olhar de um gato raivoso.

Veio um médico. Eu e ele conseguimos levar meu pai até o carro e acomodá-lo no banco detrás. Sentei-me ao seu lado para segurá-lo e impedir que caísse. O som de sua respiração era mais peremptório do que nunca, e parecia estar criticando tudo que fazíamos. Mas o fato é que agora era possível agarrá-lo, empurrá-lo para cá e para lá, ajeitar seu corpo da melhor maneira — e isso parecia bem estranho.

A sra. B. tinha recuado para um segundo plano e se aquietado tão logo chegou o outro médico. Nem sequer nos seguiu até a porta de casa para ver meu pai ser posto no carro.

Ele morreu à tarde. Por volta das cinco horas. Disseram-me que isso foi uma sorte para todos os envolvidos.

Eu tinha muito mais coisas a dizer quando a sra. B. chegou. Ia perguntar a meu pai o que aconteceria se a lei fosse mudada. Isso podia ocorrer em breve, eu diria. Talvez não, mas era possível. Ele então perderia a clientela, ou parte da clientela. Isso faria uma grande diferença para ele?

O que poderia esperar que ele respondesse?

Não se meta onde não é chamada.

Ou então: Ainda daria para viver.

Não, eu diria. Eu não estava pensando no dinheiro. Estava pensando no risco. No segredo. No poder.

Muda-se a lei, muda-se o que uma pessoa faz, muda-se o que uma pessoa é?

Ou ele encontraria outro risco, outro nó para dar na vida, algum outro ato de caridade clandestino e problemático?

E se aquela lei podia mudar, outras coisas podiam mudar. Estou pensando agora em você, como podia acontecer de você não se envergonhar de casar com uma mulher grávida. Não haveria nada de vergonhoso nisso. Avance alguns anos, poucos anos, e poderia se tornar uma celebração. A noiva grávida, com uma guirlanda de flores, é levada ao altar, mesmo na capela da Faculdade de Teologia.

No entanto, se isso acontecesse, provavelmente haveria outra coisa da qual ter medo ou vergonha, outros erros a serem evitados.

E então, onde eu fico nisso tudo? Terei sempre de assumir uma atitude de superioridade arrogante? Ostentar minhas perdas em troca da satisfação moral, do fato de estar acima, de ter razão?

Muda-se a pessoa. Todos afirmamos esperar que isso seja possível.

Muda-se a lei, muda-se a pessoa. Todavia, não queremos que tudo — a história inteira — seja ditado de fora. Não queremos que o que somos, o que todos nós somos, seja produzido dessa forma.

Quem é esse "nós" de que venho falando?

R., O advogado de meu pai diz que é muito "incomum". Entendo que, para ele, essa é uma palavra bem forte e suficiente.

Há dinheiro bastante na conta bancária de meu pai para cobrir as despesas do enterro. O suficiente para despachá-lo, como dizem alguns. (Não o advogado, ele não fala assim.) Mas não sobra muito mais. Não há certificados de ações no cofre particular do banco, nenhum registro de investimentos. Nada. Nenhuma doação testamentária para o hospital, para a igreja ou para a escola criar uma bolsa. O que é ainda mais chocante, nenhum dinheiro a ser dado à sra. Barrie. A casa e o que há dentro dela pertencem a mim, e isso é tudo. Tenho ainda meus cinco mil dólares.

O advogado parece pouco à vontade, penosamente embaraçado e mesmo preocupado com a situação. Talvez pense que eu suspeite de seu comportamento, que vá tentar denegrir seu nome. Quer saber se existe algum cofre na casa, qualquer esconderijo onde pudesse estar uma alta soma em dinheiro vivo. Digo que não existe. Ele tenta me sugerir — de uma forma tão discreta e indireta que, de início, não compreendo do que está falando — que meu pai poderia ter motivos para manter em segredo o total de seus rendimentos. Um grande volume de dinheiro escondido em algum canto é portanto uma possibilidade.

Digo-lhe que não estou terrivelmente preocupada com o dinheiro.

Que coisa horrorosa de dizer! Ele mal consegue olhar nos meus olhos.

"Talvez você possa ir para casa e dar uma boa olhada", ele diz. "Não despreze os lugares óbvios. Pode estar numa lata de biscoitos ou numa caixa debaixo da cama. São surpreendentes os lugares que as pessoas escolhem. Até mesmo as pessoas mais razoáveis e inteligentes."

"Ou mesmo embrulhado numa fronha", ele diz enquanto saio porta afora.

Uma mulher ao telefone quer falar com o doutor.

"Sinto muito. Ele morreu."

"O dr. Strachan. Estou falando com o consultório desse doutor?"

"Sim, mas me desculpe, ele morreu."

"Há alguém aí... Será que ele tem um sócio com quem eu possa falar? Há alguém mais aí?"

"Não, nenhum sócio."

"Você teria algum outro número que eu possa ligar? Não há outro doutor capaz de..."

"Não, não tenho número algum. Não há ninguém que eu conheça."

"Você deve saber do que se trata. É muito importante. São circunstâncias muito especiais."

"Sinto muito."

"Dinheiro não é problema."

"Não."

"Por favor, tente pensar em alguém. Se lembrar de alguém depois, você me telefona? Vou deixar meu número."

"Não faça isso."

"Não me importa. Confio em você. De qualquer modo, não é para mim. Sei que todo mundo deve dizer isso, mas realmente não é. É para minha filha, que está muito mal. Psicologicamente ela está muito mal."

"Sinto muito."

"Se você soubesse a dificuldade que tive para encontrar esse número, você tentaria me ajudar."

"Desculpe."

"Por favor."

"Sinto muito."

Madeleine foi a última de suas especiais. Vi-a no enterro. Não tinha ido para Kenora, ou já estava de volta. Não a reconheci de imediato porque usava um chapéu preto de aba larga com uma pena na horizontal. Deve ter emprestado o chapéu de alguém, pois não estava acostumada com a pena, que caía sobre seus olhos. Dirigiu-se a mim na fila que se formou no hall da igreja. Disse-lhe o mesmo que vinha dizendo a todos.

"Muito gentil de ter vindo."

Então me dei conta da coisa estranha que ela me dissera.

"Achei que você gostava de chocolate."

"Talvez ele não cobrasse sempre", digo ao advogado. "Quem sabe às vezes trabalhasse de graça. As pessoas fazem coisas por caridade."

O advogado está se acostumando comigo agora. Ele diz: É, talvez".

"Ou mesmo uma instituição de benemerência", continuo, "que ele apoiasse sem fazer nenhum registro do fato."

O advogado me encara por alguns segundos.

"Uma instituição de benemerência", repete.

"Bem, ainda não averiguei debaixo do piso do porão", eu digo, e ele dá um sorrisinho forçado diante da minha frivolidade.

* * *

A sra. Barrie não pediu as contas. Simplesmente não apareceu. Ela não tinha nada de importante a fazer uma vez que o enterro foi no cemitério da igreja e a recepção no hall. Ela não compareceu ao funeral. Ninguém de sua família deu as caras. Havia tanta gente lá que eu não teria notado a ausência deles caso alguém não houvesse me dito: "Não vi ninguém da família Barrie, você viu?".

Telefonei para a sra. Barrie vários dias depois e ela me disse: "Não fui à igreja porque estava com um resfriado danado".

Disse-lhe que essa não era a razão de eu haver telefonado. Que podia me arranjar muito bem sozinha, mas queria saber o que ela planejava fazer.

"Ah, não sei pra que voltar aí agora."

Disse-lhe que devia vir e pegar alguma coisa da casa, uma lembrança. A essa altura eu já sabia do dinheiro e queria lhe explicar que me sentia aborrecida com a situação. Mas não sabia como dizer isso.

"Deixei algumas coisas aí, vou passar para apanhar quando puder", ela respondeu.

Apareceu na manhã seguinte. As coisas que tinha para pegar eram panos de chão, baldes, esfregões e uma cesta de roupas. Era difícil acreditar que ela tivesse interesse em recuperar esse tipo de coisas. Mais difícil ainda acreditar que as quisesse por razões sentimentais, porém talvez fosse o caso. Eram objetos que ela tinha usado por anos — ao longo de todos os seus anos nesta casa, onde tinha passado mais tempo acordada do que na sua própria casa.

"Nada mais?", perguntei. "Alguma recordação?"

Ela olhou a seu redor na cozinha, mordendo o lábio inferior. Podia estar mastigando um sorriso.

"Acho que não tem nada aqui que valha a pena", respondeu.

Eu tinha um cheque preparado para ela, só faltava escrever o montante. Não havia conseguido decidir quanto, dos cinco mil dólares, dividiria com ela. Mil? Era o que eu tinha pensado. Agora me parecia vergonhoso. Melhor dobrar.

Peguei o cheque, que escondera numa gaveta. Achei uma caneta e escrevi quatro mil dólares.

"Isso é para você", eu disse. "E obrigada por tudo."

Ela pegou o cheque, o olhou de relance e enfiou no bolso. Pensei que não tinha sido capaz de ler o montante. Mas então reparei na onda de sangue que lhe subia ao rosto, a maré de perturbação, a dificuldade de se mostrar agradecida.

Com o braço saudável ela conseguiu recolher tudo que ia levar. Abri a porta. Eu estava tão ansiosa para que ela falasse qualquer coisa que quase pedi desculpas pelo valor do cheque.

Em vez disso, perguntei: "Seu ombro não está melhor?".

"Nunca vai ficar melhor", foi a resposta. Baixou a cabeça como se temesse outro dos meus beijos e desfiou um "muito bem-obrigada-adeus".

Observei-a enquanto caminhava para o carro, imaginando que a mulher de seu sobrinho a havia levado até lá.

No entanto, não era o carro de sempre que a mulher do sobrinho dirigia. Ocorreu-me que a sra. Barrie poderia ter um novo empregador. Apesar do braço estropiado. Um novo e rico empregador. Isso justificaria sua pressa, o embaraço mal-humorado.

Na verdade, foi mesmo a mulher de seu sobrinho que saiu do carro para ajudar com as coisas. Acenei para ela, mas não me viu porque estava cuidando de pôr no porta-malas os panos de chão e os baldes.

"Beleza de carro", falei em voz alta, certa de que as duas mulheres apreciariam o elogio. Não sabia qual a marca, porém era novo em folha, grande e bonitão. Uma cor lilás prateada.

A mulher do sobrinho respondeu com um "Falou!", enquanto a sra. Barrie curvava a cabeça em sinal de reconhecimento.

Tiritando nas minhas roupas de casa, mas premida pelo desejo de pedir desculpas e pela sensação de perplexidade, fiquei na porta e dei adeus até que o carro desaparecesse de vista.

Não fui capaz de fazer nada depois disso. Preparei um café e me sentei na cozinha. Peguei os chocolates de Madeleine numa gaveta e comi uns dois, embora não gostasse tanto de chocolate a ponto de apreciar os recheios quimicamente tingidos de laranja e amarelo. Gostaria de ter agradecido. Não sabia como fazer isso agora, pois nem conhecia seu sobrenome.

Decidi esquiar. Creio que te contei que há depressões nos fundos de nosso terreno onde antes existiam grandes depósitos de cascalho. Pus os esquis de madeira que meu pai costumava usar na época em que a neve não era removida das ruas secundárias e ele precisava atravessar os campos para fazer um parto ou extrair um apêndice. Nesses esquis antigos, os pés eram presos apenas com correias.

Esquiei até o local das depressões, cujas encostas se cobriram de capim ao longo dos anos e agora exibiam uma camada adicional de neve. Havia pegadas de cachorros, marcas de pássaros, os tênues círculos feitos pelos camundongos que deslizavam, mas nenhum indício da presença de seres humanos. Subi e desci, subi e desci, primeiro escolhendo uma diagonal cautelosa, depois enfrentando declives mais e mais íngremes. Caí vez por outra, mas fui protegida pela neve fresca e abundante. Ao me erguer após nova queda, fiquei sabendo de uma coisa.

Eu sabia para onde o dinheiro tinha ido.

Talvez uma instituição de benemerência.

Beleza de carro.

E quatro mil dólares de um total de cinco.

Desde então, sou feliz.

Foi-me dada a sensação de ver o dinheiro sendo jogado de uma ponte ou atirado para o alto. Dinheiro, esperanças, cartas de amor — todas essas coisas podem ser atiradas para cima e caírem mudadas, caírem leves e livres de seu contexto.

O que não posso imaginar é meu pai cedendo a uma chantagem. Em especial uma chantagem tramada por pessoas que não seriam muito inteligentes nem teriam grande credibilidade. Não quando toda a cidadezinha parece estar a favor dele, ou pelo menos a favor do silêncio.

O que consigo imaginar, contudo, é um gesto grandioso de obstinação. Talvez para se antecipar a qualquer exigência, talvez simplesmente para comprovar que ele não se importava. Prevendo o choque do advogado e minha tentativa ainda mais ansiosa para entendê-lo, agora que ele está morto.

Não. Não acho que ele estava pensando nisso. Não acho que eu tinha um papel tão relevante em seus pensamentos. Nunca tanto quanto eu gostaria de acreditar.

A ideia a que eu venho resistindo é que poderia ter sido por amor.

Por amor, então. Nunca se deve abolir essa possibilidade.

Subi de volta de uma das depressões do terreno e, tão logo cheguei na altura dos campos, o vento me atingiu. O vento soprava neve sobre as pegadas dos cachorros, sobre as marcas deixadas pelos camundongos que se assemelhavam a uma corrente fina, sobre aqueles que devem ser os últimos rastros feitos pelos esquis de meu pai.

Querido R., Robin, quais devem ser minhas derradeiras palavras para você?

Adeus e boa sorte.

Mando-lhe meu amor.

(Imagine se as pessoas realmente fizessem isso — mandassem seu amor pelo correio para se livrar dele. O que mandariam? Uma caixa de chocolates com recheios da cor da gema de um ovo de peru. Um boneco de barro com buracos no lugar dos olhos. Um amontoado de rosas quase podres. Um pacote embrulhado com jornal ensanguentado que ninguém desejaria abrir.)

Cuide bem de você.

E lembre-se de que o atual rei da França é careca.

O sonho de mamãe

Durante a noite — ou durante o tempo em que ela havia dormido — tinha caído uma forte nevada.

Mamãe estava diante de uma grande janela encimada por um arco, daquelas que se encontram nas mansões ou em antiquados edifícios públicos. Dali descortinava gramados, moitas de arbustos, cercas vivas, jardins e árvores, tudo coberto por montes de neve ainda não perturbados ou nivelados pelo vento. A brancura da paisagem não feria os olhos, como ocorre quando brilha o sol. O branco era o branco da neve sob um céu claro pouco antes do amanhecer. Tudo estava em silêncio; era como na canção natalina "Oh, pequena cidade de Belém", exceto pelo fato de que as estrelas já não eram visíveis.

No entanto, havia algo de errado. Um erro no cenário. Todas as árvores, plantas e arbustos exibiam suas folhas como em pleno verão. A grama que aparecia sob elas, nos lugares protegidos da neve, era nova e muito verde. A neve caíra sobre um verão luxuriante. Uma mudança de estação inexplicável, inesperada. Além disso, todo mundo tinha partido — embora ela não pudesse imaginar quem era esse "todo mundo" — e minha mãe se encontrava a sós na ampla casa em meio aos jardins e pomares bastante formais.

Achou que em breve lhe explicariam o que quer que houvesse acontecido. No entanto, ninguém veio. O telefone não tocou. O ferrolho do portão do jardim não foi levantado. Não ouvia nenhum som de tráfego, nem sabia em que direção ficava a rua — ou a estrada, caso ela estivesse no campo. Precisava sair da casa, onde o ar estava muito pesado e abafado.

Ao sair ela se lembrou. Ela se lembrou que deixara um bebê em algum lugar, do lado de fora, antes que a neve caísse. Bem antes da nevasca. Essa recordação, essa certeza, chegou com uma onda de horror. Como se estivesse acordando de algum sonho. Dentro do seu sonho ela acordou de um sonho, para tomar conhecimento de sua responsabilidade e de seu erro. Ela deixara o bebê ao relento durante toda a noite, se esquecera dele. Deixara-o exposto em alguma parte como uma boneca da qual se cansara. E talvez não tivesse feito isso na noite anterior, mas havia uma semana ou um mês. Por toda a estação ou por muitas estações o bebê fora abandonado. Ela tinha estado ocupada com outras coisas. Quem sabe até tinha viajado e acabava de voltar, esquecendo por que estava voltando.

Olhou debaixo das cercas vivas e das plantas de folhas largas. Imaginou que o bebê estaria murcho. Ele estaria morto, seco e escuro, a cabeça como uma noz, no pequeno rosto engelhado uma expressão não de sofrimento e sim de consternação, uma tristeza antiga e paciente. Não haveria uma acusação a ela, a mãe — apenas o reflexo da paciência e impotência com que o bebê tinha esperado para ser salvo, ou esperado pela morte.

O pesar que invadiu minha mãe tinha a ver com a espera do bebê e por ele não saber que esperava por ela, sua única esperança, quando ela tinha se esquecido dele totalmente. Um bebê tão novinho e pequeno que nem sabia se desviar da neve. Mamãe mal conseguia respirar de tanta dor. Não mais haveria espaço dentro dela para qualquer outra coisa. Nenhum espaço para nada, além da admissão do que ela havia feito.

Que alívio, então, ao descobrir o bebê no berço. Deitado de barriga para baixo, a cabeça voltada para o lado, a pele pálida e macia como flocos de neve, a pelugem na cabeça tão avermelhada quanto a aurora. Cabelos ruivos como o dela, no bebê inegavelmente seu e perfeitamente seguro. A alegria de se sentir perdoada.

A neve, os jardins verdejantes e a estranha casa tinham desaparecido. O único resquício de brancura era a coberta do berço. Uma colcha de criança, feita de fina lã branca, amarrotada até a metade das costas do bebê. No calor, o calor verdadeiro do verão, o bebê usava apenas a fralda e calças plásticas para manter o lençol seco. As calças tinham estampas de borboletas.

Mamãe, sem dúvida ainda pensando na neve e no frio que geralmente acompanha a neve, puxou a coberta para proteger as costas e os ombros nus do bebê, e também a cabeça com a pelugem avermelhada.

É de manhã bem cedo quando isso acontece no mundo real. O mundo de julho de 1945. Numa época em que, em qualquer outra manhã, o bebê estaria exigindo a primeira mamada do dia, hoje ele dorme. A mãe, embora de pé e com os olhos bem abertos, ainda está mentalmente mergulhada num sono tão profundo que não atenta para aquilo. Mãe e bebê estão exaustos depois de uma longa batalha, e nesse momento nem disso a mãe se lembra. Alguns circuitos estão fechados. O cérebro dela e o do bebê estão em repouso absoluto. A mãe — minha mãe — não se dá conta da luz do dia, mais brilhante a cada minuto. Não entende que o sol está subindo no céu enquanto ela está ali, de pé. Nenhuma lembrança do dia anterior, ou do que aconteceu por volta da meia-noite, vem agitá-la. Ela puxa a manta sobre a cabeça do bebê, sobre seu perfil doce e satisfeito em pleno sono. Sem fazer barulho, caminha de volta para seu próprio quarto, cai na cama e de novo, no mesmo instante, está inconsciente.

A casa onde isso acontece nada tem a ver com a casa do sonho. É uma construção de madeira branca, de dois andares, apertada mas respeitável, com uma varanda que chega a uns poucos metros da calçada, e uma janela em forma de meia-lua na sala de jantar que dá para um pequeno quintal murado. Fica numa rua secundária de uma cidadezinha que — para um forasteiro — é indistinguível de muitas outras encontradas a cada vinte ou trinta quilômetros nas terras agrícolas, antes densamente povoadas, próximas ao lago Huron. Papai e suas irmãs cresceram nessa casa, e minha avó e minhas tias ainda moravam aqui quando mamãe se juntou a elas — e eu me juntei a elas também, grande e me mexendo dentro dela — depois que papai foi morto nas últimas semanas da guerra na Europa.

Minha mãe — Jill — está de pé junto à mesa da sala de jantar banhada pela luz intensa do final da tarde. A casa está cheia de pessoas convidadas a irem lá após o serviço fúnebre na igreja. Estão bebendo chá ou café enquanto tentam segurar os diminutos sanduíches ou fatias de pão de banana, bolo de nozes e bolo inglês. As tortas de creme ou de passas, com sua massa farelenta, precisam ser comidas com um garfo de sobremesa e os pratinhos de porcelana com desenhos de violetas pintados pela sogra de Jill quando noiva. Jill pega tudo com os dedos. Migalhas de massa caíram, uma passa caiu, e o veludo verde do vestido ficou manchado. É um vestido quente demais para aquele dia, e absolutamente não é um vestido para mulheres grávidas e sim um tipo de túnica larga feita para os recitais, quando ela toca violino em público. A bainha está levantada na frente por minha causa. Mas é a única coisa suficientemente folgada e apresentável que ela tem para usar nas cerimônias fúnebres do marido.

Por que essa sofreguidão em matéria de comida? É impossível não reparar. "Comendo por dois", diz Ailsa para um grupo de convidados a fim de evitar que a embaracem com qualquer coisa que venham ou não a dizer sobre sua cunhada.

Jill vinha sentindo náuseas o dia todo até que, de repente, na igreja, quando pensava como o órgão estava sendo mal tocado, se deu conta de que tinha uma fome de loba. Enquanto era cantado o hino "Oh, corações valentes", ela imaginava um hambúrguer duplo de carne sumarenta e maionese se desmanchando, tentando agora descobrir que mistura de nozes, passas e açúcar mascavo, que glacê de coco de fazer doer os dentes, que porção paliativa de pão de banana ou torta de creme poderia servir como um substituto. Naturalmente, nada tem tal efeito, mas ela persevera. Uma vez satisfeita a fome real, a fome imaginária não dá trégua, assim como não dá trégua uma irritabilidade que chega às raias do pânico e que a faz enfiar na boca o que nem saboreia mais. Ela não saberia descrever essa irritabilidade, exceto pelo fato de ter algo a ver com coisas felpudas e apertadas. A cerca de bérberis do lado de fora da janela, densa e eriçada sob a luz do sol; a sensação do vestido de veludo colando em suas axilas suadas; os ramalhetes de cachos — da mesma cor das passas nas tortas — que formam um coque na cabeça de sua cunhada Ailsa; até as violetas pintadas parecendo cascas de ferida que poderiam ser arrancadas dos pratos —, todas essas coisas lhe parecem particularmente horríveis e deprimentes apesar de saber que são bastante comezinhas. Dão a impressão de transmitir alguma mensagem acerca de sua vida nova e inesperada.

Por que inesperada? De mim já sabia há algum tempo, como também sabia que George Kirkham poderia ser morto. Afinal, ele estava na Força Aérea. (Nesta tarde, na casa da família Kirkham, as pessoas dizem, embora não para a viúva ou para as irmãs do falecido, que ele era o tipo que todo mundo sabia que ia morrer. E isso porque era bonito e divertido, o orgulho da família, aquele em quem todas as esperanças haviam sido depositadas.) Ela sabia disso, mas foi tocando a vida normalmente, carregando o violino no bonde nas escuras manhãs de inverno a caminho do Conservatório, onde se exercitava hora após hora no meio de outros sons, mas sozinha numa salinha infecta, tendo o barulho do aquecedor como companhia, a pele de suas mãos manchada inicialmente pelo frio e depois ressequida pelo calor seco no interior do prédio. Continuou morando num quarto alugado com uma janela mal ajustada por onde entravam moscas no verão e borrifos de neve sobre o peitoril no inverno, e sonhando — quando não estava com enjoos — com linguiça, bolo de carne e chocolate preto. No Conservatório, as pessoas tratavam sua gravidez com tato, como se fosse um tumor. De qualquer forma, demorou bastante até que a barriguinha se tornasse visível, como costuma acontecer com a primeira gestação de moças de bom porte e quadris largos. Eu já dava cambalhotas e ela ainda tocava em público. Regiamente corpulenta, com longos cabelos ruivos caindo sobre os ombros, uma expressão de sombria concentração no rosto largo e reluzente, ela fez um solo em seu mais importante recital até então. O *Concerto para violino* de Mendelssohn.

Ela prestava alguma atenção no mundo — sabia que se aproximava o fim da guerra. Imaginava que George estaria de volta pouco depois do meu nascimento. Sabia que não poderia continuar a morar no quarto, teriam de mudar-se para outro lugar. E ela sabia que eu estaria lá, mas pensava no meu nascimento mais como o ponto final de alguma coisa do que como o começo de outra. Seria o fim dos pontapés num ponto permanentemente sensível de um dos lados de sua barriga, da dor nos genitais quando se levantava e o sangue afluía para aquela área (como se lhe aplicassem ali um cataplasma muito quente). Os mamilos deixariam de ser tão grandes, escuros e nodosos, não seria necessário enrolar as pernas com bandagens a cada manhã por causa das veias inchadas. Não precisaria urinar a cada meia hora, seus pés voltariam a caber nos sapatos de antigamente. Ela acredita que, do lado de fora, não lhe darei tanto trabalho.

Ao saber que George não voltaria, pensou em ficar comigo no mesmo quarto por algum tempo. Arranjou um livro sobre recém-nascidos. Comprou as coisas básicas de que eu necessitaria. Havia uma velha no prédio que poderia tomar conta de mim enquanto ela se exercitava no violino. Passaria a receber uma pensão como viúva de guerra e dentro de seis meses se formaria no Conservatório.

Então Ailsa chegou de trem e a recolheu. "Não podíamos te abandonar aqui sozinha. Todo mundo pergunta por que você não foi lá para casa quando George partiu para a guerra. Agora é hora de ir."

"Só tem doido na minha família", George havia dito a Jill. "Iona é uma pilha de nervos, Ailsa devia ser um sargento, mamãe está senil."

Disse também: "Ailsa herdou a inteligência, mas teve de largar a escola e ir trabalhar nos correios quando papai morreu. Eu herdei a beleza e não sobrou nada para a pobre Iona a não ser a pele ruim e os nervos ruins".

Jill encontrou-se com as irmãs de George pela primeira vez quando foram a Toronto se despedir dele. Não haviam comparecido ao casamento, que se realizara duas semanas antes. Ninguém estava lá, com exceção de George, Jill, do pastor, da esposa do pastor e de um vizinho chamado para servir como segunda testemunha. Eu também estava lá, no meu lugar dentro de Jill, porém não era a razão do casamento e naquele momento ninguém desconfiava da minha existência. Depois George insistiu para que ele e Jill tirassem aquelas típicas fotos de casamento com caras impassíveis numa daquelas cabines automáticas. Ele estava muito alegre. "Isso vai derrubá-las", ele disse ao ver as fotos. Jill se perguntou se havia alguém em particular que ele quisesse derrubar. Ailsa? Ou as moças bonitonas e metidas a besta que davam em cima dele, escrevendo cartas sentimentais e tricotando meias de cano curto com padrões de losangos? Ele usava as meias quando podia, embolsava os presentes e lia as cartas nos bares para fazer os amigos rirem.

Jill não tomara o café da manhã antes do casamento, e durante a cerimônia só pensava em panquecas com bacon.

As duas irmãs tinham uma aparência mais normal do que ela esperava, embora fosse verdade que George era o único realmente bonito. Seus cabelos muito louros tinham um ondulado sedoso, havia nos olhos um brilho ao mesmo tempo duro e alegre, o rosto fora agraciado com feições invejavelmente bem-proporcionadas. Seu único defeito era não ser muito alto. Apenas alto o suficiente para olhar no fundo dos olhos de Jill. E ser um piloto na Força Aérea.

"Eles não querem sujeitos muito altos como pilotos", ele disse. "Nisso eu ganho desses varapaus de merda. Muitos caras no cinema são baixinhos, sobem num caixote para beijar."

(No cinema, George era turbulento. Chegava a vaiar as cenas de beijo. Na vida real ele também não era muito fã de beijos. "Vamos ao que interessa", ele costumava dizer.)

As irmãs também eram baixas. Seus nomes derivavam de localidades na Escócia onde os pais haviam estado na lua de mel, antes que a família empobrecesse. Ailsa era doze anos mais velha que George, Iona, nove. Em meio à multidão na Union Station, elas pareciam rechonchudas e confusas. As duas usavam roupas e chapéus novos, como se elas é que fossem as recém-casadas. E estavam contrariadas porque Iona tinha esquecido suas melhores luvas no trem. Iona tinha de fato uma pele ruim, embora não houvesse nenhuma erupção naquele momento e a acne já devesse ser coisa do passado. Mas, sob a camada de ruge, eram visíveis as marcas causadas por velhas cicatrizes. Fios de cabelo escorriam por baixo do chapéu e seus olhos lacrimejavam, seja por causa da descompostura que levara da irmã, seja porque seu irmão estava indo para a guerra. Os cachos de Ailsa, produto de uma permanente, formavam densos chumaços encimados pelo chapéu. Ela tinha olhos pálidos e inteligentes por trás dos óculos com armação de fantasia, maçãs do rosto redondas e rosadas, uma covinha no queixo. Ambas tinham corpos bem torneados — seios grandes, cinturas finas e ancas largas —, mas no caso de Iona isso parecia algo que, recebido por engano, ela tentava esconder curvando os ombros e cruzando os braços. Ailsa lidava bem com suas curvas sem assumir uma postura provocante, como se fosse feita de sólida cerâmica. E ambas tinham o mesmo tom louro-escuro dos cabelos de George, mas sem o brilho. Também não pareciam partilhar do seu senso de humor.

"Bom, estou de partida", disse George. "Para morrer como um herói nos campos de Passchendaele." Ao que Iona retrucou: "Ah, não diga isso. Não fale assim". Ailsa contorceu sua boca cor de framboesa.

"Dá para ver daqui o cartaz dos achados e perdidos", ela disse. "Mas não sei se é só para as coisas que as pessoas perdem na estação, ou também para o que acham nos trens. Passchendaele foi na Primeira Guerra Mundial."

"Foi mesmo? Tem certeza? Estou tão atrasado assim?", perguntou George batendo com o punho no peito.

E ele foi incinerado alguns meses depois num voo de treinamento sobre o mar da Irlanda.

Ailsa ri o tempo todo. "Bem, naturalmente me sinto orgulhosa. Sinto mesmo. Mas não fui a única a perder alguém. Ele cumpriu seu dever", ela diz. Alguns consideram sua alacridade um pouco chocante. Outros, porém, dizem: "Pobre Ailsa!". Toda aquela dedicação a George, economizando para fazê-lo entrar na faculdade de Direito, e ele a deixa na mão — se alista, vai para a guerra, arranja de morrer. Não podia esperar.

As irmãs sacrificaram os próprios estudos. Até mesmo o conserto dos dentes — sacrificaram isso também. Iona chegou a frequentar uma escola de enfermagem, mas, como se viu mais tarde, teria feito melhor endireitando os dentes. Agora, a ela e Ailsa só tinha sobrado um herói. Ninguém nega — um herói. As pessoas mais jovens presentes na recepção acham que é alguma coisa importante contar com um herói na família. Acham que a importância do momento vai permanecer, vai ficar com Ailsa e Iona para sempre. "Oh, corações valentes" irá ressoar em torno delas para sempre. Os mais velhos, os que se recordam da guerra anterior, sabem que lhes sobrou apenas um nome num cenotáfio. Porque a viúva, a moça que não para de comer, vai pegar uma pensão.

Ailsa está num estado de espírito febril em parte porque passou duas noites seguidas em claro, fazendo faxina. Não que a casa não estivesse antes decentemente limpa. No entanto, ela achou necessário lavar cada prato, panela e enfeite, polir o vidro que recobre cada foto, puxar a geladeira e escovar o chão e a parede atrás dela, lavar os degraus do porão, passar um desinfetante na lata de lixo. O próprio candelabro em cima da mesa da sala de visitas teve de ser desmontado, com cada peça mergulhada em água com sabão, enxaguada e secada antes de ser reposta em seu lugar. Devido a seu trabalho nos correios, Ailsa só podia iniciar essas tarefas depois do jantar. Como chefe da agência, podia se conceder um dia de folga, mas, sendo quem é, jamais o faria.

Agora está com o rosto afogueado por baixo do ruge, irrequieta no vestido de crepe azul-marinho com gola rendada. Não consegue ficar parada. Reabastece as travessas e circula com elas, lamenta que o chá de uns e outros possa ter ficado frio, corre para preparar mais um bule. Preocupada com o conforto de seus convidados, pergunta pelos seus achaques e reumatismos, sorri diante da própria tragédia, repetindo que muitos estão sofrendo igual perda, que não pode se queixar quando há tantos no mesmo barco, que George não gostaria que seus amigos ficassem tristes e sim que nos regozijássemos juntos pelo fim da guerra. Isso tudo num tom alto e enfático de admoestação bonachona que as pessoas conhecem da agência de correios. De tal modo que ficam com a sensação incerta de talvez haver dito alguma coisa errada, como na agência podem ser levados a compreender que sua caligrafia é um problema ou seus embrulhos estão malfeitos.

Ailsa tem consciência de que está falando muito alto, de que está sorrindo demais e de que serviu chá a pessoas que disseram que não queriam mais nada. Na cozinha, enquanto espera a água ferver, ela comenta: "Não sei o que está acontecendo comigo. Estou muito tensa".

Diz isso para o dr. Shantz, o vizinho cuja casa dá para o quintal dos fundos.

"Vai passar logo. Quer um calmante?"

A voz dele muda quando a porta da sala de jantar se abre. A palavra "calmante" é pronunciada de modo firme e profissional.

333

A voz de Ailsa muda também, de infeliz para valente. "Ah, não, muito obrigada. Vou tentar me segurar."

Iona é a responsável por tomar conta de sua mãe, para que ela não derrame o chá — o que pode fazer não por falta de jeito mas por esquecimento — e para que ela seja retirada da sala caso comece a fungar e a chorar. Na verdade, porém, a sra. Kirkham se comporta finamente na maior parte do tempo, deixando as pessoas à vontade com mais facilidade do que Ailsa. Durante uns quinze minutos ela compreende a situação ou parece compreender, falando corajosa e veementemente sobre como sentirá a falta do filho para sempre, embora agradeça por ainda ter as filhas: Ailsa, tão eficiente e confiável, a maravilha de sempre, e Iona, a bondade em pessoa. Lembra-se até de falar da nova nora, mas talvez dê um sinal de que está fora de sintonia quando menciona o que a maioria das mulheres de sua idade não menciona numa reunião social, ainda mais com homens por perto. Olhando para Jill e para mim, ela diz: "E nós todas temos um conforto a caminho".

Mais tarde, ao passar de um cômodo para outro ou de um convidado para outro, ela se esquece inteiramente, olha em volta de sua própria casa e pergunta: "Por que estamos aqui? Quanta gente! Qual o motivo da festa?". E, atinando para o fato de que tudo tem alguma coisa a ver com George, faz nova pergunta: "É o casamento de George?". Juntamente com a sua memória recente, ela perdeu um pouco de sua discrição contumaz. "Ou será que é o seu casamento?", ela pergunta a Iona. "Não. Não creio. Você nunca teve um namorado, não é mesmo?" Um tom de total sinceridade, de que-se-danem-as-convenções, se faz presente em sua voz. Quando vê Jill, ela ri.

"Essa é a noiva, não é? Ah, ha! Agora todos nós entendemos."

Mas a verdade retorna a ela tão rápido quanto partiu.

334

"Há alguma notícia?", pergunta. "Notícias sobre George?" E então começa o choro que Ailsa temia.

"Tire-a daqui se começar a dar um espetáculo", diz Ailsa.

Iona não é capaz de tirar sua mãe dali — nunca exerceu autoridade sobre ninguém em toda a vida —, mas a esposa do dr. Shantz pega o braço da velha senhora.

"George morreu?", pergunta, temerosa, a sra. Kirkham. "Sim, ele morreu. Mas, você sabe, a mulher dele vai ter um bebê."

A sra. Kirkham se apoia nela; encolhe-se e pergunta baixinho: "Posso tomar o meu chá?".

Para onde quer que olhe nessa casa, parece que mamãe dá com um retrato de meu pai. A última fotografia, a oficial em que ele está de uniforme, repousa num pano bordado sobre a máquina de costura tampada que fica na semicircunferência formada pela janela da sala de jantar. Iona pôs flores em volta da foto, porém Ailsa as retirou, dizendo que ficava parecendo muito com um santo católico. Pendurada acima da escada, há uma foto dele aos seis anos, na calçada, com um joelho no caminhão de brinquedo, enquanto, no quarto onde Jill dorme, George é visto ao lado de sua bicicleta com o saco dos jornais que entregava de porta em porta. No quarto da sra. Kirkham, está a foto dele vestido para a opereta do oitavo ano ginasial, com uma coroa de papelão dourado na cabeça. Totalmente desafinado, ele não poderia ter desempenhado o papel principal, mas naturalmente foi escolhido para o melhor papel secundário, o do rei.

A fotografia de estúdio pintada à mão, que fica acima do aparador, o mostra aos três anos, um garotinho louro pouco nítido que puxa um boneco de pano por uma das pernas. Ailsa pensou em guardá-la porque poderia ser interpretada como uma apelação sentimental, porém preferiu mantê-la no lugar a exibir uma mancha mais clara no papel de parede. E o único comentário sobre o retrato foi feito pela sra. Shantz, que parou e disse o que já dissera antes — e não em tom de comiseração, mas de divertida apreciação.

"Ah, Christopher Robin!"

As pessoas estavam acostumadas a não prestar muita atenção no que a sra. Shantz dizia.

Em todos os retratos reluz a personalidade de George. Há sempre alguns luminosos fios de cabelos louros caindo sobre a testa, exceto quando ele está usando o quepe de oficial da aeronáutica ou a coroa. E, mesmo quando não passava de uma criancinha, ele já dava a impressão de que sabia que era um sujeito brincalhão, calculista e encantador. Do tipo que nunca deixa ninguém sozinho, que faz todos rirem. Às vezes às suas próprias custas, mas em geral às custas dos outros. Olhando as fotos, Jill se recorda de como ele bebia mas nunca parecia bêbado, e de como se ocupava em fazer com que outros bêbados confessassem seus receios, prevaricações, virgindade ou adultérios — imediatamente transformados em piadas ou apelidos humilhantes que as suas vítimas fingiam apreciar. Porque George possuía uma legião de seguidores e amigos, que talvez se pendurassem nele por medo ou simplesmente porque, como se dizia com frequência, ele sabia animar os ambientes. Onde quer que fosse ele era o centro das atenções, e o ar ao seu redor estava sempre carregado de risco e de hilaridade.

O que pensava Jill de tal namorado? Tinha dezenove anos quando o conheceu, sem nunca ter sido cortejada anteriormente. Não conseguia entender o que o atraíra, e podia ver que os outros tampouco entendiam. Ela era um enigma para a maioria das pessoas de sua idade, mas um enigma enfadonho. Uma garota cuja vida era devotada ao estudo do violino e que não tinha nenhum outro interesse.

Não era bem assim. Ela se aninhava debaixo das cobertas surradas e imaginava ter um amante. Embora jamais tão bonito quanto George. Visualizava um sujeito carinhoso e grandalhão como um urso, ou um músico dez anos mais velho que ela e já famoso, além de muito potente. Suas noções amorosas eram operísticas, embora esse não fosse o tipo de música que mais admirava. Mas George fazia piadas enquanto fazia amor, saltitava pelo quarto depois de terminar, produzia sons grosseiros e infantis. Suas performances rápidas e enérgicas davam a ela muito menos prazer do que obtinha nas suas incursões solitárias, porém não se sentia realmente desapontada.

Pasma com a velocidade das coisas, isso sim. E esperando ser feliz — grata e feliz — quando sua mente alcançasse a realidade física e social. A atenção de George e seu casamento eram como uma extensão brilhante de sua vida. Salas iluminadas surgindo cheias de uma espécie atordoante de esplendor. Chega então a bomba ou o furacão, o choque não tão improvável do desastre, e a extensão se desfaz. Explode e desaparece, deixando-a com o mesmo espaço e as mesmas opções que tinha antes. Sem dúvida perdera alguma coisa. Mas não algo que efetivamente lhe houvesse pertencido ou que ela entendesse como sendo mais do que um projeto hipotético de futuro.

Já comeu bastante. Suas pernas doem por ter ficado tanto tempo em pé. A sra. Shantz está ao seu lado, dizendo: "Você já teve a oportunidade de encontrar alguns dos amigos de George aqui da cidade?".

Ela se refere aos jovens que se mantêm agrupados no hall de entrada. Um par de moças bonitas, um rapaz ainda com uniforme da marinha, outros. Olhando para eles, Jill se dá conta de que ninguém está de fato triste. Talvez Ailsa, mas por suas próprias razões. Ninguém está realmente triste porque George morreu. Nem a garota que estava chorando na igreja e dá a impressão de que ainda vai chorar mais um pouco. Ela agora poderia se lembrar de que foi apaixonada por George e achar que ele foi apaixonado por ela, apesar de tudo que aconteceu, sem temer o que ele poderia fazer ou dizer para desmenti-la. E já não era mais necessário se perguntar, como ocorria quando um grupo reunido em torno de George começava a rir, de quem estavam rindo e o que George estava lhes contando. Ninguém mais vai ter de se esforçar para acompanhá-lo ou descobrir como se manter nas suas boas graças.

Não lhe ocorre que, se houvesse sobrevivido, George poderia ter se tornado uma pessoa diferente, porque ela própria não pensa em se tornar uma pessoa diferente.

"Não", ela responde, com uma falta de entusiasmo que leva a sra. Shantz a dizer: "Compreendo. É difícil conhecer gente nova. Aliás, se eu fosse você, ia me deitar um pouco".

Jill estava quase certa de que ela lhe diria para "tomar um drinque". No entanto, nada está sendo servido além de chá e café. De qualquer modo, Jill quase nunca bebe. Contudo, ela é capaz de reconhecer o cheiro no hálito de alguém, e achou que estava sentindo no hálito da sra. Shantz.

"Por que não vai?", diz a sra. Shantz. "Essas coisas são muito cansativas. Eu digo a Ailsa. Trate de ir agora."

A sra. Shantz é uma mulher baixa, com belos cabelos grisalhos, olhos luzidios e um rosto afilado e enrugado. Todos os invernos passa um mês sozinha na Flórida. Tem dinheiro. A casa que ela e o marido construíram, nos fundos da casa da família Kirkham, é baixa e comprida, pintada de um branco ofuscante, com esquinas arredondadas e extensões enormes de tijolos de vidro. O dr. Shantz é uns vinte ou vinte e cinco anos mais moço do que ela — um homem atarracado, de aspecto jovem e ar amistoso, com uma testa alta e lisa sob os cabelos claros e encaracolados. Não têm filhos. Diz-se que ela tem alguns de um primeiro casamento, porém eles não vêm visitá-la. Na verdade, o que se conta é que o dr. Shantz era amigo do filho dela, que o trouxe da universidade para passar uns dias na casa deles, ele se apaixonou pela mãe do amigo, ela se apaixonou pelo amigo do filho, houve um divórcio e aqui estão eles casados, vivendo um exílio tão luxuoso quanto discreto.

Jill de fato sentiu o cheiro de uísque. A sra. Shantz carrega uma garrafinha de bolso sempre que vai a alguma reunião com respeito à qual — como costuma dizer — não alimenta esperanças razoáveis. A bebida não a faz cambalear, truncar as palavras, provocar brigas ou ficar abraçando as pessoas. Verdade seja dita, ela está sempre ligeiramente alta, mas nunca bêbada. Acostumou-se a deixar que o álcool penetre no seu corpo de uma forma moderada e confortadora, de maneira que as células do cérebro nunca ficam encharcadas ou totalmente secas. O único indício revelador é o cheiro (que muitos nesta cidadezinha regida pela lei seca atribuem a algum remédio que ela precisa tomar ou mesmo a um unguento que aplica no peito). O cheiro, e talvez um excesso de deliberação ao falar, como se abrisse um espaço em torno de cada palavra. Sem mais nem menos, ela diz coisas que uma mulher criada aqui não diria. Fala sobre ela própria. Conta que às vezes a tomam como mãe de seu marido, e que as pessoas morrem de vergonha quando descobrem o erro. Mas uma ou outra mulher — por exemplo, uma garçonete — a encara com um olhar feroz, como se perguntasse por que ele estaria perdendo tempo com ela.

E a sra. Shantz simplesmente lhes diz: "É, eu sei. Não é justo. Mas a vida não é justa, e você deve ir tratando de se acostumar com isso".

Nessa tarde, ela não tem como manter o ritmo adequado de seus goles. Mulheres circulam o tempo todo pela cozinha e pela minúscula despensa nos fundos. Ela é obrigada a ir até o banheiro do andar de cima, e isso não com grande frequência. Ao fazer uma dessas visitas no fim da tarde, pouco depois de Jill haver desaparecido, encontra a porta do banheiro fechada. Pensa em dar um pulo num dos quartos, perguntando-se qual estará vazio, qual estará ocupado por Jill. Ouve então a voz de Jill vinda do banheiro, dizendo: "Só um minutinho", ou coisa assim. Algo bem corriqueiro, porém dito num tom tenso e assustado.

A sra. Shantz toma uma talagada ali mesmo no hall, aproveitando a desculpa da emergência.

"Jill? Você está bem? Posso entrar?"

Jill está de quatro, tentando secar a poça no chão do banheiro. Ela leu sobre a ruptura da bolsa, assim como sobre as contrações, a expulsão do tampão mucoso, o estágio intermediário e a placenta, mas, apesar disso, o escoamento do líquido quente a surpreendeu. Ela é obrigada a usar papel higiênico porque Ailsa retirou todas as toalhas de uso diário, substituindo-as pelos pedacinhos de linho bordado chamados de toalhas de visitas.

Ela agarra a beirada da banheira a fim de se erguer. Destranca a porta — e é então que a primeira pontada de dor a toma de assalto. Ela não terá nenhuma dorzinha suportável, nenhum prenúncio ou primeiro estágio orquestrado do trabalho de parto: tudo vai ser uma investida impiedosa e um nascimento dilacerante.

"Calma", diz a sra. Shantz, amparando-a tanto quanto pode. "Só me diga qual é o seu quarto, vou te ajudar a se deitar."

Antes de chegarem à cama os dedos de Jill se cravam no braço fino da sra. Shantz, deixando marcas roxas e azuladas.

"Epa, a coisa está indo rápido", diz a sra. Shantz. "Para um primeiro filho, esse vem com tudo. Vou chamar meu marido."

E assim eu nasci em casa, cerca de dez dias antes do esperado (se é que os cálculos de Jill eram confiáveis). Ailsa mal teve tempo de pôr todo mundo na rua antes que a casa se enchesse com os gritos incrédulos de Jill e os escandalosos gemidos que se seguiram.

Mesmo que uma mãe fosse apanhada de surpresa e tivesse o filho em casa, era comum naquela época removê-la depois, junto com o bebê, para o hospital. No entanto, como grassava uma espécie de gripe de verão na cidadezinha e os leitos do hospital estavam tomados pelos piores casos, o dr. Shantz decidiu que Jill e eu ficaríamos melhor em casa. Afinal, Iona tinha concluído parte de seu treinamento de enfermeira e podia agora tirar as férias de duas semanas para cuidar de nós.

Jill realmente não sabia o que era a vida em família. Crescera num orfanato. Dos seis aos dezesseis anos, suas noites foram passadas num dormitório. Luzes acesas e apagadas em horas específicas, o aquecimento central nunca acionado antes ou depois de uma data específica. Um longo oleado cobria a mesa onde comiam e faziam seus trabalhos escolares, havia uma fábrica do outro lado da rua. George tinha gostado de ouvir isso. Dali sairia uma garota durona, ele dizia. Autoconfiante, resistente e solitária. Do tipo que não esperava nenhuma idiotice romântica. Mas aquele lugar não tinha um regime tão desalmado quanto ele pensava, não faltava generosidade às pessoas que o dirigiam. Juntamente com outras meninas, Jill foi levada a um concerto quando tinha doze anos, decidindo ali que precisava aprender a tocar violino. Já brincara com o piano do orfanato. Alguém se interessou suficientemente por ela a ponto de lhe conseguir um violino de segunda mão e surradíssimo, além de algumas aulas, o que terminou rendendo uma bolsa no Conservatório. Houve um recital para os patrocinadores e dirigentes, uma festa com os melhores vestidos, ponche de frutas e bolos. Jill teve de fazer um pequeno discurso expressando gratidão, mas a verdade é que achava tudo aquilo bastante natural. Tinha certeza de que ela e algum violino estavam natural e fatalmente ligados, e teriam se encontrado sem qualquer ajuda humana.

Tinha amigas no dormitório, mas bem cedo elas foram trabalhar em fábricas e escritórios e Jill se esqueceu delas. No ginásio para o qual as órfãs eram mandadas, certa professora teve uma conversa com ela. As palavras "normal" e "bem equilibrada" surgiram na conversa. A professora parecia achar que a música representava uma fuga de alguma coisa ou o substituto de alguma coisa. Irmãs, irmãos, amigos, namorados. Sugeriu que Jill distribuísse sua energia por várias áreas, em vez de se concentrar numa única. Relaxar, jogar vôlei, entrar para a orquestra da escola se a música era mesmo o que ela queria.

Jill começou a evitar a tal professora, subindo as escadas ou dando a volta no quarteirão para não precisar falar com ela. Assim como parou de ler qualquer página em que as palavras "bem equilibrada" ou "popular" lhe saltassem diante dos olhos.

No Conservatório era mais fácil. Lá encontrava pessoas tão "desequilibradas", tão fixadas quanto ela. Fez algumas poucas amizades, superficiais e competitivas. Uma de suas amigas tinha um irmão na Força Aérea, por acaso vítima e seguidor de George Kirkham. Ele e George apareceram numa ceia de domingo para a qual Jill fora convidada. Estavam a caminho de algum bar onde planejavam tomar um porre. E foi assim que George conheceu Jill. Meu pai conheceu minha mãe.

Alguém precisava estar em casa o tempo todo para tomar conta da sra. Kirkham. Por isso, Iona trabalhava no turno da noite da confeitaria. Decorava bolos — até mesmo os mais sofisticados bolos de casamento — e punha no forno a primeira leva de pães às cinco horas da manhã. Suas mãos, que tremiam tanto a ponto de impedi-la de servir uma xícara de chá, eram fortes, hábeis e pacientes, até mesmo inspiradas, ao enfrentarem qualquer tarefa solitária.

Certa manhã, depois que Ailsa saíra para o trabalho — isso aconteceu no curto espaço de tempo em que Jill morou na casa antes de eu nascer —, Iona chamou Jill baixinho quando ela passava diante da porta de seu quarto. Como se fosse algo secreto. Mas de quem na casa era necessário esconder um segredo agora? Não podia ser da sra. Kirkham.

Iona teve de lutar para abrir uma gaveta emperrada de sua escrivaninha. "Droga", ela disse, soltando uma risadinha. "Droga. Agora sim."

A gaveta estava cheia de roupas de bebê — não apenas as camisas e camisolas simples e necessárias que Jill comprara, em Toronto, na loja que vendia coisas de segunda mão e peças com defeito de fábrica, mas toucas de tricô, suéteres, botinhas e calças de lã, pequenas batas feitas à mão. Todas as cores pastel ou combinações de cores — nenhuma predileção por azul ou rosa —, com enfeites de crochê e diminutos bordados de flores, pássaros e carneiros. O tipo de coisa que Jill mal sabia que existia. Teria sabido se houvesse pesquisado nas seções infantis das lojas ou dado uma boa olhada dentro dos carrinhos de bebê, mas o fato é que não tinha feito nada disso.

"Naturalmente, não sei o que você já tem", disse Iona. "Talvez já tenha comprado muita coisa, ou quem sabe não gosta de roupas feitas em casa, não sei..." As risadinhas serviam como pontuação e também para reforçar o tom de quem pede desculpas. Tudo que ela falava, cada olhar e cada gesto pareciam tolhidos, sobrecarregados com um melado grudento ou um muco viscoso de desculpa. Jill não sabia como lidar com isso.

"É realmente uma beleza", disse em tom neutro.

"Ah, não. Nem sabia se você ia querer. Não sabia nem ao menos se você ia gostar."

"É muito bonito."

"Não fui eu que fiz tudo, comprei uma parte. Fui às tômbolas da igreja e do hospital, pensei que ia ser simpático, mas se você não gostar ou não precisar posso entregar a alguma instituição de caridade."

"Preciso sim", disse Jill. "Não tenho nada nem parecido com isso."

"Não tem mesmo? O que eu fiz não é tão bom, mas talvez você goste do que foi feito pelas senhoras da igreja e pelas voluntárias do hospital."

Era isso que George quis dizer quando falou que Iona era uma pilha de nervos? (Segundo Ailsa, o colapso nervoso na escola de enfermagem foi causado pelo fato de Iona ser um pouco sensível demais e a supervisora ser um pouco dura demais com ela.) Via-se que estava implorando para receber alguma forma de reconhecimento, mas tudo que fosse dito para tranquilizá-la parecia não ser suficiente ou não chegar até ela. Jill sentia que as palavras de Iona, as risadinhas e fungadas, os olhares úmidos (sem dúvida suas mãos também eram úmidas) eram coisas rastejando sobre ela — sobre Jill —, diminutas criaturas tentando penetrar em sua pele.

Mas, passado algum tempo, ela se acostumou com isso. Ou Iona se acalmou. Ambas se sentiam aliviadas — como ocorre quando um professor sai da sala — no momento em que a porta se fechava às costas de Ailsa a cada manhã. Adquiriram o hábito de tomar uma segunda xícara de café enquanto a sra. Kirkham lavava a louça. Ela executava essa tarefa muito lentamente — olhando ao seu redor em busca da gaveta ou da prateleira onde esse ou aquele item devia ser guardado — e com alguns lapsos.

Mas com rituais também, nunca omitidos, tais como espalhar o pó do café nos arbustos junto à porta da cozinha.

"Ela pensa que o café faz a planta crescer", Iona sussurrou. "Mesmo pondo o pó nas folhas e não na terra. Todo dia temos que usar a mangueira para limpar."

Jill achava que Iona se parecia com as meninas que eram mais infernizadas no orfanato. Elas estavam sempre prontas a infernizar qualquer outra pessoa. Mas depois que se superava a barragem de pedidos de desculpa e a barricada de autoacusações ("Obviamente eu sou a última pessoa a ser consultada sobre qualquer coisa lá no trabalho", "Obviamente Ailsa não pergunta minha opinião", "Obviamente George nunca escondeu que tinha desprezo por mim"), Iona era capaz de falar sobre coisas bem interessantes. Contou a Jill sobre a casa que havia pertencido a seus avós e era agora a ala principal do hospital, sobre os negócios ilícitos que tinham custado o emprego ao seu pai, sobre o romance de duas pessoas casadas na confeitaria. Também mencionou a suposta história pregressa do casal Shantz, assim como o fato de que Ailsa tinha uma queda pelo doutor. O tratamento de choque que recebera depois do colapso nervoso parecia ter deixado um furo na discrição de Iona, e a voz que escapava por ali, depois de retirado o entulho que o ocultava, era sonsa e maldosa.

E Jill podia muito bem passar o tempo conversando fiado: seus dedos estavam inchados demais para que ela pudesse tentar tocar o violino.

Então eu nasci e tudo mudou, em especial para Iona.

Jill teve de ficar de cama uma semana, e mesmo depois de se levantar se movimentava como uma velha entrevada e suspirava cada vez que tombava numa cadeira. Os pontos doíam e, como era costume naquela época, sua barriga e seus seios estavam envoltos em bandagens apertadas, como se ela fosse uma múmia. O leite era abundante, vazando através das bandagens e molhando os lençóis. Iona soltava as ataduras e tentava conectar minha boca a um mamilo. Mas eu não o tomava. Recusava-me a aceitar o peito da minha mãe. Chorava até não poder mais. O seio grande e duro podia ser um animal fuçando no meu rosto. Iona me pegava, me dava um pouco de água fervida bem morninha e eu me acalmava. Mas eu estava perdendo peso. Não podia viver só tomando água. Por isso, Iona preparava uma mamadeira e me tirava dos braços de Jill, onde eu me enrijecia e chorava sem parar. Iona me embalava no colo, me tranquilizava e encostava o bico de borracha na minha bochecha. Era isso que eu queria. Bebia a mamadeira avidamente e não vomitava. Os braços de Iona e o bico que ela comandava passaram a ser meu local predileto. Com os seios ainda mais apertados, Jill precisou evitar qualquer líquido (em pleno verão, vale lembrar) e aguentar a dor até que o leite secasse.

"Que pestinha, que pestinha", Iona entoou. "Muito pestinha, não quer o leitinho bom de sua mãe."

Rapidamente engordei e fiquei mais forte. Podia chorar mais alto. Abria o berreiro se qualquer pessoa que não Iona tentasse me pegar. Rejeitava Ailsa e o dr. Shantz, com suas mãos inteligentemente pré-aquecidas, mas naturalmente o que chamava mais atenção era minha aversão a Jill.

Tão logo Jill saiu da cama, Iona a fez sentar-se na cadeira onde ela própria se sentava para me dar a mamadeira; pôs sua blusa em volta dos ombros de Jill e só então lhe entregou a mamadeira.

De nada adiantou, não me deixei enganar. Bati com a cara na mamadeira, estiquei as pernas, fiz do meu abdômen uma bola rígida. Não aceitava a substituição. Chorei. Não iria ceder.

Meus choros ainda eram típicos de um recém-nascido, mas constituíam uma perturbação na casa e Iona era a única pessoa com o poder de me calar. Se alguém mais me tocasse ou falasse comigo, eu chorava. Posto no berço sem ser ninado por Iona, eu chorava até a exaustão e dormia por dez minutos, acordando em seguida para começar tudo de novo. Eu não tinha períodos bons e períodos ruins. Tinha os períodos com-Iona e os períodos em que Iona me abandonava, e tudo podia ficar pior — ah, muito pior — se outras pessoas, e em especial Jill, chegassem perto de mim.

Sendo assim, como poderia Iona voltar ao trabalho depois de transcorridas as duas semanas? Não podia. Nem havia o que discutir. A confeitaria teve de arranjar quem a substituísse. De pessoa mais insignificante na casa, Iona se transformara na mais importante, aquela que se interpunha entre as que viviam ali e uma discordância permanente, um protesto irrespondível. Ela precisava estar a postos todas as horas a fim de garantir alguma paz na casa. O dr. Shantz estava preocupado, até Ailsa estava preocupada.

"Iona, não se esgote."

No entanto, uma maravilhosa mudança ocorrera. Iona continuava pálida, porém sua pele brilhava, como se por fim houvesse superado a adolescência. Podia olhar qualquer um nos olhos. Os tremores cessaram, assim como praticamente todas as risadinhas e as indecisões furtivas ao falar, pois sua voz tinha adquirido tanta autoridade quanto a de Ailsa, embora fosse mais alegre. (Nunca mais alegre do que quando me repreendia por minha atitude com relação a Jill.)

"Iona está no sétimo céu, simplesmente adora aquele bebê", Ailsa dizia a todo mundo. Na verdade, contudo, o comportamento de Iona era muito enérgico para ser visto como uma forma de adoração. Ela não se importava com o barulho que fazia ao interromper o meu. Subia a escada de dois em dois degraus, gritando ofegante: "Estou chegando, estou chegando, espere um pouco". Andava para todo lado comigo de qualquer jeito no seu ombro, me imobilizando com uma mão enquanto a outra mão executava alguma tarefa vinculada a meus cuidados. Imperava na cozinha, reivindicando a prioridade no fogão para o esterilizador, na mesa para preparar a mamadeira, na pia para lavar as coisas do bebê. Praguejava alegremente, mesmo na presença de Ailsa, quando punha alguma coisa no lugar errado ou derramava algum líquido.

Sabia que era a única pessoa que não se encolhia de medo, que não sentia a ameaça distante de aniquilamento quando eu soltava meu primeiro grito de advertência. Em vez disso, ela era aquela que sentia o coração dar um pinote, que tinha vontade de dançar, pela simples sensação de poder — e de gratidão — que a invadia.

Uma vez retiradas as bandagens e depois de ela ter verificado que sua barriga já estava bem lisa, Jill olhou para suas mãos. O inchaço parecia ter desaparecido por completo. Ela desceu a escada, pegou o estojo no armário do hall e retirou o violino. Estava pronta para tentar algumas escalas.

Era uma tarde de domingo. Iona se deitara para tirar uma soneca, sempre alerta para qualquer ruído que eu pudesse fazer. A sra. Kirkham também estava deitada. Ailsa pintava as unhas na cozinha. Jill começou a afinar o violino.

Meu pai e sua família não tinham o menor interesse por música. Na verdade, ignoravam isso. Pensavam que a intolerância ou mesmo a hostilidade que sentiam com relação a certo tipo de música (visível até mesmo no modo como pronunciavam a palavra "clássica") se fundamentavam na força de caráter, na integridade e na determinação de não se deixarem enganar. Como se qualquer música que fosse além de uma simples canção encerrasse uma tentativa de tapeá-los, coisa de que todo mundo no fundo sabia, embora algumas pessoas — por pretensão, falta de simplicidade e honestidade — jamais o admitissem. Sobre essa artificialidade e essa tolerância covarde se erguia o mundo das orquestras sinfônicas, das óperas, do balé e dos concertos que faziam todos dormirem.

A maior parte dos habitantes da cidadezinha pensava o mesmo. No entanto, por não ter nascido lá, Jill desconhecia a profundidade desse sentimento, e como aquilo era aceito sem discussões. Meu pai nunca exibiu sua opinião ou fez dela uma virtude, pois não era mesmo chegado às virtudes. Gostara da ideia de Jill ser uma instrumentista não por causa da música propriamente dita, mas porque isso a tornava uma escolha estranha, como suas roupas, seu estilo de vida, seus cabelos não domesticados. Ao escolhê-la, ele mostrava às pessoas o que pensava delas. Mostrava às garotas que haviam tido a esperança de fisgá-lo. Mostrava a Ailsa.

Tendo fechado as portas de vidro e as cortinas da sala de visitas, Jill afinou o violino bem baixinho. Talvez nenhum som tenha escapado. Ou, se Ailsa ouviu algo na cozinha, ela poderia ter pensado que era um ruído de fora, de um rádio na vizinhança.

Jill passou então a tocar escalas. Verdade que seus dedos não estavam mais inchados, porém pareciam duros. Todo seu corpo parecia duro, a posição não era natural, o instrumento estava grudado nela de forma duvidosa. Mas não importava, ela faria suas escalas. Tinha certeza de que já se sentira assim antes, quando andou gripada, quando ficou muito cansada de tanto se exercitar ou por nenhuma razão identificável.

Acordei sem nem ao menos um gemido de protesto. Nenhuma advertência, nenhuma preparação. Somente um uivo, uma catadupa de uivos caindo sobre a casa, um grito diferente de qualquer grito que eu havia soltado anteriormente. Um dilúvio de angústia insuspeitada, uma dor que punia o mundo com suas golfadas cheias de pedras, a torrente de miséria que foge das janelas de uma câmara de tortura.

Iona pulou da cama imediatamente, pela primeira vez alarmada com um som emitido por mim, gritando: "O que foi? O que foi?".

E Ailsa, correndo pela casa para fechar as janelas, bradava: "É o violino, é o violino". Abriu com um repelão as portas da sala de visitas.

"Jill, Jill. Isso é horrível. Isso é simplesmente horrível. Não está ouvindo seu bebê?"

Ela precisou arrancar a tela da janela da sala de visitas para poder fechá-la. Estava usando o quimono ao fazer as unhas, e agora um garoto que passava de bicicleta viu a combinação que ela trazia por baixo.

"Meu Deus", ela disse. Raramente ficava tão descontrolada. "Quer parar com isso?"

Jill pôs o violino de lado.

Ailsa saiu correndo para o hall e falou em voz alta para Iona: "Hoje é domingo! Não dá para fazer o bebê parar?"

Sem dizer uma palavra, Jill caminhou a passos lentos até a cozinha, onde a sra. Kirkham, calçando só as meias, estava agarrada ao balcão.

"O que está acontecendo com Ailsa? O que Iona fez?"

Jill saiu e se sentou no degrau dos fundos. Via, do outro lado, o muro do fundo, ofuscante à luz do sol, da casa branca dos Shantz. Em toda a volta havia outros quintais e muros quentes de outras casas. Dentro delas pessoas bem conhecidas umas das outras, de vista, de nome e por suas histórias. Três quarteirões para o leste, cinco para o oeste, seis para o sul e dez para o norte as plantações de verão já iam altas, os campos cercados onde cresciam o feno, o trigo e o milho. A pujança do campo. Impossível respirar sem sentir o cheiro das plantações verdejantes, dos terreiros, dos animais que se entrechocavam ruminando. Bosques ao longe acenando como oásis de sombra, paz e abrigo, mas que na realidade eram infestados de insetos.

Como descrever o que a música significa para Jill? Esqueça paisagens, visões e diálogos. É mais um problema, eu diria, que ela precisa resolver com atenção e ousadia, aquilo que aceitou como sendo sua responsabilidade na vida. Suponha, então, que as ferramentas usadas por ela para se ocupar de tal problema lhe sejam confiscadas. O problema continua lá em toda a sua grandiosidade e outras pessoas o sustêm, mas ele foi retirado dela. Sobram apenas o degrau dos fundos, o muro ofuscante e meu choro. Meu choro é uma faca que servirá para cortar da vida dela tudo que não é útil. Para mim.

"Entre", diz Ailsa através da porta de tela. "Entre. Eu não devia ter gritado com você. Entre, as pessoas vão ver."

À tarde, todo o episódio já podia ser levado na brincadeira. "Vocês devem ter ouvido o barulhão que tivemos hoje lá em casa", Ailsa disse ao casal Shantz, que a havia convidado para se sentar no pátio deles enquanto Iona me fazia dormir.

"Aparentemente o bebê não é um fã do violino. Não saiu à mãe."

Até a sra. Shantz riu.

"Um gosto adquirido."

Jill os ouviu. Ao menos ouviu os risos, e adivinhou do que falavam. Estava deitada na cama lendo A ponte de San Luis Rey, que apanhara na estante sem entender que deveria ter pedido permissão a Ailsa. De tempos em tempos perdia o fio da história e ouvia as vozes risonhas no pátio dos Shantz, depois a ladainha da adoração de Iona no quarto ao lado, até que rompeu num suor rancoroso. Num conto de fadas, ela teria se levantado da cama com a força de uma jovem giganta e saído pela casa quebrando móveis e pescoços.

* * *

Quando eu tinha quase seis semanas de idade, Ailsa e Iona deviam levar a mãe delas para visitar umas primas em Guelph, coisa que faziam todos os anos, passando uma noite fora de casa. Iona queria que eu fosse também, mas Ailsa fez o dr. Shantz convencê-la de que não era uma boa ideia levar uma criança tão pequena numa longa viagem com o calor que vinha fazendo. Iona então quis ficar em casa.

"Não posso dirigir e tomar conta de mamãe ao mesmo tempo", disse Ailsa.

Falou que Iona estava ficando muito fixada em mim, e que um dia e meio cuidando do seu próprio bebê não seria nada demais para Jill.

"Você concorda, Jill?"

Jill disse que sim.

Iona procurou dar a impressão de que não era que ela quisesse ficar comigo. Disse que sentia enjoo dirigindo num dia quente.

"Você não vai dirigir, só vai ficar sentada", retrucou Ailsa. "E eu? Não pense que estou fazendo isso para me divertir. Estou fazendo porque esperam por nós."

Iona teve de se sentar no banco traseiro, o que aumentou seu enjoo com o balanço do carro. Ailsa achava que não pareceria correto pôr sua mãe atrás. A sra. Kirkham disse que não se incomodava. Ailsa fez questão. Iona baixou o vidro quando Ailsa ligou o motor. Fixou os olhos na janela do segundo andar onde me pusera para dormir após o banho e a mamadeira matinais. Ailsa acenou para Jill, plantada na porta da frente.

"Até logo, mãezinha", ela exclamou numa voz alegre e desafiadora, que fez Jill se lembrar de George. A perspectiva de escapar da casa e da nova ameaça de desordem que havia lá dentro parecia ter melhorado o humor de Ailsa. E talvez ela também se sentisse bem — mais tranquila — ao ver Iona posta de volta em seu lugar.

Saíram por volta das dez da manhã, e o resto do dia provou ser o mais longo e o pior da vida de Jill até então. Nem o dia em que nasci, com o pesadelo do trabalho de parto, era comparável. Antes que o carro chegasse à cidadezinha mais próxima acordei em agonia, como se soubesse que Iona estava sendo afastada de mim. Ela tinha me alimentado fazia tão pouco tempo que Jill não achava possível eu ter fome. Mas descobriu que eu tinha feito xixi, e, embora houvesse lido que os bebês não precisam ter a fralda trocada a cada vez que se molham e geralmente não choram por causa disso, ela resolveu trocar minha fralda. Não era a primeira vez que fazia isso, mas não levava muito jeito e, na verdade, Iona tinha com frequência terminado o que ela começara. Dificultei tanto quanto pude: agitei freneticamente braços e pernas, arqueei a espinha, fiz o possível para virar de barriga para baixo e, obviamente, não parei de berrar. As mãos de Jill tremiam, ela tinha dificuldade para enfiar os alfinetes através do pano. Fingia estar calma, tentou falar comigo imitando o balbuciar e as engambelações de Iona, mas de nada adiantou porque aquela insinceridade vacilante só fazia aumentar minha raiva. Pegou-me no colo depois de prender a fralda, buscando amoldar-me ao seu peito e ombro, mas me retesei como se o corpo dela fosse feito de agulhas incandescentes. Sentou-se e me embalou. Pôs-se de pé e me balançou. Cantou para mim as palavras doces de uma cantiga de ninar, que saíam trêmulas sob o peso de sua exasperação, de sua ira e de algo que bem podia ser definido como ódio.

Nós éramos monstros um para o outro. Jill e eu.

Por fim me pôs no berço, mais gentilmente do que teria desejado, e me acalmei, aparentemente sentindo o alívio de me afastar dela. Jill saiu do quarto na ponta dos pés. Mas não demorou para que eu começasse de novo.

E lá fomos nós. Não chorei sem parar. Fiz pausas de dois, cinco, dez e até mesmo vinte minutos. Chegada a hora de ela me oferecer a mamadeira, a aceitei, me enrijecendo em seus braços e fungando em sinal de advertência enquanto bebia. Com o leite pela metade, voltei ao ataque. Passado algum tempo, terminei a mamadeira, entre um urro e outro, sem prestar muita atenção na coisa. Caí no sono e ela me devolveu ao berço. Desceu a escada de mansinho; parou no hall como se buscasse um rumo seguro. Suava por causa da provação e do calor do dia. Moveu-se através do silêncio frágil e precioso até a cozinha e teve a audácia de pôr a cafeteira no fogo.

Antes que o café fosse coado, atingi-a na cabeça com um cutelo sonoro.

Ela se deu conta de haver esquecido uma coisa: não me fizera arrotar depois da mamadeira. Subiu a escada com determinação, me pegou no colo e caminhou de um lado para o outro dando tapinhas e massageando minhas costas raivosas; em pouco tempo arrotei, porém não parei de chorar e ela desistiu, pondo-me de volta no berço.

O que existe no choro de um bebê que o faz tão potente, capaz de destruir a ordem interna e externa de que tanto dependemos? É como um temporal — insistente, dramático, embora de certo modo puro e genuíno. É muito mais acusatório que suplicante: nasce de uma raiva que não pode ser controlada, uma raiva que vem como um direito de nascença despido de amor e pena, pronto a esmagar dentro do crânio o cérebro de quem o ouve.

Tudo que Jill pode fazer é andar de um lado para o outro. Indo e vindo pelo tapete da sala de visitas, rodando em volta da mesa da sala de jantar, caminhando até a cozinha onde o relógio de parede lhe diz como o tempo passa lentamente, muito lentamente. Só consegue ficar quieta o tempo suficiente para tomar um gole do café. Quando fica com fome não tem como parar para preparar um sanduíche, mas come flocos de cereais com a mão mesmo, deixando um rastro por toda a casa. Comer e beber, fazer qualquer coisa corriqueira, parece tão arriscado quanto se estivesse num bote em plena tempestade, ou numa casa cujas colunas de sustentação estão sendo vergadas por uma ventania pavorosa. Não se pode descuidar um momento da tempestade, ou ela destroçará suas últimas defesas. Lutando por manter a sanidade mental, ela se fixa num detalhe tranquilo do ambiente, mas os rugidos do vento — meus rugidos — são capazes de habitar uma almofada, um desenho no tapete ou um pequeno rodamoinho no vidro da janela. Não permito fuga alguma.

A casa está fechada como uma caixa. Parte do senso de vergonha de Ailsa passou para Jill, ou ela foi capaz de produzir alguma vergonha por conta própria. Uma mãe que não consegue aquietar seu próprio bebê — o que pode ser mais vergonhoso? Mantém as portas e janelas cerradas. Não liga o ventilador portátil porque na verdade se esqueceu dele. Não mais pensa em termos de alívio físico. Não percebe que aquele domingo é um dos dias mais quentes do verão e que talvez seja esse o meu problema. Uma mãe experiente ou instintiva sem dúvida me levaria para tomar um pouco de ar em vez de me atribuir os poderes de um demônio. Calor irritante era o que teria lhe passado pela cabeça, em vez de desespero extremo.

Em algum momento da tarde Jill toma uma decisão estúpida ou simplesmente desesperada. Não sai de casa e me abandona. Dentro da prisão que eu construí, ela imagina um espaço que lhe pertença, uma fuga para dentro. Pega o violino, que não tocava desde o dia em que tentara as escalas, evento que Ailsa e Iona haviam transformado numa piada a ser eternamente contada na família. A música não pode me acordar porque já estou de olhos abertos — e como poderia me fazer sentir ainda mais raiva?

De certa forma, ela me presta uma homenagem. Não mais um consolo fingido, não mais uma falsa cantiga de ninar ou a preocupação com as cólicas do bebezinho, nenhuma frescura. Em vez disso, resolve tocar o concerto para violino de Mendelssohn, a peça que executou no recital e deve executar mais uma vez no exame final para receber o diploma.

Escolhe o concerto de Mendelssohn — e não o de Beethoven, que ela admira mais apaixonadamente — pois acredita que com ele pode obter uma nota melhor. Acha que pode dominá-lo, que já o dominou inteiramente; tem confiança de poder exibir sua perícia e impressionar os examinadores sem o menor receio de uma catástrofe. Decidiu que não se trata de uma peça que a preocupará para sempre; não é algo com o qual vá lutar, tentando provar o próprio valor, para sempre.

Simplesmente a tocará.

Afina o instrumento, percorre algumas escalas, tenta me banir de seus ouvidos. Sabe que seus dedos estão pouco flexíveis, mas dessa vez se encontra preparada para isso. Espera que os problemas se reduzam à medida que avance.

Começa a tocar, segue adiante, não se interrompe, vai até o final. Toca pessimamente. Um tormento. Persevera, imagina que isso deve mudar, que ela pode mudar, porém não pode. Está tudo errado, ela toca tão mal quanto Jack Benny numa de suas resolutas paródias. O violino está amaldiçoado, a odeia. Dá-lhe uma resposta teimosamente distorcida a tudo que ela tenciona fazer. Nada poderia ser pior do que isso — é pior do que se olhasse no espelho e visse seu rosto tão familiar encovado e enfermiço, com uma expressão maliciosa. Uma peça pregada contra ela na qual não poderia crer, e que tentaria desarmar afastando o olhar e voltando a fixá-lo no espelho, vezes e vezes seguidas. É assim que continua a tocar, procurando desfazer a artimanha. Em vão. Toca ainda pior, se isso é possível; o suor escorre por seu rosto, pelos braços e pelos lados do corpo, sua mão escorrega — simplesmente não há limite para sua incompetência.

Terminado. Acabou o último compasso. A peça, aprendida meses atrás e aperfeiçoada desde então, a ponto de que nada nela restasse amedrontador ou mesmo difícil, a havia derrotado por completo. Fez com que ela se revelasse a si própria como uma pessoa esvaziada, vandalizada. Roubada de tudo da noite para o dia.

Ela não se entrega. Faz a pior coisa possível. Em desespero, começa de novo; vai tentar Beethoven. Naturalmente, isso não funciona, é ainda muito pior, e ela parece estar urrando, ofegando internamente. Descansa o arco e o violino no sofá da sala de visitas, depois os enfia debaixo do móvel. Afasta-os de sua vista porque se vê batendo com eles nas costas de uma cadeira, destruindo-os numa exibição doentiamente dramática.

Eu não desisti durante todo esse tempo. Claro que não iria desistir, enfrentando uma competição daquelas.

Jill se estende no duro sofá forrado de brocado azul-celeste em que ninguém nunca se deita e só se senta quando há visitas, e de fato cai no sono. Acorda sabe-se lá quanto tempo depois, com o rosto quente afundado no brocado, os padrões do tecido impressos nas bochechas, um fiapo de baba manchando o tecido azul-celeste. Minha berraria ainda prossegue, aumentando e diminuindo como uma dor de cabeça latejante. E ela está mesmo com dor de cabeça. Levanta-se e abre caminho — é essa a sensação que tem — através do ar quente até chegar ao armário de cozinha onde Ailsa guarda as aspirinas. O ar pesado a faz pensar num esgoto. E por que não? Enquanto ela dormia, sujei a fralda, e o fedor teve tempo de se espalhar pela casa.

Aspirina. Esquenta outra mamadeira. Sobe a escada. Muda a fralda sem me tirar do berço. O lençol e a fralda são uma sujeira só. A aspirina ainda não fez efeito e sua dor de cabeça aumenta brutalmente quando ela se curva. Limpa a sujeira, lava meu traseiro em brasa, põe uma fralda limpa, leva a fralda e o lençol sujos para o banheiro e os enxagua na pia. Põe as duas peças no balde com água e desinfetante, que já está cheio até a borda porque a lavagem diária das roupas do bebê ainda não havia sido feita. Então ela me dá a mamadeira. Outra vez fico em silêncio o tempo suficiente para sugar. É um espanto que eu tenha energia para fazer isso, mas o fato é que tenho. A mamadeira está atrasada uma hora, e a fome que sinto de verdade faz crescer — mas talvez também faça subverter — meu estoque de mágoa. Vou sugando, bebo tudo e, então, de pura exaustão, caio no sono — e dessa vez durmo para valer.

A dor de cabeça de Jill diminui. Zonza, lava minhas fraldas, camisas, batas e lençóis. Esfrega, enxagua e até ferve as fraldas para evitar as assaduras que em mim são frequentes. Torce tudo à mão. Pendura as peças dentro de casa porque Ailsa, ao voltar, não gostaria de ver nada no varal num domingo. De todo modo, Jill preferia não aparecer do lado de fora, em particular agora, quando as pessoas se sentavam ao ar livre para aproveitar o frescor do fim da tarde. Ela teme ser vista pelos vizinhos — até mesmo ser cumprimentada pelos amigáveis Shantz — depois do que devem ter ouvido durante o dia.

E como demora para o dia acabar. Para a luz poderosa e as sombras alongadas se extinguirem e o calor monumental se mover um pouco, abrindo suaves fendas de frescor. Então, de repente, as estrelas despontam em cachos e as árvores se expandem como nuvens, desfolhando paz. Mas não por muito tempo,

e não para Jill. Bem antes da meia-noite ouve-se um gritinho —
não se poderia chamá-lo de tentador, mas de débil, pelo menos,
experimental, como se, apesar do treinamento durante o dia, eu
houvesse perdido o jeito. Ou como se realmente eu me perguntasse se vale a pena. Em seguida, um pequeno repouso, uma
falsa trégua ou rendição. Mas logo depois uma retomada total,
angustiada, implacável. Justamente quando Jill tinha começado
a preparar outro café, a lidar com os restos de sua dor de cabeça.
Pensando que dessa vez poderia se sentar à mesa e bebê-lo.

Apaga o fogo.

Está quase na hora da última mamadeira do dia. Se a anterior não tivesse sido atrasada, eu agora estaria com fome. Será
que estou? Enquanto aquece o leite, Jill decide tomar mais umas
duas aspirinas. Depois acha que talvez isso não seja suficiente,
precisa de algo mais forte. No armarinho do banheiro, só encontra antiácidos, laxativos, pós contra frieiras e remédios vendidos
com receita médica que ela nem quer tocar. Mas, como sabe que
Ailsa toma algo mais potente por causa das cólicas menstruais,
vai ao quarto dela e remexe nas gavetas da escrivaninha até achar
um frasco de analgésicos em cima (muito logicamente) de uma
pilha de absorventes. Essas pílulas também só são vendidas com
receita, porém o rótulo diz claramente para que servem. Pega
duas e, ao voltar à cozinha, descobre que a água está fervendo na
panela onde pôs a mamadeira e o leite está quente demais.

Segura a mamadeira debaixo da torneira para que a água a
esfrie — meus gritos se abatendo sobre ela como o crocitar de
aves de rapina sobre um rio gorgolejante —, vê as pílulas esperando em cima do balcão e pensa: *Sim*! Raspa uma das pílulas
com uma faca, retira o bico da mamadeira, colhe o pozinho
branco com a lâmina e o derrama no leite. Engole depois uma
pílula inteira e sete oitavos (ou talvez onze doze avos, ou até
mesmo quinze dezesseis avos) da outra, levando a mamadeira

para cima. Ergue do berço meu corpo imediatamente retesado e enfia o bico na minha boca acusadora. O leite ainda está quente demais para o meu gosto, e de início o cuspo de volta em cima dela. Logo depois decido que dá para aguentar e bebo até o fim.

Iona está aos berros. Jill acorda numa casa invadida pela luz torturante do sol e pelos gritos de Iona.

O planejado era que Ailsa, Iona e a mãe delas ficariam com as parentes em Guelph até o fim da tarde, evitando dirigir durante a parte quente do dia. Depois do café da manhã, entretanto, Iona começou a ficar agitada. Queria voltar para casa por causa do bebê, dizia que quase não tinha dormido de tanta preocupação. Como era embaraçoso continuar a discutir com ela na frente das parentes, Ailsa cedeu e as três chegaram em casa no fim da manhã.

Ao abrirem a porta da casa silenciosa, Ailsa disse: "Epa! Será que a casa fede sempre assim, só que a gente está tão acostumada que nem sente mais o cheiro?".

Iona se esquivou para passar por ela e subiu a escada aos saltos.

Agora ela está gritando.

Morreu. Morreu. Assassina.

Nada sabe sobre as pílulas. Por que então grita a palavra "assassina"? É a coberta. Vê a coberta puxada por cima da minha cabeça. Sufocação. E não veneno. Precisou de menos de meio segundo para passar de "morreu" a "assassina". Um salto mortal instantâneo. Ela me tira do berço com a coberta homicida ainda enrolada em volta de mim e, apertando a trouxinha contra o peito, corre aos gritos para o quarto de Jill.

Jill luta para despertar, ainda grogue após doze ou treze horas de sono.

"Você matou meu bebê", Iona berra para ela.

Jill não a corrige — não diz "O bebê é *meu*". Num gesto acusatório, Iona estende os braços para me mostrar a Jill, mas, antes que ela possa ver qualquer coisa, me puxam de volta. Iona geme e se dobra, como se tivesse sido baleada no estômago. Sempre agarrada a mim, desce aos trambolhões a escada, esbarrando em Ailsa, que vem subindo. Ailsa por pouco não é derrubada, mas se segura no corrimão sem que Iona ao menos perceba — ela agora parece querer enfiar a trouxinha num novo e horripilante buraco no meio de seu corpo. Palavras saltam dela entre mais gemidos de reconhecimento.

Meu bebezinho. Amor meu. Tesouro. Ai. Ai. Chama. Sufocação. Coberta. Bebê. Polícia.

Jill dormiu sem se cobrir e sem pôr o pijama. Veste ainda os shorts e a frente única de ontem e não tem ideia se acordou após uma noite de sono ou um cochilo. Não sabe ao certo onde está, que dia é. E o que foi que Iona disse? Emergindo com dificuldade de uma tina cheia de algodão quente, Jill vê mais do que ouve os gritos de Iona, que são como relâmpagos vermelhos, veias incandescentes na parte interna de suas pálpebras. Aferra-se ao luxo de não precisar entender, mas por fim sabe que entendeu. Sabe que é sobre mim.

No entanto, Jill acha que Iona cometeu um erro. Entrou na parte errada do sonho. Aquela parte já acabou.

O bebê está bem. Jill tomou conta do bebê. Saiu e encontrou o bebê, depois o cobriu. Tudo certo.

No hall do andar de baixo, Iona faz um esforço e grita algumas palavras emendadas: "Ela puxou a coberta por cima da cabeça do bebê, sufocou o bebê".

Ailsa desce se amparando no corrimão.

"Larga", ela diz, "larga o bebê".

Iona me aperta e geme. Mostra-me então a Ailsa, dizendo: "Olhe. Olhe".

Ailsa afasta a cabeça de súbito. "Não, não vou olhar." Iona quase me empurra contra o rosto da irmã — ainda estou com a coberta enrolada em volta de mim, mas Ailsa não sabe disso, e Iona não nota ou não liga.

Agora é Ailsa quem berra. Corre para a outra extremidade da sala de jantar aos berros. "Larga. Larga. Não vou olhar para um cadáver."

A sra. Kirkham chega da cozinha, dizendo: "Meninas. Ah, meninas. Qual é o problema com vocês? Não vou tolerar isso, vocês sabem".

"Olhe", diz Iona, esquecendo Ailsa e contornando a mesa para me mostrar à sua mãe.

Ailsa pega o telefone do hall e dá à telefonista o número do dr. Shantz.

"Ah, um bebê", diz a sra. Kirkham, afastando a coberta.

"Ela o sufocou", diz Iona.

"Ah, não", retruca a sra. Kirkham.

Ailsa está falando com o dr. Shantz ao telefone, dizendo-lhe numa voz trêmula que venha imediatamente. Afasta-se do aparelho e olha para Iona, engole em seco para se controlar, e diz: "Agora, Iona, trate de se acalmar".

Soltando um grito agudo e desafiador, Iona se afasta dela correndo, atravessa o hall e entra na sala de visitas. Ainda me segura com força.

Jill aparece no alto da escada. Ailsa a vê.

"Desça aqui", ela diz.

Não tem ideia do que vai fazer com Jill ou lhe dizer depois que ela descer. Dá a impressão de querer esbofeteá-la. "Agora não adianta ficar histérica."

A frente única de Jill está retorcida, deixando um seio quase à mostra.

"Arrume-se", diz Ailsa. "Você dormiu sem tirar a roupa? Parece bêbada."

Jill tem a sensação de caminhar ainda sob a luz esbranquiçada pela neve no seu sonho. Mas o sonho foi invadido por essas pessoas desvairadas.

Ailsa consegue agora raciocinar sobre algumas coisas que precisam ser feitas. O que quer que tenha acontecido, não há que se falar em assassinato. Os bebês morrem sem nenhum motivo durante o sono. Ela ouviu falar disso. Nem pensar em polícia. Nada de autópsia — um enterrozinho triste mas tranquilo. O obstáculo é Iona. O dr. Shantz pode lhe dar agora uma injeção que a fará dormir. Mas ele não pode ficar lhe dando injeções todos os dias.

O jeito é internar Iona em Morrisville. Este é o Hospital dos Insanos, que costumava ser chamado de Asilo e, no futuro, será chamado de Hospital Psiquiátrico e, depois, de Unidade de Saúde Mental. Mas quase todos o chamam de Morrisville, por causa do povoado vizinho.

Vai para Morrisville, é costume dizer. Levaram a mulher para Morrisville. Continue nessa toada e você vai acabar em Morrisville.

Iona já esteve lá e pode voltar. O dr. Shantz pedirá sua internação e a manterá lá até que esteja em condições de sair. Afetada pela morte do bebê. Delírios. Uma vez isso estabelecido, ela deixa de ser uma ameaça. Ninguém prestará atenção no que fala. Terá sofrido um colapso nervoso. Aliás, isso parece ser verdade, ela parece estar a caminho de um colapso com todos aqueles gritos e aquelas correrias. Pode ser permanente, mas provavelmente não. Hoje em dia há muitos tipos de tratamento. Drogas para acalmá-la e choques caso seja melhor apagar certas lembranças, além de uma operação que fazem, se inevitável, em pessoas obstinadamente confusas e infelizes. Não fazem isso em Morrisville — o paciente precisa ser mandado para a cidade.

Para todas essas providências, que atravessaram sua mente num segundo, ela necessitará da ajuda do dr. Shantz. Uma complacente falta de curiosidade da parte dele e boa vontade para ver as coisas à maneira dela. Mas isso não seria difícil para ninguém que saiba das coisas pelas quais ela passou. O investimento que fez na respeitabilidade da família e os golpes que teve de aparar, desde a fracassada carreira do pai e a confusão mental da mãe, até o colapso de Iona numa escola de enfermagem e a morte de George na guerra. Será que Ailsa merece um escândalo público para coroar tudo isso — um caso nos jornais, um julgamento, talvez uma cunhada na prisão?

O dr. Shantz não pensaria assim. E não apenas por ser capaz de alinhavar aquelas razões a partir do que pôde observar na condição de vizinho cordial. Não apenas por saber que as pessoas que perdem a respeitabilidade mais cedo ou mais tarde pagam caro por isso.

Os motivos que tem para ajudar Ailsa estão todos em sua voz quando entra correndo pela porta detrás, atravessando a cozinha e chamando por ela.

Jill, ao pé da escada, acabou de dizer: "O bebê está bem".

E Ailsa retrucou: "Trate de ficar calada até eu lhe dizer o que deve falar".

A sra. Kirkham está postada na porta entre a cozinha e o hall, bem no caminho do dr. Shantz.

"Ah, que bom vê-lo aqui", ela diz. "Ailsa e Iona estão brigando muito. Iona encontrou um bebê na porta e está dizendo que ele está morto."

O dr. Shantz desloca a sra. Kirkham e a põe de lado. "Ailsa?", volta a dizer, estendendo os braços mas terminando por simplesmente pousar as mãos sobre os ombros dela com firmeza.

Iona sai da sala de visitas sem trazer nada nos braços.

364

"O que você fez com o bebê?", Jill pergunta.

"Escondi", responde Iona em tom atrevido, fazendo uma careta para ela — o tipo de careta que as pessoas absolutamente apavoradas costumam fazer para fingir que são más.

"O dr. Shantz vai te dar uma injeção", diz Ailsa. "Isso vai resolver seu problema."

Segue-se uma cena absurda, com Iona correndo e se jogando contra a porta da frente — Ailsa salta para bloqueá-la —, e dali para a escada, onde o dr. Shantz a captura, prende seus braços e diz: "Calma, calma, calma, Iona. Quietinha. Num minuto você vai se sentir melhor". Iona grita, choraminga, se entrega. Os ruídos que faz, as corridas para lá e para cá, os esforços para escapar — tudo parece uma encenação. Como se, apesar de estar literalmente quase louca, ela sentisse que o esforço de oferecer resistência a Ailsa e ao dr. Shantz é tão superior a suas forças que só pode lidar com aquilo apelando para uma espécie de paródia. O que torna claro — e talvez seja isso o que de fato ela tenciona — que não está resistindo a eles, e sim desmoronando. Desmoronando tão embaraçosa e inconvenientemente quanto possível, com Ailsa berrando: "Você devia ter vergonha do que está fazendo".

Aplicando a injeção, o dr. Shantz diz: "Boa menina, Iona. Só mais um segundinho".

Por cima do ombro, diz a Ailsa: "Cuide de sua mãe. Faça com que ela se sente".

A sra. Kirkham está secando as lágrimas com os dedos. "Eu estou bem, minha filha", ela diz a Ailsa. "Só queria que minhas meninas não brigassem. Você devia ter me dito que Iona tinha um bebê. Devia ter deixado ela ficar com ele."

Vestindo um quimono por cima do pijama de verão, a sra. Shantz entra na casa pela porta da cozinha.

"Estão todos bem?", ela cantarola.

Vê a faca em cima do balcão da cozinha e acha prudente guardá-la numa gaveta. Quando as pessoas estão fazendo uma cena, a última coisa que se quer é uma faca à mão.

No meio de tudo isso, Jill tem a sensação de que ouviu um grito abafado. Ela tinha subido alguns degraus de novo quando Iona veio correndo naquela direção, e agora, agarrando-se com dificuldade ao corrimão para contornar Iona e o dr. Shantz, termina de descer. Atravessa as portas duplas e entra na sala de visitas, onde de início não me vê. Mas ouve o grito abafado mais uma vez e, seguindo o som, olha debaixo do sofá.

É lá que estou, ao lado do violino.

Durante o breve trajeto entre o hall e a sala de visitas, Jill se lembra de tudo, e é como se sua respiração parasse e o horror lhe tampasse a boca, mas então uma centelha de alegria a faz reviver no momento em que, tal como no sonho, ela encontra uma criancinha viva, e não um pequeno cadáver ressequido com a cabeça parecendo uma noz-moscada. Ela me pega. Não reteso o corpo, não dou pontapés, não arqueio a espinha. Ainda estou com muito sono por causa do sedativo no leite, que me pôs fora de ação por uma noite e metade de um dia, e que, em maior quantidade — talvez não muito maior —, teria realmente acabado comigo.

Não foi de modo algum a coberta. Qualquer um que olhasse com atenção aquela coberta veria que era tão leve e fina que não poderia me impedir de aspirar todo o ar de que eu necessitava. Era possível respirar através dela tão facilmente quanto através de uma rede de pesca.

A exaustão pode ter contribuído. Um dia inteiro de choro — grande feito em matéria de manifestação de vontade — talvez houvesse me exaurido. Isso e o pó branco que caiu no meu leite tinham me feito mergulhar num sono sereno e profundo, com uma respiração tão sutil que Iona não fora capaz de detectá-la. Era de esperar que tivesse notado que meu corpo não estava frio, como também era de esperar que todos aqueles gemidos, gritos e correrias houvessem me despertado rapidamente. Não sei por que isso não aconteceu. Acho que ela não notou por causa de seu pânico e do estado em que se encontrava até mesmo antes de me ver, porém não sei por que não chorei antes. Ou, quem sabe, chorei e, na confusão, ninguém me ouviu. Ou, quem sabe, Iona de fato me ouviu, deu uma olhada em mim e me enfiou debaixo do sofá porque, a essa altura, tudo estava perdido.

Então Jill ouviu. Foi Jill quem me acudiu.

Iona foi levada para o mesmo sofá. Ailsa lhe tirou os sapatos para não estragar o brocado, enquanto a sra. Kirkham subia para pegar uma colcha leve e cobri-la.

"Sei que ela não precisa disso para se aquecer, mas acho que, quando acordar, ela vai se sentir melhor se estiver coberta."

Antes disso, naturalmente, todos tinham se juntado em volta de mim para se certificar de que eu ainda vivia. Ailsa se culpava por não haver descoberto logo. Odiava ter de admitir que tivera medo de olhar para um bebê morto.

"O problema dos nervos de Iona deve ser contagioso", ela disse. "Eu absolutamente devia ter sabido."

Olhou para Jill como se fosse mandar que pusesse uma blusa por cima da frente única. Lembrou-se então de como lhe havia falado de modo rude e preferiu não dizer nada. Nem tentou convencer a mãe de que Iona não tinha tido um bebê, embora dissesse baixinho para a sra. Shantz: "Isso daria origem à maior fofoca do século".

"Fico tão feliz que nada de terrível aconteceu!", disse a sra. Kirkham. "Cheguei a pensar que Iona tinha matado o bebê. Ailsa, por favor, não culpe sua irmã."

"Está bem, mamãe", respondeu Ailsa. "Vamos nos sentar na cozinha."

Lá havia uma mamadeira que, por direito, eu devia ter pedido e bebido no começo da manhã. Jill tratou de aquecê-la, segurando-me todo o tempo com o braço.

Procurara de imediato pela faca ao entrar na cozinha, percebendo com surpresa que havia desaparecido. Mas deu para ver um restinho quase invisível do pó no balcão, ou assim ela imaginou. Varreu-o com a mão antes de abrir a torneira e pegar a água para aquecer a mamadeira.

A sra. Shantz tratou de preparar o café. Enquanto estava sendo coado, ela pôs o esterilizador no fogão e lavou as mamadeiras da véspera. Estava sendo delicada e competente, fazendo o possível para esconder o fato de que algo naquela catástrofe e naquele alvoroço emocional a alentava.

"Acho que Iona tinha obsessão pelo bebê", ela comentou. "Alguma coisa desse tipo ia acabar acontecendo."

Virando-se do fogão para dirigir a última dessas palavras a seu marido e Ailsa, viu que o dr. Shantz estava retirando as mãos de Ailsa de onde ela as mantinha, uma de cada lado da cabeça. Muito depressa e culposamente, ele afastou suas próprias mãos. Não fosse por isso, teria parecido um gesto banal de consolo. Como os médicos têm todo o direito de fazer.

"Você sabe, Ailsa, acho que sua mãe também devia se deitar um pouco", disse a sra. Shantz num tom pensativo e sem fazer nenhuma pausa. "Acho que vou convencê-la a fazer isso. Se ela conseguir dormir, tudo isso talvez suma de sua cabeça. Da cabeça de Iona também, se tivermos sorte."

A sra. Kirkham tinha saído da cozinha momentos depois de lá entrar. A sra. Shantz foi achá-la na sala de visitas, olhando para Iona e ajustando a colcha para ter certeza de que ela estava bem coberta. A sra. Kirkham realmente não queria se deitar.

Queria que as coisas lhe fossem explicadas — sabia que suas próprias explicações estavam fora de prumo. E queria que as pessoas falassem com ela como antes, não da forma artificialmente cortês e superior de agora. No entanto, devido à sua conhecida gentileza e à consciência de que tinha um poder insignificante na casa, ela permitiu que a sra. Shantz a levasse para o quarto.

Jill lia as instruções de preparo da mamadeira impressas na lata de xarope de milho. Ao ouvir os passos subindo a escada, pensou que havia algo a fazer enquanto tinha uma boa chance. Levou-me até a sala de visitas e me depositou numa cadeira.

"Bico fechado agora", ela sussurrou confidencialmente. "Sem se mexer."

Ela se ajoelhou, cutucou e cuidadosamente puxou o violino para fora de seu esconderijo. Achou a capa e o estojo, guardando o violino da forma correta. Não me mexi — já que ainda não sabia virar o corpo — e não fiz nenhum ruído.

Deixados a sós na cozinha, o dr. Shantz e Ailsa provavelmente não aproveitaram a oportunidade para se abraçarem, só se olharam. Com o conhecimento que tinham, e sem promessas ou desespero.

Iona reconheceu que não tomara o pulso. E nunca alegou que meu corpo estava frio. Disse que sentiu meu corpo rígido. Depois disse não rígido, mas pesado. Tão pesado, segundo ela, que imediatamente imaginou que eu não podia estar com vida. Uma massa informe, um peso morto.

Acho que há algo de verdade nisso. Não creio que eu tivesse morrido, ou que voltei do outro mundo, porém me encontrava a alguma distância, de onde podia ou não voltar. Tenho para mim que o resultado era incerto e se tratava de uma questão de querer. Ou seja, dependia de mim ir para um lado ou para o outro.

E o amor de Iona, que é sem dúvida o mais absoluto que receberei em toda a minha vida, não foi o que me decidiu. Seus gritos e os apertões contra seu corpo não funcionaram, não foram cabalmente persuasivos. Porque a decisão que eu tinha que tomar não dizia respeito a Iona. (Será que eu podia saber isso, podia até mesmo saber que, no final, não seria Iona quem me faria mais bem?) Dizia respeito a Jill. Eu tinha que tomar uma decisão a respeito de Jill e do que eu poderia obter dela, mesmo que fosse menos do que eu desejava.

Acho que só então me tornei alguém do sexo feminino. Sei que a questão foi decidida muito antes de eu nascer e que isso era óbvio para todos desde que vim ao mundo, porém creio que só no momento em que resolvi voltar, quando desisti da luta contra minha mãe (em que exigia sua rendição incondicional) e de fato preferi a sobrevivência à vitória (a morte seria uma vitória), foi que assumi minha natureza feminina.

E, até certo ponto, Jill assumiu a sua. Compungida e grata, não desejando nem mesmo se arriscar a pensar sobre aquilo de que acabara de escapar, ela passou a me amar, porque a alternativa era o desastre.

O dr. Shantz desconfiou de alguma coisa, mas não quis se aprofundar. Perguntou a Jill como eu tinha estado no dia anterior. Agitada? Ela disse que sim, muito agitada. Ele explicou que os bebês prematuros, mesmo os ligeiramente prematuros, são suscetíveis a choques e é preciso ter certo cuidado com eles. Recomendou que eu fosse sempre posta para dormir deitada de costas.

Iona não precisou tomar choques. O dr. Shantz lhe receitou umas pílulas. Disse que ela havia se desgastado demais cuidando de mim. A mulher que a havia substituído na confeitaria queria ir embora — ela não gostava de trabalhar à noite. Assim, Iona voltou ao emprego.

É do que eu mais me lembro das visitas que fazia a minhas tias no verão, quando tinha seis ou sete anos. Ser levada à confeitaria na hora estranha, e geralmente proibida, da meia-noite, lá observar Iona pôr o chapéu e o avental brancos para sovar aquela grande bola de massa branca que se contraía e formava bolhas como se fosse um ser vivo. Depois cortava biscoitos e me passava as sobras, e em ocasiões especiais esculpia um bolo de noiva. Como aquela enorme cozinha era branca e bem iluminada, com a noite preenchendo todas as janelas! Eu raspava da tigela o glacê do bolo de casamento — o irresistível e lancinante açúcar fundido.

Ailsa achava que eu não devia ficar acordada até tão tarde e nem comer tanto doce. Mas não fazia nada para impedir. Dizia que gostaria de saber o que mamãe diria daquilo, como se Jill fosse quem tomava as decisões, e não ela. Ailsa ditava algumas regras que eu não precisava observar em casa — pendure esse casaco, enxague o copo antes de secar senão vai ficar manchado —, porém nunca me deparei com a pessoa ríspida e impositiva de que Jill se recordava.

Nada desrespeitoso jamais foi dito acerca da música de Jill. Afinal, era o que nos sustentava. Ela não tinha sido definitivamente derrotada pela peça de Mendelssohn. Obteve o diploma, formou-se no Conservatório. Cortou os cabelos e emagreceu. Com a pensão de viúva de guerra, conseguiu alugar um apartamento perto do High Park, em Toronto, e contratar uma mulher para tomar conta de mim durante algumas horas. E então arranjou um emprego com uma orquestra de rádio. Orgulhava-se porque, em todos os anos em que tinha trabalhado, esteve empregada como instrumentista e nunca precisou dar aulas para se manter. Ela dizia que sabia que não era uma grande violinista, não possuía um dom ou um destino maravilhosos, mas pelo menos era capaz de ganhar a vida fazendo o que queria. Mesmo depois de se casar com meu padrasto, depois que nos mudamos com ele para Edmonton (ele era geólogo), ela continuou a tocar na orquestra sinfônica da cidade. Tocou até uma semana antes do nascimento de cada uma de minhas meias-irmãs. Teve sorte, ela dizia: seu marido nunca reclamou.

Iona sofreu alguns reveses adicionais, o mais grave deles quando eu tinha uns doze anos. Ficou internada em Morrisville durante várias semanas. Acho que lhe deram insulina lá — voltou gorda e loquaz. Fiz uma visita quando ela estava fora, e Jill veio junto trazendo minha primeira irmãzinha, nascida pouco antes. Da conversa entre mamãe e Ailsa, entendi que não teria sido aconselhável pôr um bebê dentro de casa se Iona estivesse lá, pois isso poderia "excitá-la". Não sei se o episódio que a levou para Morrisville teve algo a ver com um bebê.

Eu me senti marginalizada nessa visita. Jill e Ailsa, que tinham passado a fumar, ficavam sentadas em volta da mesa da cozinha até altas horas da noite bebendo café e fumando enquanto esperavam para alimentar o bebê à uma hora da madrugada. (Mamãe o amamentava, e fiquei feliz ao saber que não me haviam sido servidas essas refeições íntimas aquecidas dentro do corpo.) Lembro-me de descer a escada aborrecida porque não conseguia dormir e começar a falar pelos cotovelos, com a fanfarronada típica de uma menina, para tentar entrar na conversa delas. Eu percebi que falavam sobre coisas que não queriam que eu ouvisse. Incrivelmente, haviam se tornado boas amigas.

Peguei um cigarro, e mamãe disse: "Vai tratando de largar isso. Estamos conversando". Ailsa me disse para apanhar alguma coisa para beber na geladeira, uma coca-cola ou *ginger ale*. Foi o que eu fiz, mas em vez de voltar para o quarto fui para fora.

Sentei-me no degrau dos fundos, mas as duas começaram a falar tão baixinho que não pude distinguir mais nada de seus arrependimentos ou encorajamentos murmurados. Por isso, saí andando pelo quintal, mais além do feixe de luz lançado através da porta de tela.

A comprida casa branca com as esquinas feitas de tijolos de vidro tinha agora novos moradores. Os Shantz haviam se instalado definitivamente na Flórida. Mandavam para minha tia laranjas que, segundo Ailsa, faziam a gente ter vergonha das que se comprava no Canadá. Os vizinhos tinham construído uma piscina, usada principalmente pelas duas filhas adolescentes e seus namorados. Eram garotas bonitas que fingiam não me ver quando nos cruzávamos na rua. Altos arbustos agora separavam os dois quintais, mas ainda era possível vê-los correndo em volta da piscina e se empurrando, com muitos gritinhos e água espalhada. Eu desprezava suas brincadeiras porque levava a vida a sério e tinha uma noção muito mais sublime e terna das relações românticas. Mas, fosse como fosse, eu bem que teria gostado de atrair a atenção deles. Teria gostado que algum deles visse meu pijama claro se movendo no escuro e gritasse para valer, pensando que eu era um fantasma.

1ª EDIÇÃO [2013] 4 reimpressões

ESTA OBRA FOI COMPOSTA EM ELECTRA PELO ACQUA ESTÚDIO E IMPRESSA
EM OFSETE PELA GRÁFICA PAYM SOBRE PAPEL PÓLEN DA SUZANO S.A.
PARA A EDITORA SCHWARCZ EM MAIO DE 2024

A marca FSC® é a garantia de que a madeira utilizada na fabricação do papel deste livro provém de florestas que foram gerenciadas de maneira ambientalmente correta, socialmente justa e economicamente viável, além de outras fontes de origem controlada.